第二心动

（全二册）

下

舒月清 著

江苏凤凰文艺出版社

图书在版编目（CIP）数据

第二次心动：全二册 / 舒月清著. —— 南京：江苏凤凰文艺出版社，2024.1
ISBN 978-7-5594-7750-7

Ⅰ.①第… Ⅱ.①舒… Ⅲ.①长篇小说-中国-当代 Ⅳ.①I247.5

中国国家版本馆CIP数据核字（2023）第085261号

## 第二次心动：全二册

舒月清 著

| 责任编辑 | 白 涵 |
| --- | --- |
| 特约编辑 | 梨 锦 靳 丽 夜 斓 |
| 装帧设计 | 安柒然 |
| 责任印刷 | 刘 巍 |
| 出版发行 | 江苏凤凰文艺出版社 |
|  | 南京市中央路165号，邮编：210009 |
| 网 址 | http://www.jswenyi.com |
| 印 刷 | 北京盛通印刷股份有限公司 |
| 开 本 | 880毫米×1230毫米 1/32 |
| 字 数 | 570千字 |
| 印 张 | 18 |
| 版 次 | 2024年1月第1版 |
| 印 次 | 2024年1月第1次印刷 |
| 标准书号 | ISBN 978-7-5594-7750-7 |
| 定 价 | 69.80元（全二册） |

江苏凤凰文艺版图书凡印刷、装订错误，可向出版社调换，联系电话025-83280257

# 目录 Contents

**第十一章** 001
在晚风中开始的爱

**第十二章** 027
厄瓜多尔玫瑰不止一种颜色

**第十三章** 059
世界在喧嚣,我们在恋爱

**第十四章** 089
女朋友给的安全感

**第十五章** 107
爱情这东西,总是没道理

**第十六章** 125
男朋友有点不开心

**第十七章** 145
多幸运,我遇到了月亮

| 179 | **第十八章** |
|---|---|
| | 十五天，晨昏与四季 |

| 195 | **第十九章** |
|---|---|
| | 大明星的小厨房 |

| 223 | **第二十章** |
|---|---|
| | 没有人会像他这样爱她 |

| 231 | **番外一** |
|---|---|
| | 白色病房，粉色天空 |

| 249 | **番外二** |
|---|---|
| | 十年之前，十年以后 |

| 273 | **番外三** |
|---|---|
| | 我们重新谈个恋爱吧 |

| 282 | **后记** |
|---|---|

# 第十一章
DI ER CI
XINDONG

## 在晚风中开始的爱

少年的爱意在心底一点点萌芽，
直到最后，势不可当。

## 1

当年的同学讨论八卦不会在家长老师面前讨论，自然也不会在姜晏汐面前讨论。

高岭之花、天之骄女嘛，跑到人家面前说人家的八卦，不就相当于跟老师说吗？

所以姜晏汐是近来才从林甜甜那儿，从邓燕燕那儿，从今晚的真心话大冒险，知道了曾经发生的事情。她回望沈南洲，这次他的眼神没有躲闪，似乎下定了某种决心。

夏夜的风撩动姜晏汐的头发，好似有一根羽毛轻轻撩动她的心，刚才沈南洲问她，如果他对她没有问心无愧呢？

或许是酒精上了头，姜晏汐觉得自己的神志也有些不清了，她鬼使神差地开口问："当年的那封信，你为什么不解释？"

问出这句话，像是某种预兆。

姜晏汐向来是一个很照顾别人面子的人，如果对方不说，她不会问，就算别人单枪直入，她也拒绝得很有礼貌。

按照一贯道理，她既然怀疑沈南洲对她的心意，就应该跟他保持距离，她不会去问他，更不会去戳破他。

成年人的沉默和疏离，是一种礼貌。但今晚酒意上了头，姜晏汐也问出了自己本不该问的话。

当年那封信一事，你为何不解释？就算是为了保护那个女孩子，也完全没有必要沉默，认在自己头上。

少年人的恶最纯粹，他们的玩笑最伤人，那群只有十四五岁的无知少年，不知道在背后开了沈南洲多少玩笑。

姜晏汐的眼睛里有不解，也有心疼，她知道少年的沈南洲有多么心软，他只是用坚硬的壳把自己保护起来，其实很容易被伤害到。而且他的性子不喜欢热闹，他当初又是如何面对那些调侃的？

沈南洲看上去却很平静，他说："他们看见我和你站在一起，便只想相信他们眼里看到的东西，心里认定这封信是我写的，怎么解释也没用。"

沈南洲其实已经记不得当年那女孩的模样和名字了，印象里好像是其他班的，后来因病退学了。

沈南洲说："何必要再多传一个八卦出来？我知道你不说，是不想伤害那个女生。"毕竟那个女生的精神状态很不稳定。

"你这样想，我也是这样想的。"所以后面沈南洲并没有解释，也没有跟姜晏汐提起他所说的那些非议。

初三那么关键的时候，他不想她有任何分心，好在其他人也识趣，除了在沈南洲面前开开玩笑，并不会跑到姜晏汐面前去说。

所以姜晏汐只是开头听了几句风声，后来便以为此事淡下去了。

那……还有什么理由呢？

十五岁的沈南洲其实搞不清楚自己的心意，他那时候常年对姜晏汐陷入一种纠结的情绪里。

直到中考，沈南洲努力了很久也没能跟姜晏汐去一个校区。

中考分数出来的那一天，沈南洲很难过，以至于把沈老爹给吓到了。

沈老爹说给他买电脑，又说给他买游戏机。

他说："儿子啊，这个成绩已经很好了，本来老爹我还以为你考不上高中。你看，虽然现在是择校生，但是能挂个A城高中的名头，那是多少人求也求不来，考也考不上的。老爸知足了！今年暑假，老爸请一个月的假带你出去玩！想要什么都管够！"

沈南洲听完这话，还是神色蔫蔫的。

直到高一入学的时候军训，沈南洲他们要在军训第一天从分部校区徒步走到本部校区，去举行开营仪式，听校长讲话，听优秀学生代表讲话。

沈南洲再次见到了姜晏汐。

姜晏汐穿着绿色的迷彩服，站在主席台上发表讲话，目光温柔且坚定。

所有人都抬头看她，这一千多个学生中也包括沈南洲。

沈南洲的迷茫好像终于有了方向，绿草茵茵，蓝天白云，他梦中看不清脸的人出现了。

沈南洲心想，如果……如果他还可以天天见到她就好了。

从那个时候开始，沈南洲彻底改变了，他知道姜晏汐一定会去北城市那两所国内有名的高等学府之一，所以他也瞄准了北城市的学校。

高一末的时候，沈南洲还是没有明白自己的心意，他想跟姜晏汐去一个城市，但是不知道为什么。

天天看到她，然后呢？更进一步的关系，沈南洲不敢想。

他只是凭着本能想要去靠近她，少年沈南洲把自己的一切异样归咎于：

想要向姜晏汐证明，自己这个学生其实很不错。

少年的爱意在心底一点点萌芽，直到最后，势不可当。

可仔细想想，在当初默认写信事件的时候，沈南洲的心思就不清白了。

他向来不是一个喜欢背锅的人，不解释，除非是因为他也没那么清白。

沈南洲说："没有否认，是因为……我问心有愧。"

沈南洲心想，他真是喝多了，要不然嘴巴怎么会不受自己的控制，多年来的爱意像潮水，即使他百般克制，也终于，洪水冲毁大坝，一泻千里，再也无法隐瞒。

沈南洲索性破罐子破摔了，他把一切交给姜晏汐裁决，这段感情里，是他主动，但他从来没有掌握过主动权。

他的情绪永远为她牵动，她只需一个眼神，一句话，就能让自己溃不成军。

沈南洲当时心想，如果姜晏汐拒绝他，他应该怎样体面地回复，是微笑着跟她说继续做朋友，还是暂时离开一阵子？

沈南洲当时脑子乱糟糟的，毕竟一些话说出口，就再也无法收回。

他不后悔说出这些话，交由她审判。但，只怕从此再无靠近她的机会。

……

沈南洲对姜晏汐说："而现在，我的心从没有改变。"

沈南洲飞快地说："我不想只是做你的朋友或者老同学，我喜欢你，除了你之外，不会再是其他人。"

沈南洲发现姜晏汐一直看着他，心里更紧张了。

大约是刚才那一小杯酒精还没有代谢掉，沈南洲紧张地不知道自己说了什么，他笨拙地补充："虽然我不太懂医学，但是我最近在认真研究你的专业，还有川菜、粤菜、湖南菜、日料、火锅、烧烤，我时间比较充裕，以后……以后也能花更多的时间在家庭上。

"如果你爸妈喜欢老师的话，我也可以去考一个教师资格证。"

听到这里，姜晏汐"扑哧"一声笑了。她说："现在教师资格证限制非教师专业的人报考了。"

沈南洲愣住了，因为姜晏汐的反应，在他千百种的预料之外。

不过姜晏汐略带轻松的语气，也让他察觉出一丝希望来了。

姜晏汐突然收了笑，神色变得认真起来："你不需要了解我的专业，那并不是我找对象的评判标准。你现在专注于自己的事业，这样就很好。

姜晏汐弯了弯唇，说："不过我对你的川菜和火锅很感兴趣。"又继续补充道，"教师资格证就不必了，我爸妈很随和的，只要是我带回去的人他们都喜欢。"

沈南洲愣了三秒，然后有烟花在心底炸开，因为过于高兴，他说出来的话，主谓宾的顺序都是错的。

他说："你……我……你是说，你……"

姜晏汐抓住他放于身侧的手，说："沈南洲，我之前从来没有谈过恋爱，可能也不知道怎么去做一个合格的女朋友。如果我有什么不好，还请你包容。"

她认真地问沈南洲："我大约是个性格无趣的人。你真的要和我在一起吗？"

/ 2 /

在此之前姜晏汐并没有考虑过要找对象这件事，她把所有的精力都扑到了科研和工作上，而沈南洲是一个美丽的意外。

在意识到自己对沈南洲的感觉不同之后，姜晏汐也很快确认了自己的心意，她大约是喜欢他的，她并不排斥他进入到自己的生活。

沈南洲就像是被巨大的惊喜砸晕了脑袋。

他怎么会觉得姜晏汐无趣？

他从年少时就喜欢她，本以为这份暗恋不见天日，谁知道天上的月亮向他靠近，像是一场让人不愿清醒的美梦。

于是沈南洲说："如果我这个男朋友有什么不好，也请姜医生多多指教。"

好像气氛一下子就变得很融洽，有什么改变，突然在两人之间悄无声息地发生了。

他们一并往医院旁边的职工公寓走去，月光映照在他们的头顶，在他们的身后拉下两道长长的影子，两只手的影子交叠在一起，然而仔细看就能发现，只是两个人的手挨在一起。

沈南洲的余光偷偷往旁边瞥，看姜晏汐的侧脸，也看她垂在身侧的手。

他的手指屈了屈，好像想要伸出去勾她的手，却又很犹豫试探，直到有一次不经意触碰到她的手心。

反而是姜晏汐大方拉住了他的手，她说："大明星，你现在是我的男朋友，这是你作为男朋友的特权。"

姜晏汐的眼睛盛满笑意，嘴角弯弯的看他。

沈南洲一直把姜晏汐送到她家楼下，而姜晏汐又看着沈南洲叫的车到了，才上楼。

姜晏汐朝沈南洲摇摇手："明天见。"

沈南洲坐在出租车的后排，把车窗摇下来："明天见。"

一直等到出租车快到住处，沈南洲今晚的意识才稍微回笼，他开始怀疑，今晚是真的，还是一场幻梦。

他张开手，盯着手心看了一会儿，似乎上面还停留着姜晏汐的体温，然后慢慢合拢，放在心口。

他开始回忆姜晏汐和他说的每一句话，然后迟来的喜悦席卷了他。

她说，他可以不必去了解她的专业；她说，她对川菜和火锅感兴趣；她还说，不考教师资格证也没有关系；最重要的是她说，他现在是她男朋友，可以行使作为男朋友的权利。

沈南洲激动之余又有些后悔，自己刚才是否表现得过于木讷？第一天成为男女朋友，是不是应该送点什么东西？想了想，他发信息给唯一的智囊团简言之：第一天确立关系，要不要送什么？送什么比较好？

简言之现在的情况也很神奇，他火气冲冲地赶到了林甜甜住的地方，发现林甜甜家里确实有一个陌生男人，但是是她的客户，来找林甜甜占卜的。简言之当然不信，三更半夜的，鬼信这番说辞啊？

然而半夜十二点的时候，林甜甜家客厅上放的神秘星灯图亮起来了，整个客厅被幽幽的烛火点亮。

简言之现在是信了，只是他颇为哀怨地看着客厅里的林甜甜，还有那个敬畏的外国男人。世上怎么会有这么离谱的事情？

就在这个时候，沈南洲发来了微信消息。

简言之一看这消息，疑惑不已，沈南洲哪里来的对象？姜晏汐？不不不，绝无可能，一个同学聚会，这也太快了吧？

但是除了姜晏汐，也不可能是其他人。

于是简言之回消息：*被盗号了？*

沈南洲：*我和姜晏汐在一起了。*

简言之从这简单的一句话中看出了炫耀。

简言之倒想问问是怎么回事，但是看了看面前幽幽的烛火，怎么看怎么诡异的仪式，觉得今天并不是一个合适的时机。

所以简言之决定长话短说，先回答沈南洲的问题：鲜花？一个不会出错的礼物。等等，你现在在哪儿？

这么晚了，沈南洲不会还在姜晏汐家里吧？

沈南洲：Leo给我找了个新房子，在回去的路上。

简言之遗憾地想，也对，像沈南洲这种不解风情的木头，大概率是不晓得通过卖惨来更进一步的。

简言之：那你就送花吧，刚确认关系，送花总是不会错的。你可以每天送一束花去医院，日子一久，你在姜晏汐正牌男友的位置也就坐稳了。

简言之这边回消息也是一段一段的，他在林甜甜家里，一脸蒙地看着林甜甜的神秘仪式，大约是心理作用，简言之觉得这里有神秘磁场，以至于手机信号都不好用了。

半夜三刻的时候已是结束了。

外国男人对着林甜甜又是鞠躬又是感谢，叽里呱啦说了一长串英语，千恩万谢地走了。

林甜甜吹灭烛火，重新打开客厅的灯，脸色不善地向简言之伸出手："钥匙还给我。"失策了，竟然被他找到这里来。

林甜甜把钥匙拽走，然后赶客："行了行了，你走吧，下次别来了，咱们没关系了。"

林甜甜最近给自己算了个命，发现自己流年不利，尤其是感情方面，看样子是印在简言之身上了。

不过令林甜甜欣慰的是，她看好的两个人感情运貌似不错。

/ 3 /

林甜甜惦记的这对已经各自回到了家，并且洗漱完毕躺在床上了。

沈南洲睡前看了会儿手机，还在回想晚上的事情。

今天晚上发生的事情好像慢放一样在他脑子里播放，他开始一句句回忆姜晏汐说的话，然后恨不得时间一下子快进到周一。

下周一是实习生第二轮实习开始的时候，这周轮到神经外科的实习生是梁思博和顾家玉。

沈南洲晚上睡不着，就爬起来写歌，Leo给他租的房子是一套位于郊区的复式豪宅，有专门的琴房，还有练歌室。

都说爱情女神是最好的缪斯，沈南洲下笔如神，写完了一首歌的填词，他试着把词填到曲子里弹唱，然后拍了一小段放到微博上。

沈南洲平时很少发微博，所以这一条消息发出来，瞬间就多了许多条评论。

这是新歌吗？

所以说上一轮演唱会刚结束，小沈又要准备新的巡回演唱会了吗？

世上怎么有这么有天赋又勤奋的偶像？

也有少数人关注到了歌词的内容：歌词好甜！

但是大部分人都没往沈南洲可能谈恋爱了这个方向去想。从前的沈南洲最不屑于写小甜歌，然而今天他只要一按下琴键，发出来的全都是恋爱的酸甜味。

等Leo和星扬娱乐谈好解约问题，沈南洲就准备退出娱乐圈，转为幕后当音乐制作人。

他动动手指，把这条微博转到了朋友圈，想了想又删掉了。

他想起在今天的饭桌上，邓燕燕问姜晏汐最近在听什么歌？

于是沈南洲打开某K歌软件，注册了一个小号，在搜索框里打下：仲夏夜的梦。

这是一个发生在夏夜的故事，有关少女离奇而美好的梦，有夏风吹过，有夏蝉鸣鸣，有田野的气息。

沈南洲的乐感是极好的，他跟着歌哼了几遍就会唱了，于是他打开录制选项，随着旋律轻轻哼唱了这首歌。

沈南洲能在当年沈老爹不支持的情况下出道，还能被好几家娱乐公司疯抢，说明本身条件就是得天独厚的。只是他过于出色的外表，有时候会让人们忘记他是一名实力派歌手，他的音色犹如低沉的大提琴，好像低声在耳边说着什么情话。

沈南洲把这首歌反反复复录了好几遍，再三确认过挑不出什么瑕疵来，才转发到朋友圈，设置为"仅姜晏汐可见"。

过了五分钟，朋友圈出现一个小红点，是姜晏汐点赞了。

沈南洲捧着手机看了好一会儿，脸上是止不住的笑意，他抿了抿唇，简单克制一下自己，然后找到姜晏汐的对话框，把她设置为置顶。只是在改备注的时候，沈南洲有些为难，应该改成什么呢？

沈南洲的手指在键盘上打打删删，一不小心触碰到对话页面，发现对话框最上面显示正在输入中。

沈南洲的心"扑通扑通"地跳起来。

姜晏汐：很好听。

姜晏汐：晚安，大明星，后天见。

沈南洲：晚安。

他想了想，又打字：姜医生，后天见。

然后沈南洲动动手指，把姜晏汐的备注改成了"姜医生"。

美梦成真，竟然是如此好的感觉。

## / 4 /

第二天的中午，简言之挂着两个黑眼圈，来找沈南洲。

简言之一进门就火急火燎地问："你们怎么回事？昨天晚上我不就走开了一会儿？"

沈南洲反客为主地问："你昨晚又是怎么回事？林甜甜？"

简言之下意识地回避这个问题，否认道："不是，只是生意上的问题。"他拍拍胸脯，向沈南洲表示，"我是那种会对前女友念念不忘的人？那绝不可能！"

简言之一屁股坐在茶室的凳子上，端起茶杯喝了一口，满脸八卦地问沈南洲："怎么回事？真在一起了？"

沈南洲轻轻转动手中的杯盏，眼角眉梢带笑，整个人看着喜气洋洋。

简言之明白了，长叹一声："好家伙，你这是头撞南墙终于撞成功了！"

简言之给他出主意："我看你们俩的身份都不好公开，你这边死心塌地爱了姜晏汐那么多年，估计是绝世美女放你面前，你都不会看一眼。不过，你得抓紧去姜晏汐同事那边秀存在感，送点花啊，送点吃的喝的什么的，好歹让他们知道有你这样一个人，要不然下次院长再给姜晏汐介绍对象，某人又要吃酸醋了！"

沈南洲迟疑道："这会影响她正常工作吧？其实我也准备退圈了，

虽然不能在公众平台上公开我和她的关系，但我打算在私人朋友圈里说这件事。"

简言之冷眼瞅他，这家伙还嘴硬，只怕心里其实恨不得昭告全天下他和姜晏汐谈恋爱了，还做出宽容大度的样子来！单身的简言之酸溜溜地想。

不得不说，简言之的嘴也有点东西，大约是跟林甜甜近朱者赤，近墨者黑的缘故。

周一的时候，沈南洲满怀期待，当节目组任劳任怨的拍摄小哥，然后看到了一个并不想见到的人，后世桃。

节目开拍前，汤导还笑眯眯地跟沈南洲介绍："这位是麻醉科的新老师，从国外过来交流，这次一并参与我们的拍摄。"

后世桃朝他招了招手："Hi——"

沈南洲脸上的笑容瞬间消失，还好口罩和帽子挡住了他的神情。

汤导跟后世桃介绍沈南洲，开玩笑说："这位其实是我们的投资人，过来做摄像的工作，其实也是在监督我们。"

后世桃笑眯眯地伸出手："你好。"

由于沈南洲乔装打扮了，后世桃刚开始没认出他来，是沈南洲回握的时候，后世桃看到了他眼睛里隐藏的敌意，电光火石之间，想起了那位跟在师妹后面的年轻男人。

他轻轻挑了挑眉，没想到他的对手早就比他想到了这一招，近水楼台先得月。

后世桃兴奋起来，他最喜欢有挑战的事物了，他并不觉得沈南洲能赢过他，毕竟沈南洲看上去太沉不住气了。并且，一个娱乐圈的男明星，就算长得好看……

后世桃并不觉得师妹是肤浅的人，他心里遗憾地想，在赢得师妹的芳心这一块，他不会输。

节目很快进入拍摄，今天有手术安排，再加上某种人为原因，神外组和麻醉组是一起拍摄的，姜晏汐和后世桃共同合作一场开颅手术。

由于人数太多，神经外科再次抢了骨科的手术室。在麻醉科方主任的威胁下，骨科不敢说什么，只能哀怨地向姜晏汐表示："下不为例。"下次去抢心外的吧，他们的手术室也大呀。

不过虽然手术室进了乌泱泱一大串人，基本上也是在墙角"罚站"，比如汤导和他的宝贝摄像机，还有两个神外实习生。

说起来梁思博和顾家玉还算专业对口，这两个人都是学神经外科的。但今天是他们在节目中第一次进实验室，所以也只是站在旁边观看。

这两周轮麻醉科的是李拾月，由于谢含章的退赛，她现在自己成一组，成了这三组中最显眼的一个。

节目组倒是有采访，问她一个人成一组的感觉怎么样？会不会因此觉得尴尬？

李拾月当时奇怪地看了一眼工作人员，她的眼神充满疑惑，并没有其他的意思，只是单纯疑惑他为什么会问出这样的问题，她问："为什么要尴尬？"

难道谢含章不在，她一个人就不能完成实习吗？李拾月不是很能理解工作人员的逻辑。至此，工作人员也放弃了，他们也发现了李拾月真的就是一个专注于自身的直女。

内斗？不存在的。

李拾月这周到了麻醉科，第一天就碰上了之前两周的老师，但她也没有跑过去跟姜晏汐打招呼，而是跟在麻醉老师后世桃后面抄麻醉单。

按照后世桃在国外的级别，到国内来怎么说也应该是个主麻了，但他毕竟没有国内的医师资格证，而且国内和国外的临床标准和实践到底有所不同，所以医院这边是把他安排为副麻。

副麻和主麻区别就在于：副麻需要一直坐在一个房间里，而主麻需要同时看管几个房间，处理副麻无法处理的情况，并且一开始的麻醉诱导只有主麻有权限给，给麻醉诱导药这件事情还有另外一个称呼，叫"上台"。

所以副麻做完准备工作后，就会说我去喊某某老师上台。

所谓的某某老师，自然就是主麻。主麻上完这个房间的台，又会说你这边可以了，我等会儿去某某号间上台。

一旁的顾家玉小声跟梁思博说："梁哥，后老师是不是和姜老师认识？"

这两个神外实习生在靠墙的角落。

由于手术室的人太多，他们唯一的帮助就是尽量缩小自己的存在感，以免打扰到手术进行。

于是两个人靠着墙边小声交流。

由于两人都是神经外科的学生，所以更清楚姜晏汐在这一领域的成就。

两人看了一会儿手术，感慨了一下姜老师的优秀，便注意到姜晏汐和后世桃的配合异常默契，有时候都不需要姜晏汐说加什么药，后世桃就能立刻明白她的需要，始终把病人维持在一个平稳的状态。

梁思博说："姜老师是从国外回来的，听说之前和后老师在一家医院，两个人还是一个团队的。"

顾家玉道："怪不得这么默契。我看后老师望姜老师的眼神不一般，不会是从前有什么故事吧？这一个团队里，外科医生和麻醉医生的配合最重要，姜老师和后老师年纪相当，说不定就是日久生情。我看这位后老师说不定是从国外追过来的呢？要不然他来我们这里学习干什么？仔细想想，两个人还挺般配的，一个是外科医生，一个是麻醉医生，势均力敌，简直就是灵魂伴侣嘛！"

梁思博却说："我看姜老师未必想找同行。"

顾家玉看了看他："我看是你不想找同行吧？"

梁思博心有戚戚焉，说："两个人都是医生，尤其一个是麻醉医生，一个是外科医生，我看很容易吵起来，吵架容易伤感情。再说了，要真是一个团队的，夫妻吵架，吵完了第二天还得一起上手术台……"他摆摆手，"不好不好，我看还是不找同行比较好。太过了解对方的职业，容易互相挑刺。"

手术室里，台上的人在做手术，旁边的学生在八卦，角落里的汤导摸了摸他的宝贝摄像机，不知怎么感到一阵寒气。

他扭头一看，发现沈南洲面无表情地看向前方。汤导顺着他的视线看过去，发现他看的是后世桃。

汤导乐呵呵地笑道："我也是第一次看外国人做手术。你别说，这老外中文说得还挺好，人也挺谦虚的，不像那些洋鬼子，鼻孔朝天，瞧不起咱们。你瞧瞧人家，对姜主任的态度甚好，完全服从指挥。要我说，既然是来咱们国家学习，就得是这个态度！"

沈南洲心说，后世桃哪里是谦虚好学，分明是心怀鬼胎，想要讨姜晏汐的欢心罢了！

手术开始没多久，电脑旁的巡回突然起哄让姜晏汐请喝咖啡，说是手术室来了新人，又是新实习生第一天跟手术，姜晏汐这个主任应该表示一下。

在一片谈笑声中，姜晏汐也爽快地答应了，笑着说："你们上次也是这样敲于主任竹杠的吧？"

于是巡回拿着一张白纸，一个个记大家要喝什么口味。其实也只是粗略统计了一下，这个要冰美式，那个要拿铁，总归是这么几个选项，到时候就算是有数量上的差错，有什么喝什么就是了。

巡回统计完名单，给姜晏汐看了一眼，姜晏汐突然说："再加一杯温牛奶吧。"

后世桃看了她一眼，问："师妹的口味什么时候变了？你从前不是一贯喝冰美式，不爱这些甜腻的东西吗？"

姜晏汐并没有解释，轻声说了一句："那看来是后医生了解我不多，人的口味总是有很多种的。"

他们的对话好像是在讨论咖啡，又好像是在讨论其他的。手术室的其他人没多想，把关注点放在了另外一件事上。

巡回好奇地问："原来姜主任和后医生是同门吗？"

二助说："姜主任和后医生在国外念书的时候是同学，后来进了医院是同事，认识好多年了。"

巡回说："原来是这样，难怪姜主任和后医生配合这么默契。"

巡回挤了挤眼睛："那看来后医生是为咱们姜主任过来的了？"

后世桃是典型外国人长相，第一眼看到他的人不会想到他有中国人血统。

巡回说："难怪后医生的中国话说得这么好，看样子是早就想来中国发展了。"

姜晏汐说："师兄只是过来交流，是暂时的，还是会回去的。"

姜晏汐及时打断了大家的猜测。

巡回遗憾地说了一句："那真是太可惜了，后医生相貌堂堂，和姜主任又是同行，要是成一对，一定是神仙眷侣。"

不过外科和麻醉这种组合，很容易走极端，要么感情很好，要么成天吵架。

海都市其他医院有过这么一对夫妻，是心胸外科和麻醉科的两个人。由于心脏手术的特殊性，需要负责麻醉的人配合完成。就算夫妻俩吵架了，也还是会被分到一块做手术。

怎么说呢，夫妻一吵架，全科室的人都知道，这种感觉实在不太好。

巡回看看姜晏汐，又看看后世桃。

姜主任脾气好，后医生看着也不像会和女人吵架的那种男人。

啊！多么合适的组合！

巡回坐在电脑旁跟姜晏汐聊天,她那个大嗓门,整个手术室都听得见。

沈南洲吃着闷醋,加上了简言之发给他的花店老板娘的微信,发消息:我订九十九朵红玫瑰!

## / 5 /

花店老板娘立刻热情地回复豪爽的大顾客:请问,是送心上人吗?

现在既不是情人节,又不是七夕节,花应该是用来追人或者表白的吧?花店老板娘猜测着。

沈南洲一个字一个字地打:是女朋友。

打下这四个字的时候,刚才因后世桃生出的委屈情绪奇迹般平缓不少,这几个字让沈南洲心中生出一股隐秘的甜蜜。

现在,他才是姜晏汐的正牌男朋友。

心情好了不少,沈南洲大大方方跟花店老板娘表示:是我的女朋友,她平时工作很忙,我希望送一些花,能让她心情愉快。

仅仅从沈南洲的言语里,老板娘就能看出对方掩饰不住的爱意。

看出是沈南洲是个不差钱的主,老板娘忙建议:现在送红玫瑰有些过时了哦,我建议您送鲜花组合。咱们家有进口的粉玫瑰和蓝紫,还可以搭配其他花种,保证您的女朋友心花怒放!

沈南洲只关心一件事:这种鲜花组合引人注目吗?能不能让人一眼就看出来送花人的特殊身份?不会误会成普通朋友。

老板娘明白了,好家伙,原来是宣示主权。立刻打包票:您的意思我明白了,您放心,保证给您安排妥当!

沈南洲二话不说就转账。老板娘很感动,决定亲自开车去送这一单生意。

不过老板娘没忘了给自己家另一家店打广告,在沈南洲转账之后,老板娘又发消息:先生,冒昧建议,除了送花,您还可以请她的同事吃点小甜品,煲个下午茶什么的。

老板娘心想,这么大张旗鼓地送花,又不是特殊的节假日,或者说追求阶段,那就是感受到某种危机,想要宣示主权了。而宣示主权这件事情,当然要从买通身边人下手。

沈南洲收到这条消息的时候,抬头看了姜晏汐一眼,然后马上回复老板娘，包了一个甜品组合。

老板娘利落爽快：好嘞！甜品今天下午就可以送到，鲜花明天上午可以吗？

沈南洲：好。

沈南洲把姜晏汐的号码和医院的地址发了过去。想了想，又发消息：下午的甜品单不要说是我送的，就说有人给她点的。

姜晏汐应该知道是他送的，但他不知道姜晏汐是否喜欢他这样做。他不打招呼就送甜品到医院，沈南洲怕她会生气。

老板娘有些摸不着头脑，送人东西又不署名，这是在做雷锋吗？不过天大地大，客户最大，老板娘还是爽快答应了。

接了这一大单后，老板娘发了个朋友圈：开门大吉，一上班就接了个大单。又是在为别人的美好爱情而流泪的一天呢。

简言之刷到这条朋友圈，再联系时间点，立刻就猜出了这位大客户的身份。

他默默点了个赞，"追妻火葬场"的竟是他自己。

当年他嘲笑沈南洲不撞南墙不死心，结果现在他想吊死在一棵树上的机会都没有。

但简言之心里也感到欣慰，他这好兄弟总算如愿以偿了。太心酸了，人生又有几个十年？

然而沈南洲这边并没有简言之想得这么顺利，毕竟这里还有一个虎视眈眈的后世桃。

沈南洲在手术室里又插不上话，顶多跟着汤导一起站墙角，更何况他现在只是摄像小哥。

沈南洲悄悄拍了许多女朋友的工作花絮，自费买的储存卡那种。

不过买东西笼络人心这件事并不是只有沈南洲想到了，快到中午的时候，后世桃突然掏出手机，说："大家中午想吃什么？今天是我第一次来手术室，我请大家吃午饭。"

手术室里请吃饭是常有的事情，后世桃又不是小医生，因此大家也没客气。

他也很大方，把大家的要求一个个记下了，然后点了一家私人餐厅的外卖服务。

后世桃最后一个问姜晏汐想吃什么。因为之前问了其他人，大家对此也没多想。

姜晏汐看了一眼角落里的沈南洲，笑着说："谢谢，我中午买好饭了，你们吃吧。"

师兄的意思，姜晏汐也能察觉到，只是同门情谊在，后世桃不主动开口，姜晏汐不好直说让他别喜欢她。

这也是后世桃的高明之处，他知道说出口必然会被姜晏汐拒绝，索性暗戳戳表明自己的心意，却始终不挑破，让姜晏汐没有理由拒绝他。

后世桃请手术室的人吃饭，这是他自己的事情，但是姜晏汐不能吃这顿饭，吃了就是承了师兄请大家吃饭的情。

并且……姜晏汐看了一眼角落里的沈南洲，她要是不拒绝的话，只怕某人的醋坛子要打翻了。

第一台手术结束的时候是上午十一点，下一个病人还没来，所以手术室的大家集体去吃午饭了。

在手术室二楼有一个餐厅，那边也是食堂集中取餐的地方。

后世桃挺会做人，他点餐的时候把节目组的工作人员也包括进去了，但是沈南洲并不想吃后世桃的饭，以及他不能在餐厅摘下口罩，所以中午这段时间，他在楼梯口坐了一会儿。

直到姜晏汐找到他。

姜晏汐拿了一份盒饭给他，也没问他为什么不吃后世桃点的餐。

"要按时吃饭。"姜晏汐把盒饭轻轻放在他旁边，嘱咐着，"你胃不好，我把上午点的热牛奶放在更衣室入口处的阿姨那儿了，你等会儿记得去拿一下。"

时间有限，姜晏汐只能长话短说："后师兄的事情，你不要放在心上，我会和他说清楚，让他尽早回去的。"

姜晏汐匆匆来了，又匆匆走了。

沈南洲按照她的话，找到那杯热牛奶，在一众冰美式和拿铁里，白色热牛奶异常显眼。

原来，她单独加的那杯热牛奶，是给他的。

/ 6 /

吃完中饭后，第二个病人送来了，第二台手术也开始了。

汤导明显发现沈南洲的心情好像变好了。

他悄悄问沈南洲："你上午怎么了？是不是和公司解约的事情不顺利？"

沈南洲最近和星扬解约的事情在业内闹得也挺大，星扬娱乐当然不想放弃沈南洲这棵摇钱树，但是沈南洲执意要走。

汤导思及此，叹了口气，说："你要是有什么需要我帮忙的，可以找我。"

沈南洲谢过了汤导。

汤导又问："对了，你吃了没有？你这身份确实也是个麻烦，在医院也不好摘掉口罩。其他时候还好说，在手术室里连吃饭都难。要不下次就别跟手术了，学习机会有很多，这手术室里也没什么好学的。"

毕竟就连汤导也只能在手术室把摄像机一装，然后站在角落当柱子。

"我吃过了。"沈南洲嘴角浮出一丝丝笑意，随即很快抿平，当无事发生，"进手术室才能学习，能够更好地了解这档节目的主旨。"

他为自己说出这一番大义凛然的话感到些许的心虚。然而汤导很满意，感慨道："我果然没看错人。你的思想境界跟他们就是不一样。小沈，我跟你说，做综艺做节目，不仅仅是为了赚钱，也要思考我们能给观众带来什么有意义的东西，这才是长久之道。如果只是想赚快钱，观众不会买账的。"

汤导确实是个妙人，他也是这三个导演中对节目的态度最纯粹的，虽然沈南洲一开始跟节目拍摄"另有居心"，但确实从汤导身上学了很多。

可以说，本来沈南洲对于自己退圈后要做什么，还有一些不确定，但这次节目录制，他好像找到了方向，无论是他的个人情感方面还是事业方面。

今天的手术时间比预计的要长，本来下午三点钟应该结束的，一直到将近五点还在继续。

但是下午四点半的时候，沈南洲订的甜品送到了。

花店兼甜品店老板娘给姜晏汐打电话，巡回开了免提递到姜晏汐耳边，于是整个手术室都听到了老板娘的声音："您好，您的甜品外卖到了医院北门，您方便的话来拿一下吧！"

"外卖？甜品？"姜晏汐有些疑惑。

老板娘说："是别人给您订的哦，多人份，请您和您的同事吃的。"

姜晏汐下意识地看了一眼沈南洲，立刻锁定了订甜品的人，说："那麻烦您帮我放保卫室吧,我一会儿就去拿。"

挂断电话后,巡回朝姜晏汐挤了挤眼睛:"是谁呀?咱们姜主任的追求者?"

姜晏汐轻笑两声,说:"大约……是我男朋友。"

手术室有片刻的寂静,原本八卦的声音立刻消失得无影无踪。就连最沉稳的一助也忍不住抬头看了姜晏汐一眼。

二助更是笑着说:"想不到咱们姜老师才是隐藏最深的那一个。"

巡回说:"这种私人问题,难道人家姜老师还要跟你汇报吗?"但是巡回也八卦,"什么时候的事情?是进医院之前就谈了还是最近的事?"

巡回一听这事,已经把后世桃抛之脑后了。

姜晏汐想了想,也没有隐瞒:"是从前就认识的人。"

巡回接上话:"所以是旧缘重续了?他是咱们行业的人吗?不会还是咱们医院的吧?"

毕竟姜晏汐这么忙,怎么看也没有时间去接触外面的人。

巡回说:"我看说不定是跟姜主任旗鼓相当的人。"巡回手上的笔转得飞快,故作神秘地说:"以后在咱们医学界也是一段佳话,不过别是骨科那群人吧?"

巡回说:"骨科有好几个年轻人长得都不错,但他们科风气不行,如今的大主任才离了婚,听说和那个医药代表不清不楚……啧啧啧,他和他老婆还是大学同学呢。这男人啊,一过了四十岁,有钱有权就变坏了……"

后世桃也紧紧盯着姜晏汐,感到不可置信。

他早上刚信誓旦旦,对师妹势在必得。他注意师妹脸上的神情,那是一种陷入恋爱中的甜蜜微笑,是师妹从前从来没有出现过的表情,他更注意到,师妹往角落看了一眼。

姜晏汐说:"他和我不是同行,不过他也是他那个行业里很优秀的人。"她想了想,说,"其实我从来没有想过一定要找同行,只要是对的人,什么职业都可以。"

姜晏汐同样是说给沈南洲听的,她也想告诉他,他是那个对的人,他在她眼里什么都好。

后世桃失落地低下头,后半场,他好像突然失了声,极少再说话。

师妹是个坦荡的人,既然确定了关系就会坦坦荡荡说出来,后世桃知道,他是完全没有机会了。

他看向角落，看不清楚戴着口罩、眼镜的人脸上的神色，但能从他的眼睛里看出掩饰不住的喜悦。

后世桃低下头，在手机上又搜索了这位大明星的个人信息，他是如日中天的顶流男歌星，却出现在这里，当一个不起眼的摄像小哥。

司马昭之心，路人皆知。难怪是这个人最后赢走了师妹的心，可是他敢公开吗？

身为顶流巨星，他敢顶着他数千万粉丝的压力，公开恋情吗？

后世桃并非嫉妒，若是师妹认定这个人，他也可以大大方方送上祝福，可这个人并非师妹良人，他们根本就不是同一个世界的人，师妹只会被他牵扯到舆论风波里，失去平静生活。

还有……他想亲口问师妹一些问题。

后世桃在手机屏幕上敲敲打打，最后又把那一行字删掉了，算了，还是当面问师妹吧。

后世桃打起精神，今天的手术快结束了。

/ 7 /

姜晏汐让两个实习生先离开手术室，帮忙去拿外卖。

于是顾家玉和梁思博在医院北门口看到一个挂着大金链子的女人，操着一口浓重的北方口音："是尾号 6688 姜医生的单吧？你们哪个是？"

顾家玉说："是我们老师的单子，我们来帮她拿的。"

老板娘："行嘞，你们在这等会儿，我把车开过来。"

没过一会儿，老板娘开来了一辆炫酷的敞篷车。她一拍脑袋："哎哟，东西有点多，你们医院里有小三轮不？最好搞个小三轮？"

顾家玉目瞪口呆地看着堆满了后车厢的三个长方形大泡沫箱子，打开盖子一看，里面的甜品盒堆得像小山一样。

顾家玉用手肘戳了戳梁思博："这有将近两百份吧？"

梁思博推了一下眼镜框，说："要是我没看错，那个甜品盒上的标志，应该是思甜家的，就是那个因为价格昂贵，上过同城热搜的那个。"

一口下去几十块的甜品，好奢侈。

这么多份甜品，梁思博和顾家玉两个人肯定是拿不回去的，毕竟姜晏汐也没想到沈南洲会买这么多份，她以为沈南洲顶多给今天手术室的人都买了一份。

顾家玉只好打电话给顾月仙求助，顾月仙帮他们从门卫大爷那借来了一辆小三轮车，才把将近装有两百份甜品的三个泡沫箱子成功塞了进去。

顾家玉走在三轮车旁边，和梁思博一人一边，小心翼翼地扶着泡沫箱边缘。顾月仙在前面费力地蹬三轮，一边蹬一边说："今天是什么节日？姜主任怎么买了这么多份？打算请整个手术区的人吃甜品吗？"

顾家玉回答道："不是姜老师请客，是姜老师的男朋友请客。"

三轮车突然停住了，顾月仙回头，惊讶得合不拢嘴："啊？你说什么？！"姜主任什么时候脱单了？

顾家玉说："刚才在手术室里，姜老师接的外卖电话，说是男朋友请我们吃甜品。"

顾月仙八卦道："你们知道是谁吗？"

顾家玉摇头："姜老师没说。"

等他们拿到住院部楼下，又找了个两个小推车才把这三个大泡沫箱子给拉上去。顾月仙打电话问姜晏汐怎么分配。

姜晏汐说："把其中一份送到手术室餐厅吧，让他们自己分一分，另外两份就放在我们科室。"

顾月仙感慨了一句："姜主任的男朋友可真大方啊！"她一边打开泡沫箱，一边跟两个实习生说，"不过，我们姜主任的男朋友可没那么好当，可不是请我们吃一回下午茶，就能得到认可的！"她打开了甜品盒，剩下半截话被她吞到了肚子里。

但……"钞能力"也不是不行。

甜品组合就是最基础的单品：三拼口味的毛巾卷、一块提拉米苏、一份芋泥罐头，还有一份手工生巧。

顾月仙用手机扫了一下上面的二维码，关注了甜品店公众号，默默搜了一下价格。

确认过眼神，是她吃不起的东西。

分完本科室，顾月仙发现还剩下不少，又打电话给姜晏汐，电话还没打通，姜晏汐从外面走了进来。

"姜主任，多出来的东西怎么分？"顾月仙问。

姜晏汐想了想，说："给对面血管外科的人分一分吧。"这个楼层除了神经外科的病区，还有血管外科。

于是血管外科的医生也收到了一份价格高昂的甜品下午茶。

血管外科的男医生端着这一份包装精美的甜品,看了半天,说:"这么甜腻腻的东西,我可不吃。"

旁边已经开吃的女医生笑着说:"这一份老贵了,估计得小几百,是对面姜主任男朋友送的。"

男医生吃了一惊:"就这么点东西,几百块?"他坐下来,"那我尝尝这东西对不对得起它的价格……对了,你刚才说什么?姜主任的男朋友?前些日子院长不是还给她介绍对象吗?成了?"

女医生摇摇头:"不清楚,不知道。"

总而言之,这一波下午茶,加上当事人姜晏汐在手术室亲口承认自己有男朋友,一时间好几个科室都知道了这件事。

对于这些甜品引起的风波,姜晏汐现在还并不知道,她带着两个实习生正在电脑面前写病历。

今天做手术的那三位病人,他们的手术记录和术后小结都是要写的。还有刚才手术结束后,姜晏汐带着这两名实习生又去查了一次房,这些查房记录也是要写的。

好在梁思博和顾家玉之前在肝胆胰外科没少做这些事情,已经熟练掌握了医院的系统。

姜晏汐看着两名实习生写病历,手机突然传来了信息提示声。她打开一看,来自她的置顶消息。

沈南洲:晚上吃什么?

姜晏汐:都行。

沈南洲:吃火锅吗?最近星光广场又开了一家火锅店。

姜晏汐发了一个"好"的猫咪表情包。

不过这大约是系统自己弹出来的,但沈南洲还是盯着手机屏幕看了很久,他的猫咪情侣头像可以安排起来了。

姜晏汐回复完消息,往沈南洲的方向看了一眼,他一只腿微屈,背靠在墙上,低头看着手机,由于鸭舌帽的帽檐遮住了他半边脸,看不清他的神情,只能看见一双宛如艺术家修长的手在手机上敲敲打打。

节目拍摄已经将近尾声,在场的工作人员也比较放松,三三两两,小声交谈,也没人注意到沈南洲在角落里摸鱼。

这时候实习生的病历填好了,喊她:"姜老师,你看一下。"

姜晏汐收回了目光，也就在下一秒，沈南洲收好手机，站直了身体，似乎心有灵犀一般看了回去。

他刚才在手机上取了火锅店的预约号，等姜晏汐下班就一起去吃晚饭。

周围的工作人员有人讨论起姜晏汐的神秘男朋友，毕竟今天的甜品外卖实在太轰动。就连汤导也很惋惜地说："想不到姜主任已经有对象了，可惜啊！"

沈南洲心想，汤导，你还是给你侄子另介绍个对象吧，现在姜晏汐是他的女朋友了。

汤导问："你这是遇到什么大喜事了？"感觉沈南洲从刚才到现在都很高兴的样子，哪怕戴着口罩，都能感到他脸上的笑意。

沈南洲立刻扯开话题："最近 Leo 和星扬娱乐的谈判有进展。"

汤导恍然大悟："这确实是大喜事。"汤导拍拍他的肩膀，"这种事情一有进展就快了，说明星扬娱乐的态度也松动了，他们心里也清楚，和你闹翻没好处。等这件事情结束了，估计节目也拍完了，老哥我组个局，大家聚一聚。你放心，有老哥在，就算你和星扬娱乐解约了，星扬娱乐也不敢做什么！"

汤导是个爽快的老大哥，在圈内人脉甚广，沈南洲算是入了他的眼，直接被他归为自己人。

汤导似乎有急事，节目一收工就匆匆走了，沈南洲这个时候也收到了姜晏汐发来的信息：你在负一楼等我吧。

这里人多口杂，考虑沈南洲的大明星身份，姜晏汐觉得两个人还是分开走比较好。

她脱下白大褂，收拾好东西准备走。

顾月仙朝她眨眨眼："姜主任，是去跟男朋友约会？啧啧，也不知道是何方神圣，竟然能虏获我们姜主任的芳心，一定也是一个优秀的人物了。"

姜晏汐这一点倒是很赞同，说："他确实是一个很优秀也很好的人。"

/ 8 /

算起来，姜晏汐真正认识沈南洲，应该是在大学的时候。

虽然只有短短几个月，但是对于有些人而言，就像认识了一辈子那么长。

最开始的时候，姜晏汐只把沈南洲当作是一个老同学，顶多因为初中的时候被班主任安排她和沈南洲组成一对一学习援助小组，所以她对沈南洲比对其他同学的印象要深一些。

除此之外，便没有了。

直到大学的时候再相见，机缘巧合有了一些接触。

姜晏汐承认，沈南洲是一个让人感到很舒服的人。他很真诚，也很懂得尊重别人。

就这样，两人之间多了很多联系。

在十年前，她准备出国的前夕，沈南洲和她吃饭的那一次。

大约就是那一次，姜晏汐以为沈南洲会像其他人一样劝她，但他说："姜晏汐，你一定会成为最好的姜医生。"

很难以言述那是怎样的心情，好像心头多日的乌云被拂开，沉睡了一个冬季的种子，从地底抽芽，姜晏汐终于露出一个真心的笑容。

面对来自亲朋好友的议论和不理解，姜晏汐觉得疲惫。而沈南洲是第一个除了父母之外，义无反顾相信她的人。

或许那一刻，姜晏汐也心动了吧，往日里积攒的那些情谊迸发，让姜晏汐心里出现一阵陌生的情绪。

只是出国在即，造化弄人，有些事情还没来得及想明白，有些人就再也不见。

顾月仙看着姜晏汐。她还是第一次看到姜晏汐露出宛如少女陷入热恋般甜蜜的神情。

看来姜晏汐是很喜欢她的男朋友了。唉，顾月仙心里叹了口气，甜甜的恋爱什么时候才能轮到她？

"姜主任你快去吧，我不耽误你时间了。"她倒是希望能早日吃上姜主任的喜糖。

就在这个时候，医生办公室门口被人敲了敲。

"请进。"

那人却站在门口不进来，说："我找姜医生有些事。"

后世桃在门口看向姜晏汐："姜医生，你现在有空吗？"他一直紧紧盯着姜晏汐，眼神里透露出一种想不通的执拗，似乎非要问个答案。

顾月仙站起来，说："后医生，姜主任晚上有约。关于手术上面的事情，你和我说也是一样的。"

今天神经外科进来一名病情棘手的年轻病人，需要很快手术，明天下午安排多科会诊，其中就包括麻醉科。

顾月仙还以为后世桃是因为这件事情来找姜主任的。

后世桃却道："一些私人事情，并非公事。"他的视线跳过顾月仙，一直落在姜晏汐身上。

顾月仙察觉出些许不对劲了，这气氛实在诡异，她气也不敢出，和姜晏汐打了声招呼："姜主任，我先去吃晚饭了。"还是先溜为敬。

后世桃走了进来，走到距离姜晏汐散三步远的地方，静静看了她一会儿。

他一直觉得自己是个潇洒的人，作为一个绅士，更不能强求感情。

毕竟他早就知道，姜晏汐一心都在学业、事业上，不会把太多精力放在感情上。

她不喜欢他，但也不喜欢其他人。

可是那天，后世桃发现，原来姜晏汐也是会为某个人而破例的。

他感到不甘，也想不通。

他不想做出一些失礼的行为，但是心头那股浓烈的情绪还是让他失态了。

从相貌上来说，后世桃是一个英俊的外国男人，鼻梁高挺，轮廓深邃，就像外国爱情片里那些让人心碎的男演员。

他蓝色的眼睛里只有姜晏汐，放在旁的女人身上，早就为他心软了。但是这些女人里，不包括姜晏汐。

姜晏汐主动开口："关于9床的那个病人，明天会诊的时候再说吧。"

"师妹，我不是为了那个病人。"他叹了口气，"你真的认定那个男明星了吗？他到底有什么好？好看的皮囊？"

姜晏汐认真地说："师兄，我不希望再听到这样的话。在你眼里，我是一个对感情儿戏的人吗？"

"不！"后世桃急急否认，随即露出挫败的神情，"你不是！"

姜晏汐怎么会是对待感情随便的人？如果是的话，在国外，她也不会拒绝那么多追求者，有高官，有富家的公子。但凡她那时候同意，这条路都会走得更顺。

但是她没有，她完完全全凭借自己的能力走到了今天。

可他仍然觉得，姜晏汐不过是看上沈南洲的漂亮皮囊，两人迟早会因为三观不合而分手。

但凡沈南洲不是一个明星，而是其他行业的精英，他都不会这么意难平。

"师兄，我是一个成年人，我知道自己在干什么，我很感激你关心我，但我希望你不要对我爱的人再妄加评论。"姜晏汐严肃道。

"你为什么会选他？为什么会是他？"他知道自己现在的样子一点儿也不潇洒，但还是忍不住问道。

姜晏汐身边没有人的时候，他可以一直云淡风轻，反正姜晏汐对所有人都是一视同仁。

但现在……后世桃问："晏汐，如果……如果当初你回国的时候，我和你一起回来，并且再也不走了。如果我愿意为了你留在这里，你会不会……"

姜晏汐打断了他："不，师兄，你不要为了我去做任何决定。一个人的人生应该掌握在自己手里，不应该为了任何人改变原有的决定。你心里应该清楚，你更喜欢国外的医疗环境，对吧？但如果哪一天你改变了想法，喜欢上这里的医疗环境，那这种驱动力应该出自你本心，而不是因为我。况且，人生没有假如。"

姜晏汐想要让这气氛轻松一些，说："我和沈南洲很早就认识了，早于我和师兄之前。我当年出国，有很多人阻止我，劝说我不要去，他们觉得我疯了，是在自毁前程。但是沈南洲跟我说，说我一定可以做到。"

姜晏汐自嘲了一下："我一直觉得自己是一个很坚定的人，但那个时候，我也迷茫了，好像全世界都在发出和我不同的声音。我并不知道我的前途会是怎样的？是沈南洲推了我一把。所以才有了现在站在你面前的姜晏汐。"

和沈南洲确定关系以后，许多旧日的记忆都变得清晰起来，姜晏汐是一个学习能力很强的人，自然也包括学习爱情。

她很快就确定了自己对沈南洲的感情，最起码在他二十几年的人生里，她只对他一个人破例。

后世桃彻底死心了，他似乎明白了他为什么会输。

因为自始至终，这并不是一场战争或者比赛。

后世桃失魂落魄地走了，后面的话不必说，也不必再问了。再说是自取其辱，也是对师妹的不尊重。

姜晏汐站在原地，叹了口气，她本不想太过伤师兄的情面，毕竟他一开始帮了她很多。

　　但说清楚这些话，她也不后悔，因为她不是一个喜欢拖泥带水的人。

　　姜晏汐关上办公室的门。

　　她在办公室隔壁的拐角看到了沈南洲，有点诧异，然后快步走过去，汐露出了一个微笑，说："抱歉，让你久等了。"

## 第十二章

DI ER CI
XINDONG

厄瓜多尔玫瑰不止一种颜色

大约是一种感觉吧,即使隔着人群,
也能知道你是人群中的哪一个。

## 1

姜晏汐没有问他为什么会出现在这里，只是笑着说："我们走吧。"

沈南洲把即将说出口的解释又吞回去，比如他为什么会出现在这里，比如他不是故意听她和后世桃的对话。但与姜晏汐对视的那一眼，他知道，他们都不用向对方解释。

听到姜晏汐明确拒绝后世桃的话之后，沈南洲的心情肉眼可见地好了起来了，嘴角无时无刻不挂着笑容，与屏幕上冷淡疏离的样子完全不一样。

脱下节目组的工作服，沈南洲换了一身休闲装，从外表看不出来他已经快三十岁了，配合他今天灿烂的笑容，像是二十出头的大学生。

姜晏汐在脱去白大褂后，也好像年龄一下子骤减，不过她的气质是清冷温柔的，身上有一种成熟又年轻的矛盾感。

姜晏汐说："今天我来开车吧，我的车就停在医院里面。"他们今天要去的是一家网红火锅店，由于刚刚开店，去打卡的网红不少，虽然有包厢，但是门口人多嘈杂，沈南洲的车又太过显眼，还是和她一起从医院走比较好。

从医院走，还有另外一个好处，起码他们在医院里走的时候，不会被奇怪的人偷拍。大部分医生关心科研实验，不关心娱乐圈和大明星。

两人走在医院的小路上，倒是有几个人和姜晏汐打招呼，而忽略了姜晏汐旁边的沈南洲。

姜晏汐从地下停车场找到自己的车，打开导航，输入火锅店地址。她问沈南洲："要不要提前打个电话预约一下？"

沈南洲打开手机公众号看了一眼，说："我下午的时候已经取了号，现在去应该刚刚好。"

姜晏汐一边开车一边问他："这家店有什么招牌菜？"

沈南洲不假思索地报出了几个菜名，一如当年大学的时候约饭，别有心思的他总会做好攻略，提前跟简言之把那家店吃一遍，再去跟姜晏汐吃第二遍。

简言之还吐槽他："至于吗？不就一顿饭？"

但和她见面的机会是那样稀少，而喜欢一个人，总是万事周全。尤其是之前让简言之订餐厅，被简言之坑了一把后，他决定亲自上阵，亲自物色吃饭地点。

但简言之有句话说得也没错,沈南洲太过小心翼翼了,爱人不是束之高阁的月亮,不应该处在不平等的仰望关系。

当年简言之跟沈南洲说这话,沈南洲不听,不过沈南洲自从跟姜晏汐确定关系后,这种小心翼翼倒是好了很多。

一个人在爱情里的安全感,首先来源于父母,其次来源于爱人。

沈老爹和沈老妈都没有给沈南洲有关爱情的安全感,反倒是姜晏汐逐渐改变了沈南洲。

姜晏汐开车的时候,沈南洲就坐在旁边看她。

这种美梦成真的感觉,他至今都感觉有些不可思议。

她跟后世桃的话,让沈南洲觉得很开心,没有什么比听到心爱的人的夸奖更让人开心。

沈南洲从来没有怀疑过姜晏汐的人品,她既然选择了他,就绝不会和后世桃有什么关系。

但爱就会嫉妒,爱就会吃醋,尤其他们认识了那么多年,又是同门师兄妹。正如巡回所说,他们两个都是医学界的翘楚,有更多共同话题。

时隔多年,沈南洲还是会在姜晏汐面前感到自卑,他不是天才,也不是科学家,或者高科研人才。

他害怕姜晏汐只是同情他。

是他,也可以是别人。

沈南洲有时候宁愿她看上他的皮囊,那样他还能知道怎样来维护自己的脸。

他找不到姜晏汐选择自己的理由。但如今这个理由,姜晏汐给他了。有时候,安全感就是一句话的事情。

爱上一个正确的人,会弥补童年的不快乐,会填满人生中,因为原生家庭而带来的空缺。

耳边传来导航的声音打断了沈南洲的思绪:"已为您导航到目的地附近,导航结束,祝您生活愉快。"

姜晏汐在停车位上停好,解开安全带,拿起沈南洲膝上的帽子给他扣上,道:"走啦,大明星。"

姜晏汐又递给他一副墨镜,毕竟来的是网红火锅店,被人拍到照片有诸多不便。

沈南洲乖乖戴上了口罩、帽子，又戴上了墨镜，和姜晏汐从负一楼坐电梯直达到了三楼。也正巧，就快叫到他们的号了。

"我去问一下前台。"姜晏汐问了他们的桌号，然后去前台登记处。

这是一家新开的网红店，许多店员匆匆培训后就上岗了，业务不是很熟练，一堆人围在前台登记处，因为顺序问题吵吵闹闹。

姜晏汐刚一走近，就听见一个大嗓门，声音还有一点熟悉："我们的号是66号，妹妹，你怎么让他们先进去了？"

前台是一位兼职的大学生，弱弱地说："先生，刚才已经叫过您的号了，是您过号了。要不我帮您再取一个号？或者您在公众号自己再排个号也行。"

如果姜晏汐没记错的话，她刚才在公众号上看了一眼，现在已经排到168号了，重新排得等到猴年马月。

那位先生明显有些急躁，说："妹妹，你们家叫号太快，叫号声音也小，我和我老婆一直在这儿等，都没听到你们叫我的号，居然就已经过号了。下一个你就让我们进去吧。"

前台妹妹也很为难："先生，请您重新排一个吧。"

过号的人不止一个，前台妹妹并没有这么大权力，她一个一个耐心回复客人，还要招待被叫到号的客人往里走。

"小姐姐，您是几号？"前台妹妹看到姜晏汐，问道。

姜晏汐说："68号。"

前台妹妹忙说："下一个就是您了。"话音刚落下，里面就传来叫号声，"中桌B19，请68号客人前来就餐。"

刚才那位过号先生看着姜晏汐，突然道："姜主任？"

姜晏汐看向前面突然转过头来的汤导，也很吃惊："这么巧？"

因为过号一直和前台妹妹说情的中年男人竟然是汤导，怪不得声音和背影都如此熟悉。

前台妹妹松了口气，说："既然两位认识，要不然就拼一桌吧，咱们家一个中桌可以坐四个人。"

这个时候沈南洲也走了过来，他听到了火锅店的叫号，走到门口，第一个看到的是姜晏汐，然后是她旁边的汤导。

汤导直接蒙了，这……这不是沈南洲吗？

沈南洲为什么会和姜主任在一起吃饭？

## /2/

汤导因为见到了沈南洲而震惊,愣在那里说不出话来。

而前台妹妹以为他没听到自己的声音,又重复了一遍:"这位先生,既然你们认识,拼一个桌子您看如何?这样你们就不用再等号了。"

姜晏汐看向沈南洲,征求他的意见。

说实话,看到汤导的第一眼,沈南洲有些意外,但既然被看到,他也不遮掩,索性大大方方点头:"那就坐一桌吧。"

沈南洲并不是一个愿意隐瞒恋爱的明星,别人问他,他不会否认,被人撞见,更不会故意撇清关系。其实在他内心深处,他更希望公开恋情。

他希望能够坦坦荡荡,毫无保留地表达爱意。喜欢姜晏汐这件事情,是他人生中最值得高兴的事。只是现在不是一个好时机,沈南洲并不希望舆论曲解姜晏汐,更不希望她的职业和生活被打扰。

不过被汤导看到了也没什么,倒省得他要给姜晏汐介绍侄子。

过号的事情完美解决了,前台妹妹松了口气,亲自把他们领进去:"咱们店可以扫码点餐,那边还有免费的冰激凌和甜品台。"

除了汤导,其他三人已经扫了二维码。

汤导的视线在沈南洲和姜晏汐的身上来回打转,他安慰自己,或许只是两个人一起吃个饭,不用想那么多。姜主任是什么人,怎么会和娱乐圈的人在一起?

他倒不是说沈南洲不好,只是觉得姜晏汐的男朋友就算不是医生,也起码应该是个造火箭、造飞船的。

他欲言又止,还是问出了口:"姜主任什么时候和小沈这么熟了?"

汤导的妻子在一旁看不下去了,吐槽道:"你这是什么眼神?人家分明是小情侣出来约会。你也真是好意思,人家小情侣吃饭,你非得跟人家挤一桌,多打扰人家啊!"

她转头跟姜晏汐道歉:"真是不好意思啊,我家老汤做事情不过脑子,打扰你们了。"

汤导还不服气,说:"我和小沈是什么关系?小沈你说是不是?再说了,这样咱们就是两对小情侣,不是正好吗?"

汤导妻子白了他一眼:"都老夫老妻了,还什么小情侣?"

今天是汤导和妻子的结婚纪念日，两人不打算在家里烧饭，才跑出来吃火锅了。

汤导妻子知道沈南洲，但是没在现实生活里见过他，再加上一开始沈南洲戴着帽子、口罩，汤导妻子以为他是个丈夫认识的年轻人。等四个人进了包厢，沈南洲把帽子、口罩摘下来，联系丈夫刚才说的话，她惊得合不上嘴："你、你是那个……"

她想起来了，最近沈南洲也在参加丈夫导演的综艺拍摄。

原来沈南洲有女朋友了，看来之前网络上的绯闻并不是空穴来风。

汤导妻子的视线一直在沈南洲和姜晏汐身上来回打转，以至于都忘了跟自己一起出来过结婚纪念日的老公。

她刚才光顾着看沈南洲，如今再一看他身边的这个女人，不由得一愣。姜晏汐的容貌不是最出色的，然而气质绝佳，一看就知道不是娱乐圈的人，光坐在那里，你就能从她身上感受到一种温柔又坚定的力量。

吃火锅的时候，汤导拿沈南洲打趣："原来你就是姜主任的神秘男朋友啊！"

汤导已经知道了两个人的关系，但实在好奇这两人是怎么扯上关系的。这两个人在一起吧，也不是不可以，只是总觉得有些荒诞，给人一种林黛玉倒拔垂杨柳的感觉。

沈南洲也没多和其他人解释自己和姜晏汐的过往，只是跟汤导说："还请您替我保密。"

遇见汤导，实属偶然。谁能想到，汤导和他老婆来火锅店过结婚纪念日呢？他补充道："也不要告诉 Leo。"

汤导一脸意会了的样子，说："我明白，我明白，这种事情我肯定不会乱说，更何况你现在也是关键时期，出不得其他新闻……"汤导本是要继续说下去的，及时被沈南洲用其他话题打断了。

沈南洲并不想让姜晏汐知道自己最近在解约的事情，他不想把她牵扯进来，他会把所有的事情都安排妥当，再公开他们的关系。这中间所有的风雨和议论，都是他一个人的事情。

不过姜晏汐还是知道了。

她和汤导的妻子去甜品台拿甜品，汤导的妻子问她："你和小沈是什么时候的事情？是他追的你还是你追的他？"

姜晏汐想了想说："我和他很久以前就认识，只是最近才在一起，算是水到渠成吧。"

"难怪，我说小沈最近怎么好端端要退出娱乐圈，原来是有了那个让他心定下来的人。这样也好，如果他还是在荧幕前，你和他谈恋爱迟早要被那些娱记拍到。倒不如退到幕后，也能有自己的生活。"

姜晏汐并不知道这件事，但她没有表现出来，"嗯"了一声继续拿甜品，然而心里没有表面上那么平静。

从火锅店回去的时候，姜晏汐把沈南洲送到医院附近的停车场拿车，此时已是星光寥落。和白天的拥挤不同，晚上的医院附近并没有什么人。

姜晏汐头一回有了心事，她在沈南洲即将下车的时候叫住他。

"沈南洲。"

沈南洲闻声回头。

他已经戴好了墨镜和帽子，跟去火锅店的时候一样"全副武装"。虽然这样的他和屏幕里的他完全不一样，然而这是姜晏汐熟悉的沈南洲。他站在那里，仅仅一个背影，姜晏汐就知道是他。

陷入恋爱的沈南洲其实也不想跟女朋友分开，恨不得从此世上没有夜晚，这样就不必与心爱的人分离。他在路灯下朝她飞奔而来，星光在他身后，而他比星光更绚烂。

沈南洲趴在姜晏汐的车窗边，问："怎么了？"他的眼睛里有隐隐期待。

姜晏汐其实是想问他为什么要退出娱乐圈，是不喜欢舞台了吗？还是真的因为她？只是眼下这个场景，在大马路边，也不适合讨论这个问题。

在姜晏汐的观念里，一个成年人应当为自己的选择负责任，如果沈南洲做出这样的选择，必然也是他权衡过后的决定，她不应该干涉他的决定。但她隐约意识到，自己对沈南洲的影响比她想象中还要大。

"周末一起吃饭吧，就在那家 Flipped（怦然心动）餐厅。"她说。

或许十年前那些没说完的话，都应该给彼此一个机会说完。

沈南洲倒没想那么多，姜晏汐主动定了下次约会的时间和地点，他自然是求之不得，毕竟姜晏汐既有医院的正常工作要完成，又要配合节目录制，他根本不敢占用她的周末休息时间，两个人能像现在这样晚上吃顿饭就已经很好了。

"沈南洲，其实无论什么事情，你都可以和我说，你现在是我的男朋友，如果我有做得不好的地方，你也可以跟我说。"她迟疑了一下，继续说，"师兄来医院是暂时的，他不会待太久，很快就会离开了。我们的一些事情，我已经跟他说清……"

"我知道。"沈南洲知道姜晏汐生来坦荡，也知道自己性格里有些敏感多疑，他从来没有怀疑过姜晏汐，从前没有，在听到她和后世桃的对话之后就更不会了。

沈南洲跟她挥手告别，姜晏汐看着他远去的背影，不知怎的，心里微微一动，她突然打开车的双闪，然后拉开车门，走了下去。

她快步上前，拉住了沈南洲的手，因为步伐太快稍稍有些喘气，姜晏汐只是突然觉得，沈南洲对她的感情可能比她想象中还要深。

那是为什么呢？

皎洁的月光下，姜晏汐抬头看沈南洲的脸，他的眼睛里似乎盛有一汪月亮。她突然很想问他："沈南洲，假如我不回来了，怎么办？"

假如她永远留在国外，再也不回来了。

于是她也这么问出口了。

沈南洲倒是比他想象中要释然，姜晏汐刚出国的那段日子，沈南洲觉得很煎熬，但是日子久了，也就那么一回事。

现在的沈南洲回想那段时光，反而没那么难过了。如果这是他跟姜晏汐在一起必经的考验，那他觉得实在算不了什么。

只要此刻美梦成真就好。他盼望着能和她长久，却又怕自己太贪心了。

姜晏汐可能对于感情迟钝，但她并不是一个蠢人，有些事情找共同好友稍微打听就知道了。只是姜晏汐没有想到，沈南洲能做到如此。多少异国恋的情侣坚持不了几年就分手了，更何况是单方面的暗恋。

沈南洲看着姜晏汐，说："除了你，再不会是其他人。"

如果你不回来，我会永远站在舞台中央，永远出现在大屏幕里，只希望远隔重洋的你，有朝一日能够看到。

倘若你能够想起那个被你教过的不成器的少年；倘若多年后，我们还能重逢。我希望是一个优秀的自己，与你从容相对。

月光与星光一并映在他的眼眸里，他整个人在路灯下闪闪发光，但不知道为什么，姜晏汐从他的眼睛里感受到微弱的属于那些日子的苦涩，她也变得难过起来。于是她踮起脚尖，轻轻在他唇角落下一吻。

很抱歉，她是这样迟钝。

沈南洲只觉得自己的脑子里有烟花炸开，感觉晕乎乎，然而身体比脑子更快一步做出了反应。他揽住姜晏汐的腰，将她拥在怀里，然后俯身低头，加重了这个吻。

其实沈南洲并不敢太过得寸进尺,只是在感受到怀中的人并没有推拒后心花怒放,又多亲了一会儿。

发丝纠缠,气息交融,气氛一下子就变得暧昧起来。

由于在路边,虽然夜深无人,附近也没有摄像头,但沈南洲还是很快就放开了她。他的耳朵悄悄红了,整个人像一只喜悦的大型犬。

姜晏汐的态度却镇定很多,她说:"明天见,男朋友。"然后快步走回去,坐回汽车驾驶座。

姜晏汐想,那些一时半会儿不能说清楚的事情,就等到周末再说吧。

沈南洲今晚的心情很美妙,然而他的经纪人 Leo 心情却很糟糕。

Leo 接到了一通威胁电话:"我手里有你家艺人和他圈外女友的照片,如果你不想流传出去的话,我们可以好好谈一谈。"

这又是什么新型诈骗手段?

他手里只有沈南洲一个艺人,前不久才问过他,他说他单身。怎么可能有什么女友照片!

现在的诈骗短信真是越来越高级了,连他是经纪人这件事情都知道。

Leo 最近和星扬娱乐谈判谈得正火大,直接挂了骗子的电话。

/ 3 /

某娱记看着被挂断的电话,不可置信,他还没来得及报出自己的名头,竟然就被挂了电话。看来沈南洲是一块难啃的骨头,换成别家明星被抓到把柄,早就来商谈了。

某娱记不死心地再打一遍电话,然后被暴怒的 Leo 吼了一顿:"没钱!不买房!不报兴趣班也不报游泳课!贷款也不行!"

然后电话再次被挂断了。

在旁边的小弟殷勤地说:"老大,我这里有沈南洲的电话,要不然我们直接打电话给他,说不定沈南洲没告诉他经纪人他谈恋爱了,咱们直接威胁沈南洲,让他给钱!"

娱记摸摸下巴,回头瞪了一眼小弟:"什么叫威胁?会不会说话?"

他一边输入小弟提供的电话号码,一边问他:"厉害啊,哪儿搞来的号码?"

电话接通了,电话里传来甜美的女声:"先生您好,现在办信用卡可享受重大优惠,每周三、周四美食五折起……"

"嘟——嘟——"娱记挂断电话,怒视小弟。

小弟弱弱地说:"不应该啊,这是我在沈南洲的粉丝群里混了小半年,集齐了所有专辑和小卡,才从群主手里换来的。"小弟表示他现在已经把沈南洲所有专辑的歌词都背得滚瓜烂熟了。

娱记扶额,沈南洲的粉丝平时在娱乐圈里没什么存在感,却是最有组织和纪律的。只怕这家伙一潜伏进去就被发现了,还买专辑?看这家伙都快被洗脑成铁粉了。

小弟看着老大越来越黑的脸色,默默闭上了嘴。

过了一会儿,小弟弱弱地说:"既然沈南洲这么不识抬举,要不然咱们把消息放出去?我听说他最近在和星扬娱乐谈解约的事情,这个消息放出去,必然对他的路人缘有影响。到时候取个劲爆话题词条——大明星为爱失智,竟做出疯狂举动!"

娱记猛锤小弟,没好气地说:"那我们能得到什么?不要做损人不利己的事情!要利己!你这主意是可以把沈南洲的路人缘败坏掉了,但他也更不可能给我们钱了,那我们辛苦拍的这些照片还有什么用?"

小弟也陷入了愁苦之中:"是哦,这样也拿不到钱,老大你还欠两百万没还呢……"

这位娱记不是其他人,正是联系谢含章的橙子皮娱乐主编。

橙子皮娱乐在业内可谓是臭名昭著,擅长用下作手段编造艺人的黑料来博大众眼球。

不过由于作孽太多,橙子皮娱乐现在已经倒闭了,橙子皮娱乐主编王小仁也背上了大笔负债。

王小仁索性把手里现有的艺人黑料打包,挨个去威胁。只是大部分是不出名的小艺人,王小仁也敲不到几个钱,于是想到了之前从谢含章那儿得到的几个关键词——"节目组实习生""个子高挑、长发头"……

王小仁结合手里拍到的照片,和沈南洲走在一起的那个圈外女人的背影,自认抓到了沈南洲强有力的恋情把柄。

沈南洲星图坦荡,在王小仁看来,沈南洲要和星扬娱乐解约,一定是不甘心于星扬娱乐的束缚,想要出来自己单干。

如果这时候他谈恋爱的消息传出来,对于沈南洲的事业将会是致命打击。所以王小仁要拿这些照片和证据威胁沈南洲,谁能想到万事俱备,沈南洲的经纪人居然挂掉了电话。

"就这还是金牌经纪人呢？Leo 就是运气好,遇到了沈南洲,这样的好苗子放在哪个经纪人手里都一样火！"

气归气,王小仁也没有冲动之下就把消息放出去,毕竟他想靠这个消息赚钱。要是消息传出去了,沈南洲路人缘毁了,更不可能给他钱了。

他想起跟在自己屁股后面催债的人,身体忍不住抖了一下。这事必然要好好谋划,把手上的这个"料"利益最大化。

思考了一会儿,他当即拍板:"打电话给星扬娱乐的人,就说有关于沈南洲的把柄！"他睛里闪过一丝亮光,"这个消息一定会有人愿意买！"

王小仁了解星扬娱乐的新总裁,他是个典型的商人,因其利益至上的行事作风颇为人诟病。

不过他好不容易把电话打了过去,再次被总裁的秘书当成了诈骗电话。

于是王小仁又给 Leo 打电话,两方的电话总得打通一个吧？

在王小仁的坚持不懈下,他的电话被 Leo 拉黑了。

而此时的星扬娱乐公司总部。老板因为沈南洲要解约的事情忙得焦头烂额,以至于秘书小姐大半夜还在公司加班。

当秘书小姐又接到"诈骗"电话后,正打算把它挂掉,恰巧新总裁从旁边走过,他皱了皱眉头,吓得秘书小姐把电话接起来了。

电话那头说："我手里有你们感兴趣的重要消息。"

秘书小姐尴尬地看向总裁："好像是诈骗电话。"

总裁却按下了她想要挂电话的手："让他说。"

直到电话那边说："我是橙子皮娱乐的王小仁……"

新总裁接起了电话："我对你说的消息很感兴趣,我们可以当面谈一谈。价格好说。"

/ 4 /

第二天,沈南洲比所有节目组工作人员来医院的时间都要早。

他在路上打包了两笼汤包,一笼鲜肉馅的,一笼蟹粉馅的,还有两笼蒸饺,一笼虾仁馅的,一笼蟹黄馅的。

就是这么巧,在住院部楼下,他遇见了姜晏汐。

沈南洲今天的心情更美妙了，确定心意后的一切巧合都让他觉得老天爷都在赞成这门亲事。

不过沈南洲看到姜晏汐的时候，她已经在电梯门口了，而他还在住院部门外的长廊里。

同一趟电梯是赶不上了，况且他手里还拿着早餐，怕这些汤汤水水洒出来。但奇怪的是，隔着玻璃门，沈南洲看见姜晏汐并没有上电梯。

直到沈南洲走到她面前，她伸手帮他拿走一份早餐，言笑晏晏地看着他，很明显是认出他来了。但问题是，沈南洲今天出门前，在镜子面前照了又照，确定自己的乔装万无一失，就连沈老妈都不一定能够认出他来。

直到跟着姜晏汐到了她的办公室，姜晏汐把门一关，沈南洲摘下口罩和帽子，问："你怎么知道是我？"

姜晏汐"咔嚓"一声，把门反锁，转身说："在长廊的时候，就知道是你了。"

大约是一种感觉吧，即使隔着人群，也能知道你是人群中的哪一个。

姜晏汐看沈南洲还在那傻站着，笑着说："不是要请我吃早饭吗？怎么不坐？趁他们来之前，我们可以在这儿多待一会儿。"

事实证明，沈南洲也就昨天晚上勇敢了一会儿。

姜晏汐早上起床的时候就看到了沈南洲给她买早餐的留言，那时候沈南洲已经在汤包馆排队。

她把旁边桌子上的杂书拿开，又搬了个凳子和沈南洲面对面坐下。

现在正是天气炎热，汤包和蒸饺还是滚烫的。姜晏汐先打开了那份红豆小汤圆，用勺子把它搅和开，热气扑面，传来红豆和糯米的香气。

这是沈南洲根据姜晏汐的口味点的，他自己只要了一份常温绿豆汤，不加糖。

沈南洲这个人不怎么重口腹之欲，但是大学那会儿跟着姜晏汐吃了不少，所以口味也有点偏向于她。但唯独有一点，姜晏汐嗜甜，但沈南洲喜欢清淡的苦茶。

姜晏汐吃了几口红豆小汤圆，不经意间抬头，发现沈南洲在看她。她错解了他的意思，从一旁拆开干净的勺子，递给他，说："尝一尝吗？"

想了想，她又拆开一个一次性纸杯，分了一点小汤圆进去，连同勺子端给沈南洲，然后又从沈南洲那里舀了一点绿豆汤。

绿豆汤的味道很淡，几乎只保留豆子原本的香味，但是很适合吃汤包。

这家汤包馆是淮扬一带的,汤包皮薄馅多,汁水丰厚,当汁水在口腔里迸溅的时候,有一种难以言说的鲜美。

姜晏汐轻轻咬了一口,汁水溅到了她的手上。

沈南洲"腾"一下站起来,抓住她的手看了半天,确定她没有被烫到,才松口气儿。他拿了张餐纸,擦掉了溅出的汁水。

他默默坐回去,为自己的冒失感到些许懊恼,他没有注意到姜晏汐的唇角弯了起来,他默默舀了一勺不知道什么的东西到自己嘴里。

哦,是红豆小汤圆,甜甜腻腻的。

这个时候,沈南洲听到了姜晏汐带笑意的声音,她说:"你吃了我的红豆小汤圆。"

沈南洲低下头,这才注意到,不知道什么时候,姜晏汐的那一份红豆小汤圆移动到了他的面前。

沈南洲佯装镇定地把手中的勺子放了回去。

早饭吃到一半的,有人来敲门:"姜主任,你在吗?"是顾月仙的声音。

沈南洲心跳加快,下意识地站起,想找个地方躲起来。

还是姜晏汐拉住了他的手,她轻微地摇头,暗示一切交给她来处理。

姜晏汐就那样大大方方上前,把门半敞着,但由于角度问题,她整个人挡在门口,顾月仙看不到里面的沈南洲。

"怎么了?"姜晏汐问。

顾月仙说:"19床的情况不太好,姜主任你看要不要去看一下?"

19床是一个曾患有脑瘤的年轻病人,今年才十六岁,他三年前做过肿瘤切除手术,然而在复查的时候又发现了异常。

现在他的脑内有不明的感染灶,需要再次开颅。

不过姜晏汐昨天才看过19床,其实病情还算稳定,根据顾月仙的神情和话语,姜晏汐很快猜出来,问:"是病人的情绪不太好?"

不料顾月仙却摇了摇头:"小男孩的情绪挺稳定的,是他妈妈的情绪不太稳定。"

目前来看,这个小男孩不做手术,拖下去恐怕就不太好,但是做了手术,也有可能发生意外。因为小男孩情况比较复杂,他的脑内有感染,但是找不出什么具体东西。手术是开颅手术,根据医生的经验,切一点东西。结束手术之后,能延长多久的寿命,全看造化。

这场手术最困难的是和家属谈话,毕竟病人年纪很小。

对于老年患者，家属们早就有一定心理预期，但是年轻患者不同，他们手术一旦出了意外，往往更让人难以接受。

姜晏汐了然，她说："我等会儿就去看一下情况，你先去旁边示教室，看看实习生和节目组的人来了没，跟他们说下情况，我先去看病人，等会儿就到。"

顾月仙说："好。"

姜晏汐反手把门关上，说："你在这里慢慢吃，吃过了再去隔壁。"

沈南洲点了点头，他想说些什么话，又怕打扰到姜晏汐的正事。

等姜晏汐匆匆而去，办公室的门再次合上，沈南洲坐了回去，开始回忆姜晏汐刚才的动作与言语。姜晏汐好像并没有遮掩他们关系的意思，这是否预示着，姜晏汐愿意他进入她的生活？

他默默地勾起了唇角，随即又感到一阵懊恼，朋友圈里那些人，谈了对象总是会在列表公开，如今这个机会总算轮到他了。可是和星扬娱乐的解约事宜一日没有完成，他身上的这些纠纷一日没结束，他就没有办法公开恋情。

于是沈南洲又给 Leo 发消息：星扬那边的人说什么时候可以谈？

Leo 昨天晚上被诈骗电话打扰，大早上又被沈南洲的微信吵醒，颇有起床气地拿起手机一看，哦，原来是自家的艺人，那没事了。

他火速回复，信心满满：你放心，一切 OK，我估计最多下周就能搞定了。

沈南洲心满意足地放下手机。这下他的小猫情侣头像可以安排上了，他的官宣感言也已经在内心打过无数遍草稿了。

万事俱备，只欠东风。

## / 5 /

吃过早饭后，沈南洲轻手轻脚地寻了个没人的时候，悄悄到了隔壁示教室。进来的时候已经有节目组的人到了，他悄无声息地融入进去，似乎没有引起任何人注意。

然而顾月仙抬头奇怪地看了一眼，怎么感觉这个人好像是从姜主任办公室的方向出来的？不会是什么变态吧？这个人打扮……捂得这么严实，看上去就不太正常。

她站起来，往姜晏汐的办公室走去，敲了敲门，里面没人应。直接转动门把手走了进去。

桌上有两笼没有吃完的汤包,还有半碗红豆小汤圆,那碗小汤圆一看就是姜主任的口味。虽然桌子上被人收拾过了,但很明显刚刚有两个人对坐吃饭。

科里剩下的那几个大老爷们不可能坐在这里和姜主任吃早饭,那会是谁?顾月仙心里涌出一个荒诞的猜测,不会是姜主任的神秘男朋友吧?

天哪!姜主任在跟节目组工作人员谈恋爱吗?那还不如跟沈南洲谈呢!最起码人家小沈是大明星,长得又好看。

咦?话说这两天怎么没看到沈南洲?

沈南洲这两天的乔装打扮很成功,连顾月仙也瞒过去了。

顾月仙恍恍惚惚回到示教室,一屁股坐下,旁边的实习生顾家玉察觉到她的不对劲,问:"顾老师,发生什么事情了?姜老师呢?"

顾月仙回过神:"姜老师去看病人了,有个病人情况比较棘手,今天要请其他科会诊,决定手术安排。这个病人的家属情绪不太稳定,大概不能让你们跟着,所以你们今天早上可能要跟着我了。"

顾月仙跟顾家玉说着话,视线忍不住落在那个神秘男人身上,所有工作人员,就他裹得最严实,就算医院空调冷气开得很大,也不至于这样吧?

天哪!她的姜主任啊!

姜主任平时这么忙,哪里有空认识新的人?果然是被人钻了空子。

悲痛之下,顾月仙还拉住了一个工作人员询问:"你好,我问一下,那个穿得最多的人是谁呀?叫什么名字?"

工作人员说:"我们也不认识。"她瞧了瞧四周,又小声对顾月仙说,"可能是导演的关系户,来体验生活的大少爷吧。"

一大早上,乔装成工作人员的南洲收到了来自顾月仙"暗杀"的目光,背后一凉。

姜晏汐确实很忙,她刚去安抚了情绪焦虑的患者家属,又要忙着和其他科开会商量这台手术,所以整个早上,是顾月仙在带实习生。

汤导发现,整个早上,沈南洲都有些兴致缺缺。

倒不是说沈南洲偷懒,他一直跟着汤导认真做事,只是整个人看着冷淡疏离,完全没有姜晏汐在的时候那种"星星眼"。

汤导已经撞破了沈南洲和姜晏汐的事情,意味深长地"啧啧"两声,凑到他旁边,说:"瞧你这样子,是打算一解约就公开吧?不过,她不是圈内人，你还是想好了，在一起的时候闹得阵仗太大，结束了恐怕难以收场，而且你俩身份都挺特殊的。"

一个是娱乐圈的大明星，一个是学术圈的天才外科医生。

沈南洲的脸色一黑，他就不该指望汤导这张嘴能说出什么好话来。

他知道汤导没有恶意，只是不愿意去想自己和姜晏汐分手这种可能。

绝无可能！沈南洲垂在身侧的手攥紧，无意识地捏得骨节嘎吱作响。他低声说："如果不是她，也绝无可能是其他人。至于公不公开，我尊重她的意见。"

虽然不对外公开，但朋友圈的恩爱还是有必要秀一下，让姜晏汐朋友圈里那些觊觎她的人早日死心，或者死心得更彻底一点。比如那个后世桃。

汤导有些诧异，因为沈南洲这个人在圈子里有些无欲无求，和其他艺人比起来，他对名利看得很淡，如今他脸上出现了执拗的神情，还真是有点不像沈南洲了。

汤导突然想起那天沈南洲拍摄一日实习医生先导片的时候，病房的老大爷要给他介绍对象，沈南洲说有喜欢的人，他以为是沈南洲的借口，还当玩笑发给了 Leo。

如今知道了沈南洲和姜晏汐的事情，再回过头去看，汤导发现了更多细节。

这家伙居然是个痴情人啊！联想姜晏汐多年海外求学经历，汤导脑补了一出苦情大戏。

再说姜晏汐那边，她匆匆回来拿了一趟资料，把手机忘在顾月仙那儿了。

中途的时候有电话打过来，顾月仙怕有什么急事，接了电话。对面是一个北方口音的女人。

顾月仙越听越疑惑："鲜花？到北门拿？"

电话那头的老板娘："是的，是您的男朋友给您订的。友情提示，可能有点大。"

老板娘错把顾月仙当成了姜晏汐。她想，昨天的甜品送过去了，应该知道是她男朋友送的，那么今天的鲜花应该就不用隐瞒送的人的身份了。

顾月仙跟老板娘解释了自己的身份，说等会儿去拿，然后放下手机，下意识地看了一眼角落里的"工作人员"沈南洲。心想，果然是花花公子！追求女孩的花招一套一套的，怪不得姜主任会被他迷惑。

沈南洲昨天请大家吃甜品下午茶升起的好感，已经在顾月仙这里荡然无存了。然而鲜花不能不拿，顾月仙倒要看看鲜花有多大。

等她看到老板娘车上半人高的花束，顾月仙傻眼了。

她抱着超大束鲜花，更生气了，这个心机男，搞这么一出，不就是想宣示主权吗？

老板娘眉开眼笑："欢迎下次光临，祝您生活愉快。"这么豪爽的冤大头可不少见，祝那位先生和他的女朋友长长久久，嘿嘿。

还好顾月仙是个社牛，抱着这么一大束招摇的花，也不觉得尴尬，还大大方方跟路上的同事打招呼。

等进了住院部，好奇的视线就更多了。顾月仙抱着花往电梯里一站，几乎占满了小半个空间。同事好奇地问她："你男朋友送的吗？"

这九十九朵厄瓜多尔玫瑰不止一种颜色，美丽又绚烂地组合在一起，虽然看不懂，但也能感觉出来很贵。

顾月仙说："我哪有男朋友？这是姜主任的男朋友送的。"虽然顾月仙不满这"花花公子"花里胡哨的追人手段，但也不得不承认，他确实有一套。

顾月仙更发愁了，大导演的关系户？富二代？这也太不靠谱了。

旁人的视线一下子就被玫瑰花吸引，没有察觉顾月仙话语里的咬牙切齿，说："哦，这样啊。我好像是听说了……"

短短不到一天的时间，住院部上下都知道神经外科的姜主任有对象了。

很多人被花吸引，啧啧赞叹："这颜色真好看，挺用心，我估计姜医生的对象不是咱们同行。这么浪漫，一定是搞艺术的。还是和浪漫的人谈恋爱好啊，我家那个榆木脑袋简直要气死我。"

顾月仙说："花钱就能办到的事情，算什么用心？搞艺术的人最不靠谱了，姜主任找咱们同行才好呢！"

"可没这么简单，这些不同颜色的花都是各有寓意的，寻常花店配花一般不这么配，估计是姜主任对象自己设计的，肯花钱又肯用心，算是很不错了。"

正说话间，电梯到了，八卦的同事先下了电梯，顾月仙继续坐到八楼，捧着这一大束鲜花进了办公室。

由于她这一路太过招眼，好几个楼层的人都知道了送花的事情，就连十二楼减重代谢的实习生也特意跑过来看，在电梯门口瞧见抱着一大束花出来的顾月仙,颇为稀奇地拿出手机拍了照,发到实习小群里。

快看快看,你们要看的鲜花。

由于最近八楼被医院借给节目组拍摄,为了防止造成骚动,八楼病区的门是关着的,所以实习生只是在外面拍的照片。

他们是在医院实习的学生,年纪轻,不少人都是冲浪的好手,知道节目组在拍摄,也知道之前热搜上的姜主任指的就是神经外科的姜晏汐。

身为医学生,他们自然知道姜主任的履历有多么优秀,并在见过姜晏汐一面后,彻底成了迷弟迷妹,因此得知姜主任的男朋友送了鲜花过来,立刻就过来看热闹了。

当然了,他们拍完花就走了,并没有在八楼停留太久,回到减重代谢的示教室后,一位实习生拿着手机里拍的照片,看了半天,说:"这是厄瓜多尔玫瑰吧?这颜色真是绝了。"

旁边的同学拿着软件扫了一下,得出结论:"这里不止一个颜色,价格更贵,应该是私人定制。"

软件跳出来一份科普,几位实习生认真地研读了一下。

星河、银河系Milky Way——我想要给你宇宙级别的浪漫,永不枯萎。
冰雪皇后白心Whisper White——独一无二的珍贵。
明月、月光闪耀Sparkle Moon——唯一真爱。
鲜艳如火的心跳Hearts——只为你心跳。

一位实习生震惊地说道:"妈呀,这也太用心了!"

鲜花是老板娘店里的花,然而颜色和品种是沈南洲一个一个挑选过,根据老板娘发过来的图片,还有网上的科普,是沈南洲为姜晏汐一个人的私人定制。

受到冲击的不只有减重外科的实习生,神经外科的人表示他们也受到冲击。不过顾月仙回到八楼的时候,没有看到节目组的人。

于是顾月仙发消息给顾家玉:你们人呢?

顾家玉秒回:老师,我们在血管外科示教室,姜老师现在在跟其他科室的人会诊,所以我们就挪到血管外科拍摄了。

顾家玉:对了老师,刚才姜老师问看没看到她手机,我说手机在你这儿。

顾月仙:那行,我把手机给她之后就过来。

顾月仙发完消息，走到示教室门口，发现门虚掩着，麻醉科方主任正在中气十足地跟神经外科的于主任吵架，吓得顾月仙手一抖。

看来现在不是一个进去的好时机。

顾月仙这手一抖，把门弄出了声响，示教室的众人把视线齐刷刷地投了过来。她尴尬地笑了一下，弱弱地说："我给姜主任送手机。"

谁知道方主任朝她招招手："来来来，小顾也进来吧，你也来说说这次手术的必要性。"

众所周知，外科一般比较激进，而麻醉科相对来说比较保守。

麻醉科这次不赞成做手术，觉得这位病人之前已经做过开颅手术，又有合并心脏等方面的问题，手术风险太高，不如保守治疗。但是神经外科的于主任觉得，这位病人年纪小，虽然有其他方面的问题，但是耐受情况肯定比老年人好，所以两人你不让我，我不让你。

顾月仙哪里想掺和到两位大主任的争吵里，但是她已经被点名了，欲哭无泪地走进来，同时抱起放在旁边的鲜花。整个教室都因为这一束鲜花而变得明亮，大家都被这束鲜花震惊，就连两大主任也忘记了争吵。

方主任兴致勃勃地调侃她："小顾啊，这花还挺漂亮的，男朋友送的？"

顾月仙把花放到一旁的桌子上，连忙摆手："不不不，这不是我的花，是姜主任的。"

哇，那就更劲爆了！其他人如是想。

顾月仙把姜晏汐的手机还给她，说："刚才有人打电话，是花店老板娘，所以我帮你拿上来了。"

面对大家八卦的眼神，姜晏汐倒是神色如常。她谢过顾月仙："好的，麻烦你了。"

算是默认她是这束鲜花的主人。

/ 6 /

因为这一束鲜花的到来，整个示教室的气氛缓和不少，顾月仙也因此逃过一劫，没有卷进两大主任之间的争论中。

其实这场会诊主要是外科和麻醉科的辩论，其余科室都是"吃瓜群众"，就是时不时会被外科拉去站队，或者被麻醉科要求作佐证：这手术不能做！

两帮人的争吵，因为鲜花的到来暂停了一会儿，不过休息过后又继续吵起来了。最后以于主任的胜利告终，尽快给19床安排手术。很明显，方主任的脸色不太好看。

上午的会诊结束了，节目组又从血管外科搬了回去，同样看到了那夸张的花束。

汤导是第一个猜到的，他拍了拍沈南洲的肩膀，朝他挤眉弄眼："可以啊。"他瞧了一会儿，觉得这花还怪好看的，跟沈南洲要了老板娘的微信号。

纵然是外行人，也知道这束鲜花的价格并不便宜，更何况这束鲜花色彩的搭配美得让人无法形容。

沈南洲听见旁边的工作人员窃窃私语："我的天哪，这得多少钱？姜主任的男朋友真是煞费苦心了。"

"我刚才搜了一下，这些花要个小几万，你们说至于吗？"

"别酸了，人家觉得值得就值得。再说了，你不懂，这是在宣示主权呢！姜主任多优秀的一个人，我估计着她男朋友也是缺少安全感！"

"这有什么好没安全感的？难道姜主任的人品还要怀疑吗？"

"有没有一种可能是你们都想多了？也许人家就是单纯秀个恩爱？"

大家都很八卦，姜晏汐却神色如常，好像并没有意识到她男朋友给在场的单身人士造成了多少伤害。

既然会诊已经结束，那么下午就是要跟家属谈话，告知手术风险了。

方主任今天没吵过于主任，把手往怀里一揣，往椅子上一坐，不想动弹。

于主任吵赢了架，倒是心情很好，调侃道："你中午是打算留在我们这里蹭饭了？"

方主任哼哼两声："谁要吃你们的饭？我们麻醉科还缺这一口饭吃？你们这群外科的，一心只想着做手术，也不管病人是死是活，到最后还不是要我们做麻醉的胆战心惊给你们兜底？"

瞧着方主任和于主任都没走，其他科的医生也没走，坐在一边等他俩把架吵完，不过谁也没插嘴。

外科和麻醉科的关系一向就是这样，相爱相杀。

倒是汤导眼瞧着上午还有一段时间，大着胆子向示教室的众位巨佬提出了请求："我们这里有一个小剧场，想请大家帮忙拍摄。或许各位主任听说过'谁是卧底'这个游戏吗？"

"好像听我女儿说过。"

"这是什么？"

有人知道，但大部分大佬感到一脸茫然。

姜晏汐开口说："这些老师可能不知道这个游戏，汤导，你想拍什么还是跟我们说吧。"

汤导连忙解释："我们是这样想的，这几周一直在拍摄实习生的实习生活，都太过专业性了，而且出现很多专业性的名词，有些观众可能不懂。我们想组织实习生进行小游戏，用这种方式向观众科普一些医学名词，希望几位主任也可以参与进来。"

于主任第一个来了兴致，他本来就是医院里头几个同意节目组拍摄的人，之所以同意这件事，是觉得让大家近距离接触医疗这个行业，让更多人了解医生这份职业，是一件好事。

毕竟群众的医学知识储备实在匮乏，医学专业知识大多枯燥无味，也鲜少有人愿意了解。

于主任问："需要怎么做？"

汤导开始介绍游戏规则："由几位主任出题，每一轮出两个易于混淆的医学名词，七个实习生中有六个人拿到相同的一个词语，剩下的一个拿到与之相关的另一个词语。每人每轮只能说一句话描述自己拿到的词语，并且不能直接说出那个词语。每轮描述完毕，七人投票选出怀疑是卧底的那个人，得票数最多的人出局，两个人一样多的话，则待定。反复几轮后，若有卧底撑到剩下最后三人，则卧底获胜。反之，则大部队获胜。"

于主任摸了摸下巴："我知道这个游戏，医学版的'谁是卧底'是吧？"这阵子这个游戏还挺火的，各个行业版在网上都有不小的热度。

听汤导介绍完规则，不少大佬蠢蠢欲动。他们最爱给学生出题了，他们也想看实习生玩这个游戏。于是汤导把在麻醉科实习的李拾月和在肝胆外科实习的曹月文、钟景明叫了过来。

不过在游戏开始之前，汤导又小小地改了规则，他让两个实习生一组，一组人抽一个签，以此来对实习生的默契进行考验，从而设置奖励和惩罚。

但问题来了，实习生的个数是奇数，还差一个人。

汤导早就想好了人选，他笑眯眯地看向姜晏汐，想让姜晏汐填补这个空缺。

他是有意让姜晏汐在镜头面前多露面的，眼光老辣的汤导早就看出，到时候节目播出，依照姜晏汐的人格魅力，肯定会吸一波粉。谁会不爱貌美又实力强的女生呢？尤其，她还是实习生们的导师。

汤导其实也是在帮沈南洲。他觉得，既然姜晏汐跟沈南洲在一起，迟早会曝光，依照沈南洲的国民度，姜晏汐的困扰是少不了的。

既然如此，不如借这个节目，帮姜晏汐固一波粉，提前造个势，到时候恋情真爆出来，说不定还有两人的CP（情侣）粉。

姜晏汐不疑有他，一口答应。可这个时候和李拾月一起过来的后世桃却突然开了口，说："我觉得这个游戏挺有意思，不如让我也参加吧？姜医生这么厉害，和她一组的人不是赢定了？那多没意思，也让我和姜医生过过招。"

汤导是什么样的人精？他看出来后世桃对姜晏汐有意思，不过他并不知道姜晏汐已经拒绝了后世桃，心想，他可是沈南洲这边的人。于是立刻开口："可是人已经满了，再多一个的话，就没人和后医生组队了。"

后世桃微微一笑，指向角落里的沈南洲，说："不如再挑一名现场观众参与进来，怎么样？现在这里有医生，有学生，如果再多一位普通观众，我想会更有意思。"

汤导心里咯噔一下。

旁边的顾月仙看了看后世桃，又看了看"工作人员"沈南洲，这什么情况？她知道那个工作人员可能是姜主任的神秘男朋友，也看出来后世桃对姜主任有意思。两个人这是干上了？老天爷！这是什么年代的狗血戏码？

但顾月仙不得不承认，她还有一点兴奋。至于其他人，当然不知道其中的蹊跷。

麻醉科的方主任说："那就让小后也参与进来吧，他现在是我们麻醉科的门面，可以代表我们麻醉科参与。"

能怎么办？汤导只能祈祷录制过程中不要出什么问题，要不然只能靠后期剪辑了。

后世桃主动要跟沈南洲一组，说："这位小哥是素人。"他故意加重了素人两个字的读音，"而且又是医疗行业外的人，我和他一组吧。我是老师，和你们玩游戏恐怕胜之不武，和这个素人一组比较公平。"

沈南洲当然不想跟后世桃一组，不过他更不想后世桃和姜晏汐一组，于是答应了，反正在众人眼里，他目前只是一位戴着口罩、帽子的工作人员。

大家也没问他为什么不摘下口罩和帽子，毕竟是素人嘛，到时候节目播出,肯定会把他做马赛克和变声处理。

然而姜晏汐主动说:"既然是素人,还是我跟他一组吧,后医生是李拾月的老师,不如带自己的学生。"

后世桃的眼睛里闪过一丝黯然,没想到姜晏汐的态度如此清楚明白。

汤导抓紧时间敲定:"好,那就姜主任和这位工作人员一组,后医生和李拾月一组,剩下两组实习生按照原来的搭配……那咱们现在就请其他主任出题。"

为了保证游戏公平,不让麻醉科、神经外科,还有肝胆外科的医生出题,而是由几位内科主任出题。毕竟在医院里,隔科室如隔行,虽说都是医学专业,但有时候医生对其他科室也不是很了解。

为了保证游戏的公平,节目组允许实习生,还有"工作人员"南洲用手机搜一次关键词,搜索他们所拿到的字条。

时间有限,搜索时长为一分钟。

第一个出题的是心内科的医生,他出的两个字条,是左心衰和右心衰。

姜晏汐和沈南洲这一组拿到的是右心衰,其他三组拿到的是左心衰。

他们按照从左到右的要求依次来描述自己拿到的词语。

第一组梁思博和顾家玉。

顾家玉首先说:"咳嗽。"

第二组曹月文和钟景明。

钟景明说:"淤血。"

第三组李拾月和后世桃。

后世桃说:"呼吸困难。"

第四组姜晏汐和沈南洲。

姜晏汐说:"右心室扩大。"

第一轮没有投出结果,第二轮继续。

其实像这种游戏,沈南洲是吃亏的,因为这种游戏无非是相近词,医生或者医学生拿到自己手里的词,会对其他人手上的词有一个猜测,然后尽量说这两个词的共同点。

就算是这几位医学生,记得不牢,他们刚才用手机,也很快搜索出了这个名词以及相近词的特点。但沈南洲顶多搜一下这个名词是什么,所以沈南洲在第二轮的时候露馅了,他说:"腹胀!"

不过姜晏汐迅速在大家还没有听清楚的时候打断他,说:"乏力,得这个病的人会感到没有力气。"

但第二轮大家把曹月文和钟景明投出去了,因为曹月文犯了一个致命的错误,她把知识点给记串了。也正因为曹月文这一个明显的错误,加上姜晏汐及时补救,其他人忽略了沈南洲短暂的嘴瓢。

第三轮。

后世桃:"有这个病的人上麻醉会有风险。"

姜晏汐:"要小心,不能做体力活。"

梁思博:"容易诱发其他器官的问题。"

第三轮无结果,大家选择第四轮。

沈南洲:"会危及生命。"

梁思博:"可以用利尿剂治疗。"

后世桃看到刚才是姜晏汐悄悄提醒了沈南洲,他有一瞬间的失神,说:"淤血的情况会缓解。"

其实姜晏汐已经猜到了,自己拿到的字条和其他三组不一样,她毫不犹豫指向了后世桃,因为他的这句话有歧义,所以梁思博也指向了他。

后世桃和李拾月出局。

汤导很遗憾地宣布:"卧底赢了。"

这一轮的奖品是一张双人电影券。

曹月文有些遗憾,不过钟景明悄悄跟她说:"没关系,以后我请你看。"

后世桃看着这个奖品,心里更苦涩了,或许只有沈南洲是最开心的,这个周末可以先去看电影,然后去 Flipped 餐厅吃饭。

后世桃突然开口说:"第二轮的时候,这位兄弟是不是想说腹胀恶心?"

腹胀恶心是右心衰最常见的表现,而疲乏无力是心衰几乎都有的症状。

姜晏汐当时及时打断了沈南洲,把他即将说出口的腹胀恶心,改成了疲乏无力。

再加上当时曹月文把知识点记串了,所以大家的注意力都没有在沈南洲的嘴瓢上。

沈南洲倒是大大方方承认:"我不是医学专业的人,差点儿就要拖累姜医生了,幸好姜医生及时扭转乾坤。"

沈南洲是歌手,他在说话的时候故意改变了自己的声线,再加上他捂得严实,除了知情人,其他人并不知道他的身份。

他怎么会不知道后世桃的小心思,这家伙故意把他拉到这个游戏里,不就是想告诉他,他和姜晏汐不是同一个圈子的人。

但是那又有什么关系?姜晏汐偏心他,这就够了。

## /7/

游戏又进行了好几轮,由现场大佬分别出题,直接把现场变成了考场,大佬们玩得不亦乐乎,实习生便苦着张脸了。

俗话说得好,术业有专攻,医学这个领域有细分为很多分支,大部分医生终其一生,就待在自己的领域里,所以有隔科室如隔行一说。

这些实习生大多也都分了方向,顶多对自己所在的学科领域还算有所了解,其他学科倒也不是说忘记,只是记得不清楚。

毕竟当一个医学生选择了他未来的职业发展方向,就会在这个领域深入研究下去,对其他领域的了解就一般般。但是这些主任们可是拿出自己的绝活来考人,实习生们怎么招架得了?

玩这个游戏,要通过自己的词条,猜测其他人可能是什么词条,然后尽量说这些医学名词的共通点。

这就要求他们对这些名词异常了解,既知道它们之间的共同点,也要知道它们之间的不同点,还要通过其他人说的特点来抓他们的漏洞,来猜测谁是那个拿到不同词条的人。

这些大佬都是来自不同科室的,他们拿自己最熟的病来考这些学生。

玩了几轮游戏后,几个实习生已经生无可恋了。

只有身为医生的姜晏汐和后世桃稍微好些,以至于到了后头,最大的看点,其实是看他们两个人。

玩过这个游戏的人都知道,游戏越是到后面,可以说的范围也就越窄,也就越容易露馅。

不过姜晏汐好像什么都清楚,或者说,即使遇到她不那么熟悉的病,也能找一个笼统的词出来描述。

玩到一半的时候,后世桃开玩笑地说:"姜主任,你也要让你身边的男生说一说呀,都是姜主任说,我们哪儿有赢的机会?我看全场最轻松的就是这位小哥,真是叫我们羡慕死了。跟姜主任一队,简直就是躺赢!"

其实在姜晏汐看来,这就是一个游戏,导演组的目的也只是借此做科普，胜负并不重要。

于是姜晏汐说："那好。"

下一轮的时候，她把机会让给沈南洲，不过姜晏汐在拿到词条后，就报了一长串关键词给沈南洲。

沈南洲对这些医学名词一知半解，却牢牢记住了姜晏汐的话。他按照姜晏汐提供的关键词，撑了几轮，竟然也没有露馅。

明眼人都知道是怎么一回事，姜晏汐竟然提供关键词给沈南洲，帮他在游戏里作弊！但仔细一想，这又不是不可以。说到底也是沈南洲把这些词给背下来了。

这一轮游戏异常长久，主要是博士生梁思博、后世桃，以及有姜晏汐这个"作弊器"帮忙的沈南洲。但是到后来，沈南洲也有些撑不住了，尤其在好几个词被后世桃说了之后。

突然，沈南洲放在桌下的手被人抓住了，纤纤玉指如玉般温润，在他手上写了几个字，像一根羽毛，挠动他的手心，也挠得他心痒无比。

虽然后世桃就坐在他们对面，但沈南洲突然对输赢这件事情也没那么在乎了，自始至终是姜晏汐来做选择，而不是他和其他人竞争。

沈南洲朝后世桃眉挑了挑眉，颇有些挑衅意味。就算他不懂医学又如何？他的姜医生不还是选择了他？

最后一轮游戏，后世桃输了。他紧紧抿着唇，脸上的笑消失了。

李拾月还以为他是输了游戏才不开心，说："后老师能撑过这么多轮已经很不容易了，姜老师学识渊博，本来就不能轻易赢她的。"

明眼人都看得出来，后来虽然是沈南洲在答题，但实际上是姜晏汐帮着。

后世桃难过的是，师妹知道沈南洲不了解医学领域，知道他空有皮囊与浅薄，却仍然不在意，这让他今天做的一切都有些可笑。

他朝姜晏汐拱了拱手，眼睛却盯着沈南洲："姜老师手下留情，是我不如你。"

或许这些人中，只有知道内幕的汤导看出这两人之间的硝烟，这位外国友人长得也不错，金发碧眼，轮廓深邃，又和姜晏汐是同学是同事，看样子是想挖沈南洲的墙脚。好在姜医生坚定。

汤导也有点担心姜晏汐和沈南洲会分手，毕竟这两个人太不像一路人了。在大众观念里，姜晏汐和后世桃才是某种意义上的神仙眷侣。

他及时开口,打断现场奇怪的磁场,说:"感谢各位主任对我们节目组的大力支持,我们节目组有知名牛奶品牌的冠名支持,高蛋白、无添加,我们给各位主任都带了一箱……"

汤导及时插播了一条广告,眼神暗示沈南洲到旁边去,再这样下去,他恐怕就要因为后世桃的针对而露馅了。

这些大佬很随和,知道导演或许有广告任务,都配合地喝了一口。

不过在摄像机关掉之后,营养科主任看着牛奶配方表看了半天,说:"这蛋白质有点少了吧?"

旁边的主任开玩笑说:"应该给你广告费,你是营养科的,大家肯定都信你。"

营养科主任说:"喏,这箱牛奶不就是吗?"

在谈笑间,因为19床棘手的病情而带来的沉重气氛缓和了不少。

事实上今天也讨论出结果了。

麻醉科的方主任没有能拗过神经外科的于主任,手术照常进行。

其他科室这几天就想方设法保证19床病人病情的稳定,而麻醉科则要想方设法为手术的麻醉创造条件,避免手术进行中出现意外。

由于这场手术的主场还是在神经外科,所以姜晏汐要对这场会诊做一个记录和总结。

三组实习生各回各科室,而姜晏汐也回到办公室整理文件。

19床的手术无疑是一场棘手的手术,做完手术恐怕就要直接转到ICU观察。术后如何,谁也不能保证。

越是年纪小的病人和家属的谈话就越困难。

姜晏汐思索着要如何和家属谈话,这时候手机传来提示音,沈南洲问她中午吃什么,她直接让沈南洲来了办公室。

其他人都去吃饭了,沈南洲往下压了压帽檐,一个侧身,闪进了办公室。他敏锐地察觉到姜晏汐的情绪不对,问:"怎么了?"

姜晏汐伸手揉了揉太阳穴,语气里透露出疲惫:"没什么。"

她把自己的工卡拿给沈南洲,"你拿我的卡去食堂吃饭吧,也帮我带一份回来。"

沈南洲下意识地想要推拒,说:"我付就好了。"

怎么可以让女朋友付钱!

姜晏汐说:"医院食堂只对职工开放,你拿着,算是家属卡。"

于是沈南洲心花怒放地接受了。家属卡？他可以。既然女朋友在忙，那么打饭的事情，他义不容辞。

沈南洲把头上的鸭舌帽扶正，把口罩往上拉，然后去食堂打饭。

这个时候已经过了饭点了，食堂的人不是很多，大多是因为工作错过了吃饭时间的医生。

沈南洲买了两份石锅拌饭，打包带走，又在食堂外面的小超市买了两盒酸奶。他沉浸在刷家属卡的快乐中，没有发现有一个熟人正看着他。

顾月仙在不远处摸了摸下巴，她看见沈南洲刷卡了，姜主任和他的关系已经发展到这种程度了吗？

她忧心忡忡，甚至点错了饭。

不怪她担心，综艺节目始终要拍完的，节目组的人也要离开这里。姜主任或许是一时被蛊惑了，她什么都好的姜主任，一定是恋爱谈少了。

顾月仙还在忧心忡忡的时候，沈南洲已经买完了饭回去了。

姜晏汐看见他进来，关掉了电脑，把桌上的文件收到一边，开始吃午饭。

沈南洲想要把卡还给她，姜晏汐没要，她说："就放在你那儿吧，你可以拿着去买饭。我们食堂饭菜还不错，你胃不好，别总是吃外卖了。"

姜晏汐想了想说："我这里有电子卡。"所以实体卡给沈南洲也没有关系。

沈南洲现在是节目组的工作人员，虽然他的实际身份是投资人，但是做工作人员就要有做工作人员的样子。

节目组的工作人员是不允许点外卖的，这也是为了节目的保密性，一般来说，节目组会提供盒饭。但是很明显，沈南洲也不适合摘下口罩和大家一起吃饭，不然第二天就能上热搜。

再说了，让沈南洲吃节目组的盒饭？沈南洲仔细思考过，他还是饿着吧。

反正沈南洲平时的三餐就不规律，老被 Leo 吐槽，说老了就是给医院送钱的命。

所以一天不吃对沈南洲来说也没什么。只是姜晏汐发现了他的这个坏习惯，才会把饭卡给他，让他给自己带饭。

姜晏汐打开饭盒，拆开酸奶的外包装，她留意到沈南洲的饭和自己不是同一种口味，她默默弯了弯唇角。

和沈南洲在一起很愉快，他这个人简单且真诚，和这样的人在一起，整个世界都豁然开朗。就在刚才,姜晏汐还在担心19床的病人,病人年纪小,病情棘手,家属是不太能接受坏消息的。花了这么多钱,要是人财两空,很容易闹出纠纷来。

神经外科于主任想开这个刀,然而姜晏汐并不持乐观态度,就连吃饭,竟然吃着吃着思绪就放空起来。

她在回忆刚才会议上讨论的内容。

这个病人是于主任收下的,自然是于主任主刀。

做法都是常规做法,但是实际操作中谁也不知道会发生什么,而且这个病人有合并其他基础疾病,很难说会不会出现其他意外。他脑子里出现异常的这个部位也很深,不好暴露,术中失血也会很多,一旦术中出现大血管破裂,恐怕连手术台都下不了,就算手术成功,能不能醒来还是一个问题。

沈南洲注意到姜晏汐的放空,问:"是遇到什么棘手的病人了吗?"

姜晏汐点点头,又摇摇头,说:"算是吧。"说起来算是运气,姜晏汐经手的病人最后都成功出院了。然而一个医生一辈子要经手那么多病人,和死亡打交道是难免的。

一个医生一定会永远记住第一个死在他手上的病人,这是必须要经历的过程,有的时候有些病的结局是不可避免的。

医院本来就是见证死亡最多的地方,有时候经历久了也就麻木了。

但是姜晏汐扪心自问,她的心还没有麻木,所以她有一点不知道怎么去面对家属。

从家属的角度,他们是想做这个手术的,因为他们不知道其中利害,觉得做了手术就会好。

这是他们唯一的儿子,无论付出多少钱,他们都要试一试。

沈南洲不了解这些医学相关的专业知识,也不知道那位病人具体是怎么个棘手法。

所以他只是默默地为姜晏汐戳开了一杯酸奶,说起了另外一件事情:"我第一次开演唱会的时候,在夏天。那是一场室外演唱会,天气预报本来说没有雨,但是下起了瓢泼大雨。

"其实我当时心里很慌,因为这是我的第一次演唱会,我觉得结束以后,Leo 一定会骂人,比如说这该死的天气预报一点儿也不准,不过不知道为什么,我当时想到这里,心情反而突然轻松了,然后我唱完了。我想,反正我做了自己应该做的事情，剩下的就看老天爷了。"

有关医学专业的事情，沈南洲不知道怎么安慰人，他也给不出任何建议，而且姜晏汐也不需要自己给建议。

手术该不该做，该怎么做，这些专家已经开会研讨过了。

他单纯希望姜晏汐能开心一点，毕竟从他的角度来看，世上没有难倒姜晏汐的事情，她做什么都会成功的。

这是一种来自沈南洲对姜晏汐无条件的信任。

事实证明，有时候想简单一点是有用的，最起码沈南洲的话安慰到了姜晏汐。

她的焦虑消失了，正如沈南洲所说，专业人士把该干的事情干掉了，剩下的就是老天爷的事情了。

反正问心无愧。

## / 8 /

两个人独处的时间总是过得特别快，沈南洲觉得自己才刚吃完饭，午休的时间就结束了。

顾月仙来敲姜晏汐的门："姜主任，于主任找您一起去和19床家属谈话，您看是在于主任的办公室谈，还是在您的办公室谈？"

姜晏汐想了想说："你进来说吧。"姜晏汐对顾月仙的人品还是信得过的，她嘴巴牢靠，而且之前也见过沈南洲。

其实大部分在医院里工作的人都知道什么能说，什么不能说，姜晏汐既然跟沈南洲谈恋爱，也没打算完全藏着掖着，在一些好友面前，姜晏汐还是打算介绍一下的。

沈南洲下意识想躲，却被姜晏汐拉着坐下了。

顾月仙一进门，就看见姜晏汐拉着她的神秘男朋友。

怎么看上去姜主任的男朋友还有些不情不愿？裹得这么严实，难道不想露面，方便以后不负责任？

顾月仙有些生气，虽然她不应该对姜主任的男朋友多加评判，但是……她还是先忍了，然后忽略沈南洲，坐到姜晏汐对面。

姜晏汐说："去于主任那里谈吧，重症医学的人叫了没有？"

顾月仙点点头："他们已经来了，19床的情况摆在这里，咱们肯定是往最严重的后果谈。"

姜晏汐说:"好,我等会儿就去。今天下午实习生还是交给你。"

顾月仙说:"我明白,病人情况特殊,又是于主任做主收下的,我懂。"

顾月仙虽然才来医院两年,但是她在临床上和病人家属打交道的工作经验可不止两年。她说完事情本该走了,但是她坐在那里,欲言又止。

姜晏汐问她:"你有什么想说的就说吧?"

顾月仙索性说了个痛快:"姜主任,你是不是在和他谈恋爱?"她手一指,指向了旁边的"工作人员"沈南洲。

"姜主任,你知道我不是一个喜欢议论别人私事的人,但是他的身份很复杂,您是不是应该慎重考虑一下?"顾月仙以为沈南洲是导演关系户,姜晏汐却以为顾月仙已经知道沈南洲身份了。

毕竟顾月仙从前是见过沈南洲的。但姜晏汐并不知道,由于沈南洲出色的乔装技术,再加上顾月仙是个纯纯的学术狂魔,不追星,不了解娱乐圈,对沈南洲也没有很熟,并没有认出沈南洲来。

姜晏汐用余光看了一眼旁边的沈南洲,男朋友好像有点儿不高兴。

"我了解他人品,不会有错。"她说。

顾月仙说:"那好吧,姜主任,反正我总是站在你这边的,你说不会有错,那就不会有错。"

姜晏汐转头跟沈南洲说:"这位是顾月仙顾医生,你们从前见过的,也是我的朋友。"这便是把沈南洲介绍给自己认识的人了。

沈南洲内心因为顾月仙的质疑而升起的不悦一扫而光,他摘下帽子、口罩,跟顾月仙打招呼:"你好。"

终于有第三个人知道他是姜晏汐的男朋友了,嗯,汤导不算。那么离朋友圈公开还远吗?

顾月仙直接傻了,沈南洲怎么出现在这里?怎么回事?他一个大明星偷偷来做摄像?

想起大手笔的甜品下午茶和玫瑰花,好像沈南洲的身份又有些合理。

然而顾月仙很快就接受了这个事实,比起和导演有关系的富二代公子哥,好像沈南洲也不是不能接受。

最重要的是他长得好看啊!顾月仙承认自己是个颜控,最起码这样的脸才勉勉强强配得上她的姜主任。

姜晏汐向顾月仙介绍:"这位是我的男朋友,沈南洲。"

顾月仙连连点头："我知道，知道。"

姜晏汐说："他跟在节目组后面，也是为了学习。他的身份特殊，在外面不能摘下口罩、帽子，我就让他在我办公室吃饭，但有时候我不一定在办公室，你跟阿姨说下，不要进来。"又说，"科里订东西的话，也帮我订两份，多的那一份，记在我账上。"

外科经常有下午茶，有时候是咖啡，有时候是奶茶，有时候是各种点心。一般这种统计人头的活就交给顾月仙。

姜晏汐急着走，匆匆说了一下，就出去谈事情了。剩下沈南洲在原地心花怒放，他的心理活动全写在脸上了，看得顾月仙对人生产生怀疑。

这就是时下最流行的"笨蛋美人"吗？怎么看着有点憨憨的。

不过沈南洲很快也收敛了这心花怒放的笑，露出礼貌且疏离的微笑。

顾月仙说："要不你先在这待着？"她也不知道沈南洲在节目组那儿有什么安排，反正自便吧，也不是她的办公室，是人家女朋友的办公室。

顾月仙刚要走，转身说："对了，我可跟你说一声，你既然和我们姜主任谈恋爱，一定不要再搞什么单身人设，否则……哼！"

指望大明星公开也不太可能，但要是沈南洲在对外采访的时候表示自己还单身，顾月仙想想这种可能，火气就上来了。

反正她是忍不了的。

顾月仙放完狠话就走了，沈南洲是半点没放在心上，毕竟对于他而言，那是不可能的事情。

他仔细思考了一下，什么时候朋友圈公开换情侣头像比较好呢？不如就定在解约的第二天吧？

于是沈南洲发消息跟 Leo 确认：星扬娱乐的人是不是说后天在乐源大厦谈解约的事情？

Leo：后天中午十二点，乐源大厦十五层。

与此同时秘书小姐也在问新总裁："张总，这个文件是不是搞错了？"

他们不是准备答应沈南洲的解约吗？为什么新总裁让她打印了一份续约合同？

# 第十三章

DI ER CI
XINDONG

世界在喧嚣，我们在恋爱

他的明月应该永远高悬，他会攀登悬崖和她站在一起，而不是把她从云巅拽落。

## 1

周四，乐源大厦。

沈南洲和 Leo 早就到了，十五楼是一家高层私人餐厅，四周是高大的落地窗，可以看到远处鳞次栉比的大厦。

沈南洲坐在洁白的圆桌旁，手指微屈，有些不耐烦地敲打桌面，问 Leo："不是今天要谈吗？"

Leo 早有预料，说："估计还是不情愿放你走吧，正常，不过就算不情愿他们也没办法了，除了拖一拖时间还能怎么办？"

Leo 也在桌子旁坐下来，说："忙了几个星期，总算要解决了，等合约的事情谈完，我就能踏踏实实跟组带着你了。对了，你这些天在节目组怎么样，还能适应吗？"

Leo 有些担心沈南洲的脾气，也没想到他能待这么久。

沈南洲下意识地说："不用！"他喝了口水来掩饰自己的慌张，说："你奔波这些日子也挺辛苦的，等合约谈完，你不如再休息两周，我在节目组只是一个普通工作人员，你跟着我也太显眼了。"

Leo 仔细思考了一下，觉得有道理，说："那我接送你上下班，省得你又被娱记盯上。"

Leo 在反娱记侦查这方面还是专业的，不料还是被沈南洲拒绝了，他说："我现在就是一个工作人员，没人注意到我，你要是开车送我，估计就被别人注意到了。再说了，节目也很快就要拍完了，没有必要，你不如在家里多休息几天。"

沈南洲把汤导拿出来当挡箭牌，说："阵势搞太大，汤导也不高兴。"

Leo 想了想，说："有道理，之前有个小明星在汤导的节目里耍大牌，直接被汤导在微博上骂了，虽然说按你的咖位，汤导不会这么做，不过还是不要和汤导起矛盾比较好。"

Leo 欣慰地说："你竟然也懂得低调了，不错不错。在娱乐圈还是要收敛一下自己的脾气，树大招风，就算你行得正坐得直，也难免被别人盯上。"

Leo 不疑有他，说："对了，和星扬娱乐解约之后，你有什么规划？"

沈南洲说："考虑一下个人问题。"

Leo 吓了一跳，怀疑自己的耳朵听错了。

他正要询问，星扬娱乐的新总裁和秘书小姐进来了。

新总裁是个笑面虎，即使之前差点儿撕破脸，这次见面的时候仍然能握手谈笑。

Leo 皮笑肉不笑，说："张总，咱们长话短说，之前该谈的都已经谈过了，这次把事情一次性解决完吧。"

张总坐下来，给后面的秘书小姐使了个眼色，秘书小姐从文件包里掏出一沓文件，放在桌子上推过去。

张总双手叠在下巴上，没说话，只是朝 Leo 努了努嘴。

Leo 伸手把文件拽到自己面前，快速地过目，然而他越翻越不对劲儿，又把合同翻到了第一页，脸色彻底黑了，他站起来，说："这不是解约合同，这是续约合同！什么意思？"

明明之前沟通好了，突然来这一出，难不成想逼着他们续约不成？

Leo 站起来，说："合同快到期了，你就是不愿意提前放人，到了时间，我们一样会走，这一点我们之前说得很清楚。你这份文件是什么意思，觉得我们家沈南洲是你手底下那些好拿捏的小明星吗？"

沈南洲和星扬娱乐的合约十二月份到期，只是沈南洲想提前解约，再加上 Leo 觉得好歹是老东家，就算之后不续约了，好好打声招呼，之后双方各自发布和平解约声明，也算是好聚好散。所以 Leo 才去找星扬娱乐商谈，一来转述沈南洲的诉求，提前解约；二来希望能好聚好散，和和气气地各自发布对外公告。

星扬娱乐刚开始当然是不同意的，甚至还追加了许多优渥条件试图留住沈南洲，但是沈南洲执意要走，星扬娱乐强留也留不下来。再说了，沈南洲并不是任他们拿捏的小明星，他们只能答应沈南洲的要求，就算不答应，合约也快到期了，拖也拖不了多久，还不如卖沈南洲一个面子，以后还能请沈南洲到自家公司出品的电视剧或者综艺节目做个友情嘉宾。

所以星扬娱乐犹豫之后答应解约，也是在 Leo 的意料之中，本来以为今天不会出什么差池，谁能想到对方竟然拿出了一份续约合同。

星扬娱乐的人不会做出如此疏忽的事情，从张总的表情来看，分明是故意的。

Leo 觉得又愤怒又可笑，直接拍桌子站了起来。

沈南洲也皱着眉头翻完了文件，紧紧抿着唇坐在一边，这个时候他不需要做什么，Leo很专业，也是他最忠诚的伙伴，他很放心把这一切交给Leo，他的沉默已经表明了他的愤怒和态度。

秘书小姐瑟瑟发抖地站在一边，她也搞不懂总裁为什么这么做，就算他抓住了沈南洲的把柄，说到底那也算不上什么黑料，毕竟沈南洲都快三十岁了，谈一场恋爱算不得什么。再说，女方家世清白，学历高，如果她是沈南洲的粉丝，只会尊重祝福。

就算是偶像，也要有自己的生活嘛。秘书小姐并不觉得这会给沈南洲带来多大影响，顶多就是损失一点偏激的粉丝，这又算得了什么损失呢？而总裁一意孤行要和沈南洲闹翻，显然对正在走下坡路的星扬娱乐而言不是明智的决定。但她只是一个打工人，阻止不了总裁的想法。

于是秘书小姐胆战心惊地看着总裁又抽了一张照片，说："先别着急，不如先看看这张照片，这是我从别家花大价钱买下来的。"

/ 2 /

死一样的寂静。

Leo狐疑地拿起那张照片看了半天，然后纳闷地问："这是什么？"

张总脸上的笑瞬间凝固了，他想抓着Leo咆哮，难道你看不出来这是你家艺人和另一个女人的背影吗？

他还是忍住了，对Leo说："或许你应该问一问你家艺人。"

于是Leo把照片递给沈南洲，沈南洲看了半天也没认出来，他嫌弃地把照片放回桌上，诚实地点评了一句："拍照技术不行。"

这张照片都模糊出幻影来了，能看出什么，他和姜晏汐的背影？他不知道张总拿一张模糊的照片要干什么。

沈南洲在舞台上表演了十年，对摄像头和聚光灯都是很敏感的，跟姜晏汐在一起的时候都是慎之又慎，如果有娱记跟着他们，他不会没有察觉。再说了，沈南洲现在和姜晏汐相处，大部分在医院住院部，那里可不是娱记容易进去的地方。

所以一些娱记费尽心思也只是拍到了一些模糊的背影，以至于根本看不出来是谁和谁。

张总按捺着火气，说："既然如此，咱们就打开天窗说亮话，我手里不止这一张照片。你瞒着公司偷偷谈恋爱，差点被娱记曝光，如果不是我及时把照片买下来，什么样的后果你应该知道。"

Leo 震惊地看向沈南洲，什么时候的事情？

沈南洲倒是异常镇定，说："我和公司的合约从来就没有不能谈恋爱这一项规定。"

这就是默认了。

现场最抓狂的应该是 Leo，但他知道现在主要问题是一起面对张总。

Leo 说："小沈今年也快三十岁了，有点自己的私人生活不足为奇，倒是张总把这张照片拿出来说事，是什么意思？"

凭这张捕风捉影的照片，完全可以否认沈南洲谈恋爱的事情。但是这不是沈南洲的作风，Leo 也知道这件事情恐怕是事实了。再说，也不知道张总手里还有没有什么其他照片，转念一想，索性大大方方承认下来。

想要威胁他们？绝不可能！

张总说："这件事情传出去总归是不好的。沈南洲目前还是公司的人，我们自然会帮他处理这些负面新闻，但公司做这些事情也是需要付出人力和物力的。公司花了十年时间把他培养出来，他现在说要走，有点卸磨杀驴了吧。以他现在的地位，已经是我们公司的一哥，没人敢怠慢他，他也有足够多的选择权和话语权，何必要走？若是他留下来，公司给他的条件会更好，这些负面新闻也能帮他处理得干干净净，往后他想怎么谈恋爱就怎么谈，谈几个女朋友都没人管他。"

张总还朝沈南洲挤了挤眼睛，暗示道："大家都是男人，我懂。"

星扬娱乐越来越不景气，这几年在业内的名气全靠沈南洲撑着，已经没有能赚钱的新人了。

沈南洲这一走，星扬娱乐就要彻底在业内失去老大的地位了。

沈南洲很反感张总的暗示，他一个风月常客懂什么爱情？才空降星扬娱乐不久，就已经勾搭上了好几个小明星。

他沉着脸说："我没张总那么多情，我只有我女朋友一个人。"

张总笑道："看来你还是个痴情的种子，不过这就是你个人的选择了，从此以后，你要结婚要生子，公司都不会管，只要你藏好了，别让粉丝知道就行。当然了，如果有娱记偷拍，公司也会第一时间帮你解决。其实，你留在公司没有坏处，还跟从前一样，为什么非得解约呢？"

张总把文件又推回去，说："你们可以好好看看新合约，再考虑一下，你离开公司，是走不长远的。没有公司的帮助，想要发展也是一件困难的事情，何必呢？"

沈南洲冷笑一下，想也不想就把文件撕了，说："难道我说得不够清楚吗？我是不会续约的！"

张总也只是说漂亮话罢了，新合约一签就是二十年，和卖身契又有何异？这位新总裁空降的时间虽短，却被全公司上下厌恶。

依照这位新总裁的作风，以后估计只会让沈南洲接各种烂片、烂综艺，以最大程度榨干沈南洲的价值。

沈南洲站起来，对 Leo 说："看来今天张总并没有诚意，我们今天算是白来了。既然如此，那就按流程办事吧。张总不想和平解约，那就等我们家艺人合同一到期，向法院提出诉讼吧！"

沈南洲和 Leo 表现出如此强势的样子，直接让张总愣住了，他问："你就不怕你谈恋爱的消息爆出去，人气会大大受损？"

沈南洲懒得回答他的恐吓，毕竟张总连沈南洲的性格都没有摸清楚，他根本就不惧怕因为恋情曝光而受到影响。

沈南洲从来不卖偶像人设，也从来不立单身人设。他在娱乐圈虽然以美貌出名，但他是个有作品产出的歌手。他对待自己的每一张专辑都力求完美，每一场演唱会的细节之处都亲力亲为。无论对作品，还是对粉丝，他都问心无愧。

他之所以没有公开恋情，并不是因为害怕受到影响，只是害怕在合约没处理好之前，给姜晏汐带来影响。

沈南洲直接转身走了。

Leo 冷哼了一声，说："你觉得沈南洲需要担心人气吗？"说完之后，他也跟上沈南洲，一个眼神也不多给这位张总，气得张总在原地无能狂怒。

秘书小姐深深地低下头，老天爷啊，她想辞职！

这位新总裁上任之后，她一个人干了三个人的活，又加班又没有节假日，薪水还砍半。

秘书小姐已经在找新工作了，准备拿到这个月薪水就跳槽。她尽量缩小自己的存在感，然而怕什么来什么，还是被张总提问了。

他问："沈南洲那个女朋友，就是节目组的实习生吧？我听说他最近一直在节目组。"

秘书小姐弱弱地说："那些娱记也没拍到清晰的照片，或许是假的呢？"

张总冷笑一声，"如果是假的，沈南洲怎么会天天跑去节目组？到底还是年轻,沉不住气,第一次谈恋爱就上了头。"

张总其实看不起沈南洲,身为娱乐圈巨星,想要个女人还不是唾手可得?没想到他竟然是个不假女色的主,到现在才谈第一次恋爱,还这么纯情,简直是浪费资源。

也或许是因为张总嫉妒沈南洲那张脸,毕竟他长得平平无奇,谈恋爱只能靠砸钱,从来没有感受过颜值带来的福利。

通常,他都是一边花着钱,一边怀疑那些女人对他的真心。

秘书小姐并不赞同张总的想法,直接选择沉默。任由张总在那里自言自语:"我瞧他如此狂妄,等他负面新闻缠身,还会不会这么嚣张?只怕到时候哭着回来求我帮他把负面舆论压下去。"

秘书小姐很想说,沈南洲应该不在意,并且现在的粉丝也没有那么不理智。

不过秘书小姐也只是想想,还是什么都没说,反正她快跳槽了,这公司谁爱待谁待吧。

/ 3 /

Leo 追着沈南洲出来之后,两个人先上了车。

Leo 问:"到底是怎么回事?上次我问你,你不是还单身吗?"

沈南洲说:"上次你问时的确是。"

Leo 说:"怪不得你小子着急解约,恐怕早就惦记着这事了吧?惦记给人家一个名分?"

Leo 清楚沈南洲的性格,他不喜欢隐藏和欺骗,一旦沈南洲有了女朋友,绝对不会遮遮掩掩。这也是为什么 Leo 不希望沈南洲谈恋爱,因为他藏不住,如果沈南洲能藏住,Leo 也不介意他谈恋爱,毕竟不让人谈恋爱,属实是有些灭绝人性。

想起沈南洲的年纪,Leo 倒也没生气,虽然嘴上一直说让他别谈恋爱,会影响事业,但这并不意味着 Leo 不希望沈南洲有自己的生活。

看沈南洲这样,估计很在乎女朋友。

也怪自己这阵子没有跟在他旁边,不然不可能发现不了苗头。

沈南洲低声说:"抱歉,这件事情没有跟你说,我是打算和公司解约之后再公开的。她身份特殊,所以……"

Leo 急急踩住刹车："你说什么？公开？不行！谈恋爱也就谈了，我又不让你分手，但是公开恋情这事，你不要想了，不然到时候微博还得再瘫痪一次。"

沈南洲知道他误会了，说："只是在圈内公开，她是圈外人，我不想把她牵扯到娱乐圈的风波之中。"

Leo 看着他："不会是你那女朋友让你这么做的吧？我跟你说，你和谁谈我不管，但一定不能是个作精，那谁的前车之鉴还在眼前呢，我可不想成为业内笑话！"

沈南洲说："是我急着想公开，担心她不愿意。"

Leo 惊了，好像第一次认识沈南洲一般。

他从大学的时候就认识沈南洲了，毕业后就成了他的正式经纪人，他很了解沈南洲的性格，不敢想能有什么人、什么事让他低下高傲的头颅。

"还能有人不愿意？"Leo 问。

沈南洲说："是我高攀。"

Leo 倒吸一口凉气，想起刚才张总提到实习生，问："是节目组的人？"

沈南洲以为 Leo 指的是姜晏汐，点了点头。

Leo 以为沈南洲的女朋友是节目组的实习生，毕竟谁能想到沈南洲会和节目组的导师有关系？就连张总也没想到啊。

Leo 说："那确实是高才生，想来是不会作的。行吧行吧，那你好好谈吧。"

Leo 知道节目组的实习生学历都不错。对于读书多的人，大家总是有一种敬仰之情。而医疗系统的高才生，就算以后恋情曝光，说出去也好听，有时候女方的身份也是一种加分点。

Leo 说："我也不是没想过你日后谈恋爱了怎么办？倒是有两种处理方式，要么偷偷摸摸谈恋爱，不过你应该不愿意。不然你就先在你朋友圈公开，慢慢透露你有女朋友，这样大众接受度也更高一些。女方的身份你也可以透露一点，大家知道她是高才生，也不至于反对。不过和星扬娱乐的合约……既然不能提前解约，就先拖着吧，反正拖到十二月份，他们也没办法了，咱们就该干什么干什么。至于张总手里的照片，我估计也没拍到什么，要是有实质性证据，他早就拿出来威胁你了。"

沈南洲稍稍放心了一些，他主要是担心姜晏汐的信息泄露出去，然而下一秒，Leo 说："不过，我看你这阵子还是不要去节目录制现场了，张总今天搞这一出,我猜你谈恋爱的事情肯定已经在圈里流传出去了,就怕被有心之人盯上。"

沈南洲瞬间像被霜打了的茄子一样无精打采,他给姜晏汐发信息:下午我不能去医院了。

姜晏汐:怎么了?解约的事情不顺利吗?

沈南洲在对话框里打打删删,不知如何说起。

沈南洲:最近可能被娱记盯上了。

姜晏汐:那你还是不要来了。

沈南洲的心情更差了,女朋友太过善解人意怎么办?难道女朋友就不想见到他吗?

他的心里有点委屈,下一秒看到了姜晏汐的信息:那就周末餐厅见吧。

他的心情又瞬间好了起来。

姜晏汐:对了,你之前说要给我的小猫头像呢?

姜晏汐发出这条消息后,沈南洲就突然没声了,恰巧这个时候她也要忙了,就把手机放在一边。

等她再打开手机的时候,她的手机消息被数不清的图片塞满了,沈南洲给她发了得有一个G的图库,上面都是各式各样可爱的小猫,有抱着西瓜啃的小橘,有呼呼大睡的小灰,有委屈巴巴求再吃一口的小蓝……

这些小猫咪不仅神态不同,动作不同,还有不同的衣服,被沈南洲细心挑选过,组成了一对对情侣头像,发了过来。

最后一条消息是沈南洲问:你有喜欢的吗?要是你不喜欢我还可以再画一点。

最后姜晏汐挑了一组以职业为背景的小猫,她的是一只小白猫,背景是红色Nature,小白猫穿着白大褂,脖子上还挂着听诊器。而沈南洲的是一只小黑猫,站在舞台的聚光灯下,手里拿着话筒在唱歌。

她把这两张照片发给沈南洲:我觉得这个就很不错。

沈南洲立刻放下手中新起草的小猫头像,捧着手机看了半天,然后乐呵呵换了新头像。

与此同时,姜晏汐也把头像换了,她随手发到了朋友圈:一张很可爱的头像。

三分钟后瞬间多了无数点赞。

姜晏汐是沈南洲的特别关注,他立刻就收到了提醒,第一个点了赞,看着自己和姜晏汐的头像挨在一起,默默地截了个图。

沈南洲和姜晏汐并没有什么共同好友,不过沈南洲也发了一条朋友圈:在所有灰暗的日子里,你是我的初心。

瞬间,沈南洲的朋友圈爆炸了,列表的人挨个来私信他:什么情况?

汤导和 Leo 是唯一知道内情的人,汤导评论:恭喜恭喜。

Leo 点了赞,然后小窗沈南洲:你多少悠着点,现在还没解约呢。

沈南洲:反正跟他们也算半撕破脸了,与其让他们把消息放出去,不如我们自己承认。

沈南洲的意思是先在圈内公开这个消息,再由圈内慢慢传到圈外,形成一个大家心照不宣的秘密。

这样就算星扬娱乐曝光消息,或者说沈南洲自己以后公开恋情,不至于引起太大轰动。只是 Leo 不知道沈南洲心里的这个想法,要不然多少要嘲笑他的天真。拜托,你对自己的咖位有一点认知好吗?你要是宣布恋情,微博多少得瘫痪一个晚上和一个早上。

Leo 问:那你这是准备把她带到大众视野了?这不太合适吧,恐怕会对她的发展有影响,而且节目一播出,她的各种信息就相当于曝光了。

因为张总的话,Leo 误以为沈南洲是跟李拾月谈恋爱,但他说的这话,套在姜晏汐身上也能用,所以沈南洲也没想过 Leo 认错了人。

沈南洲回复:我会公开我并非单身,但不会公开她的身份,让舆论对着我一个人来就好了,我不想把她牵扯进来。

Leo 认识沈南洲这么多年,还是第一次看到他对一个人这么上心。

Leo 说:行吧,你放心,舆论这边我会多找几家媒体,跟他们打好招呼,只是你不要自己瞎搞,有什么事情先跟我商量。

Leo 是沈南洲的经纪人,但也是他的好哥们儿,他们认识了十年,从大学室友变成了现在大明星和经纪人的关系。

如果不是为了沈南洲的前途考虑,Leo 也是很高兴他找到对象的。不过现在,沈南洲都不在乎了,他也不能阻拦他去追求幸福,不过……

Leo 发消息:你女朋友又不是什么拿不出手的人,我真的觉得,反正你都要在社交平台公开自己的恋情了,不如干脆炒一波,以后你们谈恋爱约会还不用藏着掖着,多好?我查过你女朋友的信息,没啥负面消息,又是高学历人才,网友说不定会很喜欢你们这对真情侣。

沈南洲:是我非要追求她的,她不应该承受任何舆论。

无论 Leo 说得多么天花乱坠，比如他的女朋友只需要承受一点点小委屈，很快舆论就会反转，沈南洲还能借此顺理成章转型。沈南洲没有答应 Leo 的炒作建议，因为他永远也不会利用姜晏汐，他的明月应该永远高悬，他会攀登悬崖和她站在一起，而不是把她从云巅拽落。

Leo：这有什么区别？反正节目播出以后，舆论一样少不了，人们总归是要议论她的。

沈南洲：不一样。

Leo 拗不过沈南洲，说：行吧，你也算栽她身上了。你不愿意让她露面就不愿意吧。那你小心点，我看星扬娱乐对于你不肯续约的事情很生气，多少还要闹点幺蛾子，最有可能从你女朋友那里下手。

沈南洲：那他们到底有没有拍到什么？

Leo：我打听过了，暂时没有，所以我让你不要去医院露面了，有什么事情等这个节目拍完了再说。

Leo 唏嘘：也算是不幸中的万幸，你和她看上去就是两个世界的人，我估计大众也想不到你们会在一起。星扬娱乐手上没什么证据，折腾不起来。

毕竟这绯闻放出去谁信啊？说沈南洲跟主持人李丹谈恋爱，都比说沈南洲跟李拾月谈恋爱靠谱。

一个是娱乐圈的大明星，一个是妇科肿瘤女博士，怎么看都不像是一个世界的人。

Leo 没有想到的是，他不是在跟女博士李拾月谈恋爱，而是在跟女博士李拾月的导师姜晏汐谈恋爱。

恐怕 Leo 的小心脏日后多少还得再受一次冲击。

/ 4 /

因为 Leo 的那一句"不是同一个世界的人"让沈南洲郁闷了一个下午。

直到他看到朋友圈有消息提醒，点开来一看，是沈南洲和姜晏汐的共同好友后世桃给姜晏汐的朋友圈点了个赞，评论：恭喜师妹。

沈南洲瞬间爽了。

后世桃也确实放弃了，那天师妹跟他说明白的时候，他就知道自己没可能了，不过是嫉妒心作祟，才做出针对沈南洲的行为，现在想想，实在有失风度。

沈南洲这条朋友圈几乎是堂而皇之地公开了，不过能看到沈南洲这条朋友圈的人，基本上也不是多嘴的人，大家深谙娱乐圈明哲保身的道理，除了那么几个跟沈南洲相熟的人，其余的人都默默当起了"盲人"。

但他们还是会好奇，私下里互相交流。

你知道沈南洲的女朋友是谁吗？是咱们圈子里的吗？
何方神圣能让沈南洲那么小心翼翼？
不知道呢！
小道消息，听说是位科学家呢！
什么？！

百密一疏，沈南洲发朋友圈的时候忘记屏蔽沈老爹，说起来，沈老爹和沈南洲已经冷战好几年了。

沈老爹年纪大了，跟第二任妻子早就离婚了。周游世界的沈老妈也不理他，沈老爹一个人异常孤独，早就后悔了，只是拉不下脸去跟儿子认错。

沈老爹仍然不愿意承认唱歌是正经职业，但是家里的书房摆满了沈南洲的每一张专辑和每一场演唱会门票。

看到沈南洲朋友圈的第一时间，沈老爹心中升起无限苦涩，但鉴于沈老爹乐子人属性，伤春悲秋不到一秒，立刻狂喜。

一喜，儿子有对象了，不用自己给他张罗相亲了；二喜，总算有个理由去和儿子说话了。于是沈老爹先给沈南洲发了二十八个红包。

沈老爹：什么时候找的女朋友？为什么不跟我说一声！

沈老爹有一种奇特的功能，每次都能把关心的话说成训斥的话，沈老爹是发的语音，发完之后又放在耳朵边听了一遍，语气好像有点凶，要是被人家小姑娘听到会不会误会？

沈老爹又发了一条，说：改天带回家看看，这红包是给你女朋友的，不是给你的。身为长辈，我不能失了礼数。

沈南洲从善如流：谢谢爸。

其实沈南洲早就不生沈老爹的气了，他已经不是当年十四岁会因为父母离婚而觉得全世界都不要他的少年了。

他早就明白，沈老爹和沈老妈不是同一个世界的人，强求只能成怨偶，他们两个是和平离婚，彼此都没有生出怨怼，反倒是沈南洲当年一直耿耿于怀，还抱有一丝撮合他们的妄想，现在想想，像个笑话。

后来的沈南洲也不怨沈老爹了，沈老爹或许不是一个合格的丈夫，但是的确是一个合格的父亲。

人总是如此矛盾的。

初中的时候，沈南洲成绩不好，虽然大部分原因是他叛逆，不学习，导致课程落下了，即使后来他幡然悔悟，那些落下来的课程也补不上去了。

一方面沈老爹花大价钱，请名师给儿子补课；另一方面沈老爹推了晚上的应酬，陪着儿子学习。

沈南洲至今还记得沈老爹不知从哪儿听到的陪学小妙招，说是什么孩子学习的时候大人不能玩手机，要跟着一起读书、看报，这样才能促进孩子学习的激情。

于是沈老爹果真每天晚上捧着一沓报纸，但问题是沈老爹自己也不是个爱学习的人，让他对着一沓报纸枯坐，犹如在经受酷刑。他熬了两天就熬不住了，后来想个好办法，把手机偷偷藏在报纸下面，每次沈南洲低头写作业的时候，他就偷偷玩手机，等沈南洲抬头的时候，他就立刻坐直身体，假装看报。

对于后来沈老爹因为报志愿的事情扬言要和沈南洲断绝父子关系，沈南洲其实并没有多生气。

沈老爹是爱他的，只是这种方式他并不需要，很难说谁对谁错，从沈老爹和沈南洲的角度来讲，他们都没有错。一个是希望子女有一份稳定工作的老父亲，而另一个是渴望追求梦想，并有一份不见天日的私心的儿子。

收到沈南洲的回复后，沈老爹手一松，手机直接掉在了地上，他几次按下语音键又几次取消，这么久没联系儿子，儿子不会是被盗号了吧？

还有，儿子的对象到底是谁？

沈老爹一开始的气势完全消失了，忘记自己不能在儿子面前露怯的想法，小心翼翼地发消息过去：我记得你以前不是欣赏初中时候的班长吗？

沈南洲一直以为除了他自己，简言之是第二个看出来他心思的人。

但其实不是，是沈老爹。

大多数情况下，世上没有人比父母更了解子女。

不知道为什么，看到这句话的时候，沈南洲彻底释然了，他一个字一个字地打上去：是的，就是她。她现在就是我的女朋友。

十四岁的沈南洲觉得父母离婚是因为父亲薄情寡义，而沈老妈因为追求艺术离开，也没跟儿子解释。后来沈老妈跟沈南洲好好谈过一次，她和沈老爹是和平离婚，两个人都没有做对不起对方的事情。

对于沈老爹很快再婚的事情，沈老妈对儿子说："我既然和他离婚了，他要再娶谁，什么时候结婚，都跟我没关系，这是个人自由。"

沈老妈一直很豁达，是沈老爹不豁达，沈老爹很快再婚，也有一些想要做给沈老妈看的样子。只可惜他这样做，证明他一点儿也不了解沈老妈。

而沈南洲现在也不好对父亲当时的做法发表看法，毕竟，沈老妈都不在乎。反正他觉得，为了挽回旧爱而寻找新欢，怎么看都是为自己找借口。

沈老爹看着手机屏幕上的字，颤颤巍巍地从抽屉里取出一副眼镜戴上，仔仔细细看了好几遍。

沈老爹记得当年那个叫姜晏汐的小姑娘，他曾经还闹个大乌龙，把她误认为儿子的早恋女朋友。虽然后来才知道，儿子只是默默欣赏人家。

但她不是出国了吗？怎么现在又突然在一起了？

别看沈南洲瞒得好，可是沈南洲情绪低落消沉，把自己喝到进了急诊，一桩桩、一件件沈老爹都知道。

他摸着下巴，陷入了沉思，有点担心姜晏汐以后会跟儿子分手。

沈老爹对姜晏汐的印象一直很好，没有因为儿子为她喝到进了急诊就对她印象不好。

这世上又没有规定自家儿子喜欢人家，人家姑娘就一定要喜欢他儿子。

但沈老爹现在着实担心，要是以后姜晏汐和沈南洲分手了，自家儿子伤心之下做了傻事怎么办？

他吓得给沈老妈发信息：儿子谈恋爱了，你知不知道？

沈老爹又忘了时差问题，沈老妈那儿是半夜。不过这一次沈老妈没有凶沈老爹，秒回：我知道，我看到儿子朋友圈了。

沈老爹：你说我应该送点什么东西给未来儿媳妇？

沈老爹忧心忡忡：我就怕她跟儿子分手，你说我送点什么东西，才能让她不跟儿子分手呢？

沈老妈无语，不过她也习惯沈老爹的脑回路了：儿子刚谈恋爱，还不至于一谈恋爱就分手，年轻人的恋爱你还是别插手了。

沈老爹自己就不是一个成功案例。

沈老爹：那你知道儿子的女朋友是谁吗？

沈老妈：知道啊，不就是他初中的那个同桌吗？

沈老爹以为沈老妈不知道，刚要兴致勃勃地打算把这个消息分享给她，瞬间像霜打的茄子一样。行吧，他在儿子心目中的地位还是比不过沈老妈。

沈老妈：对了，这段时间我要回国，顺便看看我未来儿媳妇，你就别插手年轻人谈恋爱了，我怕你把事情搞砸了，儿子得记你一辈子仇。

沈老妈表面看着云淡风轻，实际上还是操心儿子的人生大事的。

沈老妈：行了，我睡了。以后别大半夜发消息了。

多少年了，这个臭毛病还是没改掉。

/ 5 /

沈南洲从沈老爹那领完红包，转手发给了姜晏汐。

沈南洲：我爸发的红包，要不要收下？

姜晏汐之前听沈南洲讲过他和沈老爹冷战很多年了。

姜晏汐只收下了一个，说：收吧。

姜晏汐问：你爸妈知道我们谈恋爱的事情了？

她本是寻常一问，沈南洲却有些紧张起来：我是不是说得有些早了？

姜晏汐哑然失笑：没事，反正迟早是要知道的。

姜晏汐轻飘飘一句话，又让沈南洲的心揪了起来：不过也巧了，我爸妈也给你发了红包。

姜晏汐转手又把姜爸爸的红包发给沈南洲。

沈南洲瞬间提心吊胆：你爸妈也知道了？

姜晏汐发了一张截图，是她今天发小猫情侣头像的那条朋友圈，光点赞数就占满了整整一页半，评论数又占满了整整一页半。

恭喜师妹。这是后世桃评论的。

其他人纷纷评论道：

哇！学姐这是脱单了吗？

这是不是情侣头像？

我的学姐啊！呜呜，情敌，拔刀来！

恭喜恭喜！

来自某看不懂情侣头像的长辈评论：这个头像挺可爱的。

姜晏汐的朋友圈里有同事、老师，还有家人，她并没有屏蔽任何一个人，而是大大方方回复了这件事：感谢大家关心，已有对象，以后可以不用给我介绍相亲对象了。

姜晏汐刚开始发那条朋友圈，只是觉得头像很可爱，万万没有想到，朋友圈人均福尔摩斯。

姜晏汐一想，也没什么隐瞒的必要，索性大大方方承认了。

她并没有透露沈南洲的身份，虽然她不太了解娱乐圈，但也知道沈南洲的身份不适合公开，更没有这方面的强求。她始终觉得谈恋爱嘛，本来就是两个人的事情，介绍给双方的朋友也是出于两方自愿，因为职业选择不公开，也很正常。

沈南洲顺手保存截图，他想保存和她有关的一切，尤其是这种被姜晏汐亲自认证的男朋友身份。

于是在这一天下午，一个学术圈的天才女医生宣布自己有了男朋友，一个娱乐圈的顶流男明星宣布自己有了女朋友。虽然两人的朋友圈几乎没有交集，但各自的朋友圈沉浸在好奇和震惊之中，谁也没有把这两个人想到一块去。

因为Leo的提醒，沈南洲这两天没有再去节目录制现场，避免被无孔不入的娱记拍到什么照片，但是让人担心的事情还是发生了。

说起来这件事还真不是星扬娱乐做的，而是橙子皮娱乐欠钱太多，急着还钱，又见星扬娱乐拖着不给钱，索性就把消息卖给了另一家公司。那家公司一心想要热度，就把照片和消息同时放了出去。

"沈南洲的神秘圈外女友"这个词条被顶上了热搜第一。

Leo看到这个消息，很快赶到沈南洲家里，气得直骂人："这群无良媒体，还不肯删掉，这照片糊得跟摄像师得了帕金森一样，能看出半点人影？"

沈南洲问："是星扬娱乐做的？"

Leo摇摇头："星扬娱乐不至于那么蠢，就算要报复你，也不会选择这么蠢的方法。"

星扬娱乐的张总想过要把消息爆出去，可一旦爆出去，就是真的跟沈南洲撕破脸了。

既然要爆料，要么就把对方捶死，要么就别爆。几经思考之下，星扬娱乐决定继续抓沈南洲的小辫子,谁知道沈南洲这几天闭门不出。

还没等到沈南洲出门,消息竟然爆出来了。

现在最生气的是星扬娱乐的张总,他知道就凭那一张看不清人影的照片,根本无法实锤沈南洲谈恋爱。

沈南洲完全可以否认,下次再有这样的消息爆出来,大家就不会相信了,那他还雇个锤子的私家侦探跟踪沈南洲?

Leo 叮嘱沈南洲待在家里不要乱跑,跟他要了微博账号密码后又匆匆走了,准备着手解决这件事。

沈南洲给姜晏汐发信息,很久都没有收到回复,他心里有一些不好的预感。他第一次在得不到回复的时候给姜晏汐打电话,却没人接听。

沈南洲站在阳台,看见高架上的车水马龙,嘈杂的汽笛声中似乎夹杂着救护车的声音。

不知为什么,他心里隐隐感到不安。

这时,他的手机收到一条视频推送。

**海都大学附属医院住院部出现恶性伤医事件,凶手系一位七十六岁老人。重伤一人,轻伤三人……点击视频可了解更多消息。**

沈南洲在手机屏幕上点了又点,只点出了一个垃圾软件的下载信息。垃圾软件的下载信息霸占了他大半个屏幕,让他没有办法打开其他应用。沈南洲只好先强制关机,这短短十来秒,像走过了半辈子一般难熬。

好不容易手机重新开机了,他赶紧打开微博,首页到处飘荡着关于他的信息。有单纯好奇的网友,也有与他粉丝一直不对付的对家粉丝,还有纷纷下场搅动浑水的各大娱乐公司。

这些娱乐公司的心思就多了,有的单纯想向他示好,有的想把他踩下去,好让自家艺人上位,还有的想趁这个时候向他抛出橄榄枝。

这件事情一发酵,就如同野火燎原,不可抵挡。

和上一次谢含章的事情不同,这次都不用买热搜,也不用做推手,消息一放出,便铺天盖地弥散开来,坐火箭一般冲上热搜第一,就连放出消息的人都没想到能闹得如此轰动。

沈南洲谈恋爱这件事情有错吗?当然没有,人家正经谈恋爱,又不是脚踏几只船。

但是他的粉丝基数太大了，粉丝是他在圈内经久不衰的基础，这么多年，没有哪位艺人敢轻易碰瓷沈南洲。但有时候，这也能成为一把利剑，带来巨大的反噬。

此事一出，什么牛鬼蛇神都冒出来了，平时名不见传的小明星也能发通稿拉踩沈南洲了。

微博上出现"塌房"这个热搜词条。

本以为词条里会是今夜无眠的沈南洲粉丝，结果点进去全是"吃瓜网友"。

就算有个别伤心的粉丝，也明白沈南洲不是卖单身人设的流量偶像，不可能一辈子不谈恋爱。

沈南洲大部分粉丝从出道就陪着他了，很多粉丝已经结婚了。

虽然一开始看到消息也会震惊，但冷静之后，觉得沈南洲也是该谈恋爱的年纪了。

有粉丝自发组织，呼吁大家不信谣、不传谣，保持冷静，等待沈南洲亲自出面说明情况。

跳脚跳得最厉害的是一些路人和沈南洲对家的粉丝，沈南洲的粉丝一边呼吁自家粉丝保持冷静，一边给大众打预防针：就算真的谈恋爱了，也是沈南洲的自由，是他人生必经的一环，应该予以祝福。

大众这么一听，觉得也有道理。

内娱如此理智的粉丝不多，沈南洲粉丝此番反应算是独此一家了。

无论是哪一方，都在等待沈南洲今晚的露面。

眼尖的粉丝发现，沈南洲在晚上八点的时候有短暂上线。大家以为沈南洲要回应了，一时间微博的在线人数量达到了新高。

但是等了很久都不见动静，有人猜测，或许他是在进行紧急公关。

没有人知道，沈南洲压根儿都没有关注自己这件事。

他打开微博，是为了搜索海都大学附属医院今天发生的伤医事件。

由于微博大多被娱乐新闻占据，网友的注意力也都在八卦沈南洲的恋情上，导致伤医事件在海都市同城榜热搜上也只占了个末尾，讨论度不高。

沈南洲打开新闻，看到一段混乱的视频，人们慌不择路地从一人一杆的闸机下面钻出来，心有余悸地喊着："有人杀人了。"

这段视频是好几个片段拼凑而成，突然一晃就晃到了一处大楼门口，沈南洲一下子就认出来，那是住院部大门。门口有一泊半干涸的血迹，有人捂着胳膊被抬上担架。沈南洲猛地从沙发上站起来，立刻拿起桌上的车钥匙出门，完全忘记了 Leo 对他的叮嘱。

事实上，就算外面有刀山火海，他这一趟门也是必须要出的，他爱的人生死未知，无论路上有什么阻拦他，他都必须要立刻见到她。

沈南洲一打开门就看到了助理小王。小王敲门的手顿在半空，看到沈南洲的时候，露出了一个憨厚的微笑。

"南哥，Leo 哥怕有不理智的粉丝会摸到你的住处，让我今天晚上跟着你。不对，不止今天晚上，是接下来的一周……"

小王的声音越来越小声，不知道为什么，他觉得沈南洲和平时的样子很不一样。沈南洲脸上的笑容消失了，漆黑的眼眸又冷又沉，忍不住让人打了个寒战。

"南哥？"他怕沈南洲不同意自己跟着他，赶紧补充道，"我睡客厅就行，我不打呼噜的。"

沈南洲直接绕过他就往外走。

小王慌了，赶紧拦住他，说："Leo 哥说你不能出去……"面对沈南洲冰冷的视线，他很没有底气。

沈南洲说："哦，那我现在通知你，你被解雇了。"

小王的脸瞬间垮下来，欲哭无泪："南哥，你真的不能出去啊！"虽然他踏踏实实做助理的工作，但是他有一个网络冲浪达人的女朋友，他已经从女朋友那里得知沈南洲恋情曝光上了热搜第一的事。

沈南洲的表情很可怕，小王还是鼓起勇气说："南哥，就算你解雇我，但是为了你的安全考虑，我是不会离开的。"毕竟 Leo 给了太多钱，他得干好本职工作。

沈南洲就当没听见，继续往前走，小王也不敢伸手拦他，只好苦着脸跟在他后面，然后给 Leo 发信息：*Leo 哥，南哥要出去，我拦不住。*

Leo 又给小王发了个红包：*注意身边娱记，麻烦你了。*

小王：*不麻烦，不麻烦。*

小王也没好意思再收红包，寸步不离地跟在沈南洲后面，一路跟着沈南洲到了地下车库，问："南哥，你要去哪儿啊？"

沈南洲正打开车门，顿了一下，让出空来，对小王说："你来开车。"

小王受宠若惊："好的，好的。"小王松了口气，能让他跟着就好。

于是沈南洲坐到了后排，系好安全带后又听小王问道："南哥，我们现在去哪里?"

"宛平路800号,海都大学附属医院。"沈南洲报了地址。

## / 6 /

医院?大晚上的为什么要去医院?南哥哪里不舒服吗?

小王心里有很多疑惑,但是也不敢问,他默默地打开导航。

而这个时候,沈南洲在尝试联系姜晏汐。

和刚才一样,微信依然没有回复,电话也没有接通。他握紧了手机,手指无意识地蜷缩,手机壳的硬角嵌进他的皮肤,带来尖锐的刺痛,但他好似没有察觉,盯着前面的路灯,心脏像漂浮在海洋上,没有着落。

那些受伤的人里会不会有她?

就在这个时候,小王突然踩了急刹车,他们到医院附近了,但是这个时间,医院附近的路竟然堵车了。

小王有些紧张,说:"南哥,不会是媒体记者围堵造成堵车了吧?"小王小心翼翼地转头看沈南洲,"网上都在传南哥你的女朋友是医院的人,他们堵不到你,可能就去医院堵你的女朋友了。"

小王停在路边,犹豫地问:"如果咱们过去的话,恐怕就要和这些媒体记者撞上了。"

要是被发现,立马又是一个热搜,直接坐实恋情传闻。

沈南洲的左手抓着椅背,努力让自己的情绪平静下来,他说:"绕道,从西门走。"

"西门?"小王疑惑,"不是只有三个门吗?"

沈南洲说:"你按我说的走。"

西门是小门,只对医院的职工开放,之前姜晏汐带沈南洲从这里拿过外卖。

小王说:"好的。"按照沈南洲的指挥,他开到了西门。

沈南洲的车进不了医院,但是他有姜晏汐的磁卡,他可以下车,自己一个人进去。

小王不知道车进不了医院,还傻乎乎摁了一下汽笛,医院门口横杆旁边的显示屏显示错误的车牌号。他扭头看沈南洲,却发现他要开门下车,赶紧也松开安全带,追了过去:"南哥,你等等我。"

沈南洲刷了磁卡，潇洒地进去了，小王却被栏杆挡在门口。

小王欲哭无泪，Leo哥让他跟着南哥，结果他在满是娱记的医院把人给弄丢了，他愁眉苦脸地回到车上。

保卫大爷过来敲车窗："这里不能停车，要停车去旁边的停车场。"

小王谢过大爷的指引，把车开到旁边的收费停车场，二十块钱一小时，小王倒吸一口冷气。

停好车，他给沈南洲发信息：南哥，你在哪里？

沈南洲没有回复他。

小王只好给Leo发信息：Leo哥，南哥跑来医院了，我现在找不到他了。

Leo回：怎么就找不到了？

小王：南哥开车到医院门口，自己刷卡进去了，我进不去。

Leo：那你就换一个门啊！医院那么多门，总有一个门可以进去吧？

小王恍然大悟，赶紧绕到医院大门。

这里是来看病的人可以走的通道。小王远远地看到门口有两排警卫，疑惑现在进医院这么严格的吗？

他不知道的是，这两排警卫的出现，既是因为下午发生的恶性伤医事件，也是因为门口有娱记守着，警卫要拦着他们，不让他们进去。

不过医院晚上也是有患者前来就诊的，小王憋红了脸，说自己吃鱼被鱼刺卡住了喉咙，来医院取鱼刺。

他不太擅长撒谎，好不容易才混进了医院。

但是医院这么大，沈南洲会在哪里呢？这回小王倒是聪明了很多，他觉得沈南洲大半夜来医院一定是为了找女朋友。

设身处地想象一下，他要是沈南洲，也一定会过来安慰女朋友的。

那么沈南洲就应该在他女朋友工作的地方。

可是沈南洲的女朋友是谁呢？小王决定去问自己那位网络冲浪达人的女朋友。

小王的女朋友：好像是一个叫李拾月的实习生，不过我也不确定，我是在"豆子吃瓜小组"看到的。今天晚上热搜出来的时候，估计这些实习生还在医院，有可能被堵在医院了。对了，你问这个干什么？

小王的女朋友并不知道小王在给沈南洲当助理，毕竟小王是签了保密协议的。

李拾月？小王有了一点模糊的印象，之前Leo忙着处理星扬娱乐的事情，一直是小王跟在沈南洲身边，只是小王脑子一根筋，全部注意力都放在沈南洲身上，还真记不清节目组有哪些人。

不过小王也不敢再问女朋友了，他打开百度搜索，跳出来的链接转到了微博。关于沈南洲女朋友的话题还在热搜上，各"知情网友"现身说法。

我二舅妈是节目组的工作人员，听说拍节目的时候，沈南洲亲口承认有女朋友。

我三表哥是节目组的摄像，看到沈南洲拍完节目接他女朋友下班回家。

讨论了半天之后，有网友弱弱地问：那他的女朋友到底是谁呀？
大家初步把怀疑对象锁定在节目组的三位女实习生上。
女一：曹月文，985本科临床大五。
女二：顾家玉，211本硕，学硕研一在读，神经外科。
女三：李拾月，985博二在读，妇科肿瘤。
大家心中不由得生出另一个疑问，沈南洲不是场外观察室的嘉宾吗？是怎么跟实习生生出感情的？

不过只有一小部分人疑惑，毕竟大家更关心女方的身份，以及沈南洲到底什么时候出来做个说明。直到有一个人发了几张图，彻底把热搜讨论度推向了高潮。

第一张图是来自沈南洲微博回复的截图，前阵子还上过热搜，是关于沈南洲的理想型，现在一看大有深意。

一般来说，问理想型，回答得那么具体，多半是有一个特定的人了。

第二张图的来源不知真假，是一张聊天记录的截图，内容和退出节目组的谢含章有关。

谢含章在节目里和李拾月一组。有人爆料，谢含章之前跟娱记透露过，沈南洲的神秘女朋友很有可能就是李拾月。

李拾月是东北人，个子高，并且又是博士，学历高、读书多，都能和沈南洲的理想型对应上。

"福尔摩斯"网友开始顺着网线"顺瓜摸藤"了，网友记得沈南洲在节目开播前去医院拍过一个实习先导片，两人很有可能就是在那个时候开始的。于是大家去查李拾月在那一天的踪迹，她那一天正好还在微博上发了一条动态，地点显示在医院。

这不就对上了？沈南洲迟迟不露面，网友最爱替别人盖棺定论，直接敲定了：李拾月就是沈南洲的神秘圈外女友！

于是带有"李拾月"名字的词条也上了微博热搜。

网友等不到沈南洲出来回应，跑到李拾月微博去评论，问他和沈南洲究竟是什么关系。

李拾月平时不怎么玩微博，她白天在医院拍节目，晚上还得去实验室养细胞。

微博上闹得正火热的时候，两位毫无关系的主人公并不知道事情的走向已经这样离谱。

沈南洲还在医院里找女朋友，并不知道他"女朋友"的身份已经被扒出来了，虽然扒错了人。而李拾月正在实验室的电脑前聚精会神地看论文，手机早就被她调成了免打扰模式。

今天手术结束得早，身为麻醉实习生的李拾月也得以早早下班，没有被堵在医院。

还是一位师妹来实验室拿东西，看到李拾月，脸上出现讶异的表情，好像她出现在这里是多么不可思议的事情。

"师姐？你怎么在这里？"

李拾月摸不着头脑，迷茫："难道我不应该在这里吗？"

"不不不……"师妹突然想到，以她对大师姐的了解，她可能还没有看过微博热搜，于是小心翼翼地说，"要不，你看下手机？"

李拾月感到莫名其妙，打开手机，发现微信被列表的诸位亲朋好友轰炸了。

啊？男朋友？大明星？沈南洲？微博热搜？这些字她都认识，怎么连在一起就难以理解呢？

李拾月问："我什么时候有了男朋友？"

师妹也瞧出了不对劲儿，师姐这个反应不像在谈恋爱的样子，她问："师姐，你没和沈南洲谈恋爱？"

李拾月反应了半天，才反应过来沈南洲是谁，节目组的艺人嘉宾，之前姜老师被污蔑的时候，沈南洲帮她说过话，李拾月对他有印象。

"现在微博热搜第一，说你是沈南洲的神秘圈外女友。"师妹说。

"啊？"李拾月打开微博，发现自己的微博评论已经沦陷了，赶紧在师妹的指导下关掉私信。

李拾月迅速过滤了一遍信息，了解了事情经过，然后和师妹面面相觑。

李拾月："我不是，我没有。"

师妹见李拾月的反应也知道不是了，说："你要不发个微博解释下？"

有些流量，对于素人来说，不是好事，尤其是李拾月这种一心搞科研的人。于是她火速发了一条微博：我那天去医院是替老师送材料，真的不认识沈南洲，现实中也没有见过面，更不存在所谓的恋爱关系。

但是她的声音太微弱了，虽然有不少人今晚才关注了李拾月，但大多数网友还是在沈南洲微博八卦。

再说了，也不是所有人都信她说的。

李拾月索性把手机再次设置了免打扰模式，往旁边一扔，说："清者自清。"心想，有这个时间，还是多养几个可爱的小细胞吧。

师妹见她完全没有被打扰的样子，松了口气，说："这样也好。我看沈南洲恋情多半是真的，要不然他那边也不会这么久都没发声明，估计是在紧急想公关方案，只是网友搞错了人，把你给牵扯进来了。既然你和他没关系，等到沈南洲团队出来回应，应该就没事了。"

师妹嘱咐道："不过有些网友总是不理智的，你今天就待在实验室吧，别去其他地方了。"

师妹最后决定留下来陪李拾月，她也有些好奇："不过，沈南洲的女朋友会是谁呢？都说是医院的，是曹月文还是顾家玉？"

李拾月专心致志读文献，说："不清楚，不知道。"

事实证明，李拾月发的那条澄清微博也不是毫无作用，有些沈南洲的粉丝看到了，赶紧转发：不信谣，不传谣，大家保持理智。

但粉丝也只是在一定范围内转发，对大多数"吃瓜路人"来说，唯有正主沈南洲亲自发文，此事才算有定论。

不过沈南洲的微博这个时候在 Leo 手上，在 Leo 看来，否认这段恋情是最明智的选择，但是他了解沈南洲的性格，沈南洲不是那种为了自己的前途让女朋友受委屈的人。

作为经纪人，Leo 应该怒斥这种恋爱脑行为，但是作为好兄弟，Leo 选择帮助沈南洲。他特地请了百万公关来撰写博文，尽量减少恋情公开对沈南洲的影响，同时还要兼顾保护女方身份。

但是博文还没有发出来，Leo 就看到了李拾月的澄清。

Leo 到现在还以为李拾月是沈南洲的女朋友，他联想到小王说沈南洲去医院找人，还以为是他们两个商量好了。

沈南洲的态度 Leo 是知道的，所以现在看来，是女方不愿意公开？

Leo 松了口气，同时心里又有些生气，自家崽子竟然被嫌弃了，难道沈南洲有什么地方拿不出手吗？

Leo 发信息给公关：公关博文不用写了。

然后 Leo 登上沈南洲的微博，发博：单身。

## /7/

人不能在着急的时候做某件事，就比如沈南洲在心急之下走错了路，走到了已经熄灯的门诊部。

好心的保安给他指了住院部的方向，还以为他是哪位病人的家属。

保安说："小伙子别着急，不会有事的。"保安话还没说完，就看见沈南洲的背影消失在远处的黑暗里。

他是因为下午发生的事情来的吧？担心自己在住院部的家人受到什么伤害。

保安想起那几个受伤的医生，心里叹了口气，住院的病人能受什么伤？那发癫的老人是看见白大褂就砍，也不知这些医生倒了什么霉。

沈南洲在保安的指引下，终于找到了住院部。住院部的玻璃门关着，外面拉起了黄线，门口也多了几个保卫，在来回巡逻。

沈南洲站在阴影里踟蹰着，如果他要进去，又该以什么样的身份进去？

他如今正在舆论的风口浪尖上，一旦今晚露了面，只怕姜晏沙的身份信息也会很快泄露出去。

突然，有人拍了一下沈南洲的肩。

沈南洲瞳孔略缩，不动声色地转过头，是小王。

小王露出了然的神色，张望着脑袋说："南哥，你是想要进去找人吗？"经过和女朋友的交流后，小王觉得沈南洲一定是因为担心女朋友才过来的。

小王也是有女朋友的人，非常能共情沈南洲的担心，他愤愤不平地说："至于吗？南哥不就是谈个恋爱？又没有违法！害得女朋友困在医院不能下班！南哥，你放心，我给你打掩护，你和你女朋友先回去！"他要对得起自己的工资，咬牙道，"我可以打扮成你女朋友的样子，把娱记引开。"

小王十分全能，要不然 Leo 也不会花大价钱聘请他保护沈南洲。

沈南洲忍不住看了他一眼，哭笑不得，说："你扮成她？算了吧。"

如果不是听闻海都大学附属医院的恶性伤医事件，沈南洲根本不会出现在这里。

娱记进不了医院，而且仅凭那张模糊的背影照片，他们根本摸不着姜晏汐的信息。

若是沈南洲出现在医院，才会增加姜晏汐信息泄露的风险。

他看到伤医新闻的时候已是三魂丢了六魄，再加上联系不到姜晏汐，更是六神无主。

得亏他残存的理智让小王开了车，不然今天得多出一起车祸事故。

到了医院，沈南洲的理智才稍微恢复了一些，他想不顾一切地冲进去找她，但理智阻止了他，越是着急越不能进去。

如果姜晏汐是受伤的医生，自然有她的同事救治她；如果不是，大晚上的，他出现在这里只会害了她。

而且沈南洲不确定，她是否愿意公开他们的关系？

沈南洲拒绝了小王的提议，让小王松了口气。虽然他以前执行任务也不是没有扮过女装，但那都是特殊情况。

穿女装引开娱记，对小王来说还是有一定压力的，主要是怕照片被他女朋友看到。

小王奇怪地问："南哥，那你来这里干什么？"

沈南洲看了一眼小王，突然想到一个办法，他说："这样，你假装成病人家属溜进去，问问今天受伤的医生都有谁。再去八楼的神经外科，看看姜主任在不在。"

小王更疑惑了，心想，南哥不是因为外面的娱记堵在医院门口，导致女朋友没办法下班才来的吗？

他已经蒙了，但也没多问，还是照做了。

临行前，还没忘跟沈南洲说："南哥，你一定要在这里等我，要是跟丢了你，我没办法跟 Leo 哥交代。"

小王有理由怀疑沈南洲是想故意甩开他。

沈南洲看了一眼手机，还是没有姜晏汐的消息，他心不在焉地"嗯"了一声，小王才安心跑去打探消息了。

小王在门口被保安拦住，一遍一遍解释自己不是坏人。

由于白天才发生过伤人事件，保安看谁都不对劲儿，说："那不行，就算你是家属也明天再来吧,或者你叫里面的人来接你。"

小王哪有认识的人,情急之下,他想到沈南洲跟他说的姜医生,灵机一动,说:"我认识八楼神经外科姜主任。"

保安将信将疑:"那你给她打个电话。"

"我没存她电话,不过我和她认识,不信你给她打个电话!"

小王紧张地看着保安,没想到保安还真打了电话。不知道保安打到了什么科室,电话转接到了姜主任。

"喂?这边是安保处,我找姜主任……姜主任吗?您好您好,这么晚还打扰您,不好意思啊。是这样,一楼有人说认识您,要来找您,我来问问您认不认识……好的,是,行。不辛苦不辛苦,今天发生了这么大的事情,也是我们失职……好嘞,那我让他跟您说。"

保安把电话递给小王。

小王接过来,电话里传来一个温柔清冷的女声,如皑皑冬雪:"您好?"

小王结巴起来:"姜、姜主任,您好。我、我是小王。那、那个,您还好吗?"

"您是?"

小王不知道如何解释自己的身份,脱口而出:"是南哥让我来找您的。"

姜晏汐明白了:"沈南洲?"

小王说:"对!"

姜晏汐问:"他在哪里?"

下午,医院发生一起恶性伤医事件,一位得了癌症的老太太藏了一把水果刀,刺伤了好几个人。

事发的时候,姜晏汐并不在现场,但是顾月仙刚好从那里经过,被老太太划伤了胳膊,所幸没有伤到重要神经血管。但老太太在逃跑时摔了一跤,磕到了脑袋,造成脑出血,以至于送到神经外科来做手术了。

这场手术是姜晏汐主刀。

患了癌症的老太太,刺伤了包括顾月仙在内的三位医生以及两位无辜路人。其中一位儿科的医生最倒霉,被老太太扎中了后脖颈,送到ICU抢救了,他也是这次事件中伤得最重的人。

老太太被送过来抢救的时候,大家都憋了一肚子气,但是没办法,医者仁心,一视同仁,他们还是得给这位伤了自己同事的老太太开刀救命。

姜晏汐忙了一晚上,既要忙着救老太太,还要救自己的同事,人刚从手术室出来,又被叫去会诊。

微博热闹非凡,唯有医院不受任何影响。

有的医生或许工作没几年,但已经完全丧失了个人娱乐时间,与时下的微博热搜脱轨了,他们根本不知道外界发生了什么八卦新闻。

姜晏汐甚至还没有时间拿到自己的手机,刚回到办公室坐下,就接到安保处转过来的座机电话,她的手机此刻已经没电了。

姜晏汐感到了疲惫,不是身体,而是心灵,这种永无止境的猜疑和不被患者信任,是横跨在医患之间的一道沟壑。

摔出脑出血的老太太被送过来的时候,手术室的同事愤愤不平,只有姜晏汐看上去最冷静,但实际上,她也有一点累了。直到听到沈南洲的名字,她的嘴角微微勾起。她突然很想见他,问:"他在哪里?"

小王兴奋地说:"姜主任你等等,我去叫南哥!"他把手机往保安手里一塞,说,"你看,我没骗你吧?"

小王一溜烟跑掉了,剩下保安拿着手机无所适从。

保安重新接起电话:"姜主任……好嘞,等会儿让他们直接上去找您是吧?没问题,不客气,小事儿……"

沈南洲站在楼外的阴影处,看着跑到自己跟前的小王,问:"怎么样?"

小王拍拍胸脯,骄傲地说:"搞定了!本来保安还不让我进去,后来我灵机一动,说我认识姜主任,保安就给姜主任那边打电话了。姜主任让你上去呢!"

沈南洲一直紧攥的双手松开了,他脚步趔趄地往后倒了一步,说:"那就好。"

小王不明所以:"南哥?你怎么了?"

沈南洲如梦初醒一般,又问他:"那她没事吧?"

小王说:"好着呢!听声音中气十足!"

沈南洲悬着的心终于放了下来,又猛然想到小王说姜晏汐让他上楼。

他迟疑了,在阴影里徘徊,时不时地抬头望向那灯火通明的住院部,终于下定了决心,摇了摇头,说:"我们回去吧。"

/ 8 /

黑暗之外,医院的大楼像一座沉默的巨人,庄严肃穆,好像将外界的一切喧扰都隔绝于外,神圣而不容侵犯。

沈南洲站在黑暗里,他的身后是犹如潮水一般的舆论。但是姜晏汐在通明的灯火里,甚至并不知道外界发生的一切。

他不想把她牵扯进来,更不想让她为此受影响,他只想让她继续专心致志做自己喜欢的事情。

一切风雨,在他这边就好了。

他今天晚上出现在这里,是关心则乱。既然确认过她是安全的,沈南洲就放心了。

他不打算见她,还是回去安心处理今晚的舆论吧。

这次的舆论,足够 Leo 打死好几个他了。不过长达十年的友情也让沈南洲和 Leo 有一种默契,他知道 Leo 会解决好这些舆论,也会照顾他的想法,保护好姜晏汐。

他打定了主意,既然事已至此,他不会对外隐瞒他谈恋爱的事情,但他会保护好姜晏汐。

小王急匆匆地跟上沈南洲的脚步,摸不着头脑:"南哥,你怎么走了?姜主任让你上去呢!"

沈南洲说:"不上去了。"

这时,他听见身后传来一句清冷的声音:"为什么不上去了?"

沈南洲猛然转过头,看见穿着白大褂的姜晏汐站在他身后,微笑着看着他。

背后有明月高悬,月光落在她的身上,无比温柔。

沈南洲好像一下子不会说话了,他说:"我、我……"

姜晏汐又朝他走近几步,直到沈南洲可以感受到她的呼吸。

她说:"别担心,我没事。"

原来她知道他所来为何。

姜晏汐伸手扣住了沈南洲的手,说:"我没有受伤,刚才在忙,没有接到你的电话,很抱歉。"

"不!"沈南洲低声说,"你没事就好。"

看样子,她并不知道今晚热搜的事情。

沈南洲是第一个看见姜晏汐眉眼之间出现疲惫神色的人,他说:"要不然这周的约会推迟到下周吧?"

他不想把外界那些纷扰的事情说给她听,让她烦心。这个周末,娱记盯他一定盯得紧，沈南洲不想让姜晏汐置于危险之中。

旁边的小王惊讶地张大了嘴巴——怎么回事？南哥的女朋友竟然是姜主任？他没听错吧，这个世界怎么了？

他想起微博上的那些热议，感觉自己突然知道了一个惊天大秘密，赶紧捂住嘴巴。

他女朋友一定对这个消息很感兴趣。不行，他是一个有职业素养的助理兼保镖。

小王往后退三步，开始尽职尽责地为沈南洲和姜晏汐放哨。

# 第十四章

DI ER CI
XINDONG

## 女朋友给的安全感

我以为我爱你，反倒是你教会我如何爱人。

## 1

沈南洲努力不在姜晏汐面前表现出异样，说："我看见你们医院发生伤医事件，有医生受伤，担心是你，见你没事我就放心了。我先回去了，你注意安全。"

姜晏汐站在原地，朝他挥挥手："我会的，放心吧！"

姜晏汐和沈南洲各有事情要忙。

姜晏汐受伤的儿科同事和那位摔出脑出血的老太太，如今都在 ICU 抢救。院里紧急开了两个会诊，一个为儿科同事，一个为老太太。

而沈南洲则忙着跟 Leo 联系，看看怎样把舆论压下去。

沈南洲给 Leo 打电话，Leo 劈头盖脸骂了他一顿："沈南洲，我以前怎么不知道你这么恋爱脑？都什么时候了，你大晚上跑去医院干吗？"

对于沈南洲这种失去理智的行为，Leo 不是不生气，他让小王跟着，只是因为 Leo 现在也是焦头烂额，根本顾不上亲自打电话骂他了。

Leo 冷笑两声："现在和你女朋友商量好了？"

商量？沈南洲总觉得 Leo 这句话有什么含义？但仔细一想，如果 Leo 指的是他和姜晏汐各自处理自己的工作，不让对方担心，好像也算是他和姜晏汐的共识。

他道："嗯，这件事对外就说我谈恋爱了，但是女方是圈外人，希望大家不要去扒女方的身份，别打扰她的生活，有什么事情就推我身上吧。毕竟也是我追求她的，这件事突然爆出来，也是因为我要和星扬娱乐解约才连累了她。"

Leo 越听越不对劲儿："等等，你不是和你女朋友商量好了吗？"

沈南洲疑惑："商量什么？"

Leo 说："难道不是你们达成一致，先否认这段恋情吗？在我看来，这也是最明智的决定，反正那些娱记也没有拍到什么实质性的证据，只要你不承认，他们也拿你没办法。你能想通最好了，本来我都叫公关替你写好官宣博文了，现在好了，反倒还省了一笔公关费。目前只需要澄清，再把这些消息压下去就好了。我知道你的性格，你不会让女朋友一直受委屈，你放心，等过了这段时间，再等到你和星扬娱乐解约，我们再循序渐进宣布你谈恋爱的事情，你看怎么样？"

沈南洲越听越不对劲儿，问："我什么时候说过要否认了？"

Leo也蒙了："你自己上微博看看，你女朋友都澄清了，说你们没有谈恋爱，难道不是你们两个商量好的？"

姜晏汐发微博了？

沈南洲打开微博一看，首先看到的是他的置顶微博：单身。

沈南洲又点进姜晏汐的微博，她的微博干干净净，除了之前解释谢含章闹出来那事的几条澄清微博。

沈南洲更迷惑了。

小王在一旁好像弄清楚了事情的经过，南哥的女朋友是姜主任，但是大家都误会成了李拾月。

他在一旁弱弱地说："南哥，我觉得Leo哥可能也误会你女朋友是李拾月了……"

沈南洲在微博热搜上又翻了一圈，终于找到了李拾月的澄清微博，顺便一路看到许多关于他女朋友身份的猜测。

大家没猜到姜晏汐的身份，他不知是该高兴还是该不高兴。

高兴的是，姜晏汐没有被网友扒出来；不高兴的是，网友乱点鸳鸯谱，把他和另一个女人的名字联系在一起，太离谱。

沈南洲当然也不可能把无辜的人牵扯进去，尤其李拾月，她还算是姜晏汐的学生。

李拾月虽然澄清了，但只要沈南洲一日不发话，网友一日不会消停。

李拾月在网络上的声音还是太微弱了，网友只相信他们想相信的，他们觉得李拾月就是沈南洲的神秘圈外女友，就不会相信李拾月的澄清。

沈南洲对Leo说："我和李拾月没关系。"

Leo愣住了，他知道沈南洲没必要骗他，问："那你女朋友到底是谁？"

当沈南洲说出那个名字，leo挂断电话后还久久不能回神，他现在开始发愁了，总有种不太真切的感觉。

天哪，沈南洲的女朋友竟然是位大佬，这小子何德何能啊？

这下不用沈南洲说，Leo都知道要捂死姜晏汐的身份了。

姜晏汐是谁？

她是海都大学附属医院最年轻的副主任医生，被时院长当接班人培养的人。

别看这些大佬平时都笑呵呵，看上去平易近人，实际上最护犊子，之前谢含章搞出那事，学术圈多少大佬纷纷下场，为姜晏汐找回场子。

平时大家娱乐娱乐也就算了，但是再娱乐，都知道有些东西不能拿来娱乐的。

Leo 恨不得把姜晏汐供起来，哪里敢主动暴露她的身份？他想重新联系公关团队，让他们重写一篇公关博文，被沈南洲拒绝了。

沈南洲打开微博，决定亲自写。

他看着置顶微博，觉得异常碍眼，本来想删掉，但又想起 Leo 说的话。

"我建议你这个时候还是别公开，起码等节目播完以后再说，要不然，就凭网友扒人的本事，姜主任肯定会受到困扰。"

沈南洲动动手指，把微博编辑了一下，改成了：单身，在追。并非李拾月同学。

沈南洲把所有责任都揽到自己身上，是他要追求姜晏汐，是他要跟姜晏汐谈恋爱的。

他一边改微博，一边激情洋溢地写了一篇小作文，表示自己还在追，希望大家不要去打扰女方的生活。

沈南洲刚想再改一遍小作文，微博打不开了。

Leo 打电话过来："我的老天爷啊！你又干了些什么？"

微博因为沈南洲的回应瘫痪了，程序员又要连夜加班维护了。

沈南洲说："不是按照你的建议说我单身吗？"

Leo 抓狂："那你加那两个字干什么？"Leo 着急地在屋子里来回走，"你这样一搞，平台得把你拉黑了！"前不久他刚把微博搞瘫痪，如今也算是"梅开二度"了。

Leo 说："你解释一下不是李拾月不就行了，虽然大家猜不到你女朋友是谁，但你一下子把事情搞这么大，怎么收场？"

从来没有哪位男明星敢在正当红的时候公布恋情，更没有哪位男明星敢公然说是自己在追求女方，是自己求而不得。

沈南洲把所有的光环都给了姜晏汐，即使他是大明星，在姜医生面前也是卑微的暗恋者。

沈南洲说："让我完全否认，我做不到。"

他明明在跟姜晏汐谈恋爱，却说单身，要是日后再被娱记爆出来，到时候再挖出姜晏汐，那么网友的攻击就会纷至沓来。

不是所有人都理智。大明星和素人谈恋爱，总是素人吃亏。

而往往这个时候，明星也会装死，忽略对方的委屈当看不见，把两方的便宜都占尽。

沈南洲说："如今是我苦恋不得，就算网友挖出她的身份，也没理由攻击她。"

Leo语塞了，道理是这么个道理。

Leo说："我以前怎么没发现你这么有做情圣的资质呢？"

毕竟沈南洲曾经有过面对娇滴滴的美人黏上来而毫不犹豫报警的事。

Leo道："你还真是两手准备都做好了，要是网友没挖出来她的身份，你以后还可以顺势而为，公布自己的恋爱进度。有了这次的'预防针'，网友对你谈恋爱接受度也会上升。就算网友这次挖出她的身份，也没有道理去攻击她……"毕竟连男女朋友都不是，网友连攻击她的理由都没有。

姜晏汐有什么错？只不过是恰好被一个大明星暗恋罢了。

Leo总觉得姜晏汐的身份要是被挖出来，舆论还不一定倒向哪边呢。

如果倒向沈南洲这边，Leo得赶紧出来解释，不关姜主任的事情，都是他这个经纪人没管好沈南洲。

Leo恨不得出来背锅——让他们谈恋爱吧，错的都是他这个经纪人。

他实在放心不下沈南洲，跟小王要了他的位置，得知他们正在回去的路上，也赶紧打车过去。

Leo问小王："他现在干吗呢？"

小王看了一眼旁边的沈南洲，老老实实地回答："南哥在给他女朋友点夜宵呢。"

/ 2 /

没多久，住院部就收到一份豪华夜宵大礼包，点餐的人备注：*姜晏汐的追求者*。

沈南洲给每一层楼都送了一束鲜花，致敬今日受了惊吓仍恪守在岗位上的医务工作者。

在今晚这个特殊的时候，沈南洲不能陪在姜晏汐身边。

当然了，姜晏汐也不需要他陪，他们都是彼此独立的成年人，拥有能够妥善处理各自工作问题的能力。

作为男朋友，沈南洲给姜晏汐点了夜宵和鲜花，一碗热腾腾的美食，是表达感情最真诚淳朴的方式。就是……稍微有些轰动了。

姜晏汐看着外卖上的备注，有些哭笑不得，她在大家恭喜的空隙溜出来，来到楼梯间给沈南洲打电话。

沈南洲这个时候已经到家了，他不知道 Leo 已经在赶来兴师问罪的路上，摸着下巴感叹自己的机智，对小王说："老简推荐的花店还挺靠谱的，这么晚了还送货，也不知道她收到了没有……"

小王心说，哪家花店会拒绝一个拥有"钞能力"的冤大头呢？

就在这个时候，沈南洲收到了姜晏汐打来的电话。他一紧张，立刻坐直了身体，收敛表情，准备接听电话。

旁边的小王看着沈南洲，想起自家那只阿拉斯加，每次阿拉斯加闯祸的时候，就会露出这样的表情看着他。

沈南洲自己都没有意识到，他紧张的时候小动作特别多。

虽然和姜晏汐确定恋爱关系也不是第一天了，但是沈南洲总有一种不真实感，他总是害怕自己做得不好，害怕姜晏汐会后悔她的选择。

在这段感情里，沈南洲才是更想公开的那一个。

不过事实上，沈南洲已经比之前勇敢多了，最起码，他之前不敢这样大张旗鼓地给姜晏汐的同事点外卖，还备注得这么直白。

他像一个希望得到名分的男朋友，暗戳戳刷存在感，又怕做了之后女朋友会生气。

他平复了一下心绪才接起电话，故作镇定地问："看到我给你送的花了吗？"

姜晏汐倚在楼梯间的栏杆上，左手抱着那束名为"心跳"的玫瑰花，鲜艳如火，炙热如青年的感情。

她说："花很漂亮。"

姜晏汐没有问沈南洲为什么要点一栋楼的外卖和鲜花，好像是默许了他这样做。

他们就像世间所有男女朋友那样，东一搭西一搭地聊了一会儿。

沈南洲不忍浪费她休息的时间，说："你注意休息，若是有空的话就找个地方睡一会儿。"

他知道她今晚会很忙，而他也有事情要处理，他会尽可能把今晚的舆论压下来，希望他的姜医生不要受到打扰。

正要挂电话的时候，姜晏汐突然喊住了他。

"为什么备注的是追求者？"姜晏汐问。

沈南洲微微有些迷茫，不知道姜晏汐是不是觉得他的行为过于大张旗鼓了。

然而姜晏汐说："下次可以备注男朋友，不是追求者。"她声音带着笑意，"沈南洲，你可以再大胆一点。"

## / 3 /

"南哥？"小王伸出手，在沈南洲的眼前挥了挥，自从沈南洲接了个电话，就一直坐在沙发上魂不守舍。

Leo 冲进来的时候，看到的就是这样的画面。

"沈南洲！"Leo 把沈南洲的魂给喊回来，把一沓文件放在他面前，没好气地说，"我们现在讨论一下怎么解决你的事情！这是刚才公关团队的建议，我发了一份电子版到你手机里。"

在沈南洲拿起来看的空当，Leo 说："你把微博弄瘫痪了也好，还能争取几个小时的公关时间。不过现在公关团队的意见和之前不一样了，既然你是在和姜晏汐谈恋爱，他们的意见是公开。姜晏汐的身份摆在这里，她是国家科研人才，网友不会对她怎么样。现在的网友都慕强，经过团队分析之后，他们觉得或许还能帮你涨一波人气。能跟女医生谈恋爱的，你也算是娱乐圈头一个了。你觉得呢？这样之后你们也不用藏了，不是正合你意？"

沈南洲的神色渐渐冷淡下来，说："她不是能拿来炒作的工具，我不想把她牵扯进来。把这件事情压下去，不要再拿这个话题炒作新的话题了，也适当引导一下粉丝，是我要追求她，和她没有关系。"

沈南洲是铁了心了，Leo 也只好叹气，说："行吧，我尽量帮你，不过我提醒你，现在的网友人均福尔摩斯，你未必瞒得住。你执意要把事情揽到自己身上，只怕这些流量都会反噬到你头上。"

沈南洲说："我不在乎，并且……我已经习惯了。"

没人比沈南洲更清楚流量的可怕，他知道、他清楚、他习惯，所以他不会让他爱的人遭受这一切。

Leo 的脸上出现和小王如出一辙的愁苦表情，两人在沙发上排排坐，他一边联系公关团队，一边刷新微博。小王突然说："微博恢复了。"

Leo 赶紧点进去，旁边的小王念出声来："李拾月澄清说明，谢含章律师函？"

Leo 知道前一个大概是怎么回事，后面这个热搜词条是什么情况？

他赶紧点进去，发现是个刚注册的小号，个人介绍那里写着：《生命之门》前实习生谢含章。

主页只有一条微博，但已经转发过万。

橙子皮娱乐捏造和我的聊天记录，虚构不实记录，给本人名誉带来很大影响，本人谢含章在此声明，从来没有说过李拾月同学和沈南洲在谈恋爱。

下面放出了一张律师函的照片。

Leo 简直想给他鼓掌，虽然他之前听说了谢含章闹出来的一些么蛾子，对这个实习生没什么好感，不过看见他起诉橘子皮娱乐，还是爽了，干得好！

李拾月也澄清了：惶恐，突然就多了一个"男朋友"，广大网友饶我一命，我连沈南洲沈老师的面都没有见过。

李拾月连续用了几个委屈惶恐的小表情，把网友逗得哈哈笑。

网友：李拾月的反应好真实，突然多了一个大明星"男朋友"，是我我也慌。

李拾月的反应真实且可爱，让大众感同身受，又因为热度加持，大部分人已经相信她不是沈南洲的女朋友了。

Leo 一眼就看出来，这是别人帮李拾月写的，很有可能还是专业团队。

看样子今晚不止一方下场，或敌或友，他暂时也不清楚。

沈南洲那条"单身在追"的微博已经热搜第一，后面有个"爆"字。

请问沈南洲一直这么勇吗？我爱了！

我比较好奇是什么样的天仙？

圈外人？真的好好奇。

反正我相信肯定不是李拾月，她的反应好真实，哈哈哈。

没有人敢说？我觉得谢含章也很刚啊，直接发律师函了。

**谢含章**：上次我都道歉退网了，你们这群媒体还拿我做文章，烦不烦？
网友纷纷评论。

我觉得沈南洲这样也挺好的，感觉还挺有担当的。
其实我觉得沈南洲入圈这么多年都没有绯闻，已经很难得了，现在正常谈个恋爱也能理解吧。就是不知道这次事情过后，沈南洲还能不能做稳娱乐圈一把手的地位。
那必然很多粉丝要脱粉了。

**沈南洲的粉丝**：谢谢关心，我们挺好的。
其实脱粉的只是少部分不理智的粉丝，沈南洲的粉丝还真没有像网友想象中那样非哭即闹，反而发表了非常正能量的言论。

拜托，这年头谁还没有自己的生活了？难道我们粉丝不用上班、上学？
不要把太多的情感寄托在网络上，这也是沈南洲向我们粉丝一直传达的正向引导。

通常这种时候，就能看出一个明星平时有没有传达正能量了。
如果一个明星只是利用粉丝来给自己造热度，那么到了真正危急关头，这些流量就会反噬。
Leo 让公关把热搜给撤下来，但是沈南洲那篇小作文实在太轰动了，谁能拒绝一个帅气多情又痴情不悔的男人？
他还是一个家喻户晓的大明星。
公关团队把热搜给撤了，另一个"沈南洲暗恋对象"的词条又上来了，网友就像瓜田里的猹，上蹿下跳。
一开始爆出沈南洲谈恋爱了，结果网友把女方给搞错了。
沈南洲亲自下场发了一条澄清微博，说自己还单身，只是暗恋别人，实际上还没开始谈。
那篇暗恋小作文让网友狠狠共情了，字里行间都看出一丝丝心酸。
原来大明星也有求而不得的爱情啊！他们忽然平衡了许多。
网友开始网络寻人，一心想把沈南洲把这位暗恋对象给找出来，帮他追。

今晚过后,如果沈南洲还是单身,在座的你我他都有责任!

小沈冲啊!大胆表白,你要对自己的脸有信心!

不知道怎么回事,这次神通广大的网友好像本领失效了,愣是没找出来沈南洲的暗恋对象是谁。

直到一位神秘的网友说:我和沈南洲是高中同学,我倒是听说他高中的时候好像暗恋一个女生……

其他网友:你倒是把话说全啊!

一位神秘网友:我是他初中同学,我好像知道是谁了。

这几个突然冒出来的神秘网友,让广大网友心痒痒,偏偏他们又不说是谁。

其实这几个神秘网友也只是在评论区说了那么一嘴,结果他们的话被截图,又上了一个热搜。

这几个网友是不想说吗?那必然是不能说了。

大家都不是学生了,这事闹得这么大,他们也害怕说出来给姜晏汐带来麻烦。

姜晏汐是A城初中和A城高中学生心里美好的存在,纵然过去许多年,当年的老同学仍对她抱有一份真挚的情感,不愿意成为网络上伤害她的刽子手。

再说了,也只是猜测。

/ 4 /

这些神秘网友见声势搞得这么大,立刻默默隐身了。

只是其他网友追到了他们的主页,在那位神秘网友的主页上发现了一个熟悉的话题——"姜晏汐回应"。

这位神秘网友转发了姜晏汐的回应,并说自己是姜晏汐的初中同学。

怎么回事?这个神秘网友既是姜晏汐的初中同学,又是沈南洲的初中同学?那这么说,姜晏汐和沈南洲也是初中同学了?

大家知道姜晏汐是海都大学附属医院神经外科的副主任,也知道沈南洲那档综艺就是在海都大学附属医院录制的。

可是这两个人怎么会有关联？

在大家的印象里，姜主任应该是一位慈祥的长辈。

于是网友又去翻之前节目组放出来的几十秒先导片预告，一帧一帧地看，确定预告片里出现的女声应该就是姜主任，并且从一闪而过的手判断：姜主任的年纪应该不是很大。

姜主任究竟何许人也？

网友想起了姜晏汐曾经注册的那个微博，又纷纷跑到她微博下面留言。

可是这一次网友的言论克制了许多，非常礼貌：姜主任，请问您和沈南洲在谈恋爱吗？

姜晏汐知道这件事，还是从旁边聊天的护士口中得知的。

护士说："姜主任，您上热搜了！"

"什么？"姜晏汐打开手机，虽然说上次为了澄清注册了一个微博，但是她很少用。

一点进去，姜晏汐就看到沈南洲那条"单身在追"的微博。

旁边的护士窃窃私语："沈南洲的女朋友不会真的是姜主任吧？"

"别瞎说，姜主任不是有男朋友了吗？姜主任和娱乐圈的人怎么会是同一路人？别忘了，姜主任的男朋友还请咱们吃过夜宵呢！"

"也是。不过你说有没有一种可能，沈南洲暗恋的就是姜主任？只不过因为姜主任已经有男朋友了，所以他只能苦苦暗恋？要不然，就凭沈南洲那张脸，我真想不出来他暗恋别人的样子。"

护士正八卦，意识到姜晏汐在旁边，不好意思道："对不起啊姜主任，其实我们也不相信微博热搜的，这些八卦媒体越来越离谱了！"

姜晏汐放下手机，赞同地说："媒体这几年确实有失本心，微博热搜也是假的。"

护士松了一口气："就说嘛，姜主任怎么可能跟娱乐圈的人有关联，再说了，咱姜主任都有男朋友了……"

不料姜晏汐道："他不是我的追求者，是我的男朋友。"

"啊？"

姜晏汐耐心解释道："今晚给你们送夜宵的人，是沈南洲，也是我的男朋友。"

姜晏汐怎么能不懂沈南洲？他用这样的方式保护她，把所有责任都担在自己身上，不愿意否认她的存在，更不愿让舆论伤害她，才选择了这样的方式。

时至今日,姜晏汐更深刻地明白,沈南洲爱她,远远比她想象中要深。

姜晏汐一直不提公开,是因为她觉得沈南洲是明星,不公开自然要比公开好,她也不是那种需要公开来得到安全感的人。

在她看来,自然是以两人的事业为先,如果不适合公开就不公开,毕竟沈南洲的职业摆在这里。人是社会性动物,都是有工作的,又不可能为了爱情,其他什么都不要了。

但是姜晏汐忽略了沈南洲的想法,他或许是想公开的,宁愿自己承受双倍舆论伤害,也不愿意否认她的存在。

姜晏汐握着手机的手紧了紧,她想给沈南洲打个电话,又怕他已经睡了。

她打开微博,把沈南洲的那条微博长文读了一遍,少年的忐忑与小心翼翼一览无余,就好像那些年隐秘的心事,最为动人。

于是姜晏汐转发了沈南洲的微博:我同意了,现在是男朋友,不是追求者。

一段恋爱永远是两个人在谈,暗恋或许是一个人的事情,但恋爱总要两个人出面。

姜晏汐既然知道这份感情,接受这份感情,就不会畏惧这份感情带来的争议。

/ 5 /

姜晏汐承认了!

这对于 Leo 以及公关团队来说,简直是大喜事! Leo 感激涕零地发誓,姜晏汐对他来说就是神一样的存在。

在姜晏汐发声之前,所有的舆论都在沈南洲这里。

毕竟沈南洲承认他才是暗恋者,姜晏汐完全可以保持沉默,默认沈南洲说的话,这对姜晏汐来说没有坏处。

虽然说网友已经猜到了她头上,但姜晏汐顶多算被暗恋者。

网友想指责她,都挑不出过错。如果姜晏汐已经官宣是沈南洲的正牌女友,她无疑会帮沈南洲分担一部分火力。

不过 Leo 狂喜之后又冷静下来,他怀疑这可能是姜晏汐自己的决定。

吸取了上次的教训,Leo 第一时间打电话给沈南洲,问:"你女朋友发微博承认了,现在怎么说?"

Leo 劝他:"其实也没什么,既然姜晏汐愿意站出来和你一起面对,索性你们就大大方方公开,团队再帮你造一波势,以后你也能正大光明谈恋爱了。"

沈南洲完全听不懂 Leo 在说什么,他打开微博,才看到姜晏汐的转发,有网友在姜晏汐下面评论:所以姜主任,您是同意沈南洲转正了吗?

姜晏汐回复网友:是的。

她并不希望沈南洲在大众的印象里是一个卑微而得不到回应的暗恋者。

姜晏汐并非毫无觉察,她能感受到沈南洲的小心翼翼和害怕,她也在用这样的方式告诉他,她会和他一起去面对这些流言蜚语。

事情刚发酵那会儿,有人建了个叫"沈南洲今天暗恋成真了吗"的超话。

沈南洲那篇暗恋博文之所以能爆得那么厉害,不仅是因为他大明星的身份,而是他字里行间都充满了真情实感,让人感同身受。

暗恋的感觉就像是一颗没有成熟的酸梅子,明知这滋味不好受,却仍要勉强。

是借口看别人的时候用余光偷偷看她,用笨拙的理由请她吃饭,故作潇洒祝福她前程远大。

每段暗恋开始的时候,既抱着美梦成真的幻想,又做好了心碎的准备。

我自愿奉上我的整颗心灵,哪怕粉身碎骨,哪怕日后要微笑着参加你的婚礼,也绝不后悔。

沈南洲的形象一直是谦卑有礼,又带着优雅和高傲,像一只血统名贵的贵族猫,慵慵懒懒,哪怕山崩于前,都不变于色。

然而他写这篇暗恋博文的时候,好似清冷神祇被拉入人间,叫人心神荡漾。

网友纷纷心疼。

所以说,即使是大明星,在暗恋的人面前也会如此卑微吗?

呜呜呜,好心酸,快在一起吧。

是谁?快让他们在一起!这门亲事我同意了!

我的暗恋是彻底BE（悲剧结局）了，我偶像的暗恋不能BE！

呜呜呜，你倒是说你的暗恋对象是谁，我们帮你！

心疼小沈。谁舍得看一只高贵猫猫心碎呢？

一时间，大家既想知道沈南洲的暗恋对象是谁，又忍不住想帮沈南洲捅破这张纸。

如果大明星的暗恋都失败的话，那也太让人伤心了。

没想到，他们很快等到了官宣。某粉丝迅速给微博改名"沈南洲的恋爱日记"，发了一条微博：001暗恋成真。

哪怕是沈南洲的唯粉，看了那些文字也觉得心酸，让沈南洲变得如此卑微的女孩子，会是什么样子呢？

虽然已经有粉丝呼吁保护女方的身份，不要去扒素人的信息，但这次事件远比之前谢含章的事件要大得多。

或许有些人没有恶意，但这些人像潮水一样涌向姜晏汐现在的工作单位——海都大学附属医院，连医院职工都有一些困扰，他们遭受到来自亲朋好友的"慰问"。

虽然也不是所有人都这么闲，但是亲戚朋友里有这么一个八卦的就够让人头疼了。

网友们开始扒之前谢含章事件中为姜晏汐发声的人，越扒越不对劲儿。

怎么感觉沈南洲的女朋友是个了不得的人物？

这么多大佬为她发声？除了上次热搜爆出来的科学院院士时院长，还有许多在微博上默默无闻，但跺一跺脚，学术圈就抖三圈的科研大佬……

网友流下了不学无术的泪水。

如果姜晏汐和沈南洲是同学，那么姜晏汐应该也不到三十岁，联想到她如今的身份和职位，网友倒吸一口冷气，大佬竟强悍如斯！

竟是沈南洲不配了。

随着网友挖到的信息越多，原地倒戈的路人也越多。

姜主任保佑我今年法考上岸！

医学生前来报道！希望俺二十八岁能顺利研究生毕业！呜呜呜，我是废物,仰望姜主任!

望周知,中国人永远对读书好的人有一种迷之敬佩。

娱乐可以,但是不能误国,所有的娱乐必须给科学让路。

当有人挖出了第一条线索,后面的线索也就随之而来了。

更有网友翻到了当年A市高考状元的新闻,姜晏汐穿着碎花蓝裙接受采访,她朝着镜头莞尔一笑,定格成画面。

有一种美,无关乎容颜,而在于气质。

瞬间,姜晏汐多了无数"老婆粉"和"妈妈粉"。

网友惊呼:原地结婚吧,求求你们了。我太想看到继承了姜主任智商和沈南洲颜值的孩子了!

/ 6 /

网络上已经一片沸腾,事实上沈南洲的心情也不比网友平静多少,他回拨了姜晏汐的电话。不到三秒,对方就接了。

"南洲?"

在听到她声音的那一刻,沈南洲突然语塞了,千言万语,不知道先说哪一句好。

反倒是姜晏汐问:"为什么说是追求者?"她分毫不提此事给自己带来的影响,轻笑着说,"我早说过,你可以再大胆一点,不是吗?男朋友。"

在沈南洲开口解释之前,姜晏汐先打消了他的一切顾虑。

她说:"你是我的男朋友,这一点没有什么好隐瞒的。再说了,我也想让其他人知道,我有一个世上最好的男朋友。或许下次你应该和我商量一下,好吗?南洲,我是你的女朋友,应该和你一起面对这些。"

沈南洲突然很想见到她,他站在阳台的窗边,凝望天上的月亮,轻轻地答应了一声:"好。"

我自少年时爱你,拿我这颗心做赌注。我愿将我的一切双手奉上,哪怕你弃之如敝屣,我也心甘愿。

我从未奢求过得到你的回应,就像从没奢求过天上的月亮会降落。

谁知你真的回头,你没有将我的心弃之如敝屣,反而珍藏。

我从前害怕美梦幻灭,害怕失去你,如同我的父亲失去我的母亲。

我以为我爱你，反倒是你教会我如何爱人。

沈南洲突然觉得愧疚，姜晏汐不止一次跟他说过，有什么事情都可以跟她说。

她是一个无可挑剔的女朋友，拒绝江沅和后世桃的时候斩钉截铁，明确告知他们她有男朋友，在同事面前也没有否认沈南洲的身份。

姜晏汐给了他她能给的偏爱和安全感，并且不止一次告诉他，他们是男女朋友，无论什么事情，他都可以告诉她。

这一次沈南洲还是自作主张了，他想要保护她，却忘了她并不是需要人保护的菟丝花。

但是，爱她是本能，即使再做一次选择，他也不舍得让她来遭受那些舆论。

沈南洲说："对不起，我……"

他其实最讨厌一个人打着爱的名义为他人擅作主张，因为沈老爹和沈老妈失败的婚姻就来源于此。

如今他也变成了自己讨厌的样子。

姜晏汐及时打断了他，她突然提起了另外一件事，说："我们这周六还是按原计划去 Flipped 约会吧？早点休息，你不希望我受伤，我对你，是一样的。"

这件事一直发酵到第二天，也就是周五早上。

不过舆论往好的方向扭转了，毕竟网友都觉得是他们促成了两人的爱情，纷纷化身"网络丈母娘"，看这对情侣都是"亲妈眼"。

沈南洲的粉丝对他谈恋爱这件事接受度很高，很多粉丝虽然年纪不大，但是入圈早，大多数粉丝都很佛系。

反正沈南洲是正常恋爱，而且女方还是位外科医生兼科研大佬，看来看去都觉得是沈南洲高攀了。以后再有人拿沈南洲偷偷谈恋爱这件事来挑，粉丝就可以说："可是我家哥哥的女朋友是博导呢！她发过 SCI 欸。"

要是再有人问："发的几区，影响因子多少？"

粉丝完全可以叉腰理直气壮地回复："不好意思，是顶刊哦。"

不过由于医院的保密制度，网友只翻到姜晏汐当年高考状元的采访照片，她现在到底长什么样子，没人知道。

节目组一看这热度，和医院商量了一下，索性把已经剪好的先导片放出来。在先导片里，网友终于看到了这位神秘的女大佬。

后期十分贴心的给贴上了字幕：

姜晏汐，二十八岁。
华盛顿大学医学院副教授、西雅图普罗维登斯医学中心神经外科主任医师。于一年前从美国回来，被破格聘为海都大学附属医院神经外科副主任。

弹幕沸腾了。
与此同时，百度词条也更新了，姜晏汐的个人词条下多了十几页履历。网友慕名而来，呆滞而去。

高考状元，B大光华退学，美本学医……这就是强者的世界吗？说退学就退学，想考啥就能考上。

有人甚至开始从先导片里截图，做姜晏汐的动图表情包。

转发这个姜主任，中考、高考、研究生考不用怕，全部上岸心仪的学校！B大Q大招生办连夜打电话抢你！

Leo喜滋滋地翻着微博，对旁边的沈南洲说："想不到现在的网友对明星谈恋爱接受度还挺高，很多人喜欢你们，挺好挺好……"
Leo说了另一件大喜事："虽然这次结果是好的，但是星扬娱乐和橙子皮娱乐搞出来的这件事，我肯定不会放过他们。橙子皮娱乐已经是秋后蚂蚱，我找人起诉他们了，实际上也不仅仅咱们起诉他们，看着吧，有他们好受的！不过星扬娱乐是瘦死的骆驼比马大，又是你的老东家，他们那边的意思就是希望和咱们私下谈谈。"他冷笑，"你没看见他们现在那副嘴脸，求着咱们跟他们解约呢。"
沈南洲说："那就早日把解约的事情定下来吧。"
他不打算再去见星扬娱乐的人，虽说昔年有知遇之恩，但是对他有知遇之恩的人已经不在了，而且他也已经仁至义尽。
沈南洲把所有的事情交给Leo全权代理，然后火速在微博上发了解约通知。

圈内人一看就知道怎么回事，圈外的粉丝也觉得星扬娱乐这些年越来越不行了，纷纷支持沈南洲成立个人工作室。

沈南洲的这一举动还是让跟着他多年的粉丝嗅到了些许风声，偶像不会是要退圈了吧？

他十九岁入行，今年二十八岁，在将近十岁的时间里，他对得起自己的工作，也对得起粉丝，现在也应该有一点自己的生活了。

粉丝虽然不舍，也表示理解，只希望他以后还能多多露面，不要彻底销声匿迹。

Leo 心想，沈南洲就是个恋爱脑，姜晏汐没出现的时候，他看上去还挺理智的，现在……

Leo 叹气望天，算了算了，就他这臭脾气，退圈也好，娱乐圈的浑水，不蹚也罢！再说了，做乙方有什么好的？当甲方不快乐吗？

没错，沈南洲工作室决定做甲方了，具体怎么规划还没商量好，因为今天是周六，工作室大老板沈南洲跑去跟女朋友约会了。

## / 7 /

沈南洲提前半个小时到了 Flipped 餐厅。

海都市的 Flipped 餐厅虽然和北城市的那一家是同一个老板，但是风格还是有所不同。

也很巧合，这一次他们约会的位置和十年前那次很像。

只是十年前那顿饭，少年隐藏爱意，咽下满心苦涩，祝福此生挚爱。

然而十年后，美梦成真，他们重逢，又圆了少年年少的美梦。

餐厅前有卖花的女孩，沈南洲买了一束，是一朵洁白的玫瑰花，被沈南洲放进早就准备好的花束里，很适配。

当他快步走进去的时候，看见了坐在桌旁的姜晏汐。

她似有察觉，回过头，反而先递给他一支白玫瑰，微笑着对他说："晚上好。"

Flipped，你是一见钟情，也是怦然心动。

# 第十五章

DI ER CI
XINDONG

**爱情这东西，总是没道理**

如果不是你的话，我大概也不会考虑其他人。

## 1

最近发生两大轰动娱乐圈的事，一是沈南洲官宣恋情，二是沈南洲宣布退圈了。

也有两大轰动学术圈的事，一是回国不久的姜晏汐发表了一篇关于颅底肿瘤的突破性论文，引发学术圈热议。有大佬发现这位姜医生还是Michael教授的学生，更加不敢轻视她。有人把她在国外的履历拿出来一看，彻底被折服，别看人家姜医生年轻，论本事还真没几个比得过人家。

学术圈的第二件大事也是关于姜医生的，那就是姜医生的男朋友是沈南洲。不过这些搞学术圈的未必知道沈南洲是谁，只知道他是姜医生的男朋友，再一打听，是娱乐圈的明星。

这能靠谱吗？搞学术的人总是有些骄傲，一听说姜医生这么优秀的人竟然找了个娱乐圈的人做男朋友，纷纷慨叹，做研究久了，不晓得人心险恶，只怕是被骗了。瞧那样子，恨不得当即给姜医生再介绍一个。

于是在某次学术会议结束后，有人跟姜晏汐说："姜主任啊，娱乐圈太乱了，咱们和他们不是一路人，而且娱乐圈的人有八百个心眼子，咱们呀，玩不过。"

那人醉翁之意不在酒，说："我有个徒弟，比你小三岁，小伙子长得精神，而且是本地人……"

话还没说完，被姜晏汐笑着打断了，她指了指不远处开过来的车，说："不好意思，我男朋友来接我了，我先走了。"

一个穿着黑色风衣的男人，拿着一把伞从车上下来。天上不知何时下起了蒙蒙细雨，男人的手腕微抖动，伞啪的一下被撑开了，他的真容显现出来。

有道是色若春花，面若秋月。

天地间的蒙蒙细雨似乎都一下子成为陪衬，在见到这个男人的一瞬间，所有人的感官似乎变得格外明晰。

清风徐来，水滴成线，沈南洲好似画中人，像江南烟雨里撑伞的世家公子。

不过他的眼睛里只有姜晏汐。

刚才那人极力向姜晏汐推荐自己徒弟的时候，沈南洲就已经到了，他坐在车里已经喝了一肚子醋，但他知道，姜晏汐今天参加的是学术会议，这里的人大部分都是学术圈的大佬，他对于他们而言是不合时宜的。

直到听见姜晏汐说："我男朋友来接我了。"沈南洲才像得到某种指令一样，心花怒放，下车接人。

坐上车后，沈南洲像没事人一样开车，闭口不提他刚才听到的话。

姜晏汐轻笑了一声，说："你不用把他们的话放在心上，他们觉得怎么样不重要，毕竟我男朋友的标准由我来决定，不是吗？"

沈南洲还不承认，说："没什么……我不在意他们说的话。"

要是不在意的话，这会儿他应该跟她聊天，聊白天发生了什么，聊明天早上吃什么。他不是一个爱说话的人，但在姜晏汐面前，却有说不尽的话。但是刚才他明显沉默了。

姜晏汐了解他，才开口向他解释。

虽然沈南洲脸色未变，但突然松弛下来的手部肌肉以及微微上扬的嘴角，都预示了他转好的心情。

沈南洲装作不在意地问："那……那你找男朋友的标准是什么？"

"是你。"姜晏汐说，"除了你以外，没有第二个标准。"

沈南洲急急踩下刹车，差点追尾，他的呼吸突然变得急促。

他尽量控制自己的表情不露出异样，但是他的耳朵悄悄红了起来，说了一句："我也是。"

姜晏汐说："我知道。"

她当然都知道，不过姜晏汐发现她不应该在沈南洲开车的时候跟他说话，据以往经验，容易出交通事故。

沈南洲的车一直开到姜晏汐的公寓楼下。

门卫大爷已经眼熟沈南洲了，二话不说就放他进去。

大爷已经到了退休的年纪，在家里闲着没事干才过来看门。他并不知道沈南洲是个大明星，对沈南洲的称呼是姜医生的男朋友，沈南洲每次听到都心花怒放。

今天下午开完学术会议又去吃饭，沈南洲送姜晏汐回来的时候已经很晚了。门卫大爷看到他们的时候还惊讶了一下，然后笑眯眯地问，"姜医生和男朋友准备什么时候结婚呀？"

门卫大爷有一双火眼金睛，自认看人很准，这小伙子长得俊，眉眼透露着一股正气，不是仗着长得好看就薄情寡义、花心滥情的人。

他看得出来，这小伙子眼里除了姜医生，其他什么也装不下。

姜医生的品行就更不用说了。

门卫大爷觉得他们两个肯定能结婚，不过是时间问题罢了。

姜医生虽然话不多，但是他能看得出来，姜医生也很喜欢这个小伙子。

旁观者清，当局者迷。虽然姜医生对所有人都很温柔，但是对男朋友，又多了一分女朋友的柔情。

姜晏汐向门卫大爷点头，笑着说："日后给您发喜糖。"

惊喜总是猝不及防，啪一下砸晕了沈南洲，以至于他倒车入库，倒了第二次才停好车。

沈南洲又疑心自己听错了，除了和门卫大爷那一句闲聊，姜晏汐没有再说起此事。

他把姜晏汐送到门口，佯装镇定地问："最近有一个新楼盘开售，我们一起去看看？"

"好啊。"

沈南洲目送她走进公寓，习惯隔着玻璃门看着她走进电梯，只不过这次姜晏汐走了两步，又突然回头。

玻璃门打开又合上，姜晏汐走到他面前，说："有句话我一直忘了告诉你，我之前问你，如果我没有从国外回来，你该怎么办？你跟我说，除了我不会再有其他人……沈南洲，我也一样。"她轻声道，"如果不是你的话，我也不会考虑其他人。"

恋爱并不在姜晏汐现在的人生规划里，她刚刚回国，虽说是医院特聘，但到底是一个陌生的工作环境，更何况国内与国外的医疗模式、医疗环境截然不同。对于姜晏汐而言，这也是一个新的开始，新的挑战。

然而爱情这东西总是没道理，姜晏汐为沈南洲破了例。

/ 2 /

娱乐圈最近有两个人正春风得意，一个是美梦成真的沈南洲，他宣布退圈之后直接进入半退休状态，微博日常的画风变得很像老年人，不是在养花就是在做菜。

沈南洲平时不发微博，除了开演唱会的时候会放出一些宣传物料，其余时候基本毫无动静。

这样一想，沈南洲宣布退不退圈好像也没什么区别。

但粉丝发现，自从沈南洲宣布退圈之后，更新微博比以前勤了许多。至少以前的沈南洲不会这么频繁发微博和回复粉丝评论。

微博画风也有点奇怪，别的偶像都是发帅气自拍，粉丝评论：我可以。

沈南洲却拍了一大桌子菜，认真而苦恼地发微博问粉丝：红烧肉应该烧甜口还是咸口？

于是甜党和咸党就在微博评论区吵起来了，纷纷贡献出自己珍藏多年的秘方，并怒斥对方是"邪教"，唯有沈南洲在网友的点拨下恍然大悟，理解到做红烧肉的诀窍，抛下正在吵架的网友，跑到厨房里挥铲子了。

Leo冷眼瞧着，再过段时间，沈南洲可以直接转行当厨师了。

他万万没想到，沈南洲刚开始隐退的这些日子，正儿八经地去上了厨艺班，然后每周乐呵呵地在姜晏汐上夜班的时候给她送夜宵。

姜晏汐的同事已经完全眼熟他了，有时候姜晏汐不在办公室，门口的护士就自动给他开门，把他放进来了。

怎么说呢，公然秀恩爱的行为虽然不太好，但是沈南洲经常给整个科室点外卖，从下午茶到夜宵，应有尽有。

沈南洲也不是天天来，他只在姜晏汐值夜班的时候过来，来的时候小心翼翼，全副武装，十分自觉，尽量不给医院添麻烦。

谁能对一个既懂事又多金的小伙子不心生好感呢？

虽然沈南洲是大明星，但医院的这些医务人员还真没什么不方便的感觉。医院里人来人往，有达官、有富商，就是国外的领导人他们也见过，在他们看来，沈南洲是大明星又如何？那可是姜主任啊！

平时微博热搜上看到也就罢了，真放到现实里相处，总觉得不靠谱。

所以最初大部分人持中立态度，从之前顾月仙劝姜晏汐的时候就可见一斑。

但这些天下来，大家吃了沈南洲的东西，也不好对他有意见了，甚至因为他低调、懂事，改变了之前的态度。

身为一个大明星，能够做事妥当，在不给姜主任造成麻烦的同时来探班，这种用心程度很少有人能做到。

有人感慨："我家先生追我的时候，我觉得他已经够用心了，如今看到沈南洲才明白什么叫'人比人，气死人'啊！"

也有人道："都说男人心大，我看都是刻板印象，如果真的在乎一个人，

111

怎么不会处处为对方考虑周到？"

沈南洲也有自己的小心机，他给别人点的都是外卖套餐，哪家店好评多就点哪家，但是给姜晏汐的，大多数是他自己做的，就算偶尔点外卖，也要一个菜一个菜亲自为她搭配。

今天姜晏汐值夜班的时候，沈南洲又来了。

门口的护士给他开了门："来啦？"她扭头跟同事笑着说，"姜主任的男朋友又来了，大家可得好好谢谢他。"

护士对沈南洲说："托你的福，我们科这个月人人都长胖了。怪哉怪哉，我看只有姜主任没有长胖。"

另一位护士开玩笑说："小沈，你还是得上点心啊！"

沈南洲知道她是在开玩笑，也不恼。他现在已经深入"敌人"内部，得到了神经外科上下一致好评。

沈南洲说："她以前就是如此，吃得多但是不易胖。"

就比如初中的时候，姜晏汐能吃十二个大馄饨。想起这段往事的时候，沈南洲整个人都变得更柔和了，浑身散发着恋爱的酸臭味。

沈南洲说："她现在辛苦，更应该多吃一点，我会好好照顾她的。"话说完又忙补充了一句，"医务人员都辛苦，都应该多补充一点能量。"

护士笑着说："知道你心里、眼里都是姜主任了，快去她办公室等着吧，她这会儿不在，去楼上了。"

于是沈南洲去了姜晏汐的办公室。

晚上好像出了一点小状况，神经外科急诊那边送来的病人要开刀，一直到快凌晨的时候，沈南洲才等到姜晏汐。

她推开办公室的门，看见沈南洲坐在她的办公椅上，一只手无意识地敲动桌面，另一只手心不在焉地翻动着手机界面。

姜晏汐推门的瞬间，沈南洲放下了手中东西，向她走来。

自从之前急诊手术发生艾滋病患者隐瞒病史的事情，姜晏汐每次做急诊手术的时候，沈南洲都忍不住担心她。

他捧起她的双手，仔细看她裸露在外部的肌肤上有没有伤口，看她一切都好，才松了口气。

姜晏汐见状，说："上次只是小概率事件，不用这么紧张，我们有经验，放心。"

急诊手术需要紧急开刀，有时候等不及病人的术前八项检查出来就得先开绿色通道做手术，一般这种情况，不知道病人到底有没有传染病，会大大增加医务人员感染的风险。

姜晏汐说："我们都会小心的，一般情况下，手套不破就没事。"她绕开这个话题，问，"今天吃什么？"

沈南洲说："已经冷了，要不然我再给你点一份外卖吧？"

"没关系，有微波炉，去热一下就好了，我想吃你做的。"姜晏汐说。

"我做了红烧肉。"就是沈大厨大费周章跑到微博上问网友那道菜，鉴于甜党和咸党争吵不休，沈大厨折中了一下，做了一道南乳肉。

南乳肉的口感偏向于腐乳的味道，甜中带咸，单吃微腻，配米饭刚刚好。

沈南洲以前对口腹之欲没什么要求，自然也不怎么做饭，自从和姜晏汐谈恋爱之后，态度来了180度大转变，好像一下子就热爱上做饭了。

姜晏汐吃饭的时候，沈南洲就看着她。他现在的厨艺已经很不错了，不过他还是担心姜晏汐会不喜欢。

他喜欢做饭给喜欢的人，尤其是喜欢的人吃了之后露出满足的神情。

然而沈南洲不知道的是，姜晏汐眉眼带笑，不仅仅是因为饭菜做得好吃，更因为坐在对面的人是他。

吃了东西之后，人总容易犯困。

饭后，两人本来各做各的事情，姜晏汐在电脑面前看文献，沈南洲坐在旁边的沙发上看手机，两人之间不用过多言语，好像已经这样相处了很久。

沈南洲抬头的时候才发现，姜晏汐不知道什么时候趴在电脑前睡着了，眉眼露出些许疲态。

他走到她面前，弯下腰，半蹲着身子注视她的侧脸。她呼吸平稳，毫无防备地睡着，似乎并没有感觉到他的靠近。

看了好一会儿，他才如梦初醒，伸出去的手停在半空中，又小心翼翼地挪开，怕惊扰到她。

他看了一眼头顶的空调，悄悄走过去，把风速按钮调成最低档，又去护士台要了一张毯子。

护士了然："姜主任大晚上被叫去开刀，怪累的，我们这一行就是这样，家属也要做好心理准备，相处的时间没有想象中那么多。"

护士好像在暗示什么。

姜主任年轻优秀，长得也漂亮，神经外科这些同事也怕沈南洲只是一时兴起。他们搞学术、搞研究的人，就怕到时候沈南洲厌倦了，会伤害到姜主任。

沈南洲说："她没有空，但是我有空。她没有空回去，我就来找她。"

所谓山不就我我就山。

沈南洲说得斩钉截铁，没有一丝一毫犹豫，倒让护士认真打量了一下这个年轻的小伙子，笑了一下，说："看得出来，你对我们姜主任也是有心了。"若是没心，也不会准备东西的时候，给整个科室都捎上一份。

护士问他："那你和姜主任准备什么时候结婚啊？"

这个话题让人猝不及防。

结婚？沈南洲自然是愿意的，何止愿意，简直欣喜若狂，但……明眼人都看得出来，姜晏汐回国还没几年，正是拼事业的时候，而且她前不久发表的文章，让她在学术圈备受瞩目。

护士说："我们医院是有婚假的，你们要是结了婚，姜主任正好还能休息休息。"

所谓吃人嘴软，拿人手短，护士觉得自己暗示到位了。

在护士看来，他们这一行的人也没必要谈太久恋爱，只要双方确定可以了，也就差不多定下来了。

沈南洲不知如何回答这个问题，虽然他很想结婚，但是他跟姜晏汐还没有具体聊过这个问题，之前提过要一起去看楼盘，还没有约得上时间，因为姜晏汐实在是太忙了。

护士突然眼睛一亮，朝沈南洲身后打招呼："姜主任。"

姜晏汐从办公室走出来，不知什么时候醒了。她走到沈南洲身边，把毯子还给护士。

她打了一小会儿盹，已经足够了。

姜晏汐笑着对护士说："这不是科室最近忙，离不了人？就是要去领结婚证也得请假去。等科室不忙了，我也能安心休婚假了。"

/ 3 /

娱乐圈另一个春风得意的人，自然就是汤导。

《生命之门》这档综艺节目一共有一个总导演和两个副导演，汤导是这三个导演中最想做口碑节目的，另一个副导演比较急功近利，行事作风也颇为人诟病，但是他的作品大多商业价值很高。

总导演比较中立。

之前邀请沈南洲来做综艺嘉宾，汤导是极力反对的，他并不想把流量明星带到一个口碑节目中，但是总导演和另一个副导演坚持，汤导也没办法。

接触下来之后，汤导对沈南洲还蛮有好感的，在他恋情爆出来的时候，还帮忙说了几句话。

粉丝们跑到汤导微博评论区，求他多放一点花絮，倒是给节目组带来了意想不到的热度。

目前为止，节目已经拍到一半了，但是第一期节目才刚剪出来，目前放出来的只有沈南洲之前拍的一日先导片。

没错，就是趁着沈南洲和姜晏汐恋情曝光放出来的那一期先导片。

这期先导片在更早之前放出过预告，短短几十秒的预告，剪了好几个高能场面，其中最令人瞩目的就是沈南洲在医院被老大爷询问是否单身，要给他介绍对象的画面。

在几十秒的预告里，并没有出现姜晏汐的脸，只有她一闪而过的身影和几句话。

网友就凭借这短暂的几秒，锁定了姜晏汐就是沈南洲神秘的圈外女友。

真情侣同场拍综艺，一个是导师，一个是学生。虽然只是一日实习生，但是想想这个设定就好带感。

还有什么比当着正牌女友的面被介绍对象更刺激的吗？

先导片开头的画面是日月颠倒，好似时空倒转，无数个日夜仿佛在医院里停滞了。

医务人员步履匆匆，病人排起的长队，他们中有光鲜亮丽的都市丽人，也有拖着蛇皮口袋佝偻着腰的老人，有只是来医院做普通检查的人，也有把这里当成最后的希望的癌症患者。

有人大叫着"谁偷了我的东西"，有人焦急不安地坐在长椅上，手紧紧握着旁边的行李箱，等待医生叫号。

这里是门诊部。镜头一转，就转到了住院部。

住院部看上去比刚才的门诊部要空旷不少，走廊没有那么拥挤，可往病房里仔细一看，一床难求，住满了穿着蓝条病号服的病人。

有的病人刚做完手术，被送回病房休养，麻药的作用还没完全代谢，眼皮子昏昏沉沉，护士给他们测完血压，赶紧把他们叫醒："不能睡啊，睁一睁眼睛。"

护士量完血压，跟旁边的麻醉医生说："血压OK。"

麻醉医生点点头，转身又返回手术室。

病房里除了有做完手术的病人，还有刚安排入院，焦急等待手术日期的病人。

一般病人入院当天，会有医生来问诊，根据问诊内容在电脑里记录住院日志和首程记录。

这也是沈南洲作为一日实习生，要体验和学习的东西。

网友看到这些画面，不由得肃然起敬。

健康真好啊，医务人员辛苦了。

瑟瑟发抖，住过一次院的我表示再也不想去医院了。

沈南洲能行吗？他一个娱乐圈的明星，去医院当实习生也太不靠谱了吧？医院那重要的地方，节目组的这个安排也太胡来了！

仍然有一部分人对沈南洲做实习生这个行为保持质疑的态度，但也有人不同意。

节目组肯定是跟医院沟通过了，医院都同意了，你们有什么不同意的？再说了，本来大家就不了解医院，沈南洲作为娱乐圈的明星，可以借这个机会让大家了解更多关于医生的工作，这不是很好吗？只是当一天的实习生，又有专业的医生在旁边指导，能出什么差错？

医学生默默表示，有姜主任在，不会出什么事情的，实习第一天顶多就是查房、写病历，撑死了再加一个换药，真出不了什么事情。

网友就这个问题进行了激烈争辩，直到有弹幕开始说：别吵了，沈南洲和姜主任出来了！

双方默契地停止了争吵。画面里，俊男美女初相见，又好似故人重逢，沈南洲主动向姜晏汐伸出手，说："姜主任，幸会。"

他看她的眼神不对劲儿，绝对不是初见！

姜主任的气质真好啊！

太绝了吧，这就是学霸的气质吗？

姜主任看我一眼，我竟然觉得"摸鱼"是一种罪过，我要好好学习。

画面继续开始转动，姜晏汐带沈南洲去查房。

观众里不乏有过来看热闹的医学生，他们大多是为姜晏汐而来。

姜晏汐的履历堪称一个医学生的巅峰，外行人只看到姜晏汐一长串的荣誉称号，只有同行人才明白，这意味着怎样的天赋和卓绝的努力。

医学生来了，前来膜拜大佬。

哈哈哈，姜主任好认真啊，都是按照教科书进行教学的。

有人在弹幕上进行科普：其实真实的问诊会更生活化一点，更像是闲聊。姜主任可能是为了教学，所以是按照考试标准教的。

感觉沈南洲有一点紧张，有没有人发现他的眼睛一直落在姜主任身上。

咦？你们看他居然还认真记笔记了！

下个画面轮到沈南洲自己问诊了。

虽然刚才看姜主任问得挺简单的，不过沈南洲都记住了吗？我替别人尴尬的毛病又犯了，要是沈南洲忘词了怎么办？我是病人的话，肯定会觉得这个医院还有医生不专业。

画面继续播放，大家的关注点继续跑偏。

这个大爷好可爱哦，他把手往背后一背，一看就知道是见过大场面的人。这么多人围着他，他都不怵？

感觉他好像是小沈的考核官，哈哈哈。

感觉沈南洲还行，比我第一次上见习课问得好，惭愧。我第一次是拿着手机问的……

我拿着教科书问的，哈哈哈。

我就不一样了，我在手里藏小字条来着。

沈南洲绝对提前做功课了！

我也不信他是刚才记住的，他肯定是背过好多遍了。他刚才见姜主任的时候还假装不认识姜主任,我总觉得他是蓄谋已久!

不过还是看得出来,沈南洲和专业人士不一样。你们别看刚才姜主任好像问得很书面化,但实际上很有重点。而且你们有没有注意到,每次病人要说偏题的时候,姜主任都能把她给拽回来。

附议,我是正在坐门诊的新手医生,不知道为什么,每次病人挂号,都像是来跟我们聊天的。我第一天没有经验,一个病人能拉着我说好久,我问她这个,她回答我那个,动不动就偏题,我问她有没有高血压的家族遗传史,她跟我说她同事怎么怎么的,无奈。这种住院的病人也是,问病史的时候总能说很多无关的东西,有经验的医生会很快抓住重点,没经验的新手医生就只能被迫聊天了。

潜伏在观众里的医学生又出来冒泡了,其余网友不敢出声,不过他们对于这种自己从未了解过的专业也挺感兴趣的。

很快就到了高潮环节,无数观众搓手期待的画面。

问诊过后,大爷突然叫住了沈南洲,问:"沈医生有对象没?"

哇,好刺激!

大家快暂停在三十分五十二秒,沈南洲偷偷看姜主任了!

## /4/

画面里的老大爷一拍大腿:"太好了,我有个孙女,今年硕士毕业,从前一直专心搞学业,还没谈过恋爱,心思比较单纯。"

观众看着屏幕里侃侃而谈地老大爷,脑袋里浮现"当代社牛"几个字。

老大爷拿出手机,说要让沈南洲和自己孙女加微信好好聊聊。

屏幕面前的观众笑得前仰后合。

沈南洲往后倒退了一步,哈哈哈,可见小沈长得还是符合老一辈审美的。

你们有谁注意到沈南洲又偷看了姜医生一眼!是不是害怕她生气?

这个时候两个人应该还没谈吧?所以说小沈是在暗恋对象面前被人介绍对象了吗?好惨哦,看得出来,老大爷要给小沈介绍对象的时候,小沈的第一反应是惊恐,哈哈哈。

你们快看!姜主任说话了,姜主任说沈医生是新来的,暂时没有时间考虑人生大事!

怎么回事?老大爷怎么还没有放弃!虽然我承认他说得有道理,但是,小沈只能跟姜医生谈!

突然,画面里出现一段很长的和谐音。

老大爷话语里充满遗憾,说:"这样啊。"然后又是一段和谐音,老大爷最后拍拍沈南洲的肩膀,"加油小伙子,大爷看好你!"

到底有什么是我尊贵的VIP会员不能看的!

我猜是小沈说自己已经有暗恋对象了。

我会唇语,我表示楼上猜对了。

楼上两个观众纯属瞎说,不过大部分观众觉得肯定有什么猫腻,被节目组搞得心痒痒,一窝蜂地到节目组微博评论区求节目组放出花絮。

画面里的沈南洲和姜晏汐走出病房,姜晏汐忍着笑意跟沈南洲解释,沈南洲突然反问是不是给她介绍对象的人也很多。

我就说沈老"狗"别有用意!露馅了吧!

小沈暗戳戳小动作好可爱哦,突然心生怜爱,原来大明星在暗恋的人面前也那么小心翼翼。

笑死,我和我对象在暧昧期的时候,也是这么互相试探的。

画面里的护士说:"那当然了,何止是病人,院长那儿就有大好的青年排着队要介绍给咱们姜主任呢!"

小沈突然委屈。

感觉小沈瞬间不高兴了,姜医生你快去哄哄他。

查完房之后就是去办公室写病历,沈南洲乖乖地坐着,听姜晏汐说应该怎么做。

小沈的眼神好明目张胆啊，小沈，你收敛一点呀！

沈南洲发誓，他当时真的没有其他心思，只是在聚精会神地听姜晏汐说注意事项。他害怕自己做得不好，尽可能记住姜晏汐的每一句话。

年少的时候，姜晏汐也曾这样给他讲过课，只是那时候他叛逆，听不下去，后来他无数次回想起来都十分后悔，怕她觉得自己是个态度不端正的人，也怕她觉得他愚钝不堪。

所以这一次，他努力表现，在来之前就翻过教科书，看过教辅视频，做足了准备，不知内情的 Leo 还感慨沈南洲终于懂事了。

再次重逢，沈南洲只是想让姜晏汐知道，那个曾经叛逆的少年听进去了她说的话，认真对待生活和学习。至于其他的，他暂时不敢多想。

画面里接下来就是沈南洲虚心提问，姜晏汐耐心解答。

姜主任给小沈解惑的时候好有魅力啊！
姜主任认真搞事业的样子好酷！
本医学生乖乖搬板凳坐下来听课。

先导片第一集很快就结束了，大家点进去先导片的第二集，开头的镜头有些混乱。

在示教室，大家在吃饭，整个画面都有些晃荡。

摄像小哥的手怎么了？怎么比我九十岁的奶奶的手还要抖？

没办法，那天拍摄出了临时状况，原定的拍摄计划取消了，因为姜晏汐要赶去做急诊手术。还是汤导手疾眼快，在征得医院的同意下，跟上去拍摄这一突发状况。

刚开始摇晃的镜头，就是汤导在示教室紧急拍摄的。汤导也跟广大网友一样在网上看先导片。看到网友评价他的手抖得跟帕金森一样，气得吹胡子瞪眼，当时事发突然，他能拍下这一段就已经很不错了，而且这一段摇晃的画面，不正具有一种混乱的美感，暗示即将发生的事十分凶险吗？

网友耐着性子继续看下去，混乱的镜头只能看到一些人影，但是能听姜晏汐语气带有一丝焦急。

> 急诊手术！感觉好严重的样子！
> 所以姜主任是要去做手术了吗？
> 一看进度条就知道，事情不简单！

接下来的镜头都有些摇晃，一看就知道是混乱中拍的——匆忙脚步声、呼吸机监护仪的声音、医护人员在一片混乱中仍然保持镇定去安抚病人的声音，这一切交杂起来，就是一个医院急诊室。

由于场面过于血腥，以及为了保护病人隐私，画面很多部分都打码了，但是从医务人员的交谈声中，便能知道情况紧急。

终于，画面里再次出现了姜医生。

> 硬膜下血肿……创伤性脑疝是什么？感觉好严重的样子！

现在没人关心沈南洲了，大家的心都被这一突发事件给揪起来了。

> 姜医生利落的样子好帅气！

姜晏汐三言两语就问清楚病人的情况，在家属不肯来的时候，又果断下了决定，联系院长和医务科，准备手术。

> 我终于知道沈南洲为什么会喜欢姜主任了，谁能不爱在事业上闪闪发光的姜主任？
> 半个医疗行业的人默默插一句话，其实这种情况姜主任可以不管的，这种家属不愿意来的病人最麻烦了，无论手术成不成功，都容易惹得一身骚，而且术前八项结果也没有出来，总觉得要出事情……
> 呸呸呸，闭上乌鸦嘴！姜主任才不会出事情！

/ 5 /

镜头再次动起来，一路跟到了手术室门口。

节目组只能停留在最外面那道门，再往里他们就没有权限拍摄了。

手术室门口有很多病人家属，有的家属甚至就在外面打地铺，还有人在默默祈祷。

一道门，隔断的，或许是生死。

即使是画面外的观众看到此情此景，也突然安静下来。

没有人不敬畏生命，即使它如此脆弱。

过了很久，观众才想起沈南洲来。

咦？小沈呢？

现实中将近七八个小时，然而在先导片里，不过是镜头一晃的工夫。

观众没找到沈南洲，却看到黑下去的画面重新亮起，一个护士匆忙赶过来，说："这个病人是HIV阳性，谁进去说一下！"

HIV！我的姜主任千万不要有事啊！

呜呜呜，太危险了！

大家在画面里重新看到了沈南洲，他问护士："这种情况之前发生过吗？姜主任会不会有危险？"

小沈一定很担心姜主任吧，我感觉他好担心啊。

姜主任那么好的人，不惜冒着风险给病人做手术，小沈却连正大光明去关心都不能，呜呜呜，好虐啊！

护士解答了沈南洲的疑问，也挑起了观众的怒火。

太过分了！那些隐瞒病史的人到底怎么想的，除了那些母婴传播暴露的人，大部分HIV携带者都是自己不检点，凭什么要让无辜的医务人员为他们承担风险！

感觉小沈慌了，隔着屏幕都能感觉到小沈的心神不宁。

中途导演让沈南洲去吃饭，他也没有去。汤导当时并不知情，还觉得沈南洲很是敬业，十分尊师重道。

汤导性子比较单纯，观众读懂了他的表情，纷纷发弹幕。

*汤导真的好单纯哦，竟然没有看出来小沈不对劲儿。*
*这哪里是简单的师生情，小沈什么时候对其他人露出过这样的表情！*
*关心则乱，说的就是沈南洲。*

看到弹幕的汤导又要为自己辩解了，你们已经知道了沈南洲和姜晏汐的恋情，看节目觉得哪儿哪儿都有猫腻。要是不知道，谁能想到沈南洲和姜晏汐会有关系？

一个是娱乐圈明星，一个是学术圈大佬，谁敢把他们两个扯上关系？在汤导看来，他们就是第一次见面而已。

时间只过去了一会儿，沈南洲觉得自己像等待了一个世纪那么漫长。手术室的门终于打开了，门口等待的家属再次躁动起来。

*终于出来了！呜呜呜，姜主任没事吧？*
*小沈站在旁边的样子好像一个小可怜哦，太难了。*
*他一定想第一个关心姜主任，却又不想打扰她的工作。*

从手术室出来的姜晏汐正在听护士说话。
护士再次联系了车祸患者家人，家人还是不肯来。

*是我我也不来！乱搞男女关系的，还害得姜主任为此承担风险！*
*把钱都拿去嫖了，连女儿的学费都不肯出，人渣！*
*原来医院一年有这么多糊涂账吗？真的太难了，遇上这种没办法交钱的患者，也是医院倒霉。*

姜晏汐和护士交代完，又和下级说完注意事项，沈南洲终于找到机会和姜晏汐搭话，他小心翼翼地问："姜主任，你还好吗？"

姜晏汐笑着说："我没事，我们都做了防护。而且一般手套不破，就没什么事。"

周边人潮汹涌，似乎一切都成了幻影。

姜晏汐和沈南洲遥遥相对，一方克制，一方似乎不知，明明没有其他的语言，观众却感觉到了一丝苦涩。

小沈一定很想正大光明关心姜主任吧。

天哪！他们俩就这么隔着人群站着，我就感觉到了小沈暗恋的心酸。

有什么比明明你就站在我面前，我却连关心你的话都不能正大光明地说出来更让人觉得难受呢？

还好他们现在在一起了！

画面结束得很巧妙，镜头一转，是黑色夜幕下的车水马龙。

月光照映海都大学附属医院门口的石碑。

白天，这里熙熙攘攘；夜晚，仍然以它自己的方式守护人民的安全。

看完先导片的观众感到一丝徜徉，他们大多数是奔着"嗑糖"来的，现在却好像又看到了一些不同的东西。

这正是汤导想要拍摄这档节目的意义所在。

生活不仅只有娱乐。

# 第十六章

DI ER CI
XINDONG

**男朋友有点不开心**

爱的定义本来就包括牺牲和忍让,我深思熟虑之后,仍然决定爱他。

## / 1 /

沈老妈回来了。

沈老爹屁颠屁颠地跑去机场迎接。沈老妈这些年周游世界,到处采风,生活中没有什么烦心事,人看着也年轻。

她穿着长裙,戴着黑色墨镜,手里只拿了一个小行李箱,整个人看着异常潇洒利落。

沈老爹第一眼就瞄准了沈老妈,朝她挥手,"巍然,我在这里。"

沈老妈扭头朝沈老爹望过来。

沈老妈是长相艳丽的大美人,岁月并没有在她的脸上留下痕迹,反而让她像一壶烈酒,随着时间沉淀而散发出浓烈香味,让人移不开眼。

她一摘下墨镜,就略有嫌弃,说:"你怎么变成这副模样了?"

沈老爹人到中年,略有发福。

沈老爹很紧张,说:"没有吧。"

沈老爹这些年一直很注重保养。在收到沈老妈即将回国的消息后,还加急找个金牌教练一对一健身,力求以一个完美形象出现在沈老妈面前。

平心而论,在大多数做生意的人当中,沈老爹的身材还是不错的,五十多岁的年纪看上去也就四十岁,不说话的时候温文尔雅。

只是沈老爹之前犯了一次错,后悔至今。和第二任老婆离婚后,直接谢绝女色。他反思自己听信了第二任老婆的话,说了很多伤儿子的话,导致后来父子间隙越来越大,沈老爹也不想低头。

这次沈南洲谈恋爱是一个契机。

沈老爹美滋滋地想:他既能趁这个机会跟儿子修复关系,又能有机会跟沈老妈再续旧缘,多好!

姜晏汐简直是头上散发金光的大善人。

沈老爹殷勤地对沈老妈说:"我叫王妈把家里打扫过了。"

沈老妈看了沈老爹一眼,道:"不去。回国之前,汤如军给我发了信息,他在郊外新开发一块地皮,建了一座度假庄园,我去那儿。"

汤如军是沈老妈的大学同学,也是沈老爹的头号情敌。

沈老爹的脸瞬间垮下来,苦兮兮地说:"巍然,我知道我以前犯了错。以你的个性,我不奢求能和你重新在一起,但是你也不用对我这么残忍吧?"她在他面前说要去他情敌开的庄园住,让沈老爹感到万分扎心。

沈老妈把墨镜一戴,十分冷酷:"停!我们当初和平分手,你没什么对不起我的,往事不必再提。我这次回来,主要是想见儿子的女朋友,其他事情免谈。"

沈老爹知道她的脾气,立刻闭嘴。

沈老妈就像是一阵自由的风,这些年游历五湖四海,不受拘束。

沈老爹也留不住她这样的人。

这些年,沈老爹千方百计地找理由想让沈老妈回来,只可惜沈老妈并不睬他。

年少的岁月就好像一场梦,既甜蜜,但回想起来又让人心痛。

他识趣地转移了话题,说:"你准备什么时候去见儿子的女朋友?要不然我约她到家里吃个饭?"沈老爹暗怀鬼胎。

"你问过儿子没有?"沈老妈问。

沈老爹语塞,那自然是没有的,父子俩的关系目前还决裂着呢。

沈老妈叹了口气,说:"你还是老样子。儿子长大了,你要尊重他。那是儿子的女朋友,应该让他自己去说,我们找上门算怎么回事?人家还以为我是不满意儿媳妇的恶毒婆婆!第一次跟儿子的女朋友见面,自然是儿子把她带到我们面前才对。"

沈老妈没怎么干涉过沈南洲的生活。她一直觉得,作为父母,应该及时且得体地退出子女的生活。

沈老爹很紧张,说:"怎么可能不满意!"

他对姜晏汐太满意了,毕竟姜晏汐可是他当初拿来跟沈南洲做对比的"别人家孩子",甚至大放厥词说自己怎么就没有姜晏汐这样的女儿,就算折寿十年也愿意让她当自己的儿媳妇啊!

在得知儿子的女朋友就是姜晏汐,除了沈南洲,最高兴的就是沈老爹了。但他狂喜之余心头涌起一阵担忧:姜晏汐到底看上儿子哪里了?难道是那张脸?

沈老爹适时地向沈老妈表达了担忧,说:"咱们做父母的,得给儿子长长脸,好叫人家小姜觉得咱们家是个优秀的结亲对象。"

他打心眼里觉得沈南洲和姜晏汐不是同一类人,正如他当年和岳巍然。

沈老爹觉得他们当时离婚除了三观不合,还有一个重要的原因是双方家庭都不支持。所以,他不希望儿子重蹈他和沈老妈的悲剧婚姻,他绝对

127

不会阻止儿子和姜晏汐在一起的。

正开车的沈老爹回头深深地望了沈老妈一眼。

这个时候他们已经在回去的路上了。魏然听到沈老爹这话，笑得差点呛到，什么优秀的结亲对象？当她儿子是菜市场大白菜呢？

事故就发生在这一瞬间，沈老爹没注意前方车辆，车"咣当"一下，追尾了。

/ 2 /

人倒是没事，安全气囊弹出来，护住了重要部位，坐在后排的沈老妈也因为系了安全带，没受什么伤。

但两人到底上年纪了，脑袋嗡嗡响。

车子撞得比较惨烈，好心的路人打了110，警察把沈老爹和沈老妈送进了医院。于是，沈老爹和沈老妈以一种戏剧性方式见到了未来儿媳妇。

沈南洲知道母亲回国，也知道父亲去机场接人。

飞机一落地，沈老妈就给他发了信息，说晚上一家三口吃顿饭。

沈老妈是想借此机会给这对父子双方一个台阶下，结束多年冷战。毕竟，她不想大半夜再接到沈老爹的骚扰电话了，而沈南洲对此也算是默认。

坐上沈老爹的车，她又给沈南洲发了信息，说一会儿就到。

吃饭地点在郊外的度假庄园，就是沈老妈大学同学汤如军开的那家，沈老妈让沈老爹送她去庄园是真，只不过主要目的是一家三口去吃饭。

沈老妈故意没说，是在报复沈老爹总在大半夜给她打骚扰电话的行为。

庄园其实是沈南洲定的，沈老妈看到地址才发现正好是老同学开的。

沈南洲听说这家庄园的酸菜鱼做得不错，都是水里的鱼捞出来现杀。

正好姜晏汐又值夜班，他准备和爸妈吃完饭，带上这里的菜去探她的班。

见姜晏汐工作忙，沈南洲并未和她说母亲回国的事，他打算先和父母说一下情况，别让父母对她有任何不满。

一个合格的男朋友，应该是父母和女朋友之间的桥梁，避免双方直接接触，而是通过他跟两边沟通，使得彼此都有一个美好的印象。

事实上沈南洲多虑了，沈老爹和沈老妈对姜晏汐没有任何不满，如果非要说有什么不满的话，大约是此时此刻，沈老妈在医院拉着姜晏汐的手感慨道:"姜医生啊,要是南洲以后有什么花花肠子,你直接把他踹了,阿姨再给你介绍更好的!"

面前的女人五十多岁了,容貌却似三十出头,眉眼艳丽逼人,虽然受了伤,头上包扎着白布,精神状态却极好,拉着姜晏汐的手左看右看。

沈老妈说:"我怎么就没生出你这样一个女儿来?"

她发誓,她并不是对儿子不满,只是人比人,气死人。沈老妈上学的时候成绩还是不错的,她严重怀疑是沈老爹拖累了儿子的智商,忍不住在心里叹息,沈南洲也就继承了她的脸,性格和智商完全继承他爹的。

沈老妈差点就要认姜晏汐做干女儿,沈老爹忙给儿子发消息:**快来医院,再不来,你老婆就要变成你妹妹了!**

沈南洲还在等爸妈一起吃饭,看到这条消息,一脸蒙。

不久,沈南洲接到了姜晏汐的电话,告知他父母现在的情况。

沈南洲挂断电话的时候还有些恍恍惚惚,他妈妈回国第一天,跟他爸爸一起出车祸进了医院,猝不及防地和他的女朋友见面了……

他匆忙赶到医院,有幸见到沈老妈极力要收姜晏汐做干女儿的名场面。

沈老爹在旁边似乎是想要劝阻,却被沈老妈瞪了一眼:"别插嘴!"

姜晏汐有些哭笑不得,面前的美人风姿绰约,说话方式却很豪放,有一种极大反差感。

沈老妈似乎并没有觉得这件事情有任何不妥,甚至还对姜晏汐说:"你们论你们的辈分,我们论我们的辈分,互不影响,哪天你俩感情不和,分手了也没关系,反正我是站在你这边的,有什么错也一定是沈南洲的错,到时候阿姨再给你介绍更好的男朋友!"

其实沈老妈也曾想过,如果她生的是女儿,不是儿子,她还会不会这么潇洒地离开这里?

沈老妈的父母有些重男轻女,给她带来了一些心理伤害。她甚至在怀孕的时候和母亲说过气话,若肚子里的孩子是个男孩,非得扔了不可。

沈老妈是爱儿子的,但只要是人,就会有爱多爱少之分。

她承认自己是个俗人,如果是女儿的话,她一定不忍心抛下女儿远走高飞。

她对姜晏汐一见如故,好像她就是自己生命中没有得到的那个女儿,暂时把儿子抛之脑后了。毕竟沈老妈也有些不看好姜晏汐和沈南洲。

姜晏汐和沈南洲就像第二个她和沈老爹。

在看到姜晏汐的第一眼，她就知道这个姑娘和她一样，爱情并不是她生命里的全部，也不是第一位。但是沈南洲的性格像极了沈老爹，多少是有点恋爱脑的。

年轻人嘛，不撞南墙不死心。沈老妈并不想像自己父母当初那样阻拦，既然她儿子想谈，就让他们谈，什么样的结果也是他们自己的事情。

不过谈归谈，假设分手了，也不能阻止她和姜晏汐继续来往。

沈南洲到医院的时候，看到的就是老妈说要给她的女朋友介绍对象的场景。他的脸瞬间黑掉一半，另一半是他听见老妈说要认姜晏汐当干女儿的时候黑掉的。

他发现自己想多了，沈老爹和沈老妈没有对姜晏汐有任何不满。

看见儿子，沈老妈没有任何心虚，大方朝他招招手："南洲啊，过来。"

沈南洲虽然有些不开心亲妈挖他墙脚，但还是很关心亲妈身体，细细问过，才得知事故是因为沈老爹不遵守交通规则，沈老爹全责。

被儿子一问，沈老爹像蔫了的大白菜一样站在那里，被沈老爹追尾的车主也在医院等着沈老爹给一个说法。

沈老爹的性子，差点和对方吵起来，还是沈老妈拉着，以及沈南洲给对方安排了全面身体检查，从脑袋查到胃肠，从头颅查到四肢，又赔了一笔精神损失费，双方才就此事达成共识。

被追尾的车主是个小富二代，沈南洲觉得他有点眼熟，好像在什么社会头条上看过他，起初心里还犯嘀咕，能在社会头条上让他留下印象的人，不会是什么在逃犯吧？

小富二代身边的女朋友却突然惊叫出声，指着沈南洲说："你、你不是沈南洲吗？"

年轻女子又仔细看了看姜晏汐，很快确定了他们的身份，语无伦次地说："姜医生，您辛苦了！这么晚还在工作！"

小富二代还纳闷："啥？沈南洲？"

他女朋友打了他一下，说："怎么能收姜主任男朋友的钱？你也好好反省，开车的时候接电话，还开那么慢，被追尾你也有责任！"

最后，被追尾的小富二代在女朋友责骂声中，愣是没收赔偿费，只接受了沈南洲给他们安排的身体检查费。

这场追尾事故，两辆车基本撞报废了，但好在人都系了安全带，又有安全气囊保护，受伤最严重的沈老妈也只是头磕了一道小小的口子。

该做的检查做完之后,剩下一些基础检查就要等到第二天了。

确认过爸妈没事,沈南洲松了口气,然后意识到一个问题:女朋友和爸妈就这样见面了?

事实证明,沈南洲不需要担心父母是否满意姜晏汐,就目前情况看来,他才是多余的那一个。

沈老妈拉着姜晏汐的手,热情邀约她下次出来一起逛街,然后收到了儿子哀怨的眼神。女朋友假期十分有限,要是被老妈占用了,他就没有和女朋友谈恋爱的时间了。

儿子哀怨的眼神太过明显,沈老妈恋恋不舍地放开了姜晏汐的手,和沈老爹离开了医院。

沈南洲则留下来陪姜晏汐。

他坐在沙发上,眼神放空。

姜晏汐看他有点走神,不禁有些奇怪,问:"怎么了?"

沈南洲很是悲伤地说:"我在想,你爸妈会不会不满意我?"

姜晏汐这么优秀的人,连他亲爸亲妈见了都忘了他这个亲儿子,他十分担心,姜爸爸和姜妈妈会不会不满意他?

姜晏汐笑着说:"不会的,他们都是很好的人。他们知道了我们的事情,正好国庆的时候要过来,到时候一起吃顿饭吧。"

惊喜总是来得猝不及防,同时又给人带来甜蜜的烦恼。

沈南洲发帖求助——

急!女朋友要把我介绍给她爸妈了,但是我担心她爸妈不喜欢我怎么办?听说她爸妈喜欢老师,我现在去考个教师资格证还来得及吗?

/ 3 /

第一次见面实在太乌龙,周末的时候,姜晏汐和沈南洲一家正式吃了一顿饭,地点就在沈老妈老同学开的度假庄园。

沈南洲去医院接姜晏汐下班。

上车的时候,姜晏汐发现副驾驶座上有一个礼品袋,粉色的包装袋扎着粉色蝴蝶结,和沈南洲酷炫的汽车一点儿也不搭。

沈南洲说:"是我妈给你买的礼物。"

沈老妈的意思是让沈南洲当成他自己送的,用沈老妈的话来说,沈南洲恋爱经验匮乏，需要她这个恋爱大师亲自上场指导。

沈老妈对儿子说："先前我和你爸就知道你对她有意思，你还把人家送出国了是不是？人家如今回来了，你又走了狗屎运跟人家在一起了，就好好对人家。姜医生那么优秀，你要是不努力点儿，等着人家挖你墙脚吧。"

沈老妈因为此事特地找儿子谈了一次，说："这些年我一直在外游历，对你的关心不是那么到位，你爸也是个粗枝大叶的人，但你毕竟是我们的儿子，你的事情我们并不是什么都不知道，妈多嘴问你一句，既然那么喜欢人家，当初为什么要劝人家出国？"

当年的沈南洲让姜晏汐坚定了出国的想法，姜晏汐是沈南洲的月亮，但沈南洲也曾给过姜晏汐感动，月亮也曾摇摆过自己的心。

沈南洲回答说："喜欢或者说爱，并不是拿来牵绊她的理由，更何况她那个时候对我并无感情……她是我生命中很重要的一个存在，无论如何我都希望她永远光芒闪耀。"

沈老妈叹息，说："这一点，你比你爸强。"

原本沈老妈还有些不太看好他们的感情，但和儿子聊了之后，她对儿子的感情又有信心了，说不定姜晏汐真能成为她的儿媳妇。

那天沈老妈逛街的时候看到一条漂亮的金项链，大手一挥直接买下，转交给儿子，说："不管怎么样，送人东西都是没错的。你平时可以多送送，看看她喜欢什么，以后选求婚送戒指的时候也知道买哪一家的。"

沈老妈嘱咐儿子，说："你今晚去接她吃饭的时候把东西给她，别说是我送的，全当是你送的。"

沈老妈在得知儿子送女朋友最多的东西是夜宵之后，真情实感替儿子的感情担忧了。怎么说呢，这个行为听上去挺贴心，但又透露着那么一丝离谱。送夜宵这种事情，一次两次也就罢了，总吃夜宵会发胖的啊！长此以往，不利于感情发展。

沈老妈决定好好教一教儿子，送人东西，不能只有送夜宵一种。

于是沈南洲收到老妈发来的十页关于"各种节日送对象礼物清单研究报告"的文件。

哇，居然还是一篇论文。

沈南洲虽然认真拜读了这一"著作"，但在接姜晏汐的时候还是如实以告，是沈老妈买的礼物。

沈南洲说："你看看喜不喜欢？"

要是姜晏汐喜欢这个风格，他就再把一整套买下来。

沈南洲的车停在地下停车场，他还没发动车子，扭头看到姜晏汐把项链从包装盒里拿出来。项链是一只金色蝴蝶，栩栩如生，展翅欲飞。

她合拢手心，说："我很喜欢，替我谢谢阿姨。"

车里没有开灯，沈南洲只能借着外面的光亮看清姜晏汐侧脸的轮廓，他鬼使神差一般，俯身过去。

姜晏汐有些不明所以，他已经离自己很近，睫毛像羽毛一样轻轻颤抖了一下。

沈南洲在离她脸颊很近的距离停下，略微克制地问她："姜医生，请问我可以亲你吗？"

姜晏汐哑然失笑，她右手撑了一下椅背，主动亲了上去。两人的距离很近，沈南洲能闻到她衣服上沾染的医院消毒水的味道。

事实上，姜晏汐来得匆忙，只来得及把白大褂往衣架上一挂，随手拽了件杏色防晒衫往身上一披就过来了，以至于此刻，外衫从姜晏汐的肩上滑落，卡在肘处。

沈南洲鬼迷心窍一样伸手揽住她的腰，好让她有一个借力点。

他穿过她的腰肢，完美扣住，而姜晏汐对他没有防备，仰着头看他。她的眼睛一如既往地清亮，沈南洲突然想知道，她动情会是什么样子？

姜晏汐的样子太镇定了，好像刚才主动亲他的人不是她，她的样子好像在鼓励他做一些更大胆的事情。

沈南洲也确实大胆做了，他一只手环住她的腰，抵在她的身体和椅背之间，另一只手反扣住她的手，拉到一旁，好让他顺利地完成这个动作。

他的吻一开始是轻柔的，像某种小心翼翼试探的小动物，可后来他似乎发现猎物并不抵抗，于是大胆起来，开始得寸进尺。

身下人是如此柔软，让沈南洲突然意识到他们现在是男女朋友了，他可以对她拥有某种不可言说的欲望。

再到后来，沈南洲就有些失控了，像是发现了新世界的大门，不过他的吻技着实有些不好，横冲直撞，磕到了姜晏汐的嘴唇，有一丝丝鲜血弥漫出来。

沈南洲很快就品尝到了这一丝咸腥，鲜血的味道让他立刻清醒过来，他有些紧张地松开姜晏汐，有些懊恼地摸了摸她的唇，又轻轻地吻上刚才被自己弄出来的伤口。

这一次的沈南洲很克制，抿去她唇上那一丝血，就轻轻松开了她。

刚才的动作略微有些大，导致姜晏汐的外衫皱成一团，她清冷的眼睛里也染上些许温度，有些茫然地看着他。

虽然沈南洲的吻技不太好，但姜晏汐也无从判断。

沈南洲松开她的时候，姜晏汐身上的外衫也终于因为不堪重负，从她的肩膀上滑落，露出大片雪白的肌肤。

她今天穿的是一件吊带紫色长裙，外面本来应该有一件杏色披肩，不过由于天气炎热，她在医院的时候没有穿，直接套上了白大褂。

出了医院之后，就改成了杏色的轻薄防晒衫。

今年是海都市最热的一年，即使在开了冷气的车里，气温也在节节升高。沈南洲佯装镇定，但是不经意间蜷缩的小手指暴露他并没那么平静的内心。

突然，沈南洲感觉到有一个硌手的硬物，是刚才被姜晏汐握在手心的项链，不知什么时候传到他手里来了。

沈南洲抬头，看见姜晏汐雪白的脖颈，好像上面空缺了些什么，需要用更艳丽的颜色来点缀。

他轻咳一声，掩饰自己心中奇怪的想法，说："我帮你把它戴上吧。"

他的手环过姜晏汐的脖子，项链很细，扣结处又很难打开，折腾了好一会儿，终于"啪嗒"一声，扣上了。

沈南洲坐回去，他的手心已经冒出了汗珠，虽然他比之前大胆了很多，但是耳朵边缘已经开始红了。

沈南洲拉下手闸，把车内的空调又调低了两度，借口说："最近天气太热了。"好像在欲盖弥彰。

姜晏汐轻笑一声，并没有戳破他。过了一会儿，她突然开口，说："当然可以。"

沈南洲有一瞬间不解其意，后来才反应过来，她是在回答之前沈南洲问可不可以亲她的问题。

/ 4 /

沈南洲负责接姜晏汐，沈老爹自然就负责去接沈老妈。

沈老妈并没有住在老同学的庄园里，也没有选择回沈老爹的老房子，这让沈老爹很幽怨。

沈南洲和姜晏汐到的时候，沈老妈和沈老爹已经来了好一会儿了，当时他们俩正在吵架。

两人刚到包厢门口，就听见沈老爹哀怨道："刚才汤如军过来跟你打招呼，你们竟然还有说有笑的？"

沈老妈的声音很冷漠："要不然呢，我把人家乱棍打出去？这庄园可是人家的呢。"

沈南洲在外面轻咳两声，暗示他们到了。

沈老妈直接从凳子上站起来，走到门口拉着姜晏汐的手，说："来来来，跟我一起坐。"

这下子哀怨的不只沈老爹了，还有沈南洲。

饭桌上，沈老爹和沈南洲排排坐，看着对面的沈老妈拉着姜晏汐侃侃而谈，脸上的笑容就没停下来过。

沈老爹小声跟儿子说："我还从来没见过你妈这样。"他感慨道，"看样子我在家里的地位又要下降一名了。"

沈南洲毫不客气地戳穿他："您跟我妈已经离婚了，我妈现在又不跟您住在一起。"

沈老爹捂心口，感觉自己需要速效救心丸。

太惨了，人到中年，老婆追不回来，儿子也不听话。不过这有什么办法？还不是他年轻的时候自己作的？

其实对面的沈老妈和姜晏汐也没聊什么，只是有的人天生一见如故，聊什么都好。

沈老妈注意到姜晏汐脖子上的项链，笑得更开心了，问："项链喜不喜欢？"

"谢谢您，我很喜欢。"姜晏汐回道。

沈老妈心下了然，沈南洲这不开窍的家伙，必然是如实以告，不过这也在沈老妈的预料中。

"你要是喜欢，改日和南洲再去这家店挑一挑。这家店的样式很多，很受年轻人喜欢，我知道你在医院上班，有些首饰也不好戴，不过这金项链嘛，应该也是可以的，对吧？"

金色蝴蝶项链戴在姜晏汐修长的脖颈上，冰冷的金属光芒和雪白的肌肤交相辉映，好像蝴蝶展翅欲飞，却又不得不因为某种阻力而停留在姜晏汐的身上。

姜晏汐的气质本就是温柔沉静，金项链与她相得益彰，又给她增添了一种神秘感。

在医院工作的确对仪容仪表是有要求的，但是在手术室的人，大部分医生会戴金项链，或者是一些金首饰。

像是某种不成文的规定，说是金子贵重，能压一压祟气。

沈老妈这份礼物可谓十分恰当了。

姜晏汐笑着说："阿姨，多谢您的好意，我十分喜欢，但您不必再破费为我选择其他的了。"

沈老妈十分豪气，说："破费什么，你们尽管去，这家店我已经买下来了。我看设计师着实不错，以后你们过节日啊，纪念日什么的，都可以去挑一挑。"

庄园里是活鱼现杀，需要客人自己去挑鱼，沈老妈指挥在座的两个男人，说："你们两个去挑鱼。"

两位男士只好默默离开座位。

沈老妈支开沈南洲，是有一些话想单独对姜晏汐说。

/ 5 /

姜晏汐也看出来了，她默默等待沈老妈开口。

沈老妈说："汐汐，我和你一见如故，就和你直说了，不管你和小沈以后怎么样，我和你的关系是不会变的。"

姜晏汐露出迷茫的神色。

沈老妈叹了口气，开始步入正题，说："我和他父亲很早就离婚了，性格不合，相爱时的激情褪去，日子过不下去了，所以就和平分手了。我知道南洲的女朋友是你，其实心里很欢喜，你不知道，南洲喜欢你很多年了。"

姜晏汐沉默片刻，然后说："其实我知道，严格来说是以前不知道，但是现在知道了。"

她对感情迟钝，但并非愚钝不堪。沈南洲以前为她做了那些事，她从日常相处里，从过往朋友的口中，或多或少都知道了一些。

她也为少年的心事感到酸涩，在想自己怎么以前毫无察觉。

其实不是姜晏汐不够明察秋毫,而是沈南洲的掩饰过于完美。

沈老妈说:"我知道他的女朋友是你之后,由衷为他感到高兴,他终于等到了你。作为母亲,我自然是希望你们长长久久,但事情总是变幻无常,若是有朝一日,你们感情淡去,那也没什么要紧,你不要心里有负担,总归是他自己愿意的。

"小沈长得像我,性格像他爸,不够潇洒,太过执着。他对你必然是没有二心,这点你大可放心。虽说他在娱乐圈,但是我的儿子我了解,他不曾对除了你以外的女人动过心。"

姜晏汐说:"我了解他,也信任他。"

沈老妈说:"我和他爸的婚姻没有一个好的结局,归根究底是因为我们是完全不同世界的两个人,爱使我们走到一起,却无法长久。其实我看得很开,大大方方地爱过了,就算之后分手了也没什么关系。

"我看见你第一眼,就知道你也是这种人,但小沈他爸不是,小沈也不是。若是之后他做出什么纠缠你的事情,你大可以来告诉我,我来替你教训他。"

儿子儿媳妇还没分手,沈老妈已经开始考虑两人分手之后的善后问题了。

鉴于这个家有前车之鉴,沈老妈还是有些担忧,她说:"就算有这种情况发生,你也别怪他,他不会伤害你,只是放不下你。"

姜晏汐第一次主动打断长辈的话,她说:"不会的,我永远也不会怪他,一个人的真心是很珍贵的东西,我不会辜负他。"

沈老妈转而说起自己的事情,她说:"我生来不喜欢被拘束,在金钱方面也看得不是很重。当年我认识他爸的时候,他爸的生意还没有做得像如今这么大。说起来,我之前从没想过会和他爸那样的人在一起,就连我们的朋友都认为我们不是同一个世界的人,只是爱情蒙蔽了双眼,许多事情,婚后才爆发出来。所以在南洲读初中的时候,我和他爸离婚了。"

其实在更早之前,沈老妈就动过离婚的念头,她觉得两个人在一起,早已经失去了热烈的感情,只剩下琐事和争吵,在一起又有什么意义?

但是沈老爹不愿意放手,他纠缠了几年才提出了离婚,可能是感觉到强求也无意义,到最后还是忍痛遂了沈老妈的意。

沈老爹主动提出离婚的事被沈南洲知道了,才认为一切都是父亲的过错,不过沈老爹很快又娶了新老婆,做出那些糊涂事,沈老爹倒也不冤枉。

世上最痛苦的并不是爱而不得,而是明明相爱,却不适合在一起。

沈老妈说："很抱歉，今天和你说了这么多，但请你放心，我并不是阻止你们在一起，我很喜欢你，会把你当女儿一样对待。希望你们在一起的时候，能享受在一起的美好时光，即使分开，也不要像我和他爸那样。"

别看沈老爹和沈老妈现在相处得还行，但婚姻的最后几年，只剩下歇斯底里地争吵，最生气的时候，两人都知道如何用最锐利的话来伤害对方。

即使最后沈老爹选择了放手，那时候也放了很多狠话，装出一副我不爱你了的样子，火速另娶，好像想以此证明什么。

那时候沈老妈也很疲惫，拿了离婚证当天就飞到了国外，并未对沈老爹另娶做出任何回应。

事实证明，沈老爹这种做法极为幼稚，也很不负责任，他至今还在"追妻火葬场"里后悔不已。

沈老妈唏嘘道："喜欢的时候是真喜欢，觉得全世界什么都能放弃，还没结婚的时候，我为他爸放弃了出国深造的机会，他为了给我更好的生活而开始努力做生意，频繁应酬。再后来，我们有了南洲。因为我们都有自己的事情要忙，所以请了保姆，保姆疏忽，导致他得了急性肠胃炎，后来肠胃就一直不好，因为这件事，我放弃了自己的工作，留在家里照顾他。

"其实我们两个都在忍耐、退让，我们知道自己和对方不同，但总幻想能够磨合好。"沈老妈释然一笑，"直到最后，我们都变得认不出彼此了。曾经义无反顾，觉得可以为对方做出来的牺牲，也成了吵架时候攻击对方的工具。

"离婚那一天，我觉得很轻松。我仍然爱他，但是未必需要继续在一起。我不后悔跟他在一起过，只是唯一对南洲觉得很抱歉。我和他爸爸失败的婚姻没有教会他怎样去爱一个人，所以他害怕失去你，怕你们像我们这样惨烈收场，更害怕伤害你……"

姜晏汐和沈南洲同样是两个世界的人，彼此的圈子也不同，同样会和沈老爹还有沈老妈一样出现观念上的矛盾。沈南洲一直害怕、胆怯，如果得到之后注定要失去，他宁愿一直做看月亮的人，也不希望她像母亲一样，在柴米油盐里磨尽了光芒。

姜晏汐静静地看着这位谆谆教导的长辈，说："阿姨，我并非只是因为感动和他在一起。对我而言，他亦是生命中不可控的存在，我亦是真心喜欢他。爱的定义本来就包括牺牲和忍让，我深思熟虑之后，仍然决定爱他。"

姜晏汐莞尔一笑，眼睛清明澄澈。沈老妈突然意识到，这位年轻的小姑娘，远远比他们当年要成熟多了。

姜晏汐出生在普通的家庭，她知道爱不只是风花雪月，婚姻也不是童话幻想，是两个人牺牲彼此的一部分，融合成一个新的整体。

姜晏汐说："我们也许会磨合，也许会争吵，这都是我们婚姻生活里必经的一部分，但我不会为他放弃什么，更不会要他为我放弃什么。在我心里，他一直都是最好的那个人。"

爱是什么？

爱，就是为心上人无条件付出、牺牲，一心只想让她得到幸福、快乐！

错！爱是霸占、摧毁，还有破坏。为了要得到对方不择手段，不惜让对方伤心，必要时一拍两散，玉石俱焚！

这段台词，来自电影《钟无艳》。

沈老妈突然道："你们好了？"

姜晏汐顺着她的目光往门口看去，两道人影从虚掩的门后面进来。

沈老爹不好意思地咳嗽一声，说："看你们聊得正欢，没好意思进来。"

沈南洲就更不好意思了，佯装镇定地看向别处，实际上心里已经乐开了花。

沈老妈结束了和姜晏汐的话题，看了一眼手表，问："你们怎么去了这么久？"

沈老爹一脸冤枉，说："还不是儿子听说这家鱼做得好，非要去看厨子烧饭。"沈老爹哀怨地说，"汤如军倒是大方，直接给了一份配方。"

沈南洲震惊地看了一眼沈老爹，没想到他老爹就这样就把他出卖了。

沈老妈白了沈老爹一眼，说："你给我坐过来，我倒是要和你好好说一说，能不能别什么事情就扯上人家汤如军？就是我和他有什么关系，现在又关你什么事？你之前再婚的时候，我不是还给你包了一个红包？"

沈老妈嘀咕道："小肚鸡肠。"

沈老爹愁眉苦脸，不过心里还是很高兴，他屁颠屁颠地跑到沈老妈旁边的位置坐下。

分开了这么多年，竟然连听到对方的责骂也是一种奢侈。

沈南洲便坐到了姜晏汐旁边，他说："刚才去挑鱼，这家鱼着实不错，我跟老板要了卖鱼人的联系方式……"

姜晏汐接话说:"那以后我们可以在家里做鱼片火锅。"

沈南洲脸上的笑意更深,觉得自己刚才做了一个明智的决定。

饭桌上,沈老妈对姜晏汐一如既往地热情,忽略了旁边两个背景板。

沈老妈对姜晏汐说:"多吃点,你平时工作那么辛苦。我听说医务人员忙的时候连饭都没办法准时吃。小姜啊,你别跟阿姨客气,要是有需要的话,就给阿姨打电话,这家店的老板是阿姨的朋友,你要是喜欢,我让他们做好了给你送去医院。对了,你喜欢吃什么水果?芒果和火龙果怎么样?阿姨给你们科室也送点,同事们分一分。你们那么辛苦,维生素 C 也得补一补。"

沈南洲突然说:"妈,你最好别送芒果和火龙果,不太好。"

沈老妈愣了一下:"为什么?"她长久不在国内,也不怎么去医院,不知道这俩水果有什么忌讳。

沈南洲说:"容易出事儿。"

尤其在夜班的时候送,一整个晚上都别想消停了。

姜晏汐在一旁解释了一下原因。

沈老妈恍然大悟:"好,那我不送了。那这家的鱼你喜欢不?他们家有贵宾服务,都是专人专送,能直接把菜端到你面前。"

沈南洲面无表情,说:"妈,她的饭有人送。"他心说,比如你儿子我。

这家庄园主打高端 VIP 服务,从服务员到送餐小哥,都是一等一高颜值,之前还被网红博主拿来拍视频做测评,沈南洲才不会给自己挖坑。

沈老妈立刻反应过来,怪不得沈南洲跑去看厨师烧鱼,她儿子以前可是宁愿饿死也不做饭的人。于是沈老妈又盘算着给未来儿媳妇送其他东西。明眼人都看得出来,她的关注点全在姜晏汐身上,搞得沈南洲像是附送的。

沈老妈十分捧场,一个劲儿赞美姜晏汐,越了解心里越担忧,她爸妈要是知道他们的女儿和沈南洲谈恋爱,能同意吗?

沈老妈没问姜晏汐和沈南洲谈恋爱的事情,反而很关心她的工作,还聊起她在国外读书的时候。问到姜晏汐上学的城市,沈老妈突然愣住了。她记得有一年,沈南洲突然联系她,问她在某地有没有认识的朋友,想换一点当地的货币。

当时沈老妈以为儿子去那边有什么商业活动,可仔细一想,又不太对劲儿。那是春节前一天,沈老妈还是看到朋友圈的热闹才意识到已经大年三十了!儿子这个时候跑到国外干什么?旅游?

沈老妈突然想到一件事情,她问姜晏汐:"你生日是什么时候?"

姜晏汐回答道:"大年三十。"

姜晏汐和沈南洲都是 A 市的人,A 市有个习惯,家里人过生日都是过阴历的,但如果对外说,只说阳历的,也就是身份证上的生日。

姜晏汐回答沈老妈的自然是阴历生日。

沈老妈有片刻的愣神,说:"那还挺巧的。"

姜晏汐说:"我妈怀我的时候,本来预产期在年后,可能是我着急出来吧,在大年三十那天出生了。"

"这样啊……"沈老妈若有所思,问,"一个人在国外的时候,有没有想家?一切都还顺利吗?"

一个人远渡重洋自然是辛苦的,更何况还要从头开始。

但是姜晏汐提起那段岁月,语气却并无任何沉重,她说:"一开始总是艰难的,不过我也遇到了很多帮助我的人。"

不知为何,姜晏汐突然想起来,有一年中国春节,她在巴尔的摩遇到一个华人。

/ 6 /

那是一个雪天,Michael 教授得知那天是中国的春节,特意给她放了假。

自从来到巴尔的摩,姜晏汐很少休息。

她学业繁重,把所有心思都放在了完成学业上。

Michael 教授劝她:"JIANG,你也应该放松一下,别总是这么透支身体。"

姜晏汐也不是无所不能的,她一个人去国外的时候才十八岁,要面临陌生的国度,陌生的文化,还有永远也融入不进去的当地集体。过度支配时间,何尝不是一种让自己忘记负面情绪的一种方式?

虽然 Michael 教授给她放了假,但她也有些茫然,不知道该去哪里。

这里并没有中国春节的气氛,似乎只是普普通通的一天。

她走出学校,一个人在巴尔的摩的街头游走。地上的积雪已经有一厘米厚,留下路人深深浅浅的脚印。

就是在这时候,她遇到了一个在商店门口发宣传单的人形猫咪玩偶。

玩偶可能是最近哪个热播动画片里的角色？从身形看得出来，玩偶里面应该是一个男人。看得出来是新手，他发传单的样子还不熟练。

有当地的小孩子缠着他，希望他能唱一首动画片的主题曲，他好像无所适从，茫然地站在那里。

透过玩偶上面的眼睛洞，姜晏汐好像看到了那个人的双眼，于是从他手里接过一张宣传单。果然，是一家新开的玩具店。

姜晏汐指了指宣传单，说："你不为我介绍一下吗？"

一般这样的工作都是要说宣传词的，但面前这只玩偶好像忘词了，呆呆地看着她。

笨拙的玩偶过了一会儿才如梦初醒，磕磕巴巴地跟她介绍。

他说英语很好听，听声音是一个年轻男人，但是好像过于紧张了，说到商店的名字的时候竟然忘记了。

姜晏汐看了一眼宣传单，替他接上了："FAO SCHWARZ。"

年轻男人下意识地说了一句："谢谢。"

这句"谢谢"是用中文说的，姜晏汐有些惊讶，她问："你是中国人？"

姜晏汐从口袋里摸出一枚硬币，还有一些硬糖，是春节的时候经常摆在茶几上的那些糖。她摊开掌心，轻声说："新年快乐。"

有时候在异国他乡，听到熟悉的语言，总是一种安慰。姜晏汐心想，这么冷的天他还在外面打工，也是很缺钱吧。

姜晏汐那时候也不是很富裕，不过她还是拿了一些钱出来，说："在外面总是不容易的，今天是大年三十，早些回去吧，和家里人通个电话也好。"

猫咪玩偶可能是感动到了，看着她久久没回过神。

透过玩偶头套上的眼睛洞，姜晏汐看到那双眼睛里有很多复杂的情绪。

姜晏汐真怕他因为自尊心而不接受，不过猫咪玩偶犹豫了一下，收下了钱。

他的处境确实困难，一来到巴尔的摩就被人偷了钱，想联系在国外的母亲又联系不上。巴尔的摩正值暴风雪，要是他不接受姜晏汐的这笔钱，就要露宿街头了。

猫咪玩偶说："谢谢，我一定会还你的，过几天就还给你。"

他想，过几天应该能联系上母亲了。

猫咪玩偶似乎想伸手，但他穿着沉重的玩偶服，玩偶服的爪子根本抓不住东西。姜晏汐把宣传单卷成一卷，轻轻塞到玩偶服胸前的口袋里，转身走了。

对她而言，这只猫咪玩偶只是一个陌生人，是她在异国他乡遇到需要帮助的同胞，她尽可能地帮助了一下。

谁知道没走几步，却被玩偶叫住。

那只玩偶在雪地里笨拙地向她跑过来，指了指玩偶肚子上的另一个口袋，意思是让她伸手去拿。

于是姜晏汐从口袋里掏出来一只猫咪玩具，正是巨型玩偶的缩小版。

"送我的吗？"姜晏汐惊讶地问。

玩偶点了点头，说："新年快乐。"又补充道，"祝你……安康喜乐。"

希望你一切都好。

姜晏汐朝他笑了一下："你也是。"

这似乎只是一个小插曲，但姜晏汐必须承认，在她来巴尔的摩的第一个冬天，这个猫咪玩偶，还有他送的猫咪玩具，给了她一些温暖。

或许是因为在这个陌生的国家，还有一个人和她互相说"新年快乐"吧。

又过了一周，姜晏汐收到一个信封，是那个穿着猫咪玩偶服的年轻男人寄来的，他把钱还给她了，比之前她给他那些钱，多很多。

那时候她不知道，现在也不知道，是沈南洲千方百计地打听到她的消息，偷偷跑过去看她。只是运气不好，刚到地儿钱就被偷了，然后被玩具店的老板薅了个羊毛。

原本发宣传单的玩偶工作人员嫌天气太冷罢工了，玩具店老板在街头看到一脸迷茫的沈南洲，当即把他薅过来了。

当然了，这只是沈南洲第一年去没有经验。后来的那几年，他常常偷偷去看她，到了第三年的时候，他看见一个陌生的外国男人站在她旁边，亲昵地喊她的名字："JIANG。"再后来，姜晏汐完成了学业，离开了巴尔的摩。

沈南洲从来没有正式出现在她的面前，但是他知道有关她的一切信息。

他知道她是霍普金斯大学医学院的优秀学生，是 Michael 教授的得意弟子。一如他所想的那样，在陌生的国家，陌生的环境，姜晏汐也很快就能成为人群中最闪闪发光的存在。

于是沈南洲没有再去了，他只想确认她一切都好。

后来，他把商店的玩偶服买下来，锁在了从沈老爹那要来的古董箱子里，还保留了一只同款猫咪小玩具，放在书房桌子上最显眼的地方。

吃完饭后，沈老爹送沈老妈回去，沈南洲送姜晏汐。

沈南洲好像有些吃醋，在饭桌上的时候，即使他坐在姜晏汐旁边，沈老妈一直拉着他女朋友讲话。

沈南洲把车停在姜晏汐住的公寓门口，替她打开车门，再走一段距离，一直送她到楼下。

姜晏汐停住脚步，转头看向他："你好像有点不开心？为什么？"

这个问题有点难以启齿。

不过姜晏汐也并不是想要个答案，她突然拉住他右手，把他拉到和自己离得很近的地方，近到能听到他的心跳声，甚至能感受到他的呼吸。

她踮起脚尖，亲了他一下："现在呢？开心一点了吗？"

夜色极好的掩饰了沈南洲迅速红起来的耳朵。

他这时候才泄露出一丝委屈，说："本来今天晚上，我们要单独约会的……"

# 第十七章

DI ER CI
XINDONG

多幸运，我遇到了月亮

她开心的时候，他就觉得这个世界是圆满的，
她笑起来的时候，他就觉得这个世界都被照亮了。

## 1

姜晏汐和沈南洲确定恋爱关系也有一段时间了，但由于姜晏汐实在太忙，两个人到现在为止也没有一次正式约会。

难得周日姜晏汐有空，也为了补偿之前被沈老爹和沈老妈占用的时间，所以，他们把周日定为约会日。

约会日到底去哪里呢？沈南洲特地从简言之那里问到十几个约会圣地，精心设计三个约会计划，发过去给简言之参谋。

简言之否决了他前两个计划："大哥，你是去约会，不是带人家去参加野外探险！请尽量减少走路的活动好吗？就第三个计划看着还行。这样吧，你上午带她去生态公园，在那里吃个饭，下午去博物馆，晚上去摩天轮。摩天轮你懂吧？别忘了准备小礼物。"他着重强调，"那个生态公园还蛮有意思的，可以好好逛逛。"

当时的沈南洲还不解其意，直到路过生态公园旁边的新楼盘，在热情销售一套又一套话术攻击下，被忽悠着交了摇号定金。

当然了，那是后话了。

周日一大早，沈南洲就在姜晏汐家楼下等她了。

等姜晏汐系好安全带，沈南洲扭头问她："先去吃早饭吗？公园旁有一家老字号早餐店，卖海都市传统生煎包。不过老板是A市人，做出来的豆花和以前我们学校门口的一模一样。"

在路边摊还没有完全被取缔的时候，每逢放学，A城中学的门口总会冒出各种各样小吃摊子，其中有一家老婆婆卖手推车豆花，围满了学生。

老婆婆的车上有四个不锈钢桶，其中有两个装豆花，一个装熬好的汤汁，还有一个桶里装着一杯杯黑米粥、八宝粥，用温水或者冷水泡着。

姜晏汐还真有些怀念，问："那你今天打算怎么安排？"

沈南洲顿住了。

姜晏汐明白了："看来是还不好跟我说？"

虽说是约会，但沈南洲没有说具体事项安排，猜测他是跟简言之学的。

姜晏汐说："既然这样，我们一人一次轮流安排约会，这次你来安排，下次我来安排。"

未知的事物确实让人充满期待，但姜晏汐不习惯总是做接受的那一个。

沈南洲立刻唇角弯弯，说："好。"

停车场在公园里面，早餐店却在公园外面。为了让姜晏汐少走一段路，沈南洲特意先把她在早餐店门口放下，然后自己去停车场停车。

姜晏汐也没有拒绝他的好意，说："这家店人还挺多，那我先去点餐，你停好了就来找我。"

但凡大热景点或网红店，停车都需要时间，这个时候就没必要两个人一起行动了，要不然大把时间都浪费在等待上。

这家早餐店的风格像是20世纪的风格，红砖瓦的老房子，上面的牌匾古色古香，写着：小王生煎包。

进去之后，倒没有外面那么破旧。里面已经翻新过了，既保留了一种怀旧感，又显得干净整洁。

一眼望去，早餐店里全是人，除了一些年轻人，大部分都是老年人，他们有的是住在这附近的居民，早起到公园锻炼后就来这里吃早饭。

点餐的柜台前已经排了一长队，都是六七十岁的老大爷，他们有的自己吃完，还买了一堆烧饼和油条带回家。

姜晏汐默默排在后面。

沈南洲给她发信息的时候，她前面还有三个老大爷，两个老奶奶，再往后一看，已经看不到队伍的尾巴了。

姜晏汐回复沈南洲：还好我先来排队了，明智。

看到这条消息的沈南洲，即使戴着口罩也掩饰不住满面春光。

姜晏汐是队伍里为数不多的年轻人，又长得讨长辈喜欢，后面的老婆婆跟她搭话："小姑娘，一个人过来的啊？"

姜晏汐说："和我男朋友过来的。"

老婆婆问："哎呀，他人呢？"老人的话语里充满一丝惋惜，估计又是一个想给姜晏汐介绍对象的长辈。

姜晏汐说："他去停车了，我来排队。"

提起沈南洲的时候，姜晏汐自己都没有察觉到，她的眼睛是亮的，眉眼是弯的，整个人散发着一种独属于恋爱的甜蜜光芒。

老婆婆自然没有错过她的神情变化，既然知道了她有对象，就聊起了其他事情。

老婆婆给她推荐起店里的早餐，说："这家店的招牌生煎很不错，不要去点那些奇怪的口味，都是噱头，又贵又不好吃。"

在得知姜晏汐是和男朋友过来玩的时候，老婆婆愣了一下："你们不是来看房子的啊？以前的年轻人倒是喜欢来这里谈恋爱，但是现在好玩儿的地方那么多，现在的年轻人哪儿沉得下心来这种地方，都去什么高档餐厅，什么博物馆，还有大商场……"

下午安排了博物馆之行的沈南洲，无形中被击中了一枪。

姜晏汐有些疑惑："看房子？"

老婆婆说："是呀，最近这里有个新楼盘，好多小情侣来看房子呢！"

所以刚才姜晏汐一说是跟男朋友来的，老婆婆立刻感到可惜。都看房子了，说明快结婚了，当然让这位想给姜晏汐介绍对象的老婆婆觉得惋惜了。

姜晏汐摇了摇头，笑着说："阿婆，我们只是过来玩儿的。"

老婆婆说："那你们也可以顺便去看一看，这地段还是不错的，将来孩子上学也方便。"

正说着话，沈南洲进来了。

有些人生来就万众瞩目，即使他戴着口罩，打扮也很日常，但走进来的时候，老旧的早餐店仿佛变成了秀场，都容纳不下他的长胳膊、长腿。

沈南洲个子很高，以至于他进门的时候要弯着腰。他原本眉眼有点冷淡，却在看到姜晏汐那一刻，冰雪消融。他快步朝她走来，仿佛全世界都不重要，只坚定地奔向她。

恰好这时候队伍也排到姜晏汐，她扭过头问他："吃什么？来点儿生煎？是吃咸豆花还是喝甜豆浆？"

沈南洲说："生煎和咸豆花吧。"

姜晏汐点好了餐，她自己要了一份生煎和甜豆浆，引来后面阿婆的震惊。

阿婆觉得，吃咸豆花和甜豆浆的人怎么能够在一起？但看着这对天造地设的小情侣，又觉得也不是不能理解，这样的两个人就该在一起，更别说他们望向对方的眼神有多柔软了，让阿婆想到自己年轻时的恋爱往事。

年轻真好啊！

早餐店的生煎包和豆浆都是现成的，姜晏汐点完早餐，很快就在旁边的窗口拿到了餐点。沈南洲很自然地从她手上接过盘子，往旁边一早看好的空位走去。

虽说这家早餐店人多，但是大部分都是打包带回去吃的老居民，姜晏汐和沈南洲很快就找好了一个位置坐下。

生煎包好像是海都市的早餐特色，姜晏汐在医院的食堂吃过，味道很普通，直到她咬下面前这份生煎包的第一口，新鲜的汤汁从破开的口子里流出来，鲜美的味道，迫不及待地在口腔中徜徉，她的眼睛有一瞬间亮了，多了几分和平时不一样的可爱。

虽然"可爱"这个词用来形容姜晏汐并不太合适，但她现在的样子，真像一只温柔优雅的白色猫咪，因为吃到了自己喜欢的小鱼干而露出了满足的神情。

沈南洲最喜欢看她开心的样子。她开心的时候，他觉得这个世界是圆满的，她笑起来的时候，他就得世界都被照亮了。

沈南洲喜欢上做饭，就是因为喜欢看心爱之人吃到他做得东西而露出高兴的神情。

对于中国人来说，食物永远是最温暖的慰藉。

姜晏汐喜欢美食，是食物带来的多巴胺，能够让人忘记一切烦恼。

不过以前的沈南洲并不喜欢美食，在他看来，吃东西是为了保证饿不死，他对食物没有兴趣。只是因为姜晏汐喜欢美食，让他喜欢一切跟她有关的东西。

他仍然不太喜欢一些食物，但开始喜欢制作食物的过程，因为制作和分享食物是人们表达感情最质朴的一种方式。

沈南洲低头默默吃生煎包，一口生煎包，一口豆花，确实不错。不过姜晏汐发现，他在偷偷看看自己，虽然他小心又克制，像偷吃小鱼干的猫。

她从旁边抽出一张纸巾，身体前倾，快速擦了一下他的嘴角。她的手指温热，隔着纸巾，沈南洲也能感受到那温暖的触感，一下子愣住了。

而引发这一切的罪魁祸首姜晏汐却若无其事，态度自然地说："黏了一颗芝麻。"沈南洲下意识地摸了摸嘴角。

姜晏汐憨笑："现在已经没有了。"

沈南洲的胆子比之前大了一点，亲也亲过了，可就这样被姜晏汐摸了一下，竟又开始小鹿乱撞，以至于不小心呛到了自己。

姜晏汐赶紧站起来，顺着他的背轻轻拍打，让他缓过来。

如果说要盘点恋爱的乌龙事件，沈南洲觉得这件必然榜上有名。

她及时递了一杯水，他接过来的时候再次触碰了她的手，于是他回想起刚才柔软的触感，耳朵边又悄悄红了，可能是为自己心里某种隐秘又不

149

可告人的小心思。

吃完早饭后,沈南洲说了上午的安排,去生态公园看树林和湖泊,玩儿一些游乐项目。

只是计划赶不上变化,姜晏汐在路上撞见了同事和同事的丈夫,麻醉科的王丽娇。

王丽娇一看见她,就跟她打招呼:"姜主任,这么巧啊,在这里遇见您了!走走走,咱们一道去吧!"

姜晏汐不疑有他,大家都朝公园方向走,便以为都是趁着节假日来公园玩的。直到王丽娇说了一句:"真没想到咱们这么有缘分,说不定以后还能做邻居。这边的房子可不好抢,我们夫妻俩的积分加起来才勉强够看房资格!"

"看房?"姜晏汐疑惑,突然想到了刚才阿婆跟她说的话。

王丽娇说:"是啊!难道你不是和对象来看房子的吗?"

生态公园旁边有一处新楼盘,地理位置和环境都不错,最重要的是学区,所以一号难求。

不过姜晏汐和沈南洲都不用发愁积分问题。姜晏汐靠人才引进,沈南洲靠为国家创造税收。

姜晏汐刚想开口解释,被王丽娇一把拉走,劝她说:"反正你们感情这么好,以后迟早是要结婚买房的。你们又不发愁钱的问题,不如今天就一起看看去。"

姜晏汐确实动了这个念头,不过今天的安排是听沈南洲的,所以她转头看向沈南洲。

对于沈南洲而言,这简直像天上掉馅饼,砸在他头上。

他克制内心的喜悦,说:"要不然,就先去看一看?"

/ 2 /

王丽娇和丈夫是预约了的,一进去就有专门的售楼人员接待。

像沈南洲和姜晏汐这种临时起意,外表看上去又过于年轻,看着不像拥有大把资产的人,遭到了某位售楼人员的轻视。

售楼人员问:"请问你们有预约吗?"他的态度是有礼貌的,但言语中透露一种傲慢,"我们这里看房是要有积分的,积分不够不能看的哦。"

王丽娇本来都准备进去看楼盘了,听到这话脚步顿住了,毫不客气地对售楼人员说:"你说什么呢?这位可是我们医院的姜主任,她一个人的积分就够看你们这里的房子了!"

售楼人员立刻闭了嘴。

现实里这些踩高捧低的人并不是电视剧里跳脚到最后的反派,他们能屈能伸,一旦发现自己看走了眼就立刻转换态度。

售楼人员说:"实在抱歉啊,请二位跟我来这里登记。"

虽然王丽娇那么说了,但是该验证的资质还是一步不能少。

沈南洲很不喜欢他对姜晏汐说话的态度,说:"麻烦换个人招待吧。"

在不能核实他们身份之前,这位售楼人员也不敢太过傲慢,问:"您想要哪位工作人员招待?"

姜晏汐突然出声:"让那个小姑娘过来吧。"

一个二十出头的小姑娘,刚被主管当众骂了一顿,低着头站在一边。

姜晏汐看得分明,小姑娘很快收拾好情绪,露出笑容。

这位售楼人员喊道:"小玲,你带这两位客人去登记一下。"

名叫小玲的姑娘立刻跑过来:"好嘞。"

小玲把他们带到旁边的沙发坐下,态度很是热情,询问:"请问你们喝美式还是拿铁?"

姜晏汐说:"两杯牛奶,一杯加糖,一杯不加糖。"

"好嘞!"小玲先去给他们端牛奶,然后才去拿登记表。

她把两份文件推给两位客人,说:"您好,这里需要你们填写一下姓名、电话,还有工作。"

小玲怕他们不高兴,毕竟之前有客人觉得写太多会泄露了个人隐私,她解释道:"所有人都需要填写登记表格,主要是对你们的资产进行一个评估,用来确认您是否有购房资格。请放心,我们绝对不会泄露个人信息的。"

小玲还想再解释,沈南洲和姜晏汐已经开始填写信息了,这让已经受过好几次刁难的小玲几乎感动落泪,她爱神仙客人。

只是在收登记表格的时候,小玲愣住了,她不可置信地看了看表格,又看了看面前的年轻男人和年轻女人。

沈南洲?是她想的那个沈南洲吗?她拿着表格的手微微颤抖,那他旁边的人岂不就是……姜主任?

姜晏汐朝她微笑点头，似乎是知道她已经知晓他们的身份了。

小玲从她的微笑中得到一种镇定的力量，迅速收拾好自己的惊讶，帮助他们完成下面的程序步骤。

一般来这里的大多都是夫妻买房，因为家庭买房的话，可以加十分。

不过沈南洲一个人就足够了，他交的税足够多。

既然验证了资格，就有大批售楼人员想来为他们服务。

姜晏汐微笑，说："不必了，就她吧。"

小玲按捺住激动，带他们一个一个看楼盘模型，为他们介绍附近环境和设施。

正如王丽娇所说，这里确实是一个不错的楼盘，离医院不算太远，附近有超市和公园，地铁也很近。最重要的是，小玲有一句话说到了沈南洲心坎上。她说："我们这组楼盘附近有优质学区，像J大和海都大学附属幼儿园、附属小学都在附近，您可以好好考虑一下。而且我们一期业主已经完成了交房手续，品质您是可以完全放心。如果您觉得还可以的话，可以付钱到时候来摇号，如果到时候不来或者没有摇上号的话，这钱还是会退给您的。"

沈南洲又不缺钱，当然恨不得立刻交钱，但这事不是他一个人做决定，他小心翼翼地看了一眼姜晏汐。谁知姜晏汐这个时候也看向他，说："要不然我们先交个摇号的钱？"

在外人面前，沈南洲还算克制，但心里其实已经乐开了花，他微微颔首，然后起身去交钱。

交完钱之后，小玲把凭证给他。

小玲已经知道了他们两个的身份，内心很激动，但是专业度还是有的，并没有做出什么不理智的事情。只是最后送他们出去的时候，才忍不住激动起来，对姜晏汐说："姜主任，您是我的偶像，今天见到您真是太开心了！祝您和您的男朋友天长地久！"

姜晏汐朝她点头，眉目含笑，如春风拂过，说："谢谢，我们会的，祝你工作顺利。"

今天是小玲的幸运日，她成功留住了第一笔生意，由于后续还要涉及摇号问题，小玲还加上了姜晏汐的微信。

呜呜呜，姜主任真的太美好了。

小玲只和闺蜜分享了这件幸运的事情，然后登录微博，默默地关注了一个叫"今天姜主任和沈南洲结婚了吗"的超话。

小玲在超话发了一条：*快了！我赌三包辣条！*

超话里心急的粉丝已经把两人孩子的名字都取好了，所以小玲的举动并不算出格，反而在一众疯狂粉丝中间显得平平无奇。

谁能想到这竟然是一条预言微博呢。

看完房子已经到中午了，售楼处给了他们两张午餐券，说是今天交钱的客人的福利。

餐厅就在售楼处旁边。当时这票是小玲替他们领的，她提示道："这是自助点餐，你们也可以跟他们要单独包厢，就在二楼。"

不过沈南洲对于今天的午饭已经有了安排，是一家很有"脾气"的餐厅。这家餐厅不做外卖，不接受预定，每天上午十一点开门，去迟了就没有。

姜晏汐之前科室闲聊的时候，听同事吐槽过老板的脾气大，每天限时限量，十点半去都没有排到。

现在已经十一点十分了，姜晏汐对沈南洲说："要不然你先打个电话问一下？"

沈南洲停下搞导航的手，迟疑地说："今天虽然是周末，但是中秋节调休，应该没那么多人吧？"但还是火速给餐厅打电话，得到停止营业的答复。他的脸上肉眼可见地失望，垂头丧气地对姜晏汐说："抱歉。"

"房子是咱们两个一起看的，要说耽误时间，也是咱俩一起耽误的，有什么可抱歉的？下次再去吃吧。"姜晏汐拿出两张午餐券，在他面前晃了一下，"这里不是有现成的午餐吗？我问过小玲了，她那边可以帮我们预定二楼的包厢，只需要加包厢费就行。"

于是二人返回售楼处。

售楼处的餐厅着实很不错，毕竟这里的房子也不便宜，要来看房都需要验证夫妻双方的资格。

这次看房子用的是沈南洲的资质，姜晏汐才刚回国，但是沈南洲已经交了好几年海都市的社保了。

他们从餐厅的侧门进去，直接跟电梯进二楼。

引他们进去的也是位年轻小姑娘，带他们进包厢，说："是小玲姐的客人吧？这边请。"

等到包厢坐下，沈南洲摘下口罩，年轻的小姑娘沉不住气，差点惊呼出声，好在她还记得自己在工作，强装镇定帮他们点完餐，走出去的时候腿都是飘的。

说起来这处也算是高档楼盘,来这里买房的都是有头有脸的人物,服务人员也见怪不怪了。

但小姑娘到底年轻,忍不住发了条微博:沈南洲和姜晏汐来买房了!

立刻就被转爆了,网友纷纷惊呼。

什么什么?买房?那是不是说明婚期快了!
好想看他们两人的孩子!娱乐圈未来的希望啊!
孩子还是和妈妈一样当科研人才比较好!

大部分网友对此持支持态度,没有引发什么负面消息。小姑娘哪里见过这种仗势,怕自己惹出什么大祸,赶紧把微博删了。

只是消息到底还是传出去了,以至于同时有两拨人分别来问姜晏汐和沈南洲。

第一个来问沈南洲的自然是他那唯恐天下不乱的好兄弟,简言之。

简言之的羡慕中带着点酸,他问:听说你好事要近了?准备什么时候结婚啊?

沈南洲一脸问号。

简言之:你俩今天不是去买房了吗?恭喜啊。

沈南洲很快就明白是怎么回事,他们一路上遇见的人这么多,难免有人走漏消息,好在外界也知道他和姜晏汐在谈恋爱,被人撞见也没什么。

沈南洲知道简言之最近情场不顺,回答得很谦虚:借你吉言。

确实,今天看房子的事让沈南洲看到了另一种希望,一种像是做梦一样的希望。

他并不只是暂时靠近了月亮,而是能够永远做离月亮最近的那个人。

姜晏汐这边来问的人是姜爸爸和姜妈妈。

之前微博闹出来的事情,还是让姜爸爸和姜妈妈知道了。他们很担心女儿,但是又不想去问女儿,不想给女儿增加多余的负担,所以各自注册了一个微博账号,关注女儿的动态。

姜爸爸和姜妈妈又高兴又担忧,高兴的是女儿谈恋爱了,担忧的也是女儿谈恋爱了。

在姜爸爸和姜妈妈的眼里,女儿一直专心学业,性格单纯,他们怕女儿受到伤害。

娱乐圈的人一听就不靠谱。

不过姜妈妈在看到男方名字的时候就愣住了,她迟疑了一下,对姜爸爸说:"这是不是汐汐的初中同学?就是那个他爸爸是大老板,汐汐给他辅导作业,他爸爸送了好多名贵茶叶的那个?"

姜妈妈记得那个帅气的男同学,立刻拍板决定:"国庆咱俩去一趟,去看看女儿的对象。"

然后姜妈妈还没等到国庆,就看到了微博,吓了一跳,不是前段时间才谈恋爱吗?怎么就买房结婚了?

姜妈妈担心女儿被骗,旁敲侧击问了两句,越想越不放心,担心得睡不着觉,和姜爸爸一合计,第二天就买了高铁票,和姜爸爸"杀"了过来。

/ 3 /

姜晏汐和沈南洲吃完午饭去了恋爱博物馆,一个蝉联多年海都市恋爱打卡圣地的情侣约会场所。

说是博物馆,但大部分是一个隧道,两边有玻璃阻隔,玻璃墙被分成一小块,左边是属于男方的,右边是属于女方的,玻璃墙上是一个个小问题。

你还记得你们第一次见面的时候吗?你对他/她的第一印象?

他/她对于你而言是什么样的存在?

为什么会选择他/她做男/女朋友?

第一次心动是什么时候?是因为什么?

如果将来有一天他/她不爱你了怎么办?

玻璃窗的问题旁有一个二维码,可以扫码回答问题,到了出口处会生成一个恋爱报告。

沈南洲看到最后一个问题愣了一下,他在心里默默地回答:没关系,我喜欢她就可以了。

爱会消失,但是沈南洲的爱不会。

两人开始分头答题——

第一次见他/她是什么时候?

沈南洲&姜晏汐:十四年前,A城中学初一(20)班。

什么时候开始欣赏对方的?

沈南洲：十七岁。

他拼命争取去本部演讲的资格，改了一遍又一遍稿子，进行过无数次彩排，只是想让她看到，他听进去她的话，成为更好的自己。然后他确定，十四岁的悸动，在十七岁这一年生根发芽，生出不切实际的妄想。

姜晏汐：十八岁。

或许从沈南洲第一次邀约，她没有拒绝，在她的潜意识里，她就和别人不同了。但是怪她太过于迟钝，以至于一错过就是十年。或许在他送别她的那个下午，当他注视着她，祝她一路顺风的时候，姜晏汐也有过一瞬间的心动。只是不合时宜，来不及细究。即使姜晏汐在那一刻明白自己的想法，也绝不可能为沈南洲停留脚步。

在你们眼中对方是怎样的人？请用一只动物来形容对方。

沈南洲：猫。因为他最喜欢的动物就是猫。

姜晏汐：很可爱，像一只猫。

请说出他/她的一个优点和一个缺点。

沈南洲：聪明坚定，温柔有爱心……以及没有缺点。

姜晏汐：长得好看，以及太过善良。

有时候，姜晏汐觉得沈南洲对她的爱就像是一把锋利的匕首，他把这匕首交给她，任由刀尖对准他自己，毫无防备，毫不闪躲。

或许姜晏汐从初中的时候就看出来了，十四岁的沈南洲看似桀骜不驯，冷漠疏离，实则最心软，哪怕隔了这么多年都没有改变。

明明父母失败的婚姻让他对爱情抱有一种忐忑，但他仍然毫无保留地付出感情。

前面的问题都很正常，越往里走，道路越狭窄，问题也开始变得刁钻起来。就好像人的爱情一样，最开始在甜蜜荷尔蒙的作用下，两个人都能为了对方付出一切，直到激情淡去，生活的琐碎开始出现，两个人的感情进入到狭窄的小路上，艰难前行，直到最后，一拍两散。

最后一个刁钻的问题出现了——

如果他/她不爱你了怎么办？

沈南洲 & 姜晏汐：我会一直爱她/他。

在隧道的尽头，两个人同时答完了最后一道题。

出口处的工作人员笑眯眯地给了他们两个同心锁小盒子，说："你们手上的盒子都是对方的，里面是电子感应器，电池可以维持三年，不过放在太阳底下也能太阳能充电。"

姜晏汐问:"那要怎么打开呢?"。

工作人员提供了开盒方法。

工作人员神秘兮兮地说:"如果二位最后结婚了,可以扫描盒子上的二维码,通过上传结婚证书编码,就可以打开对方的盒子;如果最后二位分开了,不想保留这个盒子,咱们还有同款分手博物馆,可以回收盒子哦。"

分手?那绝不可能。

沈南洲琢磨着手上这个属于姜晏汐的盒子,突然有些好奇她的答案是什么?不过他并不是很着急,他好像也和以前不一样了。

父母失败的婚姻让他在爱情中缺乏安全感,但是姜晏汐填补了这一份空缺,让他明白,爱是让彼此成为更好的人。

姜晏汐笑着对工作人员说:"谢谢,不过回收就没有必要了。"她笑着摇了摇手中的盒子,说,"也许不久之后,我们就会来打开的。"

姜晏汐是个最喜欢效率的人,无论是学习、工作,还是感情。

工作人员说:"好嘞,请问你们二位还需要拍照服务吗?"她指了指出口处夸张的爱心浮雕碑,说,"这里是我们著名的打卡景点哦,拍照二百元一次,打印照片一百元三张。"

工作人员话还没说完,沈南洲就利落扫码付了钱:"好了。"

工作人员兴高采烈地举起挂在脖子上的相机,她本来想指导一下两人的拍照姿势,但发现实在多余,这两人站在一起就是一幅赏心悦目的画卷。

工作人员随机抓拍几张,不过她发现,年轻男人一直没有摘下口罩。

工作人员问:"先生,你要不要把口罩摘下来?"

沈南洲是无所谓的,毕竟合法情侣合法秀恩爱,而且他现在几乎退圈状态,并不害怕被人发现他跟姜晏汐约会。

但姜晏汐不想给他带来麻烦,他已经做得足够多。于是她按住了沈南洲的手,扭头对工作人员说:"不用了,这样就好。"

殊不知她转头的一瞬间,工作人员刚好按下快门。

当时的沈南洲正注视着姜晏汐,即使隔着屏幕也能感受到千般柔情。

工作人员带他们去洗照片。

画面里,年轻女人按着男人的手,转过头面向前方,温柔沉静。而男人专注地看着她,好似天地万物都静止,难以有什么事物能打扰他们。

沈南洲很喜欢这张照片,把这张照片放进了卡包里,还跟工作人员要了电子版，准备以后做个相框放在家里。

家，真是一个让人想想都很美妙的词语。

两人从博物馆出来的时候，沈南洲已经能很自然地牵起姜晏汐的手了。

天色慢慢暗下来，这座在白天无比繁忙的城市，在夜晚又展露出另一种面貌。

沈南洲没有预约晚上的餐厅，他约了游轮。

他了解姜晏汐的性格，比起正儿八经地坐在餐厅里吃晚饭，她或许更喜欢在江边的步行街边逛边吃。

这里有不少和他们一样的情侣，大多都是男朋友帮忙拿着包，顺便解决女朋友只吃了一口的食物。

不过到了姜晏汐和沈南洲这里，似乎一切都反了过来。

大多数时候，沈南洲默默看着姜晏汐吃，姜晏汐也很喜欢和他分享她喜欢的东西。

许多事情就那么自然地发生了。

姜晏汐买了一份酒酿小汤圆，两人坐在旁边的小桌子上吃。

姜晏汐问他："你还记不记得，以前学校门口有一个专门卖小汤圆的推车？"

沈南洲有些茫然，他读书的时候很少注意学校门口的这些摊位，但他知道姜晏汐经常去排门口那家豆腐花的长队。

姜晏汐舀起一勺汤圆，吹了吹，放入口中，略有些怀念地说："好久没有回去了，不知道今年春节假能不能回去……"

如果春节的值班排到姜晏汐，那么姜晏汐只能在医院过节了。

"我陪你。"沈南洲看见姜晏汐咬了一口汤圆，就像一只慵懒的猫咪吃到自己心爱的小鱼干，舒展了眉眼。

他突然很想尝尝那是什么味道，于是他俯身过去，突然亲了她一口。

姜晏汐被他亲得有些迷迷糊糊，心想，他的吻技好像比之前进步不少。

鉴于姜晏汐也只有沈南洲一个比较对象，也只能拿过去的沈南洲和现在的沈南洲相比。

沈南洲最后吻了一下她的嘴角，心满意足地坐回去。

他现在已经无比镇定了，说："确实没有学校门口的好吃，今年春节假期，我们去买学校门口的那家小圆子。"

沈南洲现在确实不得了，一向面不改色的姜晏汐被他亲得脸通红。

她放下手中的碗,轻咳了一声,不自觉地摸了摸自己的唇角,难得露出一丝茫然的神色。

她这样的状态和平时很不一样,让沈南洲更想亲她了。

原来爱就是得寸进尺,就是想要更多。

现在的沈南洲已经不能满足于简单的接触了,他开始苦恼什么时候才能"合法上岗"?

他的手机里已经收藏了一系列求婚攻略,只是他怕太心急,吓到姜晏汐,又想着他应该给她一份独一无二的恋爱体验,不想让她后悔选择他。

在步行街吃完东西,两个人去坐游轮,江水映出他们的倒影,月亮在倒影之上,仿佛在这个忙碌的大都市中,时间一下子变得缓慢了。

沈南洲这会儿子倒是变得克制起来了,伸手环住她的肩膀,手指摩挲她的头发,最后忍无可忍,亲了一下她的眼睛。

姜晏汐下意识地闭了双眼,任由沈南洲亲吻,如蝴蝶扑扇着翅膀,落在自己的眼睛上。

她在游轮上看夜景,看江水,然而沈南洲全程都在看姜晏汐,美丽的景色没有看多少,倒是快把姜晏汐看出花来。

他永远都会记得她的模样,她开心的样子,并且提醒自己,他要一辈子都让她这样开心,他一定不会重蹈父母的婚姻悲剧,绝不会让姜晏汐和母亲一样,陷入柴米油盐的琐碎中。

他会保护好她,虽然她足够强大,但他仍想以微弱的力量,去表达他的心意。

沈南洲望向姜晏汐的眼神太过令人动容,路过的摄影师拿起相机拍下这一幕,特意等到他们,向他们征求了照片的使用权。

华灯初上的江面,互通心意的眷侣。其实看不太出来沈南洲的面容,只能看清楚两个人影,他们在光与暗的交界处,在浩瀚的江水中,月亮与星辰做背景、做陪伴……看这张照片,只能感觉到万物静寂,他们只有彼此。

姜晏汐跟摄影师要了照片的备份,上传到朋友圈:和沈先生的约会。

至于在朋友圈引起怎样的哀号,姜晏汐一概不知。

沈南洲也要了照片,存到了手机相册里,美滋滋地看了两遍。

两人在终点处下船,今天的约会之旅还有最后一站。

那就是凌晨零点的摩天轮,或许在每一个童话故事里都有这样一个传闻:如果相爱的恋人在摩天轮升到最高处的时候亲吻,两人就能厮守终身。

沈南洲以前对此嗤之以鼻，什么摩天轮的传说，不过是商家搞出来的噱头。但是和姜晏汐在一起之后，他也开始信这些传闻了。他衷心希望和姜晏汐在一起的时光能够更长久一点。他希望他们能修成正果，虽然听上去有些贪心，但他愿意为此付出任何代价。如果老天爷答应他的话。

凌晨来坐摩天轮的小情侣还是蛮多的，沈南洲和姜晏汐排了一会儿的队，才排到他们。

当凌晨的钟声敲响，灰姑娘跑丢了她的玻璃水晶鞋，童话故事在这一刻结束，摩天轮也在这一刻升至最高点。

然而姜晏汐和沈南洲的以后才刚刚开始。

沈南洲亲吻她的眼睛，用手穿过她的头发，把她整个人抱在怀里，他极为慎重地亲吻她，仿佛她是这个世界上最珍贵的宝藏。

他吻过她的发梢，她的眉眼，最后把头埋在她的脖颈，又亲上她的脖颈，他像一只索求无度的大狗，就连亲吻也带上撒娇的意味。

他已然动情。

而姜晏汐任由他为所欲为，她知道，他并不会伤害她。

过了一会儿，沈南洲停了下来，他停在她的脖颈处，呼吸灼热，扑朔在姜晏汐的耳边。

他略微克制地在姜晏汐旁边喘息，过了一会儿才松开她。

或许是刚才的意乱情迷还没有恢复，沈南洲大着胆子，透露心底的话，他说："如果可以的话，我想和你共度余生所有岁月，如果老天爷应允，我愿意付出一切代价。"

姜晏汐伸手，摸了摸他的眼睛、他的唇，朝他莞尔一笑，说："不必问老天爷，问我就好。"她说，"我替老天爷答应你了。"

/ 4 /

不得不说，作为一名外科医生，姜晏汐的精神还是很好的。

即使昨晚在摩天轮看烟花一直看到凌晨，早上不到七点，姜晏汐就起床准备上班了。

她走到客厅的时候愣了一下，原本睡在沙发上的沈南洲不翼而飞，直到沙发底下传来动静。

他不知什么时候从沙发上滚了下来，半边身子搭在沙发上，只是由于视角问题，姜晏汐没有看到。

她好笑地把他从沙发底下拉上来。

沈南洲迷迷糊糊之中顺势抱住姜晏汐的腰，用脑袋蹭了她两下，他长胳膊长腿的，整个身体盘卧在沙发底下，像一只撒娇的大狗。

姜晏汐拍了拍他的手，说："去床上睡吧。"

说起来昨天晚上，他们两个都有些意乱情迷了，沈南洲自然而然地就留宿了。只是他停在了最后一步，选择去泡冷水澡和睡沙发。

姜晏汐今年二十八岁了，加上她又是学医的，并不抗拒这种鱼水之欢，更何况男女之事，人之常情。

但姜晏汐着实没想到在昨晚那种情况下，沈南洲硬生生忍住了，还委屈地推开她，说："还没有见过叔叔和阿姨，还没有求婚，不行。"

回想起昨晚发生的一切，姜晏汐简直啼笑皆非。

她仔细思考了一下这个问题，自己已经见过他的父母，或许等自己的爸妈见过沈南洲，订婚就可以安排起来了。

姜晏汐向来是个效率主义至上的人，她这一生极少把时间浪费在和学习、科研无关的事情上。她既然选择了沈南洲，便是选定了一生的伴侣。

算算日子，也快国庆了。之前姜爸爸和姜妈妈说好国庆要过来，但姜晏汐没有想到的是，她爸妈提前来了，还在公寓里撞上了沈南洲。

早上九点，沈南洲刚迷迷糊糊地睡醒，发现自己躺在姜晏汐的床上，他努力回忆了一会儿，终于想起早上的时候，姜晏汐把他从客厅的地毯上拉起来，让他去床上睡。

沈南洲不免有些懊恼，觉得那副模样实在丢人，但他从小就有这个坏毛病，熬不了夜，否则白天就昏昏沉沉。

沈南洲万万没想到，在姜晏汐家过夜的第一晚，他竟然比姜晏汐起床晚，本来还想施展一下他的早餐厨艺。

他打开手机，发现姜晏汐给他发了条消息：给你点了一份早餐外卖，就是昨天早上的那家生煎包，我叫骑手放门口的取餐柜了，你下去拿一下，取餐码是你的手机尾号后四位。

沈南洲起来洗了个澡，用干毛巾把湿漉漉头发的水分沥干，头发往后一捋，穿个睡衣，戴个口罩、墨镜就出门了。

只是他打开门那一瞬间，正好撞上抬手敲门的姜爸爸和姜妈妈。

姜爸爸和姜妈妈来得着急，来之前忘了跟女儿打招呼，下了高铁站才想起来给女儿发微信。

这周的周一到周三是法定中秋节假日,姜爸爸和姜妈妈以为女儿在家,并不知道因为医院调休,姜晏汐周一上班,放周日、周二和周三的假,所以她人在手术室,也没有及时看到消息。

而这个时候沈南洲正坐在沙发上,接受姜爸爸和姜妈妈拷问。

姜爸爸从怀里摸出一副眼镜,仔仔细细地把沈南洲打量了一圈。

自从姜爸爸和姜妈妈进屋后,屋内就一片沉默,他们并没有问沈南洲为什么会出现在这里,是沈南洲先绷不住了。

他局促地站起来,说:"叔叔阿姨,我去给你们倒杯茶……"

"不用!"沈南洲被姜爸爸叫住,他的神情很严肃,吓得沈南洲又坐了回去。

说实话,两位老人家也没遇到过这种场景,他们当然相信女儿挑选的人是不会错的,但出于身为父母的担忧,他们看向沈南洲的目光带上了审视。

难道网上的消息是真的?女儿真打算和他结婚了?毕竟他现在都和女儿住在一起了。

姜妈妈忧心忡忡地想,女儿若是有这个打算,不会不告诉他们,难道女儿被他哄骗了?

女儿也没有谈过恋爱,头一次谈,这么帅的小伙子,还是娱乐圈的明星,难免叫父母担心。虽然姜妈妈认出他就是当年那个离家出走的孩子,但……

姜妈妈比姜爸爸脑筋转得快,她很快就调整了表情,拍了拍姜爸爸的手,让他注意一下表情管理。

女儿的人生大事终究是由她自己做决定,面前的小伙子是女儿挑选的,他们当父母的就算有什么不满,也不能挑剔人家,不然就是让女儿难做人。

她仔仔细细把沈南洲瞧了一遍,脸上挂上了笑,虽然在他年少的时候,他们有过接触,但前段时间在网上也看到一些关于他的八卦信息,她还是决定亲自问问,于是故意问:"你叫什么名字?家是哪里?爸爸妈妈是做什么的?"

沈南洲如同接受老师盘问的学生,回答:"阿姨,我叫沈南洲,是A市人,您忘了?我就是……"他话还没说完,就被姜爸爸打断了。

"哟,你也是A城中学的?"姜爸爸问,"你真是汐汐那个初中同学?"

沈南洲说:"是的,那时候不懂事,和父亲闹矛盾,在您家住过一晚。"

姜妈妈说："就是那个半夜去急诊的同学吧？"

那天傍晚，沈南洲因为逞强，吃撑了，加上又对虾仁有点轻微过敏，几重因素叠加之下，半夜去了急诊。

沈南洲尴尬地点点头，在他看来，这显然不是什么能给人留下好印象的往事。不过确认了是当年那个男孩之后，姜爸爸和姜妈妈对他的态度倒是缓和了不少。

本地人嘛，多少知根知底，即使将来有什么事情，也不至于鞭长莫及。

只是姜爸爸和姜妈妈的笑容并没有维持多久，因为沈南洲在下一秒如实回说："我父亲是做生意的，我母亲是个艺术家，他们已经离婚了。"

姜妈妈的心一沉。

他们并不要求女儿找大富大贵的人家，他们也不是那种催婚的父母，女儿若是有喜欢的人，想要结婚，他们自然会全力帮衬；女儿若是专心投入事业，不打算结婚，他们也绝对站在女儿这一边。

姜妈妈的至理名言是：大家过日子，把门一关，谁管你谁是谁？哪有闲心思盯着别人的生活看。

姜妈妈是受过生育之苦的人，虽然姜晏汐从小就乖，除了在肚子里的时候，基本没有让姜妈妈操心过。但姜妈妈并不觉得结婚是一个女人必须要做的事情，虽然她结了婚也生下了孩子，但是她生孩子的目的只是想让这个孩子快快乐乐地过完这一辈子。

只是姜晏汐出乎她和姜爸爸意料，她很优秀，同时也让她和姜爸爸心疼。如果姜晏汐找到那个想要共度一生的人，他们只有一个要求，对方的家世一定要清白，不能有犯罪记录，也不能是离异家庭。

这是他们的底线，说他们给人贴标签也好，说他们思想老旧也好，他们不希望女儿再去冒险，他们觉得，只有一个生活在充满爱的家庭里的孩子，才懂得怎么去爱人。

姜妈妈沉默了好一会儿，用她的眼光来看，沈南洲自然是无可挑剔，长得又高又帅，眉眼之间看着也正气，不像会瞎胡搞的人。

但他明星的身份，再加上父母离异，在姜妈妈的眼里成了很大的减分项。不过这一点姜妈妈没有表露出来，她神色不变，继续笑呵呵地问："你和汐汐是同学的话，以前就有感情？"

沈南洲最大优点之一就是坦诚："我很早开始就喜欢汐汐，只是汐汐并不知道，我们是最近才正式交往。"

"最近？"姜爸爸有些忍不住了，问，"最近才开始交往的话，怎么就住一起了？"

姜爸爸一直在旁边默默生闷气。沈南洲赧然，说："叔叔，您误会了，我没有和汐汐同居，只是昨天晚上在这里住了一晚。您放心，我是睡在沙发上的……"他急于证明自己的清白，要不然只怕第一面，姜爸爸和姜妈妈对他的好感度就降到了谷底。

沈南洲主动提出："汐汐今天上班，不如我带你们二位在海都市转一转，等汐汐下班了，咱们再一起去吃饭？"

姜爸爸刚想说不用了，却被姜妈妈阻止，她笑着说："好啊。"

在沈南洲去换衣服的间隙，姜爸爸问姜妈妈："咱们之前不是说好了，汐汐将来找的人家一定要家世清白，父母感情和睦。这孩子父母离婚了，离婚对孩子有很大影响，我们不能让汐汐冒险……"

姜妈妈叹了口气，说："你女儿的性格，不会随随便便找男朋友的。既然是女儿喜欢的人，咱们就多观察观察，要是真有问题就到时候再说……"说着，姜妈妈话锋一转，"不过这小伙子长得确实挺帅，我也能理解汐汐为什么能瞧得上他。咱们今天就跟他出去逛一圈，好好观察观察他的品性，有什么话，咱们私底下跟汐汐说，不然给他难堪不也是给汐汐难堪吗？"说到底，是沈南洲英俊的外貌救了他一命。

此时的姜晏汐仍然不知道父母已经来了，一直等到下午五点钟，她做完今天的手术又查完房，打开手机一看，两条置顶消息，一条消息来自姜妈妈，告诉她，他们已经在高铁站了；另一条消息来自男朋友紧急求助，看得出来很慌张了。

姜晏汐忍不住笑了，给沈南洲发消息：我下班了，你们现在在哪里？我去找你们。

姜晏汐了解父母，即使他们对沈南洲不那么满意，也不会表露出来，更不会为难他，这是身为女儿对父母的了解与信任。

沈南洲几乎秒回了信息：我和叔叔阿姨就在医院附近，等你下班一起吃晚饭。

/ 5 /

沈南洲陪了姜爸爸和姜妈妈一整天，成功让姜妈妈对他的称呼由沈先生变成了小沈。

沈南洲那张脸实在叫人喜欢，而且沈南洲若是想讨一个人喜欢，那是没人抵挡得住的，他长得好看又会说好听话，堪称"长辈杀手"。

连姜爸爸也不得不承认，女儿喜欢他不是没有道理，只是姜爸爸还记着他穿着睡衣出现在女儿家里的情景，姜爸爸表示问题很严重。

但姜爸爸也没有为难沈南洲，为难女儿的对象就是在为难女儿，所以他表面上对沈南洲还是挺客气的。

可是他们越客气，沈南洲心里就越打鼓。

他去知名婚恋论坛上发了个求助帖：女朋友的父母突然来访，撞见我在女朋友家里怎么办？

一楼：为楼主点蜡。

二楼：这得看是什么时候。不过看楼主这么慌张，应该时间点比较微妙。

三楼：要不楼主求助一下女朋友？我们现在是新时代新青年，提倡个人解决个人父母，创建美好家庭。

楼主（沈南洲）：女朋友在上班，现在我一个人在她家，撞见了女朋友的父母。

五楼：那楼主你完了。

六楼：坦白从宽，抗拒从严。建议和未来的岳父岳母如实交代，用真诚打动他们。

沈南洲觉得六楼楼主说得有道理，他打了挺多腹稿，但是姜爸爸姜妈妈并没有提问，对他态度一直和和气气。

一整天都怀着忐忑的心情，他终于等到了姜晏汐下班。

姜晏汐倒觉得没什么，反正迟早要见面，她了解父母，他们不会过多干涉她的选择，更何况她也不觉得父母会不满意沈南洲，但打开车门的一瞬间，她看到沈南洲的眼神委屈巴巴，还是忍不住笑了。

姜晏汐问："晚上去哪儿吃饭？"

沈南洲报了一家土菜馆的名字，看得出来是照顾姜爸爸和姜妈妈的口味，他这个人但凡用了心思，必然安排得妥妥帖帖，今日不过是和姜爸爸姜妈妈待了一天，吃了一顿午饭而已，已经把他们二老的喜好摸得差不多了。

这一顿晚饭吃得也很和谐，就是姜晏汐和沈南洲被姜爸爸无情地分在两边。

姜爸爸和姜妈妈很久没见女儿了，姜晏汐在国外待了十年，近一年来才回国，回国后在家没待几天，就来医院上班了，姜爸爸和姜妈妈对女儿有说不完的话，难免忽略了旁边的沈南洲。

还是姜妈妈用手肘捣了一下姜爸爸，暗示着他不要光问女儿，也多问问旁边的未来女婿。

姜爸爸清了清嗓子，问：「这个……小沈以后也在海都市发展吗？还是会回A市？」

沈南洲说：「我是自由职业，现在主要做投资，在两边都是可以的，主要看汐汐的事业发展。」

姜爸爸问：「那你现在不做大明星了？」

沈南洲说：「是的，我现在退居幕后了。以前在娱乐圈孤身一人，没有什么顾忌，如今不想汐汐被牵扯到娱乐圈的舆论风波里。请您放心，我有能力照顾好她。」

沈南洲的态度挺诚恳，姜爸爸也挑不出毛病，不过他假装无意地提起另外一件事：「今天早上看见你在汐汐家里，你们现在住一起了？是准备订婚了？」

姜爸爸的观念还是略有一些传统，在他看来，无论男女，住在一起就代表要共度一生，如若不是，自家女儿肯定是没什么错的，那必然是男方轻浮、不靠谱，哄骗了女儿。

姜爸爸眯起眼睛，神色严肃。

姜晏汐替沈南洲回答了，说：「爸，我昨天休假，和南洲在外面玩了一天。他送我回来的时候天色太晚，而且玩了一天也累了，我就让他在沙发上住了一晚上，这不刚好被你们二位瞧见了。」

姜爸爸说：「哦，那他怎么还穿着睡衣？」

沈南洲急忙解释道：「是临时在外卖APP买的，并没有长住。」

这一轮提问，沈南洲勉强过关。

沈南洲也看出来了，姜爸爸和姜妈妈都是直爽人，并没有单独为难他，要不然，在只有他和姜爸爸姜妈妈三个人的时候，就会被连环拷问了。

他们只当着姜晏汐的面进行了一些友好且不失礼貌的提问。

姜爸爸问完自己最关心的问题，就没话问了，姜妈妈问得更细致一些，问到最后，不可避免地问道：「既然你和汐汐是同学，和我们也是老乡，也算半个知根知底，阿姨现在就想问你，你是谈着玩玩，还是真心想和汐汐在一起?"

虽说沈南洲二十八岁了,但是这个年龄对男明星来说不算老,甚至到了四十岁还算黄金年龄。姜妈妈害怕沈南洲只是想谈一段恋爱,万一单纯的女儿陷进去了怎么办?

沈南洲很认真地回答:"我是想和您的女儿共度一生的,如您应允。"

姜妈妈问:"那你父母那边是怎么说?"

沈南洲是离异家庭,姜妈妈怕女儿遇到比较复杂的家庭关系。

沈南洲说:"他们都很喜欢汐汐。我母亲是个画家,并不会长久地待在国内,我父亲如今的生意在海都市,现在并未再婚。"

意思是沈老爹和沈老妈都对姜晏汐非常满意,并且不存在复杂的家庭关系,更不会干扰两个人的感情。

姜妈妈当即拍板:"既然如此,那大家什么时候一起吃个饭吧。"

来都来了,干脆把该看的都看了,要不然两人回去之后也不放心。而且,要确认男方怎么样,不仅要看男方这个人,更要看他的父母。

沈南洲不敢大意,连忙答应下来,说:"看您的时间安排。"

沈老爹和沈老妈听儿子说了这事,自然十分乐意,尤其是沈老爹,又多了一个理由见前妻,高兴得又买了几套西装,在出发去吃饭前,足足挑了一上午,把两个秘书问到崩溃。

秘书内心呼救:都是黑色的西装,哪里不一样了?

沈老爹不愧是个"社牛",一进饭店包厢,就热情地握着姜爸爸的手摇个不停:"你好你好!幸会幸会!"

沈老爹说:"多年不见,二位还是风采依旧!"

旁边的沈老妈没脸看,以手扶额,叹息,还好离得早。

姜爸爸和姜妈妈一脸疑惑:"咱们以前见过吗?"

沈老爹试图提醒:"孩子初中的时候,开家长会,您作为优秀学生家长代表,在讲台上分享教育经验。还有后来,多亏姜医生给我们家那个不成器的小子辅导作业,他才不至于连高中都考不上。"

姜爸爸想起来了,那阵子沈老爹经常送价格昂贵的礼物,快把姜爸爸和姜妈妈愁死了。

饭桌上,沈老爹也是对姜晏汐大为夸赞,说:"我以前就想,要是有姜医生这样的女儿,哪怕钱少赚点,我都是高兴的,真没想到如今还有这样的缘分!"

姜妈妈见过沈老爹和沈老妈后，倒是放心了些。

沈老爹虽说热情得过了头，但看得出来是个淳朴的人。

沈老妈往那儿一坐，就看得出来是个腹有诗书的大美人。

总而言之，沈老爹和沈老妈虽然离婚了，但和旁的离异家庭不同，整体氛围还是可以的。

酒过三巡，沈老爹喝多了，竟然说："两个孩子天造地设，要不然，把时间定下来吧！先订个婚，再慢慢商量婚期？"

这下子连沈南洲都震惊了，没想到他老爹这么勇，第一次和姜爸爸姜妈妈见面就提出订婚的事情。

沈南洲是不知道，沈老爹见沈老妈的第一眼就求婚了，沈老爹向来是如此不走寻常路。

当然了，沈南洲在内心深处还是为他老爹鼓了个掌。

沈老妈看了一眼儿子，也对姜爸爸和姜妈妈说："两个孩子年纪都不小了，大家也知根知底，若是合适，可以定下来，你们觉得呢？"

沈老妈作为一个人到中年还风韵犹存的大美人，说起话来慢条斯理，还真叫人无法拒绝。

姜妈妈和姜爸爸对视一眼，说："两个孩子都是优秀的人，他们已经长大了，我们做父母的也不好干涉太多，这种事情还是让他们两个去商量好了。"

姜爸爸和姜妈妈还没有单独跟女儿谈过话，当然不能在这个时候答应。

吃完饭后，鉴于双方父母都在，这对小情侣只能各回各家。当然了，他们今天晚上各自要面对父母的拷问。

姜妈妈好久没见女儿了，索性晚上和女儿一起睡。

睡前，姜妈妈和女儿聊天，问她："你真决定是他了？就不怕以后没有共同话题？不再好好考虑考虑？你之前也没谈过恋爱，为什么不多谈一两段？妈妈只怕你没有比较，吃亏呀。"

姜晏汐的声音很平和："没有必要把他和别人进行比较，既然是对的人，谈一段也够了。"

/ 6 /

姜爸爸和姜妈妈知道女儿忙，不想女儿特意腾出时间来陪他们，和女儿一起过完中秋就坐高铁回家了。

中秋假期短，不过很快就是国庆长假了。姜晏汐和科室协调了一下，让她能够把假期连在一起，可以回老家多待几天。

姜晏汐很久没有好好看过这座养育她的城市了。

上次回来，只是匆匆去爷爷坟前烧了纸。这次回来，第一件事情仍然要去爷爷坟前悼念，当然，是沈南洲陪她一起去的。

姜晏汐回A市自然是住在家里，但沈家其实已经搬到了海都市，虽说房子没卖掉，但已经很久没有人住了。

沈南洲把姜晏汐送到家门口，姜晏汐看着他欲言又止且委屈巴巴的样子，笑了，说："要不然这几天你住我家？"

沈南洲眼睛一亮，不过很快恢复理智。他说："不行，你爸妈原本就没有那么满意我，要是这样，只怕他们更不满意了，我还是进去跟叔叔阿姨打个招呼就走吧。"

两个人正说着话，姜妈妈打开了门，见到两人，责怪道："愣在门口做什么？怎么也不叫我们去接你们？快进来。"

姜妈妈看到沈南洲手上拎着大包小包，开口打断了他下面要说的话："带这么多东西做什么？快进来吃饭，就等着你们两个了。"

沈南洲有些受宠若惊。

自从姜妈妈上次跟女儿聊完，也想通了，他们一开始担心，只是身为父母对女儿本能的担心，既然话已经说开了，姜妈妈选择相信女儿。

不过这句"就等着你们了"还是让沈南洲感到了一丝不妙。

果然，进屋一看，姜家不只有姜爸爸和姜妈妈，还有姜晏汐的外公、外婆、奶奶，她舅舅一家也来了，沈南洲一进来就成了焦点，受到大家热情"问候"。

舅舅家的一对双胞胎兄妹今年才上初中，好奇地打量着沈南洲。

妹妹比较软糯可爱，哥哥比较高冷，妹妹戳了戳哥哥的手臂，说："姐夫和姐姐真是郎才女貌啊。"

哥哥不屑："表姐是才，那个男人才是貌……"他弹了一下妹妹的脑壳，说，"别学到一个词就乱用！"接着又冷哼一声，"还不一定是姐夫呢！想要当我们姐夫哪儿有那么容易？"

姜晏汐是父母双方家族里最优秀的那个孩子，家族里比她小的孩子都对她有一种崇敬之情。

妹妹反驳说:"他能不能当成姐夫又不是你说了算,难道不是表姐决定的?"

哥哥语塞。在他的观念里,表姐这么聪明,应该找一个同样聪明优秀的对象,而不是空有容貌的明星。娱乐圈,一听就不靠谱。

不过妹妹说得对,这事无论如何,选择权并不在他们两个身上。

说话的工夫,沈南洲已经被姜家人围起来了。

首先上阵的是姜晏汐的舅舅,他是老狐狸,说话一套一套的,先是把沈南洲的家庭状况和历史感情状况摸了个清楚,听到他之前并没有谈过恋爱,脸色才缓和一些。姜舅舅又问了他接下来的打算,得知他准备退居幕后,勉强满意。

姜晏汐的爷爷已经因病去世了,所以这里只有三位老人。老人嘛,只是想来看看未来孙女婿怎么样,倒是没有问出什么刁钻的问题。

不过老人家年纪大了,耳聋耳背,说话也不利索,有的时候一个问题要问好些遍,沈南洲也很耐心,一一回答着。

姜爸爸和姜妈妈隔着厨房的玻璃看着,姜妈妈转头对姜爸爸说:"你瞧,小沈这人还是不错的,对老人这么有耐心,心肠坏不了的。"

姜爸爸哼了一声,说:"也就那样吧。"

事实上他的态度也早已松动了,只是岳父总是瞧着女婿不顺眼。

姜妈妈用手肘捣了他一下,说:"我看咱爸咱妈对小沈可比对你当初热情,说明人家小沈更讨人喜欢。"

姜爸爸和姜妈妈结婚的时候,是相亲认识的,不过姜爸爸对姜妈妈一见钟情,当即展开了热烈追求,还通过迂回策略攻略下了岳丈岳母。

姜妈妈当时还没有什么太大的感觉,也是因为她的父母说他人不错,挺适合过日子,就同意嫁了。所以姜爸爸越看沈南洲的招数越觉得眼熟,这不是当年他为了求娶姜妈妈而使用的那一招吗?先把长辈攻克下来,这件事就成了一半。

姜爸爸有些不服气,刚想开口说些什么,又被姜妈妈用手肘捣了一下,说:"锅!锅里的东西都快煳了!"

姜家的客厅里,沈南洲的耐心有礼貌终于赢得了姜家三位老人的一致好评,这个时候晚饭也好了。

大家一起热热闹闹地吃了饭,姜家没有劝酒的陋习,沈南洲以饮料代酒,陷入了一轮又一轮"敬酒环节"。姜家人没有把他当外人,轮番跟他碰杯。

虽说遭到了高密度盘问，但身处这样的环境里，沈南洲还是觉得很高兴。这样的感觉，像是家，让他升起了无数美好的憧憬，对他和姜晏汐未来生活的憧憬。

吃过晚饭后，因为双胞胎第二天早上还有补习课，姜舅舅一家先走了，姜外公和姜外婆也跟着儿子走了。

家里一下子只剩下姜爸爸、姜妈妈、姜晏汐、沈南洲，还有姜奶奶。

姜妈妈问沈南洲，"你今晚住哪里？"

姜家的客房是有的，不过姜爸爸先一步开口，说："天色也不早了，汐汐你送一送客人吧。"

留宿？绝不可能！

他可是从那个年纪过来的，他才不会把一匹狼放在家里。

沈南洲表现得很有礼貌，说："那叔叔阿姨再见，我明天早上来接汐汐。"

他承认，他很想跟姜晏汐在一起，但是来日方长，不急于一时半会儿，就算姜妈妈今晚留他，他也会拒绝的。

姜晏汐明天早上要去爷爷坟前悼念，这件事情姜爸爸和姜妈妈是知道的，不过……姜爸爸问："小沈也一起去吗？"他心想，这小子登门入室得也太快了些。

姜妈妈阻止了姜爸爸要说的话，说："带去让爷爷看一看也好，让他知道咱们汐汐谈恋爱了。"

姜晏汐把沈南洲送下楼，此时离中秋并没有过去多久，天上的月亮还是圆的，安静地照着这座小城，以及这对小情侣。

A市和热闹的大都市海都市不同，这个点已是万籁俱寂，偶有高架上的鸣笛声快速从头顶划过。

沈南洲的车就停在姜晏汐家的小区里，姜晏汐目送他上车，又看见他已经坐进驾驶位了，却又解开安全带，下车朝她奔过来。

他似乎只是想拥抱她，在她的耳朵旁边委屈巴巴地说："我家的老房子，很久都没有住人了。"

姜晏汐忍笑，说："那要不你今晚留下来？"

那必然是不可能的，只怕姜爸爸要把他赶客出门了。

姜晏汐见他突然停顿下来的动作，知道他心中所想，说："没关系，明天早上就见面了。"

她想了想，亲了他一口，说："你要是不敢一个人住在老房子里，就和我打电话聊天吧。"

怎么说呢？沈南洲是想亲回去的，但是他一抬头就看到了站在窗户旁边看着他们的姜爸爸。

姜晏汐察觉到了沈南洲这一刻身体的凝滞，顺着他的视线看过去，看到了自家阳台上熟悉的身影。

沈南洲很是懊恼，先前忍了那么久没有和女朋友亲近，就是为了在未来岳父岳母面前留下一个好印象。如今好了，在姜爸爸眼里，他一定是个轻浮人了。

沈南洲问："明天早上我来接你的话，你爸不会把我赶出去吧？"

姜晏汐看他一副如临大敌的模样，说："不会，他挺喜欢你的。"

姜爸爸的别扭，是因为他从和沈南洲的接触来看，看得出来沈南洲确实是个挑不出毛病的小伙子，但毕竟是他养了这么多年的女儿……他没想过女婿会是一个大明星，娱乐圈那样浮华的圈子，总归是不能叫人放心的。

身为父母，哪怕理智知道不要去干涉女儿的选择，担心是本能，只能克制着不表现出来。

唉！他不得不承认，小沈人挺好，外貌好、性格也好，刚才陪着老人家说了那么久，也没有丝毫不耐烦。

沈南洲在姜家的表现还是加分的，不过姜爸爸在阳台上看到了他奔向女儿的那一幕……怎么抱上了？还亲上了？

姜爸爸默默生气，一言不发地转头走了。直到睡觉前还没想开，姜妈妈开解丈夫："他是女儿喜欢的人，咱们呢，只要做女儿背后永远的支柱就行了，你说是不是？"

由于姜爸爸突然出现，沈南洲松开姜晏汐后也不敢做什么了，只能老实地坐上车，开车回去。

沈家的老房子空置了有七八年，不过一直都有人来定期护理，沈南洲回来之前也提前叫家政打扫了一遍。

这是一栋两层楼的独栋别墅，带前后两个小院子。沈南洲也有七八年没有回来了，上一次站在这里是姜晏汐出国的那一年。

站在空旷的客厅里，沈南洲打开了灯，心里难免升起物是人非的失落感，他也曾在这栋老房子里和父母度过一段快乐的时光，可是这一切却在他初二那一年戛然而止。

那一年,他听见父亲对母亲提出离婚。然后一切发生得很快,母亲出国,父亲再娶,沈南洲的生活一夜之间天翻地覆。

虽然现在他已经理解了父母的决定,但这些年的疏远难以改变,他好像和父母亲近不起来,变成了有礼貌的陌生人。

沈南洲感到了孤独,这里和热闹的姜家不同。

姜晏汐发来了消息,问:到了?

沈南洲:到了。

姜晏汐好似察觉到他不开心,问:怎么了?

下一秒,她打来了电话。

沈南洲有些手忙脚乱地摁下接听键:"汐汐?"

姜晏汐以为他还因为晚上爸爸的事情不开心,说:"别担心,我爸说不定也没看到什么,他这个人就是一时别扭,并不是不喜欢你。"

沈南洲说:"我没有因为他不开心。我……只是突然想你了。"

想见你,想奔向你身后的灯火,而不是现在独自一人站在黑暗里。

姜晏汐笑了一声,说:"明天早上不就又见面了吗?"她想了想,"不然这样,明天我早点出门,我们先去吃个早饭,再回来带奶奶去乡下上坟,你觉得呢?"

沈南洲开心起来,此刻是晚上十一点多,他和姜晏汐定好第二天早上五点去吃 A 市的早餐茶楼。这样一看,也就不到六小时了。

/ 7 /

姜晏汐是凌晨三点半醒的。

可能是因为很久没回来了,躺在这张床上还觉得不习惯,她打开手机一看,离五点也就一个半小时,索性准备起床了。

只是在她打开微信的时候,发现沈南洲在夜里十二点的时候又给她发了消息:终于到明天了,还是很想你,要是时间再走快一点就好了。

姜晏汐看见对话框最上面是"正在输入中",然后消失了一会儿,又变成了"正在输入中"。

他也醒了吗?姜晏汐发消息去问:醒了吗?

"正在输入中"的字样立刻消失了,好像手机对面的人被吓了一跳,正在火速措辞回复。

可能是某种心灵感应，姜晏汐心念一动，走到窗边，然后看见路边昏黄的灯光下，站着长身玉立的青年，他也似乎感应到了什么，抬头与她遥遥相望。

姜晏汐的手机振动了一下，收到了沈南洲的回复。

沈南洲：如果说，我现在在你家楼下，这个行为是不是有点愚蠢？

他只是突然很想见她，所以就直接开车过来了。

姜晏汐没有回复他，而是轻手轻脚地推开房门，然后急匆匆奔下楼，小跑到沈南洲面前站定，仰头看他。

她什么都没问，只是说："既然来了，为什么不打电话给我？一个人站在这里等了这么久。"

沈南洲说："没等多久，就一会儿。"

姜晏汐没有去戳破他的谎言，而是轻声说："下次不要自己等了，发消息给我。"

此刻是凌晨四点，实在是太早了，早餐店还没开门，姜晏汐说："不如我们去看日出吧。"

A市有一座小山，其实也没多高，不过小情侣们还挺喜欢爬上去看日出。而此刻路上也没什么人，开车过去也只要二十分钟，刚刚好。

值得一提的是，沈南洲中学时代的时候，经常去爬这座山。

那时候，他跟沈老爹因为要考艺术院校吵得厉害，导致沈南洲经常离家出走，一个人跑到山上看日出。

A市是一个极少有污染的小城，太阳出来的那一刻，天空极为梦幻与绚烂，人在天地之间变得极为渺小，十七岁的少年沈南洲当时坐在山顶的石头上，想的却是：不知道她有没有看过这里的日出。

不过，二十八岁的沈南洲不需要再想这个问题了。

当他站在山顶那块同样的石头上，在清晨的太阳冲破黑夜的最后一道阻拦的时候，他亲到了他心爱的姑娘，他对待她如同对待一件珍贵的宝物。

在这一刻，少年沈南洲和青年沈南洲似乎变成了同一个人。

少年沈南洲把姜晏汐当作遥不可及的月亮，而青年沈南洲终于通过自己的努力靠近了月亮。

姜晏汐察觉到沈南洲的这个吻好像和平时不太一样，她挣脱开他，看着他的眼睛，问："怎么了？"

沈南洲说："以前，我来这里看过日出，我那个时候，也想过你。"

这是沈南洲第一次吐露曾经前那些心思。确定恋爱关系后，姜晏汐也从别人的口中知道过沈南洲对她的暗恋，但是他一直绝口不提。

暗恋，就是不想给那个人带来困扰。沈南洲从前如是，现在亦是。

那些不见天光的暗恋和苦涩，他并不想让姜晏汐知道，因为他知道，她这么好的人，或许会对他感到抱歉。

他不要她的抱歉，只要此刻，她的眼睛里有他。

姜晏汐说："以后，我们还会一起来看日出的。"

她突然问他："当初我出国，你为什么不劝我留下来？"

她不明白，是怎样的感情，让沈南洲若无其事地送走了自己，并且祝福她前程似锦。人不都是自私的吗？他难道没有动过一刻想要留下她的心思？沈南洲猛然一惊，他看着她，她的眼睛里有洞察一切的目光，他知道，她已然知晓。

沈南洲说："汐汐，我十四岁的时候，曾经迷路过，然后我遇到了月亮，月亮不是我一个人的，我不想摘月亮，我只愿她永远高悬天上，明亮皎洁。"

沈南洲的声音低了下来，说："只是，我现在好像有点贪心，我希望我是月亮心里最重要的那个人。"

姜晏汐踮起脚尖，蜻蜓点水一样亲了一下他的嘴唇，然后站回去，看向他，轻声说："好。"

月亮听见了，听见了你年少时的愿望，并且答应你，以后的年年岁岁都会在一起。

看完日出，正好到了 A 市早餐茶楼开门的时候。他们来得早，还不用排队，就是所有的早点都需要现蒸，他们吃完早饭，又带了姜爸爸和姜妈妈以及姜奶奶的早餐，刚好不急不慢地开车回去。

回到姜家的时候，是早上七点半，姜爸爸开的门。

今天很不寻常，姜爸爸七点半来开门的时候，就已经洗漱穿戴好了，打开门，看见女儿还有女儿身后的女婿，面无表情。

哦，原来是这个臭小子拐跑了他的女儿，那就把松口的时间再往后挪一挪吧。

/ 8 /

姜爷爷的坟墓在乡下老家，葬在村头的一处专门用于埋葬本村人的土地。

乡下的小路不好走，有许多需要跨过的沟壑，对于沈南洲和姜晏汐两个年轻人还好，对于上了岁数的姜奶奶来说，就有些费力了。

姜晏汐劝奶奶："奶奶，我和南洲去吧，路不好走，您就在家里等我好不好？"

姜奶奶很固执："不要。"她摸着姜晏汐的手说，"你好不容易回国了，不走了，现在又找了男朋友，我得去跟你爷爷说一声，给他烧纸，让他在天上保佑你顺顺利利。"

姜奶奶对沈南洲挺满意，老人家不懂娱乐圈那些事情，只知道沈南洲长得俊，个子高，对孙女也好。至于最后一点是怎么看出来的，那自然是眼神做不了假。

姜奶奶坚持，那就只能让沈南洲搀着姜奶奶，三个人一起去墓地烧纸。

沈南洲扶着姜奶奶，但仍分了心在姜晏汐身上，她今天穿了一套裙子，白衬衫的内搭，外面是一条黑色吊带长裙。她的皮肤很白，据沈南洲的观察，她不怎么用化妆品，即便素面朝天站在那里，也很美，好像和十多年前没什么变化。

此刻，她紧紧抿着唇，嘴角的弧度消失了，眉眼透露出一种严肃，使得她身上的柔和消失了，显出一种"生人勿近"的气场。

沈南洲知道，她在难过。

姜晏汐和爷爷的感情很好，高中的时候，是爷爷从乡下进城，照顾她起居，给她做饭。

姜晏汐默默把地上的枝叶扫到一边，把纸钱垫在膝盖下面，她摸了一下口袋，这时候沈南洲把打火机递了过来。

她低声说了句："谢谢。"

她的状态一看就和平常不一样。

火苗卷上纸钱，被扔进地上的搪瓷盆里，瞬间一股热浪扑过来，沈南洲当即拉了一下姜晏汐，替她挡去大部分呛人的烟，而他因此被呛到猛咳两声。

沈南洲和姜晏汐一起给姜爷爷磕了三个头，姜奶奶已经抹起了眼泪。

或许是沈南洲这一拉，把姜晏汐从过去拉到了现实中来，也拉到了人间，她定了定心神，看着盆里最后一沓纸钱烧干净了，从地上站起来。

姜晏汐看向沈南洲，发现他的眼尾被烟呛得通红，眉头也不自觉地微皱,但是眼睛紧紧盯着自己。

姜晏汐伸手,摸了一下他的眉头,说:"别担心。"

因为姜奶奶过于伤心,沈南洲先把姜奶奶送了回去,再折返回来,和姜晏汐去另一个坟地烧纸。那是姜爷爷兄弟的坟,姜爸爸姜妈妈嘱咐他们这次来的时候,顺道去祭拜一下。

从这里再走到另一片坟地,要穿过大片田野,那里也是密密麻麻的坟头,有些坟头年代久了,已经慢慢平下去,变成一个小土坡,等再过几年,或许看不出来这里曾是一个坟头。

沈南洲担心姜晏汐,视线都落在她身上。

姜晏汐家其实和姜爷爷兄弟家也没什么来往了,姜晏汐也没怎么见过爷爷的兄弟,除了很小的时候,出人情的场合见过几面。

姜晏汐难过的情绪少了些,她和沈南洲烧完纸,发现他仍然担忧地看着自己,轻轻摇头,说:"我没事。"

再谈起的时候,已是很从容,她说:"你忘了,我是当医生的。生老病死,都是人生的一部分。"

学医、从医这些年,姜晏汐见过很多病人,见得越多,越能明白,这世上,除了生死,皆是小事。

有些病,一开始就是治不好的,是基因问题,也是命,所以临床上的大部分医生当久了都会变得"冷漠",这能够帮助他们更好地保护自己,以及帮助他们理智地下每一个决定。

姜晏汐这些年时常扪心自问:学医的初衷是什么?

她也在这一刻和沈南洲坦诚地说:"当年我退学去学医,其实是我唯一一次没有深思熟虑,冲动之下的选择。"

当年的姜晏汐也不是没有思考,但和她一向沉稳的性格相比,是冲动,也是不理智。

姜晏汐说:"我知道生死不可逆转,但我愿意做生死之间那个守住生命之门的人。"她的亲人已经死去了,她知道疾病给人带来的痛苦,也知道有些疾病难以治愈,但她想尽自己最大的努力留下生命,少一些人来经历她承受过的悲痛。

姜晏汐的眼睛一如十年前清亮,似乎逝去的时间并没有让她沾染上这个社会的浮躁与复杂。

姜晏汐突然被沈南洲拉入怀中,他紧紧抱住了她,似乎想用这种方式安慰她，他说："我知道。"

他松开姜晏汐，看着她说："大家都说你是极其理智的人，永远不会做出疯狂的决定，但我知道，你是一个理想主义者。"

但无论是怎样的你，都是我深爱的你。

我于年少悸动，在流逝的时间里一点一点深爱你，除非死别，这份爱不会停止。

中午的时候，姜晏汐和沈南洲在姜奶奶家吃的中饭，很明显，中饭是沈南洲烧的，姜晏汐在厨房帮他削土豆。

沈南洲当时在灶台后面烧火，姜晏汐注意到他笑了，问："笑什么？"

沈南洲说："我只是在想，外科医生的手十分宝贵，现在却在这里削土豆，实在是罪过。"

姜晏汐看了一眼手中的刨子和土豆，说："这又没什么危险。"

外科医生会在生活中注意各种危险的利器，以防伤到手，但这个刨子拿给小朋友都不会有危险。

沈南洲说："我知道，只是感到荣幸。"

要是有危险，他也绝对不会让她做的。

沈南洲现在做饭很利索，虽说一开始用打火折子的时候还有些狼狈，但等到掌勺的时候，还挺像模像样，烧出来的菜也得到了姜奶奶的好评。

以至于姜奶奶在吃过饭后，把姜晏汐拉到一边，说："汐汐啊，小沈人还是不错的，能嫁！"

姜奶奶给姜晏汐塞了一个红包，说："这是给小沈的，你喜欢的人，奶奶认下了！"

于是，下午开车回去的路上，姜晏汐把红包拿出来，放到旁边的凹槽里，对沈南洲说："奶奶给你的红包。"

沈南洲："啊？"

姜晏汐说："奶奶说，这是给你的见面红包，她认下你这个孙女婿了。"

# 第十八章

DI ER CI
XINDONG

十五天，晨昏与四季

沈南洲已经不再害怕姜晏汐会不爱他，
如果爱会消失，他会一直爱她。

## 1

沈南洲和姜晏汐是在十一月订婚，在第二年二月份春节假期的时候举办了婚礼。

订婚宴是在海都市办的，正式婚礼在海都市和老家都办了一场。

既然要订婚了，那就不会是两个人的事情，而是一家子的事情，姜爸爸和姜妈妈特意从A市赶到海都市，住了一个月来筹办女儿的订婚事宜。

都说前期准备工作，最能看出对方家庭的人品和涵养，姜爸爸和姜妈妈害怕中间出什么幺蛾子毁了女儿的订婚，要盯着点。

说起来，沈家很有钱，沈老爹这些年的生意越做越大，是那种能够让A市挂在橱窗里宣传的优秀企业家。

姜家虽然不穷，但和沈家比起来实在相形见绌，像姜家的一些亲戚并不知道沈南洲是谁，但知道沈老爹是A市鼎鼎有名的大老板，而姜晏汐要嫁到沈家了，所以在姜爸爸和姜妈妈来海都市之前，接待了一大拨亲戚。

大部分亲戚人还是不错的，只是表达一下担忧，觉得嫁入"豪门"有危险，有些人就不怀好意了，觉得姜家攀附，明里暗里说这门亲事有风险。

姜妈妈自然把那些人骂了回去，但心里也担忧起来了，说句不好听的，有些涉及钱财的东西是要婚前坐下来谈的，但双方差距太大，弱势那一方就没什么底气。

这会儿倒是姜爸爸安慰姜妈妈了，他说："他家有钱，但咱们又不惦记他家的钱，怎么就比他家低一个头了？开诚布公地谈，要是他家因此遮遮掩掩，跟咱们玩心眼，咱也不怕！"

还没等到姜家谈这件事，沈老爹就主动找来了。

这段时间沈老爹神清气爽，一来自然是因为儿子要结婚了，他因为这件事情和儿子的关系也缓和了；二来是因为沈老妈本来准备离开的，但因为儿子婚礼，又得在国内多留一段时间。

所以，沈老爹为结亲这件事特别热情，亲自上门，先是邀请姜爸爸和姜妈妈到自己别墅住下，说是需要商议的东西多，他那儿地方大，两家可以多交流。

第二天，沈老爹就拿出来一份沈南洲要是做出对不起姜晏汐的事，就让他净身出户的财产协议。

姜爸爸和姜妈妈直接愣住，沈南洲确定是他亲儿子？

沈老爹旁边的沈老妈倒是很镇定，见怪不怪地说："没事，当年我嫁给他的时候，他也签了一份，这是沈家的规矩。"

沈老爹诚恳地说："两个孩子是真心相爱，作为父母，我们自然是全力支持。如今这世道，大家恨不得把东西都分清楚。但我们不是那样算计的人，汐汐这么优秀的女孩子，南洲能娶她，是他的运气。我知道，你家未必情愿女儿嫁到我家来，你们是疼爱女儿的人，更希望她嫁个简单的人。"

沈老爹平时在沈老妈面前怂了点，但他能把生意做得那么大，也是能洞察人心的人，自然看出姜家的顾虑。

沈老爹说："今天，我也给你们家一个保证，将来两个孩子要是分开的话，就让我儿子净身出户！"

沈老妈把桌上的协议推过去，说："这是南洲签过名的，你们就收下吧。"

姜妈妈不会拒绝给女儿婚前多一份保障，不过……

姜妈妈说："这个事情，还是让他们两个年轻人商量一下吧。"

倒是姜爸爸收下了，沈南洲都签过字了，必然是知道这件事情的。

一开始把财产问题说清楚，接下来的都好办了。

当然了，姜妈妈也没想到沈家一点儿条件也没有提，几乎是姜家说什么他们都说好，在哪儿订酒店，迎亲的时候是什么规格，等等。

沈老爹都笑眯眯地点头说："这个好，这个酒店不错，我认识老板，让他们留个最大、最好的厅……"

事情很快谈完了，姜妈妈有些恍惚，以前听说男女婚嫁，两个家庭必然要产生意见不合，没想到这么顺利。他们能看出沈家的态度，很快把大部分问题都谈好了。

姜妈妈没有拒绝沈老爹的邀约，答应和姜爸爸住下来，一方面确实是方便谈事情；另一方面，想观察一下沈老爹和沈老妈这对夫妻的相处模式。

姜妈妈也找了一趟女儿，把那份"净身出户"协议书给女儿，讲了来龙去脉，问："小沈是自愿签的？"

姜晏汐有些哭笑不得，她接过那份协议书，看见熟悉的签名字迹，目光也柔软了几分。她总算明白沈南洲前几天说要在婚前赠予她"礼物"是什么了。

原来沈老爹的行事风格也是如此出人意料，哪有让亲儿子签净身出户协议的？

姜晏汐点头，说："我知道了，我会和他再谈谈的。"

姜晏汐觉得没必要做到如此程度。她知道他的小心翼翼和害怕失去，也知道沈南洲或许是想用这种方式表明他绝不会像沈老爹那样变心。

是否父母的离婚让沈南洲在心底深处害怕，他比任何一个人都害怕对姜晏汐的爱会消失，怕他们会互相厌倦，怕他成为自己最讨厌的那种人。

沈南洲已经不再害怕姜晏汐会不爱她，如果爱会消失，他会一直爱她，但他害怕时间流逝，他也变成了父亲那样，伤害自己深爱的人。

这一份协议，更像沈南洲设下了重重枷锁，生怕自己将来做出对不起她的事情，现在的他，想约束将来那个可能会伤害姜晏汐的自己。

虽然姜晏汐不懂他为什么会这么想？但他是她爱的人，他感受到的爱是真的，她感受到的爱也是真的，他们彼此都能感受到对方真挚的爱意。

听女儿这么说，姜妈妈知道女儿心里有打算了，她说："你一向有主见，妈相信你。"

说着，姜妈妈竟然有些哽咽了，姜晏汐见状，赶紧把姜妈妈拥入怀中，拍了拍她的背。

姜妈妈抬头看着优秀的女儿，眼眶红了，说："没事，妈情绪没控制住。妈只是觉得，我们的女儿长大了。"

这是他们的女儿啊，她和姜爸爸一生的骄傲。姜晏汐刚出生的时候，他们可从来没想过女儿会这么优秀。

姜爸爸和姜妈妈都是极其平凡的普通人，但是孩子优秀，要走向更光明的前途，他们不会阻拦她，只会竭尽全力让她飞得更远，然后在家里永远为她点一盏灯火。

只是现在，她要有自己的家了。

姜妈妈也说不出来自己为什么会这么难过，就连女儿出国的时候，她都没有像现在这么难过。

可能是年纪大了，也可能是舍不得，姜妈妈说："汐汐，你知道妈妈和爸爸为什么会松口吗？"

姜妈妈说："一开始，我和你爸爸都有些反对，原因你也知道，尤其是你爸爸。他的职业太复杂了，而且家里那么有钱，你之前没谈过恋爱，又是心思单纯的孩子，这些年一直在学习、搞事业，妈妈和爸爸怕你受伤。"

姜妈妈叹了口气，"其实妈妈之前倒不希望你结婚，一个女人未必要结婚和生孩子，我们把你百般爱护地养这么大，怕你遇上不好的人。这个社会对女人的要求比男人严格，妈妈心里清楚。你是妈妈的女儿，妈妈知道你是不会放弃自己的事业，当然了，妈也支持你，女人绝不能放弃自己的事业和工作。但有些男人就是受不得老婆比他们强，要是真碰上了，这些家庭琐事必然影响你，妈舍不得你有朝一日会陷入这种无休止地琐碎中，所以才担心。但小沈还是不错的，他愿意给你做陪衬，照顾你，全力支持你的事业，这也是我和你爸松口的原因。以后的事情不好说，但现如今他们家的态度是可以的，妈也稍微放心了一些。"

姜晏汐用力地拥抱了一下母亲，昔日在孩童时代永远高大的身影已经变得佝偻，母亲也有了白发，她心里一酸，轻声说："妈，谢谢你们。"

姜爸爸和姜妈妈虽然普通，但是给了女儿世上最珍贵的东西：真挚无私且饱满的爱。所以姜晏汐无论走到哪里，无论遇到什么困难，她都有一颗坚强的心，去抵御一切。

有关"净身出户"协议，姜晏汐找沈南洲好好谈了谈。姜晏汐发现，沈南洲也玩起花招了，前脚答应她，但是赠予她财产的流程一步也没慢下。

说也说不通，姜晏汐直接拉沈南洲去民政局领了个证。

其实之前婚也求过了，只是姜晏汐工作繁忙，民政局只在工作日上班，正好和姜晏汐的上班时间完美重合，所以姜晏汐特地请了半天假。

沈南洲自然高兴地摸不着南北了，从民政局出来的时候，还觉得如做梦一样。

姜晏汐把两本结婚证都放到他手里，说："行了，现在开始，你没必要再给我财产赠予了。"

沈南洲愣住，陷入了沉思。

一直到地下停车场，他突然冒出一句："刚才领证的钱是不是没付？"

姜晏汐说："我付过了。"

沈南洲委屈地应了一声："哦。"

可恶，竟然让老婆付了。

/ 2 /

姜晏汐和沈南洲的订婚仪式在海都市办的，虽说是订婚，但按照沈家父子一贯夸张的风格，搞得比别人正式婚礼还要隆重。

由于沈南洲的明星职业，婚礼举办酒店是高保密级别的，请了圈内专门做明星婚礼的专业婚庆公司。

这也是婚庆公司第一次见到女方没怎么来，反倒是男方每天跑过来商量婚礼细节。

负责沟通婚礼事项的工作人员是个年轻男人，靠着高专业素养，以及想着自己的工资条，尽力保持心平气和，满足沈南洲每一个要求。但是……

婚庆小张说："沈先生，您要求把订婚办得隆重完全没问题，进口的鲜花绿植、地上铺的红毯、头顶彩灯，这些都是小事，我们都是专业的，您放心。但是，您看这个流程要不要让女方来彩排一下？"

沈南洲说："她工作比较忙，不过我会和她说的，你们跟我说也是一样，我的要求就是，尽量少麻烦她。"

婚庆小张保持微笑："可是，您设计了这么多细节，本来就比一般婚礼要复杂，您要隆重的话，我们能帮您办隆重，您要简洁的话，我们也能帮您办简洁，但是……"

隆重又简洁，婚庆小张为数不多的头发要掉光了。

沈南洲坚持："尽量简化她参与部分的程序，但是一定要超乎标准的隆重。"

婚礼小张蒙了。刚领结婚证，恨不得宣告全天下的男人，太可怕了。

小张也办过不少明星婚礼，说起来，都是女方在张罗，很是注重仪式感，男方大多嫌麻烦，露出疲倦和不情愿之色。

小张抬头看了一眼面前春风满面的男人，沈南洲的脸号称娱乐圈内近二十年无人能"打"，俊美的皮囊挑不出毛病，再加上他的音乐才华，在娱乐圈再红二十年也是没问题的。

沈南洲今年才不到三十岁，正是一个男明星最好的年纪，小张心里不由得惋惜，竟然就这么退圈了。

但看到他脸上怎么都压不下去的笑容，以及无时无刻不上扬的嘴角，小张心想，对于沈南洲而言，这个决定是值得的吧！

沈南洲在圈内是出了名的个性冷淡，因为他自带生人勿近的气场，往那儿一站，活像一尊冷冰冰的雕像，脸上没有笑容的时候，冷漠又疏离，能感到有一种在娱乐圈待久了的疲倦。

有个词怎么形容来着？美而无灵魂。

但是，现在的沈南洲是鲜活的，即使姜晏汐不在这里，也能看得出来他深陷爱河，整个人是温和的，重新焕发了生机。

沈南洲说："尽量吧，不够就加预算，不封顶。"

小张默默把建议吞回了肚子："好的！"

这是小张做过最神奇的一场婚礼，直到订婚前一天，他才见到女方，只是见到那一刻，他突然明白了沈南洲爱的女人为什么会是她。

姜晏汐的容貌在普通人中算是端正的，但肯定比不上娱乐圈那些女明星，可她站在那里，站在沈南洲旁边，并不会失去一丝光芒。

她的美胜在气质，俗语说"腹有诗书气自华"，小张看她，心里不由得升起一种对于学霸的敬畏之情。

小张单独面对沈南洲这个大明星的时候还不虚，可面对姜晏汐的时候，不自觉就低了几分姿态，连连点头："姜主任，您好您好！"

这可是国内顶级三甲医院的副主任，他这辈子除了躺在手术台上，估计是没机会见到这样的人物了，心中不由得升起一种见到大佬的自豪之情。

令小张没想到的是，姜晏汐倒是出人意料的随和，对他安排的流程并没有任何意见，这让已经被沈南洲"折磨"了一个多月的小张快哭了，姜主任是天使！

他向老天爷发誓，绝对没有对大金主沈南洲有任何不满，毕竟沈南洲绝对是小张职业生涯里排名前几的优质客户，虽然要求多，但是给钱也爽快。

之前他还碰到过一对新人因为婚礼事宜从头吵到尾，他不是在劝架就是在拉架，结果新人是和好了，埋怨婚庆公司工作人员拉架拉得不好，最后婚礼不办了，俩人跑出去旅游了。

职业生涯里的糟心事，小张不愿再回忆。

沈南洲很好，只是姜主任实在是太好了，小张这个一米八的大男人可以直接表演一个现场感动落泪。

因为姜晏汐的到来，沈南洲都变得没那么挑剔了，要知道之前走流程的时候，他能把花的颜色都挑一下毛病。

但今天的沈南洲站在姜晏汐旁边，像被顺了毛的猫，只要姜晏汐说好，他也点头说好。

小张严重怀疑在沈南洲对姜晏汐的字典里，就没有"不"这个字。

今天也是为别人的美好爱情感动落泪的一天呢。

## 3

订婚那天,来了很多姜晏汐在医院的同事,其中不乏科室的大主任,那都是叫得出名字的人物。

沈老爹虽说是商界大佬,但圈子之间有壁,他何曾有机会面对这些学术圈大佬?

沈家的亲戚也不由得对女方的身份更高看几分。

姜晏汐嫁沈南洲,从两家犹如天堑之别的财富上来说,是高嫁。

沈家发达的这些年,穷酸刁蛮又甩不掉的亲戚也不少,像这次订婚明明在海都市办,还有人厚着脸皮跑过来让沈老爹负责路费。

沈老爹这个人念着几分亲戚情意,也让他们过来了,毕竟老家的传统,就是该请他们的。人多热闹,沈老爹也希望儿子的订婚热热闹闹,至于这些人的小心思,他心里清楚,但也不在意。

这群人嘛,只敢心里酸酸,就像他生意刚发达那几年,他们一边在心里酸他,一边来求他。

这群人也不敢在订婚上闹什么幺蛾子,沈老爹就喜欢他们不满又干不掉他的样子,让他们心里冒酸水。

这群亲戚得知沈老爹的儿子娶了一个普通家庭出生的医生,确实说了酸话:"沈在岁真是老糊涂了,竟让儿子娶一个穷医生!"

直到婚礼当天,他们见到了女方和女方那边的宾客,说不出话了,有人偷偷拿出手机搜索,发现有些人竟能和百度百科上的人物对上。

这些亲戚不怎么上网,也不玩微博,不知道姜晏汐的本事,但这几年"互联网医院"流行起来,他们格外喜欢用这种APP,有时候还能领券赠到大医院主任的免费号,所以有人就认出来了。

"那个人是我在'手机互联网医院'上挂过号的主任,还是个副院长!"

"南洲老婆这么厉害?那以后咱们看病是不是可以找她了?"

如果沈南洲听到,一定会嘲讽一句"你们想得美"!

沈南洲和姜晏汐一直在外面迎宾,沈南洲心疼姜晏汐穿着高跟鞋,怕她站得久会太累,让小张给她搬了个凳子。

姜晏汐笑着说:"你坐吧。"

她看了一眼沈南洲,他头上已经冒出了汗珠,总觉得他比自己累多了,毕竟所有事情都是他来安排的，而自己几乎是等着验收成果。

姜晏汐说："其实，我在手术室站得比这久多了。"

虽说姜晏汐是主刀，但是谁还不是从学生时代走过来的，哪个医学生没有在手术室站过一天的经历？

姜晏汐表示，站这么一会儿，就算是穿着高跟鞋也不算什么，她倒是比较担心沈南洲，所以表达了隐晦的担忧。

但是不知道为什么，姜晏汐总觉得她在说完这句关心的话之后，沈南洲好像有点生气了。他看了她一眼，凑近她耳朵，跟她说："不用。"有点咬牙切齿。

客人来得差不多了，不过姜晏汐看沈南洲还在张望，问："你在等谁？"

沈南洲不自然地咳了一声，说："没什么。"

过了一会儿，沈南洲装作不经意地问起："你那个后师兄呢？"

姜晏汐明白了，之前写请柬的时候，沈南洲特意问她有没有请后世桃，姜晏汐本来还以为沈南洲不想让后世桃来。

姜晏汐说："师兄有事不来，他在微信上把礼金给我了，不过我没收。"

谁要他的礼金啊！他就是想让情敌来参加订婚礼，彻底打消他的心思。不来的人，一看就心思不坦荡！

沈南洲试探地问："下次正式婚礼的时候，我可以和你一起发请柬吗？"

他决定亲自把请柬发到情敌手里。

姜晏汐知道他的心思，笑中带有一丝纵容："好。"

/ 4 /

婚礼也顺利举办了，沈南洲过上了幸福的婚姻生活。

最近对于沈南洲而言，有一个好消息和一个坏消息。

好消息是，老婆医院麻醉科来交流的那个后世桃终于要回国了；坏消息是，他刚跟老婆度完蜜月，老婆就被派到北城市参加学术交流会议，为期半个月。

沈南洲被简言之叫出来的时候有点心不在焉。

简言之问："你怎么了这是？新婚不正是春风得意才是？"

沈南洲放下手中茶盏，看向简言之，很是赞同："确实。"

他不知想到了什么，嘴角漾起笑意，露出已婚男人餍足的神情，简言之看了很是羡慕嫉妒。

简言之说:"行了行了,知道你家姜医生千般好万般好,特意调了年假,请了婚假,又和春节假凑一起,陪着你出去度了一个月的新婚蜜月,你在我面前也收敛点,心疼心疼你好兄弟我吧!"

简言之将杯中茶水一饮而尽,怎么这么苦?

"我今天找你出来,不是听你秀恩爱的……老沈,你摸摸良心说说看,以前你追姜医生的时候,兄弟我是不是也给你出了不少主意?现在你是不是也该回馈一下兄弟我?"简言之说。

沈南洲隐约知道他一直在追林甜甜,只是无果,林甜甜看着是个甜美的女孩,实际态度果断。

沈南洲奇怪地问:"某人不是上次发誓绝不可能回头吗?"

简言之被噎住,有一瞬间的尴尬。当初放狠话有多潇洒,现在就多狼狈。

是的,林甜甜根本就不在乎他的狠话,也根本不需要他回头,简言之甚至怀疑,当年那一段恋爱,林甜甜根本就没有用心跟他谈。

一想到有这种可能,他简直愤怒中夹杂委屈,愤愤不平地对沈南洲说:"是,我以前是谈了不少女朋友,但是每一段都是好聚好散,从没做过有违道德的事情。为什么林甜甜要这么对我?"

沈南洲说:"你现在的样子,有点像分手后来质问你的那些前女友。"

真是风水轮流转。

简言之这话没错,他没在道德上对不起他的那些前女友,他只是不曾用心,分手也分得潇洒,而林甜甜只是和他做了一样的事情。

简言之颓然,他并非完全没有意识到自己以前在感情中的问题,只是不愿意承认,如今林甜甜也这样对待他,他才知道有多不甘。

他说:"那这都是之前的事情了,我实在不明白林甜甜为什么那么避我不及?"

沈南洲倒是比他看得通透,说:"你喜欢她,她也有拒绝的权利。"他劝了一句,"身为暗恋者,我个人觉得,你还是要做好心理准备。"

"什么准备?"

"一厢情愿,没有回应的准备。因为是你喜欢她,又不是她求着你喜欢她。"沈南洲说,"你太急了。"

简言之本来想反驳的,但是一想到对面是个成功案例,又把话给憋回去了,问:"那你觉得我要怎么做?"

沈南洲说："真诚一点。少一点技巧，多一点真心。"

沈南洲追求姜晏汐的时候，简言之确实出了不少主意，但是这些主意套路太多，毫无感情，全是技巧。

最后沈南洲和姜晏汐能成，并非靠简言之这些花花主意，而是沈南洲的真心。

林甜甜可不像姜晏汐这样专注学术，甚少知道这些花花伎俩，她不喜欢这种毫无真心的"追人技巧"，讨厌简言之这种宛若市场批发一样的追人步骤。

简言之并没那么想，也的确是真心，只是他这个人风流久了，做什么都带有算计的影子，已经很难再去笨拙却真挚地去追求一个人了。

简言之陷入了沉思。

又听得沈南洲说："我觉得你还是停一停，爱不是给别人带来困扰，既然她明确拒绝了你，你再这样做，不妥。"他的话题又绕到自己老婆身上，"要是当初汐汐表露出拒绝的意思，我绝对会退出去。"

简言之哼了一声，说："当真？某人的气量这么大？当初是谁跑到情敌面前亲自给人家发请柬的？"

沈南洲坦然说："我是和我老婆一起去发的，我老婆同意的。"

简言之说："你就不能让你老婆在林甜甜面前为我说说好话？林甜甜一直是你老婆的迷妹，要是你老婆帮帮忙，兄弟我也有些希望了。"

沈南洲拒绝了他，说："就是爹妈也不能管儿女喜欢谁，我老婆又不是林甜甜的妈。你和林甜甜的事情，你们自己解决。"

简言之叹了口气，也知道是这个理，只是现在陷入死局，他除了对林甜甜死缠烂打，其他什么也做不了。

林甜甜定居海都市了，但职业原因，会全国甚至全球跑，简言之也追着她跑了一段时间，前些日子才刚从国外回来。

简言之说："算了，我知道了，我回去好好想想。对了，你之前想说什么？"

沈南洲说："我老婆要去北城市出差半个月，难受，不习惯。"

简言之怂恿他："你跟过去呗！"

沈南洲说："不太好吧？"姜晏汐是去做学术交流，他跟过去，好像多少显得他不信任她一样。

简言之说："这怎么了？你别忘了，你老婆也在北城市念过一年大学，说不定会在北城市遇到老同学,你小心被撬了墙脚!"

简言之对此深有同感,说:"这次林甜甜出国,接了个占卜的单子,虽说我是厚着脸皮跟过去的,但还好过去了……"

简言之提起这事还心有余悸。

沈南洲问:"发生了什么?"

简言之说:"别提了,国外的关系是真的乱,尤其是所谓的贵族,找林甜甜过去的那家人,公爵死了,说是死后公馆一直发生不好的事情,请甜甜去看看。结果是公爵的新老婆和公爵的大儿子好上了,谋杀的公爵。这公爵也没死,将计就计,反过来算计了大儿子,把大儿子给干掉了,不过这公爵也没多活多久,干掉大儿子后,把家产传给自己喜欢的小儿子后,就没气了。"

沈南洲对这个狗血的故事表示震惊,问:"然后呢?"

简言之提起这一段,黑着脸说道:"那个公爵的小儿子也不是好货色,想娶甜甜做他小老婆!做梦!"

简言之平复了一下心情,说:"所以那段时间,我假扮了一下她的男朋友。"他咬牙道,"林甜甜那女人,在国外的时候一口一个honey(亲爱的),回来之后直接拉黑了我!"他的咬牙切齿里又隐藏一丝笑意和纵容。

沈南洲瞧着,简言之这是被林甜甜给吃死了。

简言之回归正题,说:"还好我跟过去了,要是没跟过去,林甜甜说不定就被人扣在那里了。你跟过去呗,半个月呢,谁知道什么情况?再说了,你们现在是合法夫妻。"

简言之给沈南洲出主意:"你就说要去北城市考察项目……反正什么理由都行,你现在是自由投资人,找个理由去呗。"

沈南洲嘴上说:"这样不太好,大家都有自己的工作。"身体却很诚实地买了去北城市的机票。

姜晏汐发现沈南洲这几天不太对劲儿,有意无意地问她去北城市的学术交流会议在哪个区、哪个酒店。

直到姜晏汐的邮箱里收到了沈南洲订的飞机票信息。

姜晏汐去那边参加学术会议,是有安排酒店住宿的,不过她猜到了沈南洲的打算,给主办方发了消息,说自己另有住宿,不用安排自己的房间了。

当天,沈南洲的飞机比姜晏汐晚三个小时,他本想一下飞机就往姜晏汐住宿的酒店奔过去,在附近找一家民宿住着。

结果下了飞机,打开手机,发现置顶备注的"老婆"给自己发了消息,共享了酒店位置,发了房间号,说:前台登记一下信息,放完行李我们去吃晚饭。

沈南洲震惊中带着心虚,老婆知道自己过来了,肯定是之前露馅了。

沈南洲神色恍惚地来到酒店,前台服务于微笑着说:"您好,是用餐还是办理入住?"

沈南洲说:"我老婆已经住进去了,我和她一间。"

前台翻到了姜晏汐的登记信息和当时的备注,说:"好的,请您出示一下身份证件并登记一下个人信息。"

前台接过沈南洲的身份证,愣住,她不动声色地抬眼看了看戴着口罩、帽子的沈南洲,露在外面的眼睛确实很像。

确认过身份信息,她把身份证还给沈南洲,又接过登记表格,好像真的是。

前台压下心中的震惊,把房卡给他,保持镇定和微笑,说:"感谢您选择本酒店,祝您在入住期间有一个好的心情。您的房间套餐为情侣双人VIP房,入住时长为十五天。如需续住,可拨打前台电话,也可关注公众号进行下单。"

/ 5 /

那个十五天,对于姜晏汐来说,是有些荒唐了。

在床榻之外,沈南洲对姜晏汐可谓是百依百顺。但在床榻上,他又好似变了一个人,索求无度,却又在最后快结束的时候,吻她的眼睛,小心翼翼地问:"可以吗?"

现在想想,呦呦大约就是在那个时候怀上的。

那次在北城市参加学术会议,虽说有十五天,但其实只有三场,三天为一场,剩下的时间,姜晏汐和沈南洲甚至都没有出过房门。

那一次,荒唐的不只是沈南洲,连带姜晏汐也有些失去理智了,任由他胡闹。

还好那时候是冬天,衣服穿得多,不过鉴于沈南洲第一次毫无节制,姜晏汐又被迫在开满暖气的会议厅里穿了一件高领毛衣。

后来沈南洲再往她的脖子靠过来的时候,她毫不留情地推开他了。

这场学术会议是由 B 大附属医院主办的，邀请了全国各地神经领域的知名专家教授，就各自医院的研究成果进行交流，姜晏汐作为青年医生中的佼佼者，自然被邀请上台发言。

姜晏汐年轻且漂亮，招惹了不少桃花，有旧桃花，也有新桃花。

沈南洲下午来接她的时候，是在外面等她。他戴着墨镜、口罩，要不是身上出众的气质，会被认作可疑人士。

不过就算是这样，也有迎宾来跟他打招呼了："先生？我们这里不能随便进入。"

沈南洲当时在看挂在墙上的足有几层楼高的"B 大附属医院学术交流会议"的海报。

旁边还有第一场会议的时间安排表格，沈南洲在上面找姜晏汐的名字，她的名字前是一长串沈南洲看不懂的学术名词，是她做汇报的主题。

沈南洲拿出手机拍了个照片——老婆好厉害，拍个照片留念一下。

沈南洲听见迎宾的话，礼貌回答："我知道，我不进去，我在这里等人。"

迎宾问："您是等谁？"

沈南洲说："我老婆。"

迎宾又回到自己的位置上，同伴问她："那个男人是来干吗的？"

迎宾小声说："说来等他老婆。"

同伴说："不是吧？在这里也能被喂到狗粮？"

迎宾也没有怀疑，因为这场学术会议除了做汇报的大佬，也有很多只是来听汇报的年轻医生，还有跟着老师过来的研究生。所以，虽然沈南洲看着很年轻，迎宾也没有怀疑，而是说："真好啊，事业、爱情一手抓，羡慕……"

能够来这里参加会议的医生，即使不如做汇报的大佬那么牛，也说明很优秀了。但迎宾看着那年轻男人，又有些迟疑，扭头问同伴，"你说，他是不是跟沈南洲有点像？"

同伴打开微博，说："让我看看他现在的 IP 在哪儿。"

同伴说："好像真的在北城！"

迎宾和同伴对视一眼，按捺住激动的心情。等到沈南洲再次路过她们面前的时候，迎宾忍不住提醒他："先生，还有不到半小时就结束了，您是家属的话，可以去二楼等，别进到里面去就行。"

沈南洲停住脚步，说："谢谢。"

沈南洲从楼梯上去之后，迎宾激动地拉了一下同伴的袖子，说："声音也像！对了，那肯定是姜主任也来参加会议了。姜主任本来就是这个领域的专家，所以沈南洲是陪着老婆过来，接老婆下班的？"

好甜啊！

沈南洲从楼梯爬到二楼，走廊里都是各种卖医疗器械的广告位，虽说会议还没结束，但是有人已经出来了。

沈南洲路过那些卖医疗器械的地方，被他们当成医生了，有人围上来，问："老师您好，了解一下我们家的产品吗？"

沈南洲还是第一次遇到这种阵仗，他抬头看了一眼：微创颅内覆膜支架系统。

又是一个他没看懂的名词。他表面镇定，礼貌地拒绝了。

然而只要沈南洲踏上这条路，两边来推销器械的就少不了，他可谓是过五关斩六将，才从这些医疗代表里挤出来，来到展厅门口。

不过这里的展厅也不止一个，沈南洲根据门口的标牌找姜晏汐在哪里，有的展厅开始有人往外走了，似乎是散场了。

人群一下子就淹没了沈南洲，他没找到姜晏汐，但他看到有的展厅门还紧闭着，又怕打扰到她，只好用物理方式寻找她的身影。

最后，他在一家医疗器械的广告位那里找到姜晏汐，很明显，姜晏汐一出来就被缠上了，四五个医疗代表围着她。

甚至还有一个帅气年轻的代表给她塞了一张名片，眨了眨眼："老师，以后有需要的话可以联系我，我姓李，叫我小李就好。"

沈南洲瞬间黑脸了，走过去接过名片，转过头对姜晏汐说："汐汐，我们回去吧。"

他自然地接过她手里的包，姜晏汐见到他的那一瞬间，神色也温柔了。

姜晏汐对那些围着她的人说："不用了，暂时不考虑。"然后跟着沈南洲走了。

走出承包会议的酒店后，姜晏汐发现沈南洲还在闷闷不乐，笑着问："怎么了？"

沈南洲另一只手还捏着那张名片，委屈地说："那个医疗代表一看就不怀好意！"

医疗代表是何意？他们的工作就是推销医疗器械，而如何让医生使用他们公司的器械，这就是医疗代表需要做的事情。

姜晏汐随手把名片扔进旁边的垃圾桶，说："那他们打错了主意。"
　　沈南洲的心情好起来了。
　　明天没有会议，他安排了一天的游玩计划。
　　沈南洲说："那先去吃饭？然后再去看个电影。"
　　等天色黑下来之后，又是一些成年人应该做的事情，只是沈南洲做得太过火了，导致第二天两个人都没有出门。
　　姜晏汐发现，沈南洲也是真的很幼稚，他竟然在床榻之间，最后一刻，不肯给她，缠着她问："今天那个医疗代表……是他好看，还是我好看？"
　　把姜晏汐给气笑了。

# 第十九章

DI ER CI
XINDONG

**大明星的小厨房**

所有有关暗恋的不见天光,在重逢你的那一日,
都觉得心甘情愿,无怨无悔。

## 1

姜晏汐的经期向来很准,所以当她发现经期推迟的时候,直接用早孕试纸测了下。

果然,算算日子,应该就是在北城市那段时间。

于是第二天上班的时候,姜晏汐顺路去检验科抽了个血,hcg(人绒毛膜促性腺激素)阳性。

晚上,沈南洲又抱着她,想要与她耳鬓厮磨的时候,姜晏汐推开了他。沈南洲脸上出现震惊的神色,仔细看,还有些委屈。

"我怀孕了,三周。"姜晏汐说。

说完,姜晏汐也不看他的反应,拉过被子睡觉了,只剩下沈南洲手足无措,大脑还没有来得及处理这个突如其来的消息。

过了半晌,才小心翼翼地蹲到床边看着姜晏汐,满脸纠结,想问,又怕打扰到她睡觉。

姜晏汐被他盯得不自在,干脆翻了个身,谁知道他又眼巴巴地蹲到另一边。

姜晏汐无奈,只好睁开眼睛,看见的便是一脸纠结又委屈的沈南洲。

沈南洲长了一张极好看的脸,身高有一米九,就算蹲下来也很大只,像极了挨了骂的大狗狗。

姜晏汐本也不是真生气,因为他屡次索求无度,所以佯装恼怒罢了。

见他如此,姜晏汐把被子拽到一边,留了一大块空,闭上眼说:"上来睡觉。"

这回沈南洲很规矩,甚至还有点缩手缩脚,但他视线灼热,一直望着她。

姜晏汐翻过身,就看见他目光灼灼,一副欲言又止的样子。

"你想说什么?"她问。

沈南洲小心地说:"汐汐,你不生气了?"

姜晏汐说:"我没生气。"

她不是那种需要人猜的性格,沈南洲也知道。于是他关心起她来:"有没有什么不舒服?我明天请假,陪你去做检查。"

沈南洲现在完全退居幕后,做了的制片人。他在圈内多年,金钱、人脉都不缺,很快就把新的事业做起来了,加上有汤导的一些帮助,最近他参与制作的一档竞技节目很快就要完成了。

姜晏汐关掉了床头灯，习惯性地把被子拉上来，同时盖住了两个人，说："没有。"

姜晏汐身体健康，身为外科医生，体力也很充沛。对她来说，确实没有出现任何不适的反应。

对于有了孩子，姜晏汐并不意外，她和沈南洲正值壮年，身体健康，夫妻生活也很和谐，这是迟早的事情。

而且，那次在北城市，确实有些荒唐了。

这个孩子的到来并没有打乱姜晏汐的生活，但对沈南洲的影响挺大的。

比如说第二天早上，姜晏汐拿车钥匙准备上班的时候，沈南洲直接冲过来，说她不宜剧烈运动，以后由他来接送她上下班。

姜晏汐微笑着问："你从哪里得到的结论？"

沈南洲心虚道："百度百科。"

姜晏汐无语，给他科普了一下——三周还只是一个受精卵，只有0.2毫米大小，重1.505微克。

沈南洲还是很紧张，于是第三天的时候，姜晏汐发现自己昨天的话白说了，沈南洲直接趁她吃早饭的时候，把车开出来在楼下等她。

姜晏汐问他："你不去上班吗？"

沈南洲不假思索："那边快结束了，我不去也是可以的。"他理直气壮，"而且我老婆怀孕了，我自然是要陪老婆的。"

沈南洲之前就不想离开姜晏汐，凭他的积蓄，再做做投资，过日子是绰绰有余的，只不过姜晏汐工作太忙了，沈南洲也给自己找点事情做，才避免整日想着她。

想见她，想在她身边。沈南洲一直控制自己不要流露出这种想法，他们是夫妻，彼此也是独立的人格，他不应该紧追不舍。

但是……现在情况特殊。

沈南洲立刻改了主意，惹人嫌就惹人嫌吧，他要做老婆身上的"挂件"！

当然了，姜晏汐并不会嫌弃他。她一直很纵容他，若不是她默许，也不会有了这个孩子。

又过些时日，姜妈妈知道了女儿怀孕的事情。

那时候孩子已经有六周了，第一次产检结果什么问题都没有，姜晏汐才告诉了父母。

姜妈妈一听这个消息,当即就出发来看女儿。

在赶来的路上,姜妈妈发语音给女儿,言语里有稍许埋怨:"怎么在这个时候怀孕?你工作那么忙,医院又离不开你,现在怀孕实在太辛苦了!等再过两年,你稍微没那么忙再考虑也……你们这也……"

她其实想说,这也太快了

姜晏汐回复姜妈妈:我和他身体健康,有孩子也是正常的事情,既然来了就是缘分。我身体并无任何不适,您放心。

姜妈妈也就是嘴上抱怨,实际上要当外婆了,还是很开心的。

等到她从 A 市赶过来,看见忙前忙后异常紧张的女婿,姜妈妈那一丝不满消失了。

姜妈妈目瞪口呆,把姜晏汐拉到一边,问:"小沈这是怎么了?"

她看女儿面色红润,一切都好,反倒是女婿怎么如此憔悴?好像怀孕的是他。

姜晏汐想了想,低声说:"妈,晚上我和你说。"

晚饭桌上,姜妈妈看到沈南洲对女儿的关心无微不至,女儿一站起来,沈南洲也跟着站起来,女儿想喝口汤,沈南洲已经帮她盛好了。

吃完晚饭,厨房里有洗碗机,姜晏汐想把盘子和碗拎一拎放到洗碗机里都没有机会。

饶是姜妈妈,都觉得夸张了点。

姜晏汐这些天一直在给沈南洲科普产科知识,企图让他放轻松,但效果甚微。

姜晏汐思考了一下,或许是自己身上产生的激素变化也无形中影响到了沈南洲。

正好妈妈来了,她决定和沈南洲暂时分开睡,她也有些话和母亲说。

在岳母面前,沈南洲不好露出委屈的神色,但悄摸摸给姜晏汐发了一个可怜兮兮的表情包,然后去睡客房了。

睡前,姜妈妈跟女儿聊天:"汐汐,你结婚,妈一直觉得不真实,好像养了这么多年的女儿突然就有了自己的家。听到你怀孕,妈妈心里也不知怎的,忐忑,总觉着你还是个孩子,怎么就要成为一个孩子的妈妈了?"姜妈妈叹了口气,"你和小沈结婚还没多久,就有了孩子,妈自然觉得是小沈……"姜妈妈说得隐晦,"所以来之前,妈是有点气他不为你考虑,但来了这么一看,他做得也算周到了。也对,你们是正常夫妻,身体健康,有孩子是正常的事情。"

姜晏汐安静地听母亲絮絮叨叨，犹如孩童时的无数个夜晚，她借昏黄的床头灯光看到母亲头上白了一半的头发，看到母亲脸上的皱纹，意识到母亲在加速苍老。

她知道，这个时候，母亲只是想有个人听她说话，所以姜晏汐静静地听着她说。

突然，姜妈妈转了话题，问："不过，我瞧着小沈怎么这么憔悴？倒像是他怀了孩子一样，你瞧着倒还好。"

说到这个，姜晏汐也忍不住叹气，说："他太紧张了，成天又看那些百度百科上的东西吓自己，生怕我出什么事情。"

姜妈妈笑了一下。"这说明小沈重视你，挺好。不过太紧张了也不好，我瞧着他人都不精神了，哪里撑得了你生产？"

姜晏汐想象了一下那个画面，要不然生产的时候，还是别通知他了，万一他在外面晕过去怎么办？

直到姜妈妈轻拍了一下她，姜晏汐才回过神来，说："我会和他好好说说，宽慰宽慰他，要不然也不是个事。这些天，他每天夜里能醒来好几次，也不说话，就在那盯着我看。今天您来了，我跟您睡，也是想让他好好休息。"

再这样下去，姜晏汐都怕沈南洲神经衰弱了。

姜妈妈后来在女儿孕中期的时候又来了一趟，这次沈南洲的气色倒是比之前好多了，虽然言行之中还是很紧张女儿。

姜妈妈私下问女儿，说："他适应了没？还像之前那样紧张不？"

饶是姜妈妈也没想到，女儿怀了个孕，反应最大的竟然是女婿。

姜晏汐这个时候已经有六个月了，但是完全看不出来，行动完全不受影响，每天正常去上班，精神也很好。

姜晏汐说："好多了。我后来和他说，他紧张，我也会紧张，然后他就好了。"

沈南洲当时一听，这还了得。那几天，又有些不敢靠近姜晏汐了，真怕把不好的情绪传给她，后来还借了几本平心静气的佛经回来抄抄写写，总算把紧张的情绪控制在可控范围内。

姜妈妈一听，怎么说呢，女婿的种种表现有些离谱，但想想他对女儿这么在意，又觉得合理。

姜晏汐计划在医院一直上班到预产期前十天再待产,但是计划不如变化,前十五天的时候,突然就在医院有了反应。

## /2/

那天,姜晏汐还做了个小手术,从手术室出来,刚换完衣服就感觉不对劲儿了。

她感觉到有液体流下来,很冷静地给产科打了个电话,产科很快就来人把她带走了。

姜晏汐自怀孕时产检、建档就在工作的医院,生孩子也早就定好在这儿。

鉴于她身体健康,平时活动量又大,姜晏汐生孩子几乎没受什么苦。

但总归还是有些乏力的,生完之后她小睡了一会儿,醒来的时候天已经黑了,沈南洲也来了。

沈南洲当时在开会,不过他当时一直有些心神不宁,念了两遍佛经都没好。

但他谨记老婆的话,不敢太紧张,怕影响老婆。后来他干脆提早结束了会议,去医院接老婆下班。

他知道姜晏汐快到预产期了,医院这边也照顾她,没有给她安排大手术,大多是一些小手术,所以她最近下班也比之前早。

只是沈南洲左脚刚踏进医院,就接到了电话:"沈先生您好,您的妻子在产科 X 室,生了一个女儿……"

产科在三楼,沈南洲一口气爬上来,只觉得心脏都漏了一拍,直到看到安睡的姜晏汐,才稍微放心了些。

姜晏汐一睁开眼睛,就看见沈南洲规规矩矩地坐在一边,目不转睛地盯着她看。

看到他,姜晏汐也松了口气,好像刚才只是小睡了一会儿,沈南洲来了之后,一切都能让她放心了。

姜晏汐小声地嘱咐沈南洲一些注意事项,比如让他记得把双方的身份证原件、户口簿原件交上去,第二天要填出生医学证明、首次签发登记表,然后给女儿办出生证明。

交代完之后,姜晏汐又睡着了。

第二天她醒来的时候,她发现沈南洲好像一夜没睡。

她夜里迷迷糊糊地醒来两次,小孩儿刚出生,大人也不会睡得太安稳。

但是一切都有沈南洲,他像所有新手爸爸那样,笨拙地给女儿喂奶和换尿布,一夜没有合眼。

姜晏汐醒来的时候,沈南洲的脸上并没有疲态,他很激动地跟她说:"我看了女儿一晚上,就算是抱错了,我也舍不得换了。"

姜晏汐轻轻握住女儿的小手,把她小手上的姓名标签指给沈南洲看,说:"不会抱错的。"

沈南洲"女儿奴"的特征,从这个时候就可见一斑了。

他很宠这个女儿。

本来结了婚之后,他就已经成了圈里众所周知的"炫妻狂魔",如今女儿出生了,又多了"炫女狂魔"的标签。

简言之每次和他出来喝茶,都能被他炫一脸,单身简言之已经麻木了:"行了,知道你有老婆还有女儿了。"

/ 3 /

按理说,男人的热度大多在婚前,撑死到婚后一两年,但是结婚七年纪念日的时候,沈南洲对姜晏汐的热情也是一点儿没减少。

状态是骗不了人的,姜妈妈每年都来看女儿,见她神采奕奕,容光焕发,便知道她婚姻幸福,一切都好。

只是他们感情这样好,却没有再要第二个孩子。

虽说姜晏汐当时从怀孕到生产没受什么苦,但是沈南洲担心得要死,他实在忘不了在医院门口接到那通电话的时候,几乎吓得魂飞魄散的心情。

他在那一刻想了千万种可能,整个脸都是苍白的。

总之,他并不想再让姜晏汐冒险了。

虽然姜晏汐很严肃地纠正他:"我怀呦呦的时候,一切都好。"

再说了,对于"宠女狂魔"沈南洲来说,他也不想要除了呦呦以外第二个孩子了。

呦呦是个很聪明的孩子,她继承了父亲的美貌皮囊,同时继承了母亲的聪明脑袋。

小小年纪,就露出和同龄人不一般的风采。

201

姜晏汐和沈南洲的女儿小名叫呦呦，取自于《诗经》中的"呦呦鹿鸣，食野之苹"。

姜晏汐工作繁忙，大部分时候都是沈南洲带呦呦。

呦呦从婴儿时期就能看出来是个漂亮的孩子。

满月礼的时候，同科室的顾月仙来随礼，啧啧赞叹："这孩子长大了一定是个大美人！"

不得不说，基因的力量是强大的。

呦呦的五官像父亲，继承了他立体的轮廓，高挺的鼻梁，虽然婴儿时期脸上肉嘟嘟，并不怎么明显，但和其他婴儿一对比就能感觉出来了。但呦呦的那双眼睛像极了母亲，冷然沉静。

虽然这样形容一个婴儿有点奇怪，但确实如此。

呦呦很少哭闹，她好像能感知到母亲工作的辛苦，总是乖乖地窝在母亲旁边。姜妈妈来帮忙带过几天，感慨道："呦呦和你小时候一样，知道心疼妈妈，一点儿不让人操心。"

沈老爹也深以为然，毕竟沈南洲小时候是个闹腾的性子，呦呦这么乖当然是像姜晏汐了。

沈老爹也极宠这个孙女，没有女儿是他人生一大憾事，生的儿子有段时间又把他气得半死。所以自从见了呦呦，就几乎天天跑来看她，后来索性在儿子家那栋楼买了一套房子住。

沈老爹在呦呦面前哪里还有大老板的威严，恨不得天天拿个拨浪鼓在呦呦摇篮床旁边哄她。

沈老爹的手机里录满了呦呦的小视频，然后挨个发给在国外的沈老妈。

你看！呦呦会翻身了！

呦呦会自己坐起来了！

呦呦会站了！

沈老妈也只有这个时候回沈老爹的消息最快，她把视频反复看了几遍，嘴角都笑酸了，说：呦呦这性格像汐汐，一看就是个乖孩子。还好性格不像南洲，估计智商也继承汐汐，完美！

不过，沈南洲担心呦呦这样是否太安静了。他年纪轻轻就开始担心呦呦将来会不会被人欺负，又担心呦呦生长发育会不会有问题。

事实证明，沈南洲完全多虑了，呦呦只是太聪明了，聪明的人大约都不想理笨蛋。这话是沈老妈说的。

自从有了呦呦，沈南洲这个亲儿子更像是捡来的了。但对于沈南洲来说，他现在只听得到夸他女儿的话，听了沈老妈这话，还美滋滋地跟老婆说："咱妈也觉得呦呦像你，是个聪明孩子。"

沈南洲带呦呦去做完体检，一切正常。但姜晏汐不明白，大晚上的，沈南洲对着体检报告单有什么好乐的，他都快把那张纸看出花来了。

她把报告单拿过来，当学术论文一般认真审视了一遍，说："挺好的。"

沈南洲得意地说："那不叫挺好！是非常好！"他即使很高兴也没忘了压低声音，怕惊醒婴儿床里的呦呦。

沈南洲低声说："医生今天和我说呦呦很健康，也很聪明，是他见过发育情况最好的孩子。"

"那就好。"姜晏汐松了口气。隔科室如隔山，她虽是外科医生，但也不了解儿科的事情。她第一次当母亲，也怕行差踏错，她想要给呦呦她所能给出的最好的一切，就像姜妈妈对她一样。

于是两夫妻对着女儿的体检报告单看了半天，直到沈南洲的手伸过来，顺着她背后的骨头一点点往上摸，姜晏汐无奈地反手抓住他作乱的手，看了一眼旁边安睡的女儿，说："去隔壁。"

那一夜荒唐，不必再提。生产之后，虽说已经过了好些日子，但姜晏汐的身体变得比之前更加敏感了，成功地便宜了床榻上某个不知足的男人。

呦呦长牙、说话都比同龄人要早。

她平时不吵不闹，不像其他小婴儿会咿咿呀呀，她第一次开口，吐露清晰可闻的音节，把沈南洲吓了一跳。

那是一个下午，沈南洲带呦呦去医院接姜晏汐下班，呦呦原本安静地待在他怀里，直到看见妈妈，突然扭动小身体，朝姜晏汐摇晃着手，喊了一句："妈妈——"

姜晏汐很惊讶，把呦呦抱过来，她疑心刚才的声音是自己的错觉，哄呦呦："呦呦刚才说什么？"

呦呦乖乖地又喊了一次："妈妈——"小孩子的声音奶奶的，把初为人母的心都喊化了。

沈南洲很震惊，因为呦呦喊完那两声"妈妈"之后就不说话了，他不死心地凑到女儿跟前，抓着她的小手轻轻晃："呦呦，喊爸爸。"

呦呦蹬着小腿,在妈妈的怀里翻了个身,不看沈南洲了。

沈南洲很委屈,但又不舍得生女儿的气,只好在接下来的几天里持之以恒,锲而不舍地教女儿说话,像个复读机一样重复了无数次。终于,呦呦才"纡尊降贵"地喊了一句:"爸爸——"

老父亲简直要感动落泪了。

等呦呦再大一点,三岁的时候活泼点了,不过比起同龄孩子还是安静的,谁人见了都要夸一句:"这孩子一定是这辈子来报恩的!"

姜晏汐工作忙,沈南洲虽说是自由投资人,但一年里也总有一两个月忙得脱不开身,这时候姜妈妈会来帮他们带两个月孩子。

姜爸爸和姜妈妈也搬到海都市了,在女儿隔壁小区买了房子。

呦呦见不到爸爸妈妈,也不哭不闹,乖乖地玩自己的拼图玩具,她见谁都是一副安静乖巧的样子,只有在沈南洲和姜晏汐面前是不同的。

这天,沈南洲刚结束工作,第一件事就是奔岳母家,把呦呦接回去,呦呦破天荒地扔下积木,朝爸爸奔过去。

沈南洲一把把女儿抱起来。对于女儿的热情,他竟感到受宠若惊,谁知下一秒,女儿竟然对他说:"爸爸,呦呦想妈妈了。"想了想,又补充了一句,"也想爸爸了。"

次序问题不重要,最重要的是女儿说想他!

沈南洲既感动又愧疚,深觉这段时间忽略了女儿,当即说:"呦呦放心,爸爸已经忙完了这个项目,以后都陪着呦呦!"

这次也是圈内一位好友非要拉着他投一个大项目,沈南洲本是不想去的,因为时间太长,工作量太大,阻碍他陪老婆和女儿。

结果好友说:"你难道不想为呦呦多置办一些资产?"

这句话一下子就戳中了沈南洲的心窝。

沈南洲并不要求呦呦成为多优秀的人,他们夫妻俩对呦呦没有任何要求。呦呦是因爱而生,他们把她带到这个世上,希望她能够享受世间所有美好的一切,他们会尽自己所能为她准备足以让她安乐一生的资产,哪怕不努力也可以快乐地过完这一生。

沈南洲曾经对钱没什么概念,因为赚得太多了,他专门请了一个理财顾问来帮他打理,但是有了呦呦之后,他时常觉得不够。

这社会变化这么快,货币贬值得这么厉害,他得保证他宝贝女儿的生活质量。要不然他也不会被好友的一句话说动,毕竟他自己也不是工作狂。

只是，很久不见女儿，骤然感受她小小软软的身躯在自己怀里，环着他的脖子喊他爸爸，他的心都要化了，决定再也不离开女儿了。

赚钱的事情，等女儿上小学再说吧。

然而，工作也不是说停就能完全停下来的。沈南洲不好意思再麻烦岳母，他自己也不放心把呦呦交给保姆，所以所有的事情都是亲力亲为。

沈南洲干脆工作的时候就带着呦呦了。反正他是投资人，到哪儿都是别人捧着他。

于是，沈南洲"炫女狂魔"的名声彻底在业内传开来了，毕竟他去哪儿谈生意都带着他的宝贝女儿。想和他拉近关系，只管逮着他带女儿的时候，使劲儿夸他的宝贝女儿就好。

不过话说回来，沈南洲的宝贝女儿确实好看，水汪汪的大眼睛、高挺的鼻梁、小巧的嘴巴，头发乌黑柔顺，像个精致的洋娃娃。

她也不闹腾，沈南洲谈生意的时候，她就乖乖地坐在一旁，像是也在认真思考的样子。

呦呦太乖了，有人觉得三岁小孩什么也不懂，趁沈南洲不注意的时候，故意和呦呦说："呦呦，你爸爸这么有钱，又帅，要是他以后和别的女人有了别的孩子，不疼你了怎么办？"

呦呦脸上的笑容消失了，她看了那人一眼，不知怎的，那人竟被一个小孩看得害怕起来，一下子放开呦呦，往后倒退两步。

这一幕刚好被沈南洲看到，他气血涌上脑袋，快步走过来，那人胆战心惊地站在一旁，哪知沈南洲看都不看他一眼，先是仔仔细细地检查呦呦有没有磕碰。

呦呦摇头："爸爸，呦呦没事。"

那人也松了口气，心想一个小孩子什么也不懂，应该不会怎么样。

谁知道呦呦下一秒说："爸爸，这个叔叔说你会和别的女人有其他孩子，不要呦呦了。"

那人立刻感受到什么叫犹如杀人的目光。

"沈总，我不是这个意思……"那人慌了。

"滚。"沈南洲这几年来第一次沉下脸，当众对一个人不客气。

那人还想再说，已经被其他人"请"出去了。

他自恃是个中层领导，殊不知他的顶头上司还要讨好沈南洲，他这样做，他的顶头上司第一个撕了他。

没过多久，那人的上司就来道歉了，沈南洲没接受，抱着呦呦就走了。

在车里，沈南洲认真跟呦呦解释，他只会和呦呦的妈妈生孩子，这辈子也只会有呦呦一个孩子。

呦呦犹如黑曜石一样明亮的眼睛看了爸爸一会儿，双手环上爸爸的脖子，说："呦呦知道。"

呦呦是一个安静的孩子，但是她很聪明，她能感觉到爸爸妈妈对自己的爱，她不说，并不是不知道。

不过在呦呦心里，她还是最爱妈妈。

晚上姜晏汐下班回来的时候，呦呦坐在床上，眨巴着眼睛对姜晏汐说："妈妈，今天有一个叔叔说，爸爸会和别的女人生孩子……"

姜晏汐："嗯？"

呦呦扑到姜晏汐的怀里，说："但是，呦呦告诉妈妈一个小秘密，那些漂亮姐姐给的糖，呦呦从来都不吃！"

呦呦说完这话后，姜晏汐看了一眼沈南洲。

沈南洲很慌张："老婆，我没有……"

贴心小棉袄突然漏风了，新手爸爸感到了委屈。

姜晏汐憋着笑，转回去看呦呦，对呦呦说："谢谢呦呦，妈妈知道了，不过妈妈相信爸爸，爸爸不是那种人，对吗？"

呦呦思考了一会儿，认真地点了点头。

沈南洲感觉有被女儿认真思考的这几秒伤害到。

说来也奇怪，明明是沈南洲带呦呦的时间更多，但呦呦对姜晏汐更亲近，无论什么时候，只要看到姜晏汐，呦呦就会立刻抛下爸爸，义无反顾地往妈妈怀里钻。

沈南洲对此倒没觉得什么，他爱老婆，也爱呦呦，他怎么可能因为孩子吃老婆的醋？当然也不可能因为老婆吃孩子的醋，他们是为人父母的，哪有这么幼稚！但沈南洲偶尔也会小小伤心一下，但只要呦呦一喊他，他就什么都忘了。呦呦还那么小，他怎么舍得和她计较。

不过，呦呦也不算太小，是可以上幼儿园的年纪了。

/ 4 /

海都市这边的幼儿园规矩多，好一点的幼儿园还要面试家长，不养孩子不知道,一养孩子吓一跳。

沈南洲托朋友打听,跑前跑后,实地探查。

晚上的时候,姜晏汐看他拿了个小本子,像汇报工作一样地跟自己商量选幼儿园的问题,虽然最后又商量到床上去了。

不过也不能算床,因为他们昨天晚上一开始是在书房商量的……

第二天回想起昨晚的事情,姜晏汐决定这个周末把书房的沙发拆掉,挪到车库去。

好了,现在女儿的幼儿园还没确定,虽说距离入园还有好长一段时间,但姜晏汐那些"过来人"的同事劝她:"孩子上学的事情必须早做打算,现在好的幼儿园不知多难抢,早早就要报名了,而且还得面试父母,各家幼儿园的面试时间也不一样,你们得多面试几个,才好做选择。"

听同事讲了一上午如今教育形势的严峻,姜晏汐也开始紧张了。

现在这个时代和他们当年不一样了,父母的努力决定了孩子的教育资源,孩子不想学、学不好,那是另一回事,但一开始因为父母耽误了孩子的学习,这是每一个父母都不想看到的。

姜晏汐做了一个 Excel 表格,仔仔细细地比较了一下,又请了一天假,和沈南洲去实地看了一遍,最后确定三家私立、一家公立幼儿园,准备去报名面试。

医院也有附属幼儿园,不过种种考量后,姜晏汐和沈南洲更偏向于那几家私立幼儿园的管理。

海都市的各位家长都是业界精英,幼儿园的面试几乎都在休息日,所以接连几个周末,姜晏汐和沈南洲连着参加幼儿园的面试。

周末一大早。

沈南洲对着镜子打了三遍领结,姜晏汐看不过去了,牵着呦呦的手走过去,另一只手抬起,按住沈南洲打算继续整理领结的手:"好了,爸爸今天已经很帅气了,对吧,呦呦?"

呦呦点点头,说:"是的。"

要上幼儿园了,一向沉稳的呦呦也有些兴奋。沈南洲发现了呦呦今天对他比平常热情。

得到老婆和女儿夸奖的沈南洲像一只开屏的孔雀,把呦呦抱到怀里,雄赳赳气昂昂地说:"走!咱们去幼儿园!"

他们去的是一家私立幼儿园,环境设施在姜晏汐和沈南洲看的几家幼儿园中排前几,也是他们比较倾向的选择。

当然了,价格也不低。

不过,对于沈南洲和姜晏汐来说,钱不是问题,难办的是这家幼儿园要考父母,不仅有面试,还有笔试,在去之前还要各交一份父母的简历。

这些对于沈南洲和姜晏汐来说,都是一个新奇的体验。

沈南洲不必说,他没找过工作,而姜晏汐从小升初开始,就是被人抢着要的优秀学生,极少有这种和其他人一起排队竞争名额的人生经验。

和其他家长一起站在等候室里,沈南洲有些紧张,他用余光打量其他家长,确定了各位都是各行各业的精英,看上去都是智商150以上的优秀人才。他们有相熟的,在那里侃侃而谈,好像在谈什么法律相关的专业知识。

沈南洲悄悄竖起了耳朵,听到他们说到幼儿园的笔试,好像要考数理化,还有英语……

沈南洲震惊!什么?数理化!

姜晏汐第一时间关注到了丈夫的神情变化,刚才还是开屏孔雀,现在成了蔫了的大白菜。

毕竟……沈南洲学生时代数理化就不好,又过了那么多年,水平只有下降,没有提高。

一个幼儿园入园审核,为什么还要考家长数理化?

有疑问的不止沈南洲一个人,旁边有人替他问了。

于是有人回答说:"一看你们就没认真了解现在的形势吧?现在好的幼儿园都推崇精英教育,小孩子不够聪明,是跟不上幼儿园的教育的,所以要从父母这一层就开始筛选,要不然,放一个差的小孩子到一群好的小孩子中间,不影响人家吗?"

那人说:"所以要考核父母的思维能力,综合来判断孩子是否能跟得上幼儿园的教学水平。所以啊,这个幼儿园不是那么好进的!"

那人就站在沈南洲旁边,他说:"这教育资源自古以来都是有限的,所以才要筛选,你说是吧?"

沈南洲总觉得哪里不对劲儿,幼儿园这样的做法是否有些本末倒置了?

姜晏汐也轻轻皱起了眉头,她在科室听到护士抱怨如今幼儿园、小学入学的苛刻条件,如今总算是见识到了。

这种从孩童时代就把人分为三六九等的方式,实在让人不适,小孩子在这种环境里受教育，真的好吗？

谁也没有想到，才三岁的呦呦突然说话了，她的声音很稚嫩，但是咬字很清晰："可是孔子说，有教无类。"

一瞬间，大部分人的视线都落到了呦呦身上，她继承了沈南洲的美貌和姜晏汐的气质，得天独厚的基因生出了这么一个"天选之女"，但凡见到她的人只有一个念头：此女前途不可限量！

从一个三岁小孩子的嘴里说出"有教无类"这样的话还是很震撼的，而且很明显，她并不是机械地说出这句话，而是知道这句话的意思。

那人没想到呦呦会说出这种话，不过他也没因为呦呦这句有反驳意思的话而生气。

来这里参加面试的家长都是各界精英，自恃是有头有脸的人物，所以有些傲气，不会把一个小孩子的话放在心上，反倒是还夸了几句，说："这是你们的孩子？怪有灵气的！"

说实话，沈南洲有些惊讶，后来他偷偷问呦呦，"呦呦，你那句话是从哪里学的？"

呦呦似乎并不觉得这是什么值得惊讶的事情，扳着手指说："爸爸忘了？是爸爸给呦呦念的故事。"

沈南洲想起来了，他有给女儿读睡前故事的习惯，都是一些儿童读物，他自己都未必记得讲了哪一个，但呦呦记住了，不仅如此，她还记住了故事里的成语和意思。

沈南洲感觉自己有被女儿的智商碾压。

姜晏汐倒是不惊讶，呦呦的表现超出沈南洲对小孩子的认知，但是姜晏汐从小习惯了做别人家的孩子，对呦呦有此表现很平静。

终于做完登记，幼儿园安排各位家长开始考试了，小孩子则被带到另一个房间，进行属于小孩子的入园测试。

幼儿园发给每一对父母一张涵盖文科和理科的卷子，除了不能用手机以外，并不限制夫妻交流。

沈南洲拿起卷子一看，第一眼就看到让他眼前一黑的题目：一圆形容器加满水，若把一木块放入水中，水对杯底的压强是增加还是减少，还是不变？

确认过眼神，物理是他的一生之敌，这道题看上去很熟悉，如果没猜错的话，他当年也被这道题折磨过。

当年姜晏汐给沈南洲一对一辅导的时候，沈南洲在想什么？

他在想，像姜晏汐这样的学神，是怎么也不能理解这么简单的题为什么有人不会做。

看着熟悉的题目，沈南洲捧着卷子，看向姜晏汐，露出求助的神色，他现在很像一只眼睛湿漉漉的大狗。

沈南洲说："汐汐，要不然我做英语，你做这些理科吧？"

姜晏汐并没有接过卷子，反而从口袋里抽出一支笔，拔掉笔盖，递给他，云淡风轻地说："你先做吧，做完了给我。"

很好，姜神，隔了十几年，还是姜神。

初中时代的姜晏汐以极快地做题速度和极高正确率在年级闻名，三十五分钟做完一张数学卷子，听上去很不可思议，但放在姜晏汐身上，又是如此合理。

反正初中的沈南洲想破脑袋都想不出来，怎么能有人看到题目就知道答案啊？要知道数学考试的正常时间是两小时，有整整十二页啊！

听说姜晏汐上了高中之后，面对高中魔鬼难度的数学，做完一张卷子也只需要一个多小时。

今天，在幼儿园家长笔试里，姜晏汐是第一个交卷的，在众多已经忘光了中学时代知识的家长中，显得尤为出众。毕竟姜晏汐用的时长中还包括沈南洲写英语浪费的时间。但沈南洲并没有不好意思，姜晏汐是他的老婆，老婆一直就是这么优秀。不过回家后，沈南洲跟姜晏汐说："汐汐，你说我要不要再自学一下这些课程？"

姜晏汐问："为什么？"

沈南洲说："女儿以后上学了，我这些题都不会，作为父亲也太不合格了！要是女儿来问我怎么办？"

姜晏汐说："不必勉强，还有我。"

毕竟，呦呦要是按姜晏汐的智商来发展，沈南洲大概率是辅导不了她的。但是晚上的时候，沈南洲还是缠着姜晏汐重温了一下初中的知识，虽然到最后，都会演变成不太正经的事情。

/ 5 /

不出意料，这四家幼儿园的面试，姜晏汐和沈南洲都通过了，当然了，他们漂亮的职业履历也给呦呦的入园资格疯狂加分。

沈南洲收到通知书的时候很高兴，宛如收到了名校高考录取通知书一样开心。

呦呦的爷爷也在，他幽幽地来了一句："那是因为小姜比较加分。"

沈老爹还是看不上娱乐圈的儿子。

时隔多年，这对父子还是一见面就看不顺眼，眼看沈老爹要旧事重提，一场大战即将出发，呦呦突然抱住沈南洲的胳膊，说："爸爸也很好。"

沈南洲受宠若惊，完全忘了刚才沈老爹说了什么，顺势把女儿从地上抱起来，揉了揉她的头发，说："呦呦今天晚上想吃什么？爸爸给你做！"

呦呦露出思考的神情，看上去很纠结，爸爸做饭太好吃了，难以选择怎么办？

沈南洲结婚后厨艺大为精进，已经不是当年煮个饭都煮成粥的水平了。

有了呦呦之后，沈南洲又拓展了新品种的烧菜技能，每天沉迷于做不同种类的辅食。那段时间，眼尖的粉丝发现沈南洲的某账号关注了很多母婴账号。有人合理猜测：不会都是沈南洲做饭吧？

随即就有人表示怀疑，沈南洲又不穷，难道不会请保姆和家政吗？就算有时候在微博发一些菜肴，那也只是偶尔吧。

还真不是偶尔，食物在中国人的生活里占据重要地位，喜欢一个人，有时候就是想分享美好的食物，看到她吃到美食露出的笑容，很满足。

沈南洲因为姜晏汐喜欢上做饭，女儿出生后，他烧饭就烧得更勤快了，尤其是女儿眨巴着眼睛跟他说"爸爸，我想吃……"的时候，沈南洲心都化了。

学！这世上就没有新手沈爸爸学不会的东西！物理除外。

吃完晚饭后，重回刚才的话题——呦呦到底去哪家幼儿园呢？

对此，沈老爹发表了看法，很不幸地，再次和沈南洲的意见产生了冲突。

沈老爹这些天跑前跑后，找人、托关系，各种打听幼儿园的好坏。

两父子就此开始了一场辩论，姜晏汐和呦呦坐在一旁。呦呦好奇地看着他们，问姜晏汐："妈妈，爷爷和爸爸在吵什么？"

沈老爹和沈南洲不约而同地转头，沈老爹立刻换了一副神色，对呦呦说："呦呦啊，爷爷和爸爸这不叫吵，我们是在友好地交流。"

然后沈南洲默契地拉上沈老爹去房间，关上门继续"辩论"了。

姜晏汐摸了摸呦呦的脑袋，给她擦干净小手，说："呦呦，有时候大人会产生不一样的意见,这是很正常的,所以他们就要想办法说服对方。"

呦呦问:"可是,为什么要说服对方呢?怎么才算说服对方呢?一个人又怎么能肯定自己是对的,别人一定是错的呢?"

呦呦三连问,明亮清澈的眼睛里透露出一种与年龄不符合的智慧。

姜晏汐说:"是的,所以有时候大人们只是为了找到一个平衡点,以此来和平相处。"

呦呦安静地想了一会儿,突然又问:"妈妈,爷爷和爸爸是在因为我上幼儿园的事情吵架吗?"她歪着脑袋看姜晏汐,"可是妈妈,你们为什么不问问呦呦呢?"

呦呦的这个问题确实如石破天惊,超出了姜晏汐的预料。

没错,为什么不问问呦呦呢?

姜晏汐想了想,正视呦呦,问:"呦呦,那你跟妈妈说,你最喜欢哪家幼儿园呢?"

呦呦报出了一个名字,是四家幼儿园里唯一一个公立幼儿园。

姜晏汐有点惊讶,呦呦毕竟是明星子女,她和沈南洲都更偏向于另外三家隐私性更好的私立幼儿园。

姜晏汐听着还在激烈辩论的父子俩,把呦呦抱上沙发,自己则蹲下身子,使自己平视女儿的眼睛,她问:"可以告诉妈妈,呦呦为什么喜欢那家幼儿园吗?"

呦呦说:"因为只有在那里,呦呦一直是和爸爸妈妈在一起的,而且那里的人更真实。"

只有这家公立幼儿园是让父母和孩子一起参加考试的,而且着重观察的是家庭和谐程度和孩子的沟通、动手能力等。

呦呦想了想,低下头玩指头,说:"其他的……不好。太假了!"

呦呦好像也是憋了很久才憋出"太假了"这个形容词。

对于一个三岁多的孩子来说,这样的词汇还超纲了,一个小孩子怎么能意识到真实和虚伪?

姜晏汐不由得重视起这件事情,呦呦好像比她想象中还要聪明,但这未必全然是好事情。

她更希望呦呦能够享受她还没有长大的时间,什么也不用担心,快乐度过童年时光,她和沈南洲会为她遮挡所有的风雨。

姜晏汐和沈南洲没有像海都市其他家长一样给孩子报很多辅导班,他们会为呦呦争取到好资源，但同时也给呦呦自由选择的权利。

如果呦呦对什么感兴趣、要学什么，他们全力支持；如果呦呦不感兴趣，或者说就没有能力学，他们也绝对不会逼迫。

虽然呦呦的智商并不需要人操心，她在很小的年纪就展现了过人的头脑，比姜晏汐当年有过之而无不及。在同龄人只能磕磕绊绊地读诗的时候，她已经能流利地背完一整本儿童唐诗。她也不像其他孩子一样总是坐不住，呦呦可以自己安静地待一下午，有时候她嘴里说出来的话，让大人都觉得惊讶，明明是小孩子的稚言，又似乎蕴藏某些质朴的大道理。

姜晏汐认真地问她："呦呦，在幼儿园面试的时候，哪里让你不舒服了吗？"

呦呦眼睛里出现了迷茫，摇摇头，说："不知道。但是在之前的幼儿园，呦呦更开心一点。"

姜晏汐说："好，那我们就去那个幼儿园。"

这几家幼儿园能进姜晏汐和沈南洲的决赛圈，说明资质都是过关的，想来也对，一直都是他们大人挑来挑去，其实孩子的想法也很重要。

虽然之前姜晏汐和沈南洲纠结公立幼儿园的隐私性问题，但仍然把这家公立幼儿园放入备选，说明这家幼儿园也是很不错的。

姜晏汐把呦呦哄睡着，转头去找沈南洲，却发现客厅里只有丈夫，呦呦的爷爷已经不见踪影了。

沈南洲看到妻子，气呼呼地说："我才是呦呦的亲爹，难道我还能不为呦呦考虑吗？我才不会听他的！他一直都是这样，想要替我做决定，我都三十二岁了，他还是这样！反正我不认可他选择的那家幼儿园，呦呦是我们的女儿，应该是由我们来做决定，你说呢老婆？"

姜晏汐走到沙发旁坐下，伸出拉沈南洲坐下，轻声问："爸回去了？"

沈南洲这个人不怎么记事，情绪来得快，去得也快，在作为伴侣的情绪价值这一块，无可挑别，短短一刻，他已经调整好了心情。

他点了点头，说："他回去了。"

沈南洲问："老婆，你觉得我选择的那家幼儿园怎么样？"

姜晏汐说："挺好的，不过我们选那家公立幼儿园吧？"姜晏汐说，"是呦呦自己选的。"

沈南洲立刻改了口风："我也觉得那家不错，虽说是公立，但是条件都不比私立差，里面的老师也都不错，只是……"

姜晏汐知道他担心什么问题，说："其实那家幼儿园安全性和隐私性都还可以，外人也进不去。至于幼儿园里面，都是小孩子，呦呦在里面也没有什么不同……主要是呦呦喜欢。"

什么事情都抵不过女儿喜欢，而沈老爹知道这是呦呦自己的选择，也没有反对意见，于是困扰这一大家子的问题瞬间迎刃而解了。

既然做了决定，沈南洲很快就去那家幼儿园把事情定下来了。

距离入园还有几个月，但对于沈南洲而言，他觉得时间过得很快。

随着时间邻近，沈南洲开始唉声叹气，对姜晏汐说："呦呦要去上幼儿园了，我舍不得她。"

也是，沈南洲去哪儿都带着呦呦，他谈生意的时候，就把呦呦放会议室的儿童椅上，谈完生意就带呦呦去买衣服、买玩具，买回来的东西已经堆满了一整个房间。反正，和沈南洲打过交道的人都知道他有个宝贝女儿，是他的命根子，惹不得，触不得。

姜晏汐看他这样子，说："那女儿以后上小学、中学、大学怎么办？"

沈南洲更愁得睡不着了，看着呦呦一天天长大，老父亲有一种油然而生的自豪和欣慰，同时又有不舍和担心。

送呦呦去上幼儿园的这一天，沈南洲打起精神，穿了一身帅气的西装，姜晏汐看着他出门前还有些愁眉苦脸，出门后立刻换了一副神情，一思索，明白了，来自老父亲争强好胜的心理，要做女儿同学里最帅气的家长！

就凭沈南洲这张脸，即使他穿个麻袋，都是一种时尚。尤其随着年纪的增长，岁月和时间在沈南洲身上沉淀下来，使他更多了几分成熟男人的味道，举手投足之间散发着让人移不开眼的魅力。

虽然他在面对姜晏汐的时候仍然很幼稚，在外人面前，还是很有深藏不露的大佬气质。

沈南洲的事业做得不错，投资了几个项目都很成功，他眼光准，出手稳，在他不知道的情况下，竟也成了别人"望而生畏"的存在，留给别人的印象不再是从前娱乐圈的花瓶大明星，还有一点沈老爹做生意的天赋在身上。总之，当他戴上墨镜送女儿去幼儿园报到的时候，其他家长并没有认出这是几年前娱乐圈大明星沈南洲，还以为是哪个行业的顶尖精英，热情地过来跟他打招呼。

姜晏汐也请了假，送女儿来幼儿园报到。

其他孩子离开父母，或多或少有哭闹，只有呦呦乖乖地跟着老师走了。

沈南洲很伤心："呦呦都没有回头看我一眼。"

姜晏汐心里也有一丝惆怅，这是他们与女儿的第一次分离。呦呦骤然离开他们，他们得了大半天的空，一时觉得有些失落。

姜晏汐本来以为送完女儿就回家了，谁知道沈南洲并没有开回家，在路上，姜晏汐看方向不对，问："去哪里？"

沈南洲这会儿不伤心了，朝她眨了眨眼，说："老婆，难得今天有空，我们去约会吧。"

伤心难过是真的，想和老婆约会也是真的。

女儿上学是好事，作为新时代好爸爸，沈南洲决定自己调整好心态。

/ 6 /

呦呦上的幼儿园离姜晏汐工作的医院很近，沈南洲接了呦呦后，再带着呦呦去接老婆下班。

沈南洲对住院部已经熟门熟路，带着呦呦从后侧电梯上去，去老婆办公室等她。

办公室的门虚掩着，里面没人，不过之前姜晏汐给沈南洲发了微信，告诉他她已经下手术了，沈南洲估摸着老婆现在应该是在查房，就带着女儿坐在沙发上等她。

他从手提袋里拿出一个儿童餐盒，拿出里面的手工小饼干给女儿："呦呦，饿了没有？先吃点饼干吧。"

沈南洲三个月前买了一个烤箱放家里，学会了烘焙技能。

呦呦喜欢吃甜食，但是沈南洲不敢让她吃太多外面的甜品，索性自己动手了，反正他已经会做各大菜系了，不差一个烘焙。

沈南洲说："不过我们只能吃几块哦，等会儿回家还要吃晚饭的。"

呦呦很乖，吃了两块小饼干就不拿了，主动把盖子盖起来，还给沈南洲："爸爸，给。"

她咬饼干的样子像一只可爱的小仓鼠，鼓囊着腮帮，看得人心都要化了。

期间有别的医生路过，呦呦也很有礼貌，甜甜地打招呼："顾姐姐好！"

顾月仙要被萌化了，这是什么嘴甜人美的人间小天使。

她原本不喜欢小孩子，但呦呦打破了她对小孩子调皮捣蛋的认知，每次见到呦呦,都不由得感慨,世上怎么会有这么聪明又漂亮的小孩子,还懂事,不愧是综合了姜主任和沈南洲的优秀基因。

顾月仙从自己桌子上抓了一把车厘子,放进洗干净的瓷碗里,端过来给呦呦。但是呦呦只拿了一颗,她仰着脑袋说:"谢谢顾姐姐,但是呦呦等会儿要回家吃晚饭,如果吃太多的话,就吃不下晚饭了。"

呦呦还把自己的小饼干分享给顾月仙,说:"我请顾姐姐吃饼干。"

顾月仙受宠若惊地接过来,看看这形态逼真、憨态可掬的小熊饼干,一看就是外面买不到,自己家里做的。

姜主任家里做饭的只有一个人,那就是沈南洲。

不过话说回来,沈南洲真的好宠女儿啊!顾月仙突然能理解为什么那么优秀的姜主任最后的选择会是一个和大众预料中完全不一样的人。

在大家的传统观念里,学术圈和娱乐圈是有壁的,一个看脑子,一个看脸,大家互相看不起,而且读书人总有些傲气在身上。

虽然大家忘了,其实沈南洲的学历在娱乐圈算还可以的,大学也是国内排名前几的高等学府。

她想,沈南洲这样的男人,有这张脸就够了,偏偏他还会烧饭、带孩子,对姜主任又爱得要死,姜主任不选他选谁?

顾月仙把饼干放进嘴里,对于小孩子来说正常大小的饼干,对于成年人来说很迷你。她觉得自己吃的不是饼干,是"狗粮"。

除了顾月仙,还有一些年轻医生也过来了,他们有的是新来的规培,没见过呦呦,只知道她是姜主任的女儿。怀着对姜主任的敬佩,又有顾月仙打头,他们想来看看姜主任的女儿长什么样子,然后:"天哪!世上怎么会有这么可爱又懂事的小孩子!"

他们去超市买了一堆零食给呦呦。呦呦忍痛拒绝了他们,理由还是跟刚才一样,但她一板一眼说自己还要回家吃晚饭的时候,把这群年轻医生的心萌得一颤一颤。

仔细看,呦呦的眼睛和姜主任很像,气质也像。看到呦呦的时候,他们会忍不住想到姜主任。这种感觉很奇妙,面前的小女孩不就是姜主任的缩小版吗?

呦呦拒绝,是因为她如果吃了这些零食,回家就吃不下晚饭了,正餐很重要,这是呦呦的爸爸妈妈跟她说的。但是,面前的姐姐说让她带回去吃,不影响吃晚饭的。

呦呦纠结地看了一眼旁边的爸爸,在得到默许后,先说了"谢谢"才把东西收下。

呦呦小胳膊小腿,抱着一大袋零食,就像一只抱着半个身子大板栗的小松鼠,她被他们左一句夸奖右一句赞美给弄晕了,脸上出现茫然的神色。

沈南洲及时帮女儿提走那一袋子零食,再次向这群年轻医生表示了感谢。刚才的他在一旁当一个合格的背景板,一出声,就让人无法忽略了,他的容貌和刚入行时相差无几,但气质变化不止一点半点。

刚入行的沈南洲是刚出鞘的剑,剑指之处,无人敢触及风头,颇有种恃才傲物、恃美行凶的意思在里头。

现在的沈南洲颇有种笑面虎的意味,平时不声不响,不知道什么时候就来个大的,成了近年来投资圈里最让人发怵的那几位之一。

沈南洲面对老婆的同事还是很友好,微笑着跟他们打了招呼。

这些年轻医生就有些束手束脚了,沈南洲是他们第一个接触到的娱乐圈明星,感觉和想象中很不一样。

当然,大部分人在心里默默感慨,不愧是霸占娱乐圈颜值榜十年之久的"颜霸"啊!

姜晏汐终于回来了。这些年轻医生更缩手缩脚了,喊了一声"姜主任"后就一窝蜂跑出办公室。

没办法,虽然姜主任平时"和蔼可亲",但开组会的时候,大家都被姜主任的威严支配得明明白白。

办公室里只剩下他们一家三口,姜晏汐把白大褂脱下来,挂在墙上的钩子上,换上自己的外套。

她主动开口解释道:"刚才和病人家属谈了一会儿,耽误了一点时间。"

呦呦眨巴着眼睛看妈妈,等妈妈换好衣服,才扑进她的怀里:"妈妈,呦呦想你了。"

姜晏汐说:"不是早上才见过妈妈吗?"

呦呦说:"不知道,就是想妈妈了,呦呦喜欢妈妈。"

姜晏汐心里一软,把女儿抱进怀里,碰了碰她的额头,说:"妈妈也想呦呦。"

回家的路上,沈南洲并没有往家的方向开,而是开向了一家私人餐厅。

看到摆满了一桌子的鲜花,姜晏汐仔细回忆了一下,今天既不是结婚纪念日,也不是恋爱纪念日。她难免有些疑惑。

沈南洲从背后抽出一朵心跳玫瑰，碍于女儿就在旁边看着，他还是很收敛，只是把老婆拉到怀里，在她额头轻轻一吻，凑在她的耳边说了一句英文，大概意思是：你是我此生唯一心跳。

沈南洲说："纪念我们重逢的那一天。"

所有，有关暗恋的不见天光，在重逢你的那一日，都觉得心甘情愿，无怨无悔。

/ 7 /

在海都市，不上辅导班的孩子的童年是不完整的，所以，沈南洲和姜晏汐成了家长中最特立独行的那一对。

要知道，海都市的教育竞争很激烈，是那种家长们聚在一起就会问"你娃报了几个辅导班"的程度。

就连沈老爹去公园遛弯，都被公园里跳广场舞的阿婆给问了。

沈老爹一大把年纪都陷入了焦虑，过来跟两口子商量："要不，学点什么？就是不学语数英什么的，学点特长也好。"

姜晏汐还是一贯态度，看呦呦自己的意见。

呦呦说："呦呦可以自己去看一看吗？"

"当然可以。"

第二天是周末，沈南洲当即把女儿带到了少年宫，负责接待的老师热情地介绍："二楼主要是跳舞、钢琴，三楼是书法、绘画……"

呦呦停在了二楼的玻璃窗外，沈南洲顺着女儿的视线看过去，那是一群在练舞蹈基本功的小孩。

沈南洲问："呦呦对跳舞感兴趣吗？"

呦呦却摇了摇头，把视线移开了。

沈南洲带着呦呦逛了一圈，最后由呦呦自己决定，报了书法和钢琴。

交完钱，沈南洲准备带呦呦回家，这上午一逛，不知不觉就到中午了，门口都是来接孩子的爷爷奶奶。

沈南洲带着呦呦在里面等了等，等人潮散去，才带着呦呦出去。

呦呦出去的时候，又看到了刚才在练舞房看到的小哥哥，旁边应该是他的妈妈。

呦呦觉得那个女人很奇怪，她急匆匆地拉起自己的儿子，嘴里说着："快点快点,大家都等着你呢!"

那个小哥哥好看是好看,但好像失去灵魂的木偶,一动不动地任由母亲拉着走。女人嘴里还在念念有词,说:"你等会儿可不能这副样子,表现得好一点才有钱拿,知道吗?"

可是那个小哥哥还是没反应,直到女人威胁他说:"如果你不听话,我就不让你学跳舞了,知道吗?你等会儿好好配合人家,好好拍照片,知道吗?"

沈南洲带呦呦从少年宫出来,先给老婆发信息:我给呦呦报了书法和钢琴。下周开始,一个在周六上午,一个在周日下午。我现在带呦呦去吃饭,吃完饭带呦呦去儿童乐园玩……老婆,你几点下班?

姜晏汐看到这条消息是两个小时之后,那时候她才吃饭。

她回道:让呦呦好好玩儿吧,你把定位发给我,我下班去找你们。

沈南洲带呦呦去了一家朋友开的儿童餐厅,里面的食物大多绿色、健康,适合幼儿食用。

这个朋友是简言之。

简言之这几年搞餐饮搞得越来越大,涉猎火锅、日料等多个领域,所谓爱情失意,事业得意吧。

简言之还是没追上林甜甜,但是他们的关系变得很微妙。总的来说,简言之做着男朋友的事情,但是林甜甜不承认他男朋友的身份。

沈南洲问他:"所以你是无名无分?"

简言之嘴硬:"她热爱自由,我尊重她。名分不名分有什么重要?再说了,她身边又没有其他人……而且甜甜说,我们两人不在一起,对彼此的事业比较好。你是知道的,她有些那方面的本事,她也是为我考虑。"

沈南洲觉得那只是林甜甜用来搪塞简言之的话,他默默把要说出口的话吞进肚子里。简言之不傻,既然他愿意,旁人也不好说什么。

只是谁不叹息一句风水轮流转?当年简言之游戏人间,喜欢他的他不在乎,如今在不喜欢他的人身上一栽就是这么多年。

林甜甜有句话说得没错,简言之的事业运确实不错,开一家餐厅火一家餐厅,所以沈南洲也投了这家儿童餐厅。

说起来,这家儿童餐厅刚开不久,这还是沈南洲第一次带女儿来。

前台知道沈南洲是大老板的朋友,也知道沈南洲是餐厅股东之一,热情地把他们带到包厢。

由于是周末的饭点，餐厅里的人不少，小孩子在一楼跑来跑去。

整个一楼都被设计成小型游乐场的样子，有泡泡球和滑梯，也有积木和时下最流行的动画片动物玩偶……总之，整个餐厅的布置和配色都很梦幻，充满童趣。

呦呦虽然平时稳重，但到底是个小孩子，眼睛有些挪不开了，沈南洲轻声哄她："呦呦，我们先上去吃一点东西，爸爸再陪你下来玩好不好？"

呦呦恋恋不舍地移开视线，乖乖地牵着爸爸的手上楼了，上到一半的时候，有人喊沈南洲："沈总？这么巧！在这里遇见您？"

沈南洲转身，那人已经快步上了几级楼梯，追到沈南洲面前来，说："沈总，我是经纪人张有富，您还记得我不？"

沈南洲当然……不记得。他面无表情地问："有事吗？"

张有富说："我们公司几个小童模在附近拍广告，我来给他们买饭，不知道沈总吃完饭有没有兴趣去看一下？"他搓着手说，"听说您最近在找投资项目？"

懂了，又一个来拉投资的。沈南洲想起来了，这是一个早就被他拒绝的公司，因为这家公司不做人，时常有压榨童模的负面新闻传出来，但凡还有点良心的父母都不会把自己家孩子送过去。

沈南洲不喜欢这种大人利用小孩子赚钱的产业，他自己也是有孩子的人，他都不舍得让呦呦在大太阳底下多晒一秒，可是拍这些广告的小孩，需要在大太阳下穿羽绒服，在寒天雪地里穿单衣……身为父母，何其忍心。

沈南洲沉下脸，说："不必了，我不感兴趣。"

张有富仍然不死心，厚着一张脸盯上了呦呦，对她大肆夸赞，说："这是沈总的女儿吧？长得冰雪聪明，比我们公司那些小童模有灵气多了！"

张有富还弯腰想摸呦呦的脑袋，被呦呦躲过去了。

他也不在意，把呦呦当好骗的小孩子，哄她："小朋友，你想不想去看看电视上的广告是怎么拍的呀？那里有很多和你一样大的小朋友，还有比你大不了几岁的哥哥姐姐呢！"

沈南洲的逆鳞是他的老婆和孩子，张有富的做法已经触到了他的底线，若不是呦呦在这里，他早就把他扔出去了。

"张有富，如果你不想你的童模公司明天就倒闭的话，最好现在离开我的视线。"沈南洲说。

张有富吓得一激灵，他不甘心，但也知道沈南洲近几年在业内的名声，不敢惹怒他，立刻点头哈腰离开了。

吃饭的时候，呦呦问沈南洲："爸爸，什么是童模？拍广告是什么样子的？"

沈南洲说："童模，就是展示儿童衣服的孩子，他们穿上衣服进行展示，人们就知道这件衣服穿在身上是什么样子，从而决定买不买。"

呦呦问："那他们和呦呦一样大吗？"

沈南洲说："是的。"

呦呦问："小孩子也要工作吗？"呦呦反思了一下自己，"原来，其他的小孩子都要工作的吗？那呦呦是不是也要工作？"

沈南洲爱怜地摸了摸女儿的头发，说："不是的，小孩子不需要工作。只是有的大人太懒了，他们不想工作，所以就让小孩子去工作了。"

"呦呦明白了，不是所有的爸爸妈妈都爱他们的孩子，对吗？"呦呦简直是语出惊人，沈南洲一惊，却发现这句话实在是正确，无可反驳。

沈南洲不想让呦呦过早接触这些不好的事情，只是把她抱进怀里，说："但是爸爸妈妈是爱呦呦的。"

呦呦张开小手，回抱沈南洲，说："呦呦也爱爸爸妈妈。"

吃完饭后，呦呦突然对那些儿童设施失去了兴趣，她说："爸爸，我能去看看他们是怎么拍广告的吗？如果这些和呦呦差不多大的哥哥姐姐不想拍广告，他们的爸爸妈妈又不爱他们，怎么办呢？"

沈南洲知道呦呦是在担心那些小孩子，他说："法律会约束他们的，警察叔叔会把那些坏人抓走的。"

之前这家公司的资料被呈到沈南洲面前的时候，他直接否决，反手一个举报。没有人不喜欢钱，但是赚钱也应该有底线，这家公司专门挑那种掉进钱眼的家长，从而更好地奴役这些儿童，还在不久前出现了一起死亡事件。沈南洲对这家公司不感兴趣，他觉得警察应该比他更感兴趣。

呦呦很少有执着的事情，但今天她似乎很看拍广告，沈南洲又是个不舍得拒绝女儿的人，他想着去就去吧，有他在，也出不了什么事。

沈南洲知道拍摄场地在哪儿，这附近有一个欧式风格的街，常年被各种拍广告、拍婚纱的人占据。因为离这里不远，沈南洲是带着呦呦走过去的。

他们到的时候，一个男童模正在进行拍摄，沈南洲环顾四周，发现男童模的家长不在，只有他的经纪人在不停地指挥——

"笑一笑！脸不要那么僵硬！"

"不要总是哭丧着一张脸，再阳光一点，积极一点！"

男童长了一张比女孩还精致的脸，如果不是穿着男装，估计会被误认为女孩子。他一脸浓妆，在大太阳下被指挥着摆各种姿势。

男童其实很配合了，奈何他整个人像被抽去灵魂的木偶，并不能给出让经纪人满意的情绪。

甲方爸爸似乎不太满意，说："我就是看中他这一张脸，为什么他表现得如此糟糕？"

呦呦对沈南洲说："爸爸，他不开心，他很累，很难过。"

这是呦呦第三次见这个小哥哥了。上午在少年宫见过他两次，第一次在练舞房，那个时候他像一只自由的飞燕。第二次在少年宫门口，他被他的妈妈一边数落一边往外拖，男孩的眼神里没有光了。而现在，他像彻底失去灵魂的木偶。

呦呦说："爸爸，如果他不愿意的话，可不可以不做？"呦呦恳求地看着爸爸。她知道爸爸很厉害，爸爸应该是有办法的。

不用呦呦说，沈南洲也看不下去了，他找到张有富，不知说了什么，张有富吓得脸色惨白，连连求饶，赶紧叫停了拍摄。

沈南洲带走了男童，临走前让张有富好自为之。毕竟……他的公司大概率也开不了多久了。

沈南洲本来是想把男童交给他的家长，但是问了一圈，发现他那位不靠谱的妈妈去打麻将了。

男童的肚子里传来"咕咕"的声音，他叹了口气，瞧这样子，估计一天没吃东西了吧。

"我带你去吃饭，好不好？"沈南洲问。

男童抬起头，黑漆漆的眼珠毫无生气。

呦呦在一旁说："你别怕，我爸爸不是坏人。"

男童缓慢地转动脑袋，又定定地看着呦呦好一会儿，然后开口，说："好。"

## 第二十章

DI ER CI
XINDONG

没有人会像他这样爱她

他怎么舍得离开她?
他怕这世上再也没有人会像他这样爱她。

## / 1 /

众所周知，总裁的标配是胃病。

新任总裁小沈最近由于加班过度，胃又开始不舒服了，恰巧他每年常规体检报告刚出，报告显示：肿瘤标记物 CA724 升高。

沈南洲忐忑不安地在网上搜了一下。

CA724 是糖链抗原 724，是检测胃癌和各种消化道癌症的化验标志。CA724 主要存在于人体腺癌组织中，比如胃癌、结肠癌、直肠癌、胰腺癌、非小细胞肺癌和卵巢癌等，表达在胎儿正常组织，不表达在成人的正常组织中。CA724 是非特异性肿瘤标志物，该标志物的提高并不一定代表患有肿瘤，只能表明可能胃肠道肿瘤或者卵巢肿瘤。CA724 对胃癌、卵巢癌、非小细胞肺癌的敏感度较高，对于胆道系统肿瘤、结直肠癌、胰腺癌也有一定的敏感性。

简言之劝他不要胡思乱想："你家不就有一个医生吗？你去问姜晏汐啊，你一个非医学专业人士，就别自己吓自己了！"

沈南洲认真反驳他："不，我查了很多资料，这个肿瘤标志物升高有一定概率，是肿瘤。"

他很艰难地吐出那两个字来。

别看他表面还行，这几天睡不着觉，开始后悔前些年不按时吃饭，尤其是姜晏汐刚出国那几年，他可劲儿糟践身体，如今后悔也没用了。

谁能想到姜晏汐还能回国，现在成了他的合法妻子。

简言之一眼看穿他的心理活动，嘲笑他，说："现在某人总算不嫌自己命短了，开始怕起来了。"

简言之嘲笑完他之后，真诚地给他建议："不过我劝你，还是不要自己瞎琢磨。你要是不想让姜晏汐知道，就去个三甲医院，问问人家专业的医生，好好做个检查。"

沈南洲的体检是在一家私立医院做的。私立医院嘛，做做这些常规体检还行，要是真想看病，还得那些大型三甲医院靠谱。

沈南洲说："我问过了，医生建议我去做个胃肠镜检查。"

简言之一拍手说:"这不就得了,那你就去做检查呗,做出来自己也放心不是吗?"

沈南洲发愁道:"但是我查了一下,做胃肠镜比较推荐的医院就是我老婆的医院,我怕……"

简言之明白了:"你怕姜晏汐知道?"简言之略有些无语,"但你若真查出来什么,难道还准备不告诉她,然后上演一出苦情戏吗?兄弟,我看你这恋爱脑也是晚期了,我这边建议你呢,还是身体重要,该查就查,实在不行你挑个姜晏汐休假的日子去医院。"

沈南洲眼睛一亮:"你说得对!"

最近姜晏汐发现沈南洲很奇怪,他对她的工作格外上心。

沈南洲向来是个不过问姜晏汐工作的人,只负责给她烧饭,接她下班,如果她有什么工作上的烦恼,沈南洲也非常愿意做一个倾听者,但是沈南洲很少去问,他也不需要问。

在沈南洲这周第三次问她什么时候休假的时候,姜晏汐感到一些愧疚感,她陪伴沈南洲的时间太少了,经常在医院加班。

姜晏汐和科室协调了一下,决定下周三休假。她把这个时间点告诉沈南洲,本以为他有什么安排,但一直到休假前,他什么都没说。

姜晏汐想了想,决定主动邀请他。

睡前,她问:"明天有摄影展,我订了两张票,你有空吗?"

这个摄影展是沈南洲最喜欢的一个摄影大家的摄影展。按理说,只要是姜晏汐的邀请,哪怕是去大马路上压马路,沈南洲也是愿意的。可谁知道沈南洲一反常态,眼神闪躲,说他明天约了一个重要客户,恐怕不能陪她。

他实在不擅长撒谎,或者说沈南洲不擅长对姜晏汐撒谎。不过姜晏汐也没有多问,她轻声说:"那如果你下次有空的话,我们一起去。"

沈南洲很内疚,估计他之前总问,老婆才特意调了假准备和他出去玩儿,但他竟然还瞒着她。

今晚的沈南洲好像比平常温柔,照顾她每一点感受,并且十分克制,不似平常索求无度,对待她,像是对待一件易碎的珍宝,小心翼翼地把她抱在怀里。姜晏汐也伸手抱住他,她的耳朵贴在他的胸膛上,听着他强劲有力的心跳,说:"不要想太多,不要给自己太多压力,你已经很优秀了,公司的事情可以慢慢来,失败了也没有关系。"她轻声说,"还有我呢!"

沈南洲抱她抱得更紧了。

他的汐汐是他心里最好的人，他怎么舍得离开她，他怕这世上再也没有人会像他这样爱她。他只怕这一件事情。

/ 2 /

第二天，沈南洲一大早就出去了。当然，出门之前，他没忘给老婆做好了早饭。来到医院的那一刻，沈南洲所有伤春悲秋都消失了。

为什么医院里的人可以多成这个样子？一眼望去，人山人海，人头攒动，堪比春运。好不容易进了一楼门诊大厅，人更多了，就连自助挂号机器前都排着长队，更不要提人工窗口了。

沈南洲拿着他的身份证和医保卡，一米九的男人手足无措往那一站，吸引了志愿者的注意。穿着蓝马甲的志愿者走过来，礼貌地问他："先生，请问您需要什么帮助吗？"

沈南洲精神恍惚："你好，我想问一下，如果要做胃肠镜的话，应该挂哪个科？"

志愿者说："挂消化内科就行，您会用手机挂号吗？您可以关注我们医院的公众号，选择'互联网医院'预约门诊，机器或者人工也行，不过那样要排队排很久……"

志愿者话还没说完，就被四位老人围住，都是来找志愿者求助的。

"你帮我看看，我这个挂哪个科？"

"退费要去哪里呀？"

"刚才那个医生为什么说我挂得不对呀？"

沈南洲看了一眼被包围的志愿者，实在不好意思麻烦人家，打开手机一搜，发现四个名字差不多的公众号，陷入了人生迷茫。

算了，还是去人工机器那儿排队吧，反正到医院总是要排队的。

好在人工机器前面的队伍不长，面对操作机器上一堆复杂的按钮，沈南洲觉得他来医院之前的功课还是做少了，这绝对不是他的问题，任何一个很少来医院的人，都会被这复杂的流程绕晕。

直到他身后的大爷看不过去了，帮沈南洲挂好号，说："小伙子挺年轻，按理说这些东西应该比我们懂啊！"

沈南洲庆幸自己脸上戴着口罩，因为此刻他脸上发烫，估计通红一片。

终于挂好了号，这才只是第一关。

沈南洲按照挂号单上的提示找到消化内科所在的楼层，却发现一个楼层有好多诊室，大喇叭播报着不同的声音。

"请普外科 012 患者到诊室 12 就诊。"

"请放射科 035 患者到诊室 08 就诊。"

……

沈南洲也不好麻烦别人，一个地方一个地方地找，最后在一个阿婆的好心指引下，发现自己走错地方了……等到沈南洲历经千辛万苦终于到了消化内科，被密密麻麻人群吓到，候诊室连座位都没有了。

病友好心提示他："前面有将近二百人呢，估计要等到下午了。我建议你先去看其他科室。"对方语气的熟练程度，就知道来了不止一次。

沈南洲下意识地回答："我就是来做个胃镜。"

病友说："那你去护士台取个号，先去挂麻醉科。对了，你是要做无痛胃镜吧？现在医院老麻烦了，麻醉和胃镜都分开来了，还得挂两个号。你先去看麻醉吧，那边人少，等看完麻醉再来消化科看，这样能节省时间。"

沈南洲谢过对方之后，去了护士台，跑到一楼挂了一个麻醉科的号。

等到他终于到了麻醉科诊室，已经是上午十点半了。一上午快过去了，他还没看上病呢。

麻醉科的人确实少，沈南洲拿了号之后没多久就被叫进去了。

麻醉医生问他："叫什么名字？今年多大了？"

医生并没有抬头看他，而是在电脑上敲敲打打，等沈南洲报出名字后，医生在机器上找到了他的名字，一愣，问："你是本院职工的家属啊？"

沈南洲吓一跳，医生怎么认识他？他小心翼翼地回答："怎么了？"

医生说："你别紧张，我就是随口问一下。"

沈南洲问："电脑上能看出来吗？"

现在的医院都这么先进吗？是跟民政局联网了吗？

医生说："你是本院职工家属的话，你的名字在电脑里是绿的，走绿色通道，不用排队。"原来是借了老婆的光，沈南洲心里涌出一种自豪之情。

沈南洲说："我妻子是本院神经外科的医生。"

神经外科的女医生很少，麻醉医生立刻就知道了，说："你是姜主任的老公？"对于医院的医生来说，他们不知道娱乐圈大明星沈南洲，但是都知道神经外科的姜晏汐。麻醉医生时常跟外科打交道，和姜晏汐还挺熟的，知道沈南洲是姜晏汐的家属之后，态度亲近不少。

麻醉医生问:"你是做胃镜还是肠镜?"

"胃镜。"

"这么年轻,怎么想着做这个?"

沈南洲把体检报告单交给医生,说:"查出来肿瘤标志物有升高。"

医生翻了一下,说:"哦,没什么大问题,好多人体检指标都有这个问题,不过你不放心的话也可以做一下。"

沈南洲稍微松了口气,问:"所以是没什么大碍吗?"

医生说:"一般来说没什么问题,不过查一下也放心嘛。你身体情况怎么样?"

身体情况?沈南洲如实回答:"不太好。"

在与姜晏汐重逢之前,沈南洲时常熬夜,而且三餐也不规律。

医生慎重地放下鼠标,问:"怎么个不好?"

沈南洲说:"有好些年的胃病,总是熬夜。"

医生说:"哦。那你有没有什么基础疾病,比如心脏病、高血压、高血糖之类的?"

沈南洲说:"没有。"

医生飞快地在电脑上打单子,最后跟他确认:"是胃镜麻醉吧?"

沈南洲点头,从医生手里接过处方单。

医生嘱咐他,说:"消化内科人多的话,你也可以挂中医或者普内科,都可以开胃镜,等检查结果出来,如果有什么不对,当天再挂消化内科,拿去给消化医生看看。对了,做这个检查要有家属陪同,不能自己一个人来,反正你家属也是本院职工嘛,到时候让她来陪你就好了。"

沈南洲直接蒙了。

回到家后,他还没想好怎么说,以及到底要不要说这件事,姜晏汐已经知道了。因为姜晏汐第二天去做手术,恰好跟那个麻醉医生搭台子。

姜晏汐直接说:"我帮你约了胃肠镜中心的梁主任,周六上午十点。"

梁主任是专家号,一般不好约。

沈南洲小心翼翼地观察她的神色:"汐汐,你知道了?"

姜晏汐没把这件事放心上,说:"我之前就把你的医保卡号录进医院系统了。你在我们医院看病的话都是走绿色通道,在系统里的名字是绿的,不需要排队,所以我们同事也知道你是本院职工家属。"

当时姜晏汐在忙,她对着电脑打字,好像在做演示文档,不过沈南洲也不是很懂她工作上的事情。

忙完工作,她看见沈南洲托着下巴沉思,走过去把他拉起来,踮起脚亲了他一下,说:"别担心,不会有事的,就算有事还有我呢!"

过了几天,检查结果出来了,的确没什么事,就是有点胃息肉,做胃镜的时候顺手就给摘掉了。

## / 3 /

查出来没问题之后,沈南洲又活蹦乱跳的了。

简言之很看不惯他这嘚瑟的样子,说:"行了行了,知道你老婆全天下第一好了,不用再跟我炫耀了,照顾一下你兄弟我的心情吧。"

简言之说:"对了,我要搬家了,前几天收拾出来一个箱子,当年好像是你放我这儿的,我也不知道里面是啥,给你寄你家里去了。"

沈南洲有些记不清了:"什么时候的事情?"

简言之说:"得有六七年了吧,你自己回去看看不就知道了,我哪儿知道你放了什么东西?"

沈南洲暂时不去想这个问题,他暂时把注意力放在另一件事情上,问:"你要搬家了,搬去哪里?"

简言之说:"没想好,不过这段时间我大概不在国内。"

沈南洲明白过来了:"为了林甜甜?"

简言之沉重地点了点头。

沈南洲拍了拍好友的肩膀,千言万语化作一句话:"加油。"

感情这东西,沈南洲给不了简言之太多建议,也不好劝简言之放弃,毕竟他知道,真的喜欢一个人,是永远也没有办法放下的。

沈南洲回到家后,发现快递已经到了。姜晏汐今天下班比平时早,已经到家了,还是她拿的快递。看着一大坨东西,她问:"你买的什么电器吗?"

沈南洲当时也疑心是不是简言之搞错了,摇了摇头,迟疑地说:"是简言之寄过来的,说是我之前寄放在他那里的,我也忘了是什么,不如打开看看吧。"

姜晏汐拿来一把剪刀,划开外包装,发现里面是一个带密码锁的箱子。

姜晏汐看向沈南洲,而此时,一些陈年旧事悄悄浮上沈南洲的心头。

这是多年前他在国外买的。

沈南洲快步走上前去，旋转两个密码锁转盘，下意识转到姜晏汐的生日数字，然后箱子啪一下打开了。

箱子里放着一个猫咪玩偶服和一个小猫咪玩偶。

姜晏汐瞬间愣怔，伸出手从箱子里拿出那件玩偶服。她的记性一向很好，看到这件玩偶服和这个小玩偶的时候，似乎明白了什么。

姜晏汐出国的第一年冬天，他实在是没忍住，跑到国外去看她，然而前脚刚找到她所在的城市，后脚钱就被人偷了。

沈南洲只好一边联系在国外的母亲，一边找了个玩具店打工。

其实这个玩具店就在姜晏汐的大学旁边，不过沈南洲也不敢去见她，一来自己实在狼狈，二来他只想确定她一切安好，并不想妨碍她的远大前程。在确定她一切都好之后，沈南洲没有待多久就回去了。之后的几年都没有再来过。不敢靠近，不敢想她。她是他永远也无法忘怀的人。

沈南洲回国之后就大病一场，恰巧那个时候他的事业刚刚起步，住的地方被娱记蹲守，因此经常换住所。

沈南洲当时还是个大学生，虽说沈老爹有钱，但是他本来就不同意他进娱乐圈，不可能给他提供帮助。所以那段日子对于沈南洲来说还是挺难熬的。

在躲避娱记的那段频繁搬家的日子里，沈南洲后来索性什么也不带，搬家就搬个人。

他也没有什么重要的东西，除了那个玩偶服和那个小玩偶，他把它们锁到了箱子里，拜托简言之代为保存。

在看到玩偶的那一瞬间，沈南洲也想起那些时光。

姜晏汐抬头，看向已经成为她丈夫的沈南洲，问："为什么那个时候不告诉我呢？"

既然你曾来国外看过我，为何不以真面目示我？

为什么不大大方方地站在我面前和我打一声招呼？

就像我们告别的那一天，你有满腔爱意，也未曾泄露一分。

（正文完）

DI ER CI
XINDONG

番外一　白色病房，粉色天空

／1／

周末的办公室，顾月仙伸了个懒腰："终于快要结束了！"

她一转头，发现姜晏汐在门口，吓得拍拍胸膛，还好还好，是姜主任。

姜晏汐虽说是副主任，但是实际年龄比顾月仙小，再加上姜晏汐看着温和，没有那些上了年纪的大主任那样充满压迫感，所以顾月仙对姜晏汐尊敬之余又带有一丝亲近。

有时候顾月仙还能当着姜晏汐的面吐槽一下行政，比如此刻，她说："这要人命的差事总算快要结束了！好累啊！我总觉得这个节目是不是行政脑子一热答应下来的！姜主任，你说这些人也是考进来的，怎么做事不动动脑子呢？我也真是服了，让一些根本不懂临床的人来管我们。还有医院最新出的政策，姜主任，你听说了没？"

姜晏汐点点头。

顾月仙说："医院这做法不就是把病人和医院之间的矛盾转移到病人和病人之间，还有病人和医生之间？真不知道是哪个不知人间疾苦，从来没下过临床的领导一拍脑袋想出来的！"

旁边的同事本来笑而不语，听到这话插了一句嘴："小顾啊，你还是太年轻，以后就习惯了。也就是在姜主任面前你能吐槽，在旁人面前可不能这么心直口快。领导的想法咱们搞不懂，咱就认认真真给人看病就行了。"

顾月仙说："说起这个，我前几天去看门诊，好家伙，有个病人直接拿着手机对着我脸拍。"

姜晏汐不由得严肃起来:"那你是怎么处理的?"

顾月仙一摊手,说:"我当时就制止了他,很严肃地跟他说,医疗过程禁止录像、录音,如果他要继续这么做,就只能终止诊疗过程了。"

姜晏汐点点头,说:"你做得对,遇到这种事情就要及时制止,要遵守医院的规定。"

顾月仙说:"说起来我也是第一次遇到这种事情,我当时还挺害怕他去投诉什么的。"

旁边的同事见怪不怪地说:"让他去投诉好了。小顾啊,你还是太年轻了。"同事再次重复了这句话,说,"以后被投诉的时候多了,这个是不可避免的。我跟你说,还会遇到什么情况呢,就是他跟别的医院有纠纷,然后拿着别的医院的病历过来,诱导你说这个是不是有问题……"

同事手里拿着保温杯,二郎腿一跷,慢条斯理地喝了一口茶,说:"这个时候你就要小心了,录音笔就在他手里握着,在那儿等着你呢!反正咱们做咱们该做的事,说话呢,要谨慎再谨慎,不要答应病人不合理的要求,咱们做好自己分内的事情,至于其他的,爱投诉就投诉去吧!"

这时候,有两个实习生在门口敲门。

姜晏汐抬头,是节目组下周要来实习的两个实习生,钟景明和曹月文。

办公室里无论是同事还是顾月仙,立刻住了嘴,把椅子转回去,对着电脑继续敲敲打打。

"请进。"

钟景明说:"姜老师,我们是明天开始来神经外科的实习生,过来找您报到,想问问您今天有什么安排?"

姜晏汐说:"你们普外去过了吧?都是外科,其实实习生需要做的事情大差不差。明天七点半之前早交班开个会,然后去查房。写病历、换药之类的你们都熟悉了,如果有手术的话会安排几个小手术,让你们跟着学习。一般来说,我会带着你们,如果我不在的话,你们就跟着顾老师。"

姜晏汐说:"明天的话,我休息,你们就跟着顾老师吧。"

姜晏汐是副主任,按理说是不带实习生的,但因为节目拍摄,特殊情况,才这样安排。

她抬头看了一眼墙上的钟表,说:"今天应该没有什么事了,你们回去吧。"

顾月仙突然把椅子转过来，笑眯眯地问："我今天值夜班，你们要不要跟着我看一看？"

曹月文倒是跃跃欲试，她迟疑地看了一眼姜晏汐。

姜晏汐说："看你们自己意愿，想留就留，不想留就不留。"

曹月文立刻说："那我今晚跟着顾老师。"

钟景明一直没有表态，顾月仙问："既然妹妹都留下来了，你也留下来一起看看吧。"

钟景明有些犹豫，他并不是不想留下来，而是……

顾月仙问："我记得你是骨外科的博士对吧？"

钟景明点了点头。

顾月仙说："既然你是外科，以后也要自己值夜班的，今天晚上一起留下来看看，对你以后也有帮助。"

钟景明说："好。"

他看了一眼身边的曹月文，出于某种不为人知的心思，没再坚持要走。

顾月仙说："那现在跟我一起去病房看看病人情况吧。"

她带着两个实习生去病房，边走边介绍："今天一大早就上手术了，所以今天的病人还没看，正好去看一下。有两个病人后天安排做手术，到时候看看带不带你们，不过你们先了解一下相关情况，回去你们自己再看看书……其实我们医院比较大，值我们科夜班的话，病房一般没有什么事情。危重病人的话，医院的ICU就会处理了。小一点的医院，可能就要神外的医生自己来搞。所以如果没有急诊手术，你们晚上还是能安稳睡个觉。"

顾月仙前两次值夜班，都是一觉睡到天亮，她以为这次也不会有什么事情，哪儿知道今天晚上一下子送来四个车祸病人。

顾月仙当时和曹月文睡在女值班室，被电话叫起来的时候，忍不住吐槽了一句："今天晚上怎么回事？"她叹了口气，转头对曹月文说，"今天晚上你们可长见识了，说起来我也是难得见到这样'热闹'的情况。"

走廊上的动静把男值班室的钟景明给惊醒了，他今天晚上一直睡得不太安稳，在得知今夜有四个急诊病人之后，内心只有一个想法：果然如此。

钟景明就是那个有神奇体质的人，只要他到哪个科室，哪个科室的"生意"必定红火。当然，他也是值夜班的医生最怕碰到的那种人。

钟景明见到顾月仙，很是愧疚："抱歉啊，顾老师，我没有和你坦白情况，我以为之前只是偶然现象……"

说起来钟景明也没怎么上过临床，虽然大五有实习，但是那个时候他就联系上了导师，被导师叫到实验室去帮忙。

之前在普外科，而后到了神经外科，钟景明才放弃幻想，觉得自己确实有某种神奇的体质，一种临床上让人闻之丧胆，避之不及的体质……毕竟谁不想夜班睡个好觉呢？

顾月仙此刻终于明白之前钟景明为什么预言又止，身为老师，她只能把苦涩咽进肚子里，说："没关系，咱们不信那些虚的。"

但她心里想的是，下次还是别让钟景明跟着一起值班了。

不过那是后话了，现在顾月仙要去忙着处理这四个急诊病人，她心里只有一个期盼：希望都能联系到他们的家属。

## /2/

这是发生在高速上的一场车祸，当场死亡一人，重伤四人，送到医院抢救。一辆红色小轿车司机疲劳驾驶，造成了追尾事故，撞上前方的白色小轿车，白色小轿车直接被撞上了护栏，而红色小轿车虽然因为受到阻力没有冲下去，但也翻车了。

当时被撞下去的白色小轿车里有三个人，是一家三口，司机也就是一家三口里的爸爸，当场内脏破裂大出血死亡，妈妈和孩子当场失去了意识；红色小轿车里的两个人是同事关系，救护车赶到的时候，司机还有意识，但是等到司机被救护车送到医院的时候，出现了意识障碍。

送过来的时候是夜里十二点多了，曹月文看顾月仙起来想跟她一起去，顾月仙挥了挥手说："没事，你不用起来，你继续睡吧。"

老师都起来了，曹月文哪儿好意思继续睡，她也穿上了白大褂，亦步亦趋地跟在顾月仙后面。

顾月仙见她执意要跟，也没再阻拦，说："那就一起看看吧，这些都是书本上学不到的知识。如果你以后决定从事外科的话，这些经验对你以后的职业生涯有很大帮助。不过今晚，手术室里你是不大好进的，你就跟着我在抢救室看一看吧，到时候我跟赵老师进行手术，你们两个就回去休息吧！注意一下护士那边，有急事的话直接打我电话，或者打赵老师的电话……"

顾月仙一转头，看曹月文如临大敌的模样，说："别紧张，一般没什么事情的。"说完,顾月仙突然住了口,因为她发现,这话不兴说。

到了抢救室后,顾月仙了解到其中有三人是一家三口,并且一家三口中的爸爸已经死亡了,她沉默了。

这种情况只能联系医务处先进行手术,然后再通知其他亲属。至于另外两个人的家属已经联系上了,在赶来医院的路上。

虽说伤者有四人,不过真正需要神经外科做开颅手术的只有两个人,其中一个就是到医院之后才昏迷的司机,需要神经外科立刻做手术。还有一个先分给胸外科,等胸外科那边的手术做完,再让神经外科上。

顾月仙忙完,从手术室出来的时候,天已经亮了。

她给自己点了一杯咖啡,然后火速补一下这几个病人的资料,其中有一个病人的病情比较危急,做完手术直接转入楼上 ICU 了。

她一转头,看见两个"小朋友"站在旁边,说:"你们昨天晚上也没休息好。这样吧,等会儿我带你们去楼上 ICU 转一圈,给你们讲一讲,让节目组拍一下,下午你们就回去休息吧!"

顾月仙看了一眼手机,问:"你们会写病史吧?等会儿你们在电脑上写一下,我和赵老师先去跟病人家属谈个话。再过一个小时,食堂就应该开门了,你们可以去吃个早饭。"她把自己的饭卡放在桌上,"直接拿我的去刷吧。"

曹月文下意识地想要拒绝,顾月仙说:"我有医院的补助,里面的钱反正也用不完,你们拿去买就是了。"

顾月仙知道他们面子薄,说:"这样吧,你们帮我也带一份早饭,随便带点什么。"曹月文这才收下了饭卡。

顾月仙走了,剩下两人待在办公室。曹月文看了一眼钟景明,说:"师兄,那我们写完病历就去吃早饭吧?"

说起来,两人做搭档也有四周的时间了,已经形成了一定的默契。

钟景明点头,拖了一个凳子过来,坐在曹月文旁边。

他们一人一台电脑,一个用赵老师的工号,一个用顾月仙的工号,开始补病例。一时间,医生办公室里只听得见他们敲打键盘的声音。

不知从什么时候开始,曹月文敲打键盘的声音慢了下来。钟景明在余光里看见她昏昏欲睡。

曹月文和钟景明不一样,曹月文今年才大五,但是钟景明已经是遭受过一定毒打的博士了,而且作为骨外科的博士,钟景明的精力是很可以的,熬一晚上的夜对于他来说不算什么,但是曹月文甚少有这样的经历,难免感到困倦。

钟景明停下手中的动作,轻声对曹月文说:"师妹,你要是困的话就趴一会儿吧,病历我来写。"

曹月文也没逞强,人太困了,看字都是花的,她努力睁着眼睛,说:"谢谢师兄,那我趴十分钟再起来写。"说完,她的脑袋就沉了下去。

十分钟过去了,钟景明也没喊她,他敲打键盘的声音变得轻柔了许多。

他看了一眼睡得正香的曹月文,悄悄地从座位上站了起来,把墙上空调风速调小,然后离开了办公室。

钟景明去了旁边的示教室,示教室也有电脑,钟景明用这里的电脑继续写病历。等到曹月文终于从梦中醒来,迷迷糊糊地抬头看了一眼时间,整个人一激灵,彻底清醒了。

天哪,她睡了一个小时!曹月文猛然从座位上站起,她环顾四周,发现钟景明并不在办公室,赶紧掏出手机给他发消息:师兄,你在哪里呀?

钟景明:我在隔壁示教室,病历我已经写完了,食堂这会儿应该也开门了,我们先去吃早饭吧。

曹月文红着脸来到隔壁示教室,说:"抱歉啊,师兄……"

钟景明似是看出她心中的不安,说:"没关系,值夜班本来就很累,而且你还是第一次值班。"他用轻松的语气说,"况且你叫我一声师兄,我照顾一下你是应该的。我第一次值夜班的时候,同组的师兄也很照顾我。"

曹月文说:"那……谢谢师兄了。"

去食堂的路上,曹月文不由得感慨道:"顾老师的精力真好啊,我之前一直以为值夜班的第二天白天可以回去休息,没想到顾老师白天还要在这里再待一天,外科真是太不容易了。"

曹月文问钟景明说:"师兄,你是为什么会选择骨外科呢?"

钟景明说:"我的导师是这个方向,所以我就跟着他了。不过,他们都说我是个锯骨头的好苗子。"

曹月文看了一眼钟景明的身高,确实很有说服力。突然,一辆餐车从拐角处推出来。钟景明急忙停住脚步,下意识地转头把曹月文往旁边一拉。

食堂师傅从餐车后面探出头来,急匆匆地说:"麻烦让一让啊。"然后就推着餐车走了。

曹月文被钟景明一拽,直接没刹住脚,撞到师兄怀里了。

## /3/

曹月文被撞得晕头转向，脑袋里只有一个念头：师兄的个子可真高啊！她切切实实撞到人家怀里去了，头顶竟然才到师兄的第二肋。

虽说是早上六点半，但是食堂的窗口已经有人排队了。

曹月文抬头看了一眼头顶屏幕上的菜单，问："师兄，你想吃什么？"

钟景明说："都可以。"

钟景明是个脾气很好的人，自从曹月文跟他搭档之后，无论遇到多么难缠的家属，曹月文从来都没有看到他生气过。

吃早饭的时候，两人闲聊起来了，曹月文真诚向师兄请教："师兄，你在面对那些家属的时候，是如何做到这么心平气和的？"

钟景明正在吃馄饨，把最后一口馄饨吞下去，很是优雅地说："莫与傻瓜论长短。"

曹月文悟了，朝钟景明竖起大拇指说："牛啊牛啊，向师兄学习。"

她其实还有些苦恼，说："其实我还没想好以后要选择哪个科室。"

钟景明说："我记得你快推免了吧？"

曹月文说："是的。"

钟景明和曹月文是一个学校的，说起来他们的入学时间就相差一年，只不过钟景明是八年制，现在已经博一了。

钟景明说："还是要看你对哪个科室比较感兴趣。"

曹月文说："其实我有考虑麻醉方向，我今年大五，这个节目结束之后，我也是要按照实习计划继续在医院实习的。就目前看来，我不太喜欢和家属接触，所以我觉得麻醉适合我……"

曹月文考虑到一个更现实的问题，说："而且我不像师兄是八年制，如果我选择内科或者外科的一些科室，只怕是要一直读下去，读硕、读博，时间太长了，且一直需要家里的支持，最后也不一定能在海都市的三甲医院留下来。如果读麻醉的话，就不一定需要读博了。"

钟景明说："麻醉的话确实比较好就业一点，但是也很辛苦。不过不着急，你还要继续实习，距离推免还有一段时间，可以再了解一下。"

两个人吃完，钟景明把餐盘拿到回收处，曹月文则去给顾月仙买了份早饭，两人回去的时候，顾月仙还没回来。

曹月文对钟景明说:"师兄,你先休息一会儿,老师来了我叫你。"
"好。"

不过还没到七点半,办公室就陆陆续续来人了,在查房之前,要先进行早交班,由昨晚的值班医生汇报情况。

大主任坐在中间的桌子旁边,然后是一些主治医生,规培生和实习生贴着墙坐,来得迟的实习生就只能站着了。节目组这个时候也来了。

昨天是周末,钟景明和曹月文来报到,完全是自发行为,并没有节目组跟拍。而今天周一,才是第三期节目拍摄的第一天。

顾月仙把U盘插到电脑上,把电脑上的PPT投到屏幕上,开始进行汇报。在她说第一个字的时候,就被主任打断了。

主任很是严肃地说:"像病人的这个名字就不要打出来了,直接说老年男性,八十一岁就行了,还是要注意一下病人的隐私。"

顾月仙赶紧道歉,低头把病人的名字删掉,继续汇报。

这场汇报持续了十多分钟,顾月仙汇报完之后看向主任:"我的汇报就到这里了,不足之处,感谢指正。"

大主任手指敲桌面,说:"小顾啊,我们来说说你存在的问题。"

顾月仙心中升起一种不妙的预感,只能祈祷节目组在这里拍摄,主任的用词能稍微温柔一点。然而,顾月仙想多了。

下一秒,大主任就毫不留情地说:"小顾啊,你这个汇报完全就是把流水账念了一遍啊,还有你说的这个措施与改进,改进在哪里呢?这个病人还是蛮特殊的,他的治疗过程也很有意义,是一个微创手术,放在二十年前肯定就活不了了,现在能活下来,说明是医疗的进步。你这个反思和总结写得不行,需要再好好思考一下。"

顾月仙立刻做检讨:"好的。"

贴着墙站的实习生曹月文大气不敢喘一声,等到散了会,开始分组查房后,曹月文才对钟景明说:"主任太有压迫感了,我要是顾老师的话,只怕已经说不出话来了。"

钟景明显露出充满阅历的沧桑,说:"没事,以后这种事情你也要经历的。不过我们是小白嘛,被批评是正常的,不用放在心上。该听进去的听,该改正的改,大家都是这么一步步走过来的。"

开完会之后就是分组查房了。

一般一个查房的组,由主任、副主任、主治、规培,以及下面的实习生组成。

像今天钟景明和曹月文跟着的这一组,因为要拍摄,没有其他实习生,就是主治赵老师带头,还有顾月仙、钟景明和曹月文。

查完这一层病房属于他们组的病人,顾月仙带着他们两个去楼上ICU。她说:"我带你们去楼上ICU看一下,顺便带你们看看昨天晚上那几个病人。昨天晚上送过来的车祸伤患除了一个小孩子受伤比较轻,其他人做完手术都送进来观察了。"

在ICU门口,他们穿好鞋套,戴好帽子,顾月仙按下了门铃。

曹月文是第一次来ICU,她小心翼翼地跟在顾月仙后面,虽然好奇,但是大气也不敢出,十分小心地观察着躺在床上的病人。

ICU按照病情程度划分为好几个区域,这里也不只有他们神外的危重病人,胸外等一些其他科室的危重病人也在这里。

一进去,一个护士说:"顾医生,昨天的那个医嘱没开。"

顾月仙说:"我下去之后就给你开。"

等绕到另一个区域之后,顾月仙压低声音跟他们说:"其实这不是我的事情,不过你们以后在临床工作要记住,不要随便跟护士起冲突,与人方便也是与自己方便。"曹月文似懂非懂地点了点头。

突然,传来一声很大的动静。曹月文吓了一跳,转过头,看见一个人在病床上不停地挣扎着,嘴里还喊着:"救命啊,有人要害我!"

他的力气似乎很大,好几个护士拼命按着他。这里的一切似乎都与外界很不相同,一直在发出声音的仪器,昏迷不醒的病人,还有各司其职忙碌的护士们……很快,躁狂的病人就被护士们绑回了床上。

顾月仙带着他们去看了他们组负责的病人,曹月文注意到,这些病人都被绑在病床上,被子下的身体全身赤裸,插着尿管……所有的生命活动都靠机器来维持。她走到一个病人旁边,问:"你叫什么名字?"

这个病人好像迷迷糊糊地睁开了眼睛,但是没有完全睁开,嘴里支支吾吾,好像要说话,却又一个字都没有说出来。

顾月仙不厌其烦地又问了好几遍:"你叫什么名字?你知道自己叫什么名字吗?"终于,那个病人含糊其词地说出了自己的名字。

顾月仙跟实习生们解释说:"这是在看他们的昏迷程度。有的人呢,我们跟他们说话,他们是能回答我们的。但有的人,我们直接喊他们是喊不醒的,像这样掐他们的耳垂,他们也能有反应。"

曹月文似懂非懂地点了点头。顾月仙又带他们来到另一个病床面前，这个病人已经醒过来了，看到他们，还和他们打招呼："顾、顾医生，我什么时候能从这里出去？"

顾月仙说："快了，你别着急。"

那人听到顾月仙的话，像是吃了一颗定心丸，说："好的，我不着急，谢谢你们啊，医生。"曹月文看得出来，他好像很痛苦。他虽然醒过来了，但一直皱着眉头，嘴巴里也一直发出呻吟声。

顾月仙是照例来看他的情况，确认没事之后正准备走，病人又叫住了她："顾医生……"他呻吟着说，"我现在晚上睡不着，太疼了。顾医生，你能不能给加点药，让我晚上好睡一点？"

顾月仙走过去，拿起挂在他床边的单子看了一下，说："行，我到时候给你加点。"

最后，顾月仙带他们去看了车祸病人，说："昨天送过来四个伤者，受伤最轻的那个小孩子在普通病房，其他三个都在这里了，只不过只有一个是我们负责的，另外两个是胸外科负责的。这个病人还挺年轻的，三十五岁，不过情况不太好，明天还要和他的家属再谈一谈。"

顾月仙叹了口气说："这个病人就是疲劳驾驶的那位司机，这场事故多半是他全责了。现在不仅要赔偿，还要付 ICU 的医药费，估计很困难，不知道他家里怎么说。"三十五岁，正是上有老下有小的年纪。

走出 ICU 后，曹月文问："顾老师，ICU 住一天的话要多少钱啊？"

顾月仙说："其他医院我不清楚，我们医院的话，一天至少一万块吧！"

曹月文倒吸一口冷气，说："那这要是住上一个月的话，岂不是倾家荡产了？"

顾月仙说："是啊。"她转头对两个实习生说，"是不是来 ICU 一趟，觉得活着真好？世事无常，生死有命，要珍惜当下啊！"

ICU 非同寻常，节目组的人并不能进去，他们停在外面等待，及时记录下了顾月仙和两个实习生的对话。好了，本期升华主旨的句子有了。

/ 4 /

上午九十点的时候，肇事司机的家属来了。

因为情况比较严重，所以家属是单独在医生办公室谈的。

当然了,这种是不可能让节目组进去拍摄的,实习生也是没有权利进去旁听。但是在走廊外面的曹月文看见一个女人和一个老人从办公室里走出来。她想,应该是那个司机的妻子还有母亲,但很奇怪,妻子失魂落魄,反倒是母亲一动不动地站在那里,并未露出太多的悲痛之色。

　　过了不到一分钟,曹月文听见妻子号啕大哭,嘴里语无伦次地问着怎么办?她大概能想象到,一天一万多的ICU费用不是一个普通家庭能承担得起的,而且看上去,肇事司机的伤势很重,就算在ICU住很多天,也不一定能醒过来。人财两空,是这个世界上最可怕的事情。

　　其实有一个很残忍的办法,那就是放弃治疗,毕竟活着的人还是要继续活下去。

　　妻子直接哭得瘫坐在地上,曹月文于心不忍,把她从地上扶起来,扶她到一旁的凳子上坐下来,在她要离开的时候,却被女人拽住。

　　肇事司机的妻子泪眼婆娑地问曹月文:"医生,你们一定有办法把他救回来的是不是?我还有两个孩子,我赚钱又不多,要是他醒不过来,我们家就完了!"

　　曹月文一时不知道如何回答,还是钟景明把曹月文拉到身后。

　　他身材高大,脸也显得成熟,女人一见到他立刻转移了询问对象,像抓住一根救命稻草一般问钟景明:"医生,我丈夫一定能醒过来的,是吧?"

　　钟景明理智冷静地说道:"有关您丈夫的情况,刚才赵医生和顾医生都已经和您说过了,医院这边肯定会尽力抢救。"

　　或许是没有从钟景明这里得到任何保证,女人的眼睛里露出失望,倒是她旁边的老人看着冷静一些,拽住了儿媳妇说:"不要为难人家医生,先去办手续吧。"

　　由于昨晚是急诊入院,很多手续都要家属来了之后补办,并且把住院费给交上。

　　老人的身影颤颤巍巍。看着婆媳俩相互搀扶着离开,曹月文忍不住对钟景明说:"那个男人是不是……"

　　钟景明按住她的手,用眼神示意她不要在这里说。

　　等到吃午饭的时候,两个人坐在食堂里。曹月文心不在焉地用勺子拨弄着饭菜,还在想那女人流泪的神情。

　　她放下勺子,忍不住问钟景明:"师兄,那个男人还能醒过来吗?"

　　钟景明摇了摇头说:"难说,也有可能在ICU住一个多月,然后人没了。就目前看来，就算醒了，也会留下严重的后遗症，对于他们这个家庭来说，也是致命性打击。"

曹月文问："那这样说，岂不是不救更好？"

钟景明放下筷子，严肃地对她说："这个要看病人家属自己怎么想了，我们在面对他们的时候，说什么做什么，一定要慎重再慎重。今天你问我的这些话，我跟你说的这些话，我们私下里聊聊可以，绝对不能跟病人家属说，我们只负责把病人客观情况告诉他们，让家属自己来做决定。"

钟景明看出曹月文的心软，说："不管你是不是心疼他们，都不要因为同情而给病人家属一些私人建议，因为你的建议对于他们来说，未必是正确的，更不要私下给他们任何保证。或许你会觉得我这话说得很冷漠，但人在伤心的时候，是没有理智的。他们会因为你的保证千恩万谢，也会毫不留情撕破脸，向你发难和问责。"

曹月文震惊："怎么会这样呢？我之前去医院的时候，对医生都很尊敬。我也希望如果我遇到这种事情，能在茫然无措时得到医生专业的建议，我是绝对不会向医生发难的，我会很感谢医生。"

钟景明叹了口气，伸手揉了揉曹月文的头发："师妹啊，你这样的想法还是太天真了。你知道一名医生一辈子会遇到多少病人吗？你看医院里人来人往，都是来看病的人，你怎么知道哪些病人是可以说掏心窝子的话，哪些病人不可以呢？他们在有求于你的时候态度都非常好，对你千恩万谢，可如果人没了，他们也会立即翻脸，不会考虑是不是这个病人的情况本来就很危重。他们只知道病人送到你们医院，花了钱，人没救活……师妹，你在临床上待久了……不，也不需要很久，只要这一年实习结束，你就会明白，其实我们冷漠，不仅是保护自己，也是在帮助病人。医疗本质也是一个很耗费情绪的行业，我们需要保持专业和理智，不能太过共情病人和家属，同时，也不要抱有太多期待。"

钟景明只比她大一岁，曹月文看着他，却觉得他好通透，好像不是第一次遇到这种事情。

钟景明弯曲手指，轻弹了一下她的脑壳："好啦，熬了一晚上的夜，不累吗？吃完饭赶紧回去休息吧！"

"哦，好。"曹月文因为他的这一举动，愣了三秒钟。回过神来，钟景明已经端着盘子去回收处了。

曹月文赶紧追上他，说："谢谢师兄，我明白了。"

钟景明微颔首："不过你也别太紧张，现在咱们两个是实习生，一切都有老师在，老师们肯定和这些家属说得够明白了，无论家属来向我们要什么保证，都不要轻易答应。"

曹月文赶紧点点头说："我知道了，师兄。我刚才想了一下，这些病人生病住院，病人和家属的心情肯定都不好，人在心情不好的时候就会发脾气，无理取闹，在医院里，这种概率就更大了……那些失去亲人的家属，有时候也不管自己做得对还是不对，只是太伤心了，想找发泄口，又或者……既然人没了，就要点钱。医院也避免不了这种情况，本来医院就是负面情绪多的地方嘛，所以才有这么多复杂又烦琐的规矩，尽可能规范每一步流程，以减少纠纷的发生。"

曹月文后背朝前方，脸朝着钟景明，倒退着走在钟景明旁边，一边走一边说："我发现，我还是不喜欢和病人家属打交道。"

钟景明笑着说："看样子，你可以考虑一下麻醉科了。"

## / 5 /

第二天的时候，曹月文在电脑里看到了那位肇事司机的病危通知书，同时请了多科室会诊，看上去情况很不妙。

同时，他的住院费快用完了，还得联系他的家人，让他们再补交一些。

说实话，曹月文不知道该怎么去面对他的妻子和老母亲，还好有钟景明和他一起。

这一次，妻子的态度明显比上一次要差很多。

她看上去沧桑了不少，充满怨怼地对曹月文说："只知道让我们交钱，病人的情况却一点儿都没好转，你们医院就是骗钱的地方！"

曹月文无言以对。

面对这种情况，两人只能一言不发地站在一边，等她自己说累了才停下来。女人最后来了一句："我们没钱！"

于是钟景明和曹月文白挨了一顿骂。

钟景明早有预料，神色平静，等女人发泄完怒火之后，拉着曹月文走了。

回到示教室之后，曹月文有些委屈："她朝我们发火有什么用？这钱又不进我们口袋，搞得好像我们骗她钱一样！"

钟景明说："她更想和我们吵一架吧。不过这种情况我们更不能和她吵,一定要冷静,在遇到处理不了的情况,还有老师呢!"

钟景明看了一眼示教室里的摄像机,压低声音说:"别忘了,我们现在是实习生,我们没有权限做什么事情,真出了事情也轮不到我们来担责。"

钟景明向她传授经验,说:"录完节目,你还要继续在临床上实习,师兄跟你说啊,实习生是最不用怕事的人。"

曹月文惊讶:"为什么?"

钟景明说:"实习是为了什么?是为了毕业,真正决定你们能不能毕业的人,是学校,不是医院。在临床上实习,会遇到很多糟心的事情,你可以看一看自己到底对什么方向感兴趣,别太把一些事、一些人、一些话放心上。"

曹月文问:"那今天那个人不愿意交钱怎么办?"

钟景明说:"你看我说什么来着,你又没往心里去吧?放心,这是医院该操心的事情。而且欠钱的人多了去了,还有医务科头疼这事儿呢。"

果然,没多久,姜晏汐来了示教室,问了一下刚才的情况,曹月文一五一十地说了。

姜晏汐说:"好的,我知道了。辛苦你们了。"

曹月文忍不住说:"姜老师,我看这家人是交不起钱了,怎么办呢?"

肇事司机伤得那么重,现在全靠机器吊着他的命。

医院如果遇到交不起钱的病人,是否应该无偿救治?这个问题一直存在争议。旁边负责拍摄的导演一个激灵,赶紧让摄像小哥打起精神来。

自从上次节目组因为小宋导演所做的事情陷入负面争议后,小宋导演逐渐没什么话语权了,节目的拍摄又逐渐往汤导预想方向发展了——聚焦一些更真实的东西。

姜晏汐说:"既然收进来了,也不可能把他赶出去,我们医院是大医院,做不出这种事情来。"

姜晏汐说:"这个人是因公出差,公司应该会补偿一些。他的家里人拿了赔偿金,医务科那边也会和家属谈,让他们能交一点是一点,不过大概率是不能全要回来的。"

曹月文说:"可是ICU那么贵,如果经常有这样的病人怎么办?"

姜晏汐说:"那就只能医院自负盈亏了。"

一旁在示教室用电脑的医生忍不住插了一句:"妹妹,你将来找医院,一定要擦亮眼睛,找个大点的医院,这样不至于碰上这样的事情,到时候还要你们自己垫钱。"

"啊?"曹月文傻了,"医生自己垫钱?"

"对啊,哪个科室收进来的就哪个科室垫钱呗!"

曹月文颇有些不忿,道:"可是像这个病人,他是急诊收进来的,他收进来的时候危在旦夕,我们又不能不救。家属不在,还要领导签字先给他做手术来救他的命,反过头来家属不认账,这样的事情发生多了,岂不是医生的工资都要赔进去?"

那可真的是贷款上班了。

"妹妹呀,你还是太年轻了,完全是学生思维。"旁边的医生一边在电脑上开医嘱,一边说,"以后你就知道了,我们大部分人也只是混口饭吃罢了。"

## / 6 /

自从这事之后,曹月文一直闷闷不乐,钟景明也没有打扰她,临床就是这样的,上了临床之后就会发现和学校里的一切都不一样。

就像病人并不会按照教科书生病一般,医生的工作也不只是治病救人。

事情的转折点发生在第三天,肇事司机的家属选择放弃治疗。

做这个决定的是他的老母亲。

老太太说:"他是我的儿子,我当然舍不得不救他,可是我的孙子孙女,还有我的儿媳妇还要活下去。"

曹月文是从钟景明的口中得知这件事,心里百味陈杂。

她问钟景明:"如果,我是说如果,他们买了保险的话,会不会好一点?"

钟景明摇了摇头说:"抱歉,我也不太清楚保险赔偿这一块的事情。"他迟疑道,"这种因为司机问题出的交通事故,应该不会赔吧?"

曹月文低声说:"人活着,哪怕只剩一口气,他的家里人总还有个念想,这种不得已放弃了家人性命的决定,我……"

钟景明说:"这个司机如果有意识,或许也希望自己的亲人这么做,他很难再醒过来了,就算醒过来,也毫无生命质量可言。有些事情就是两难的,很难说放弃或者不放弃哪一个决定更好,这个决定只能家属来下,而我们,尊重他们的决定。"

曹月文问钟景明："师兄，你以前也遇到过类似的事情吗？"

钟景明点头，说："我大五实习前，就联系了我的导师，他是骨外科的，所以我实习的时候，在骨外科比较多。不过他名声比较响亮，主要是偏学术的，所以我在临床上的时候也不怎么见到他，跟的是科室里其他老师。我当时跟一个姓杨的老师去看门诊，遇到了父子四人，那个父亲是坐在轮椅上被推来的，他的脚已经截掉了。老人家还有糖尿病，控制得不好。糖尿病会有糖尿病足你知道吧？你们书本上应该学过的，血液里血糖浓度太高，伤口就无法愈合，时间久了，就会溃烂形成空洞，血管也会坏掉……像这个老人家比较严重，截了脚还不够，要把膝盖以下全都锯掉，但是他已经八十一岁了，合并症也很多。如果要上手术台，大概率没有办法活着下来……"

曹月文问："所以他们是想做手术吗？"

钟景明摇了摇头，说："不，其实那三个儿子想把父亲扔在医院，这个老人如果不做手术，生命毫无质量可言，每天都得忍受巨大的痛苦，但如果做了手术，大概率活不了……"

曹月文问："那岂不是进退两难？"

钟景明的笑突然带了些冷漠："是的，所以那三个儿子也根本不是真心想给父亲做手术，他们只想把老人扔在医院，以免死在家里影响房价。"

曹月文震惊失声："怎么会这样？"

钟景明叹了口气，说："其实这个病人的问题不止在此，如果这个病人死在手术台上，家属免不了要闹一场。"

听完师兄一席话，曹月文恍恍惚惚："原来要当一名好医生，这么困难啊！"

钟景明柔声安慰她："别担心，你会做得很好。每一个人都是这么过来的，慢慢就什么都会了。如果你有什么不懂的可以随时来问我，无论是升学问题还是实习上的问题。"

曹月文很感谢他："师兄，节目拍摄也快到尾声了，择日不如撞日，我请你吃晚饭吧！"

/ 7 /

曹月文忍痛选了一家人均消费很高的餐厅，就是那种她平时绝对舍不得去的地方。

她在心里安慰自己，没关系，刚拿到奖学金，应该请师兄吃一顿。

结果付款的时候，却被钟景明抢先了。

曹月文喊来服务员结账，服务员说账已经结过了。她很惊讶地看着并没有离开过桌子的钟景明，他摇了摇手机，笑着说："公众号上可以买单。"

曹月文很不好意思："师兄，要不然我们还是AA吧，说好我请你的。"

钟景明站起来，走到她身侧，轻轻拍了拍她的脑袋，说："下次吧，第一次吃饭应该让我这个师兄来请。"

下楼的时候，曹月文突然把钟景明往旁边一拉，只是没拉动，曹月文被反向作用力一拽，差点扑到钟景明怀里。

钟景明不明所以，在曹月文的暗示下，和她躲到一旁，问："怎么了？"

曹月文捂住嘴，以免自己情绪太激动。她指了指楼下说："是姜老师和她丈夫欸！"

钟景明只觉得她很可爱，又忍不住揉了揉她的头发："那我们过去打个招呼？"

曹月文连忙摆手："不了，我们还是趁姜老师不注意，悄悄溜走吧！"

虽然姜老师人很好，但是在医院以外的地方遇见她，曹月文还是有一种胆怯的心理。

钟景明也随了她。

于是一个一米九的大高个，跟一个小姑娘遮遮掩掩地出了餐厅门。

夜色里，曹月文脸色微醺，是刚才喝了点葡萄酒的缘故。

她伸了个懒腰，朝着月亮喊："希望我以后也能成为像姜老师那样优秀的医生。还有，希望也能遇到一个像姜老师丈夫那样全心全意支持我事业的另一半！"

出租车上，曹月文开始打瞌睡，脑袋不知不觉地就靠在了钟景明的肩膀上。钟景明还特意调整了一个姿势，好让她更舒服地靠着。

想到刚才曹月文朝着月亮喊话的画面，他的目光又柔和了几分。他轻轻拂去女孩的碎发，说："你的愿望都会实现的。"

/ 8 /

没有了小宋导演搞事情，节目组的拍摄变得顺利起来，大家把关注点放在临床实习的拍摄上。

实习生们也没有被刻意安排剧本,一心扑在实习上,有时候竟然忘记了旁边摄像机的存在。

很快,节目的拍摄就要进行到尾声了。

在结束的那个周末,实习生们一起吃了顿饭。他们大着胆子邀请了三个科室的老师,其中就有姜晏汐。毫无疑问,三个女生都十分崇拜姜晏汐。

因为节目拍摄结束,实习也告一段落,借着吃饭的气氛,三个女生胆子大起来,抢着跟姜晏汐说话。

在她们看来,姜晏汐无疑是她们的楷模,无论是学习、事业,还是为人处事,她都是一位非常优秀的女性。在外科这个领域,让她们看到了更多女性发光发热的希望。

曹月文问姜晏汐:"姜老师,在追求事业的路上,您有没有动摇过呢?又应该怎样去面对呢?会因为另一半的想法而改变自己的初心吗?"

姜晏汐笑着回答她们:"我是人,自然也会有过自我怀疑,但是有些问题,不需要提前想太多,等真正做决定的那一刻,真正面对选择的那一刻,总会有答案的,过早忧虑和担心毫无作用。至于第三个问题,我很确定,他没有一刻阻拦过我,所以这个问题,是不存在的。"

沈南洲——新时代贤内助。

外面不知何时下起了小雨,吃完饭出门的时候,大家看见一个男人撑着伞走过来。

在远处的时候,看不到男人的面容,等他走近了,才觉得他如同画中走出来一般,眉目深邃,自带一种矜贵,在看到姜晏汐的一瞬间,男人所有的高傲变得柔情似水。

"汐汐——"沈南洲总是第一个看向姜晏汐,然后才点头向其他人致意。

跟大家一一道别后,姜晏汐坐进车里,问:"你怎么来了?"

沈南洲说:"我来给你送伞……再附送一个我。"

## 番外二 十年之前，十年以后

/ 1 /

姜晏汐生下来的时候，姜妈妈找人给她算了个命，算命先生说她命里缺水，所以取了个带水的名字。

算命先生眯着眼睛算了半天，又说姜晏汐命中带文曲星，将来必定不凡。

姜妈妈乐呵呵地回去，把这一好消息分享给姜爸爸。

姜爸爸说："你那是迷信。算命的在哄你呢，他收了你的钱，自然要说好听的话了！你信不信，他对每一个人都这么说的。"

姜妈妈不服气，说："我可不是一个人去的，我和郑玉婵一起去的，算命先生说郑玉婵的娃儿学习不行，考运也不行，可见也不是对每个人都说好话的。"

姜爸爸的视线并没有从报纸上挪开，说："我们要相信科学，不搞这些迷信的东西。再说了，这么小的娃儿能看出什么来？"

然而，姜晏汐确实从小就和别人不太一样。她不爱说话，小时候差点被大人们认为是个哑巴。

有一次过年回老家的时候，趁着人多，奶奶把她带到村头老盲人那里，想叫老盲人给她算算为何她这孙女不愿意说话？

姜奶奶当时还不是很喜欢这个孙女。老盲人让小姜晏汐抽签，小姜晏汐抽出了一张签文为"甘罗十二岁为相"的签。

姜奶奶不识字，问："大师，这签是好还是不好？"

老盲人用指腹摩挲竹签上的凸起，说："这签的意思是，古代有一个叫甘罗的人，十二岁的时候就成了宰相。"

姜奶奶大喜过望，说："这么说，我这孙女岂不是有大出息？"

老盲人却摇头："甘罗十二岁为相，听上去是个好事，但是年龄太小了，如此聪慧，又未必是件好事，所以只能算中签。"

小姜晏汐坐在一旁，安静乖巧，不像是她这个年纪的小孩子。

姜奶奶一回头，对上孙女幽静的眼睛，心里竟有点发毛，总觉得她好像能听得懂他们的话。

从老盲人那里离开后，姜奶奶嘱咐小姜晏汐："汐汐乖，今天咱们来这儿的事，不要跟别人说，知道吗？"

小姜晏汐没有说话。

姜奶奶瞧她这模样，觉得她平时就不说话，应该也不会让人知道的。

姜奶奶怕丈夫和儿子知道，丈夫和儿子都极反对她搞封建迷信那一套。

不过她来了这一趟倒是放心了，既然老盲人说孙女是个天才，那一定错不了。

姜妈妈发现婆婆最近对姜晏汐的态度来了个180度大转弯。之前婆婆嫌弃她生了个女孩，极少来看她，最近来得却很勤快。

姜妈妈还纳闷呢，直到有一天，她看见女儿在翻书房里的一本《古文观止》，小姜晏汐问妈妈："为什么说'甘罗十二岁为相'是一件坏事呢？"

姜妈妈大惊失色，一来是因为女儿问出来的问题，二来是为女儿能看懂《古文观止》而惊讶。

这是一本儿童拼音版的《古文观止》，但最起码也是再大一些的孩子才能看懂的。

大概是从那个时候起，姜妈妈突然意识到女儿远比她想象中还要聪明。

她开始焦虑了，害怕她和丈夫会耽误女儿的聪明才智。

还是姜爸爸安慰妻子："一切顺其自然，如果她真有天分，咱们自然全心全意支持。最重要的还是她平安健康长大就好了。"

此事过后，姜妈妈也知道了婆婆突然态度转变的原因，对此很生气，拒绝再让婆婆带女儿。

又过了几年，小姜晏汐幼儿园毕业，要上小学了，她已经不再是别人眼里不会说话的小孩，而成了远近闻名的"神童"。

她学东西极快,在入学之前,甚至已经掌握了乘法表。

姜奶奶跑儿子家一次比一次勤快,每次上门不是拎着鸡就提着鸭,一放寒暑假就想把小姜晏汐接过去。

姜妈妈到底是个心软的人,终于在小姜晏汐一年级的暑假松口了。

女儿太安静了,或许在乡下的田野里,她能遇到一些活泼的小伙伴。

姜奶奶欢天喜地地把小姜晏汐接走了,她笃定孙女不凡。

因为老盲人的话,她觉得孙女将来必有大出息,而后面种种也确实证明姜晏汐很聪明,在她所有孙子孙女里,姜奶奶最喜欢姜晏汐。

姜奶奶是有些与众不同的老人,她不像其他老人一样把所有好东西留给儿女或是孙辈,而是所有好东西必得她自己先享受。

在当时的人看来,她无疑是一个很自私的女人。

姜奶奶在家的时候没怎么干过辛苦活,嫁给姜爷爷之后也没进过厨房。

姜妈妈曾经跟好友吐槽过:"我这个婆婆啊,要是我公公不做饭,她就是饿死也不会自己烧饭吃。"

姜奶奶因为姜妈妈生的是女儿而不是儿子不满过。

在姜晏汐出生的时候,她都没有来看这个孙女。

后来姜妈妈发现姜奶奶是喜欢有出息的后辈,因为姜奶奶对其他几个孙子的态度也一般。

因为老盲人的一番话,再加上小姜晏汐确实聪明,姜奶奶对这个孙女上了心。好不容易把孙女接回家,对她百依百顺,又是给她买衣服,又是给她买牛奶。

但是小姜晏汐对这些都不感兴趣,她只对各种课外书感兴趣。于是姜奶奶又跑到镇上给她淘旧书。

日子久了,姜奶奶也担心起来,这么安静,对于一个小孩子来说会不会不太好?

于是姜奶奶带小姜晏汐出去串门,今天去这家,明天去那家,只是到了最后,都变成姜奶奶和朋友拉呱,而小姜晏汐搬个小板凳往旁边一坐,在那边翻二手书看。

有一回姜奶奶带着小姜晏汐出人情,是在一个五公里以外的小镇上。

是姜奶奶好朋友儿子的婚礼,她拉着朋友聊天,跟朋友坐上迎亲的车,把小姜晏汐给忘了。

小姜晏汐当时坐在院子里看书,抬头一看,没找到奶奶的身影,漆黑的眼睛里第一次流露出茫然的神色。

她走出去,院子里外已经搭好了红色的棚子,摆好了流水席用的桌子,大人们三三两两地站在那里嗑瓜子,几个小孩子跑来跑去。

小姜晏汐看到一个漂亮的小男孩在和其他人打架,对方人太多,他被摁在了地上。

大人们在旁边说说笑笑,只把这当成是小孩子的玩闹。

小姜晏汐走上前,蹲下身子,平视那个被欺负的小男孩的眼睛,礼貌地问:"请问你需要我帮助你吗?"

在帮助人之前,应该询问一下别人的意见,不能好心办了坏事。

小男孩放弃了挣扎,他的眼睛很漂亮,像天上的星辰,但是这双眼睛里此刻写满了愤怒。但因为小姜晏汐的出现,又变成了迷茫。

小男孩迟疑地点了点头,他不知道面前这个小女孩是不是在耍他。但是下一秒,他就听见小女孩温温柔柔地说:"麻烦你们停下来,他并不想和你们玩这样的'游戏'……"

漂亮的小男孩心里嗤笑一声,心想:如果这样说有用的话,他就不会和他们打架了。

果然,那群欺负他的孩子并没有睬她,很不耐烦地说:"让开。"

小姜晏汐一把抓住那只朝她扬过来的手,把那个带头欺负人的孩子轻轻一拉,甩到一边。

她把被欺负的小男孩从地上拉起来,拉到自己身后,转头对欺负人的那些孩子轻轻柔柔地说:"欺负人是不对的。"

领头的孩子震惊地看着她,没想到一个小女孩的力气这么大。他觉得很丢脸,粗着声音威胁她:"你觉得我们这么多人打不过你吗?"

小姜晏汐摇头,指了指他身后说:"我想,你妈妈不会让你这么做的。"

果然,一个女人把他从地上拎起来:"我平时是怎么教你的?竟然在这里欺负人家小女孩?快给妹妹道歉!"

毕竟小姜晏汐长了一副乖巧的脸,任谁看都是那个凶神恶煞的男孩在威胁她。

这么多男孩围着一个小女孩,也引起了大人的注意。更何况,这个小女孩可是跟着有名的"张辣子"过来的,这些媳妇可不敢惹姜奶奶。

小姜晏汐发现自己救了那个漂亮的小男孩之后,他就一直跟着她。

她也不管他,仍旧坐在角落里看书。她知道奶奶大概是有事出去了,她只需要坐在这里等奶奶回来就好。

过了一会儿,漂亮的小男孩见她一直不说话,忍不住问:"你在看什么?"

小姜晏汐说:"《菜根谭》。"然后她又低下头看书了。

那是沈南洲第一次见到姜晏汐,只是他们后来都不知道彼此小时候遇见过。

那个暑假,沈老妈终于忍不住跟沈老爹大吵一架,飞到国外去采风了。

沈老爹生意也忙,因为沈南洲小时候发生过意外,他不放心把儿子单独丢给保姆照顾,恰好沈奶奶又想孙子,就把沈南洲送到乡下去了。

暑假快结束的时候,沈老妈回来了。

她一气之下离家出走,心里还是觉得有些对不住孩子。

等沈老妈见到儿子的时候吓了一跳,扭过头来,很不善地对沈老爹说:"你是把儿子送到非洲去了吗?"

在乡下度过了两个月的沈南洲黑得跟煤球一样,不过看着倒是精神了很多。

沈老妈本来以为自己离开了两个月,儿子会哭唧唧地抱住她的腿,哭诉沈老爹的恶行,谁知道小沈南洲说:"我想要一本《菜根谭》。"

什么?沈老妈很是震惊。

她恍恍惚惚地从书店给沈南洲买了一本儿童版本的《菜根谭》。

沈老爹和沈老妈惊讶地发现,儿子突然爱学习了,并且这种状态还不是一时兴起,一直持续到了初中,持续到沈老爹和沈老妈离婚之前。

/ 2 /

古来有伤仲永的故事。

姜晏汐从小就展现出和其他孩童不一样的地方,也有不少人说酸话,说小时候聪明的孩子,长大了未必。

事实证明,姜晏汐的聪明程度随年龄增长呈增长趋势。

从小到大,姜爸爸和姜妈妈没有哪一天是知道姜晏汐当天的作业是什么,他们似乎只需要负责女儿的吃喝住行,以及作为优秀学生代表在家长会上分享教育经验。

在其他家长为小升初发愁的时候，姜爸爸和姜妈妈毫无感觉，不出意料，姜晏汐以第一名的成绩考入了 A 市最好的初中。

姜晏汐从小就是一个不太关注外界事物的人，也很少被外界事物影响。

她时常在放假的时候帮妈妈去看面包店，让妈妈得以在中午的时候去二楼躺一会儿。

面包店里人来人往，但是姜晏汐能够岿然不动地写作业，即使把她放到菜市场，她都不会走神。

她也很少去关注身边的同学，直到有一天，班主任突然给她换了一个同桌。

那是一个很漂亮的男生，尤其是他的眼睛，混了一点琥珀色，平时基本看不出来，但是在太阳照射的时候，异常夺目。

她的新同桌名叫沈南洲，大概率是成绩不太好的，要不然不会成为她的帮扶对象。

姜晏汐也没有注意过沈南洲具体排多少名，像姜晏汐这些排名靠前的同学，撑死只注意班级前十名是哪些人。

既然是班主任安排下来的任务，姜晏汐自然尽职尽责地去帮助这位同学。

只是她发现，这位同学好像并不想学习，他抗拒学习，又像是通过不学习来对抗什么人或什么事。

姜晏汐对窥探他人的隐私不感兴趣，她只对"沈南洲到底有没有把今天她讲的那两道物理题弄懂"这件事感兴趣。

但是很不幸，有一回大课间，姜晏汐去老师办公室送学案，迎面就撞上一出"父子吵架"的好戏。

沈老爹骂儿子不学习、不求上进；沈南洲说沈老爹薄情寡义、抛妻弃子。生气之下，沈老爹反手甩了沈南洲一巴掌。

还好是大课间，大部分人都去跑操了。不过就算是这样，沈南洲也觉得很难堪，抬头看到站在那里的姜晏汐，心里说不上什么滋味，一言不发，转身走了。

姜晏汐不是故意撞上这样的场景，也无意去戳沈南洲的伤口。

第四节课是体育课，在体育老师宣布自由活动后，姜晏汐去小卖部买了一根烤肠，用塑料袋打包带走，准备回教室看书。

她在紫藤萝下的椅子上看到了沈南洲，本想拐个弯绕开，但她已经走到他跟前，又不得不停下来跟他打招呼："沈南洲……"

沈南洲当时嘴里叼着一根狗尾巴草，双手交叠在后脑勺，懒洋洋地躺在长椅上，十四岁的少年已经很高了，整张长椅都容纳不下他。

他当时还没意识到来的人是姜晏汐，只睁开一只眼睛斜眼看她，在看清楚她的那一瞬间，嘴里的狗尾巴草掉了，他猛然从长椅上坐起，然后又下意识地站起来。

等等，他干吗要这么怕她？沈南洲心里别扭地想。

但不知为什么，手脚却像不听使唤一样，在她面前规矩要命。

少年的皮肤白皙，以至于还能看出那一巴掌的痕迹。

姜晏汐盯着他的脸看了一会儿，沈南洲很不自在地别过脸去，十分生硬地问："干吗？"

姜晏汐收回目光，问他："昨天的题会了吗？"

沈南洲心里有点莫名的失望，冷冷地说："会了。"

他的心情变得很糟糕，只想快点把姜晏汐打发走。

谁知道姜晏汐说："那讲给我听。"

他站在原地不动，姜晏汐疑惑地回头看他。

沈南洲鬼使神差地说："饿了，讲不动。"

这话说出来，他自己都觉得有些无理取闹，没想到姜晏汐把装有烤肠的塑料袋递给他，问："吃吗？"

他才不吃这些垃圾食品……手却很诚实地伸了过去，三下五除二吃掉了那根烤肠。

姜晏汐问他："你还想吃鸡排吗？"

根据她的食量来看，姜晏汐觉得沈南洲应该是吃不饱的。

于是沈南洲又被她投喂了一块大鸡排，由于那天吃东西的时间太长，体育课结束了，沈南洲也没有讲所谓"会了的题目"给姜晏汐听，他的心里涌起那么一丝丝愧疚。

不过那次之后，沈南洲的学习态度倒是认真了不少，这让姜晏汐很欣慰。

老师把沈南洲安排给姜晏汐作为帮助对象，让姜晏汐是有一点点困扰的，因为她不知道要怎么教沈南洲，毕竟很多知识点在姜晏汐眼里都不需要教，再加上沈南洲之前也不是很配合。

偶然的撞见，让姜晏汐也隐约猜到了沈南洲叛逆的原因。

她不喜欢议论别人的家事，只觉得惋惜，在她看来，学习是最重要的事情，为任何人、任何事都不值当放弃学习。

所以，在沈南洲表现出虚心向上的时候，她还是很高兴的，直到她在走廊听见他和另外一个男生的对话。

"不是我说，老沈，你最近怎么回事？怎么发愤图强了？难道是想通了？打算做好学生了？"

"没有。"沈南洲的语气有点轻佻，他说，"姜晏汐给我辅导作业，我就说不会。为了让我完成作业，她不还得把答案报给我？"

"绝啊，兄弟，能抄到姜晏汐的作业，你还是第一个！"

沈南洲听着周围人对他的奉承和夸赞，心里虚得不得了。实际上他只是嘴硬，下一秒，他就看见姜晏汐从拐角里走出来。

沈南洲一下子慌了，偏偏旁边的人还在起哄："沈南洲，你完了！"

沈南洲想追上去解释，但脚就跟灌了铅一样，拔不动，他心乱如麻。

她会怎么想自己？不对，他干吗要在意她的想法？

事实上，姜晏汐没想什么。

沈南洲是班主任给她指派的任务，她已经尽心尽力地去辅导他，但是学习毕竟是个人自己的事情。

如果沈南洲这些天努力学习的样子只是做戏给她看，她只会替沈南洲感到惋惜。

仅此而已。

后来上课的时候，沈南洲一直在看她，他的视线太明显了，以至于姜晏汐无法忽略，她伸出手敲了敲他的桌子，说："好好听课。"

那一节是英语课，英语老师是所有任课老师里最严厉的，恰巧就看到了这一幕，不过英语老师选择性忽略了姜晏汐，只点了沈南洲的名字。

"沈南洲，你来回答一下，这道题选什么？"

沈南洲因为一直看姜晏汐而走神，连英语老师提问哪道题都不知道。

出于愧疚，姜晏汐小声提醒他："选C。"

沈南洲赶紧报上答案。

英语老师意味深长地看了一眼沈南洲，她也知道是姜晏汐帮了沈南洲，看在得意门生的面上，英语老师放过了他。

放学后，沈南洲一直用眼睛瞟正在收拾书包的姜晏汐。

姜晏汐停下来，问："怎么了？"

沈南洲声音小得犹如蚊子嗡嗡声,问:"今天晚上还留下来吗?"

姜晏汐反问:"看来之前的题目你是都懂了?"

沈南洲连忙摇头:"没有没有。"

他的心里生出一丝微不可察的喜悦,姜晏汐这话的意思是还会继续给她辅导吧。

因为白天的事情,他还是忐忑不安,所以在晚上的辅导过程中,沈南洲张了好几次口,想要解释些什么。

姜晏汐自然也察觉出他的异样,但她装作不知,一直等到辅导结束后,看着沈南洲预言又止的样子,才问:"你是有什么想跟我说吗?"

沈南洲这才艰难开口:"对不起,我为白天的事情跟你道歉,我其实不是那么想的。"

姜晏汐说:"我知道你有没有在认真学习,我又不傻。"

姜晏汐一副并没有把此事放在心上的样子,她伸手拍了拍他的肩膀,说:"不管怎么样,不要因为赌气而不学习。学习的时间很短暂,很快就过去了,为任何人放弃学习都是不值得的。"

她说:"走吧,为了奖励你最近的学习态度还不错,我请你吃馄饨。"

姜晏汐当时怎么也没想到,因为这场馄饨,这个晚上几乎成了她人生中最精彩的一个晚上。

一言以蔽之,一场由馄饨引发出来的血案。

吃完馄饨,两人又同行了一段路,然后被气势汹汹地沈老爹找过来。

姜晏汐被沈老爹误会成沈南洲的早恋女友,闹了好大一个乌龙。

解释清楚后,姜晏汐并没有把此事放在心上,只是她没想到,事情还没有结束。

姜妈妈下班回家,带回来一个男孩子,说是她的同学。姜晏汐定睛一看,是她离家出走的同桌沈南洲。

想起不久前沈南洲和沈老爹的争吵,姜晏汐隐约也能猜个来龙去脉。她感到一丝丝愧疚,估计是晚上的误会加剧了他们父子之间的争吵。

姜晏汐给沈南洲让出些位置来,说:"如果你没带作业的话,我这里有空白的学案。"然后她看到沈南洲露出不可置信的神情。

沈南洲说:"为什么你会有这么多学案?"

姜晏汐说:"这些空白的学案到了第二天也是扔掉,所以我拿回来打草稿了。"她说,"写吧,要不然明天你还得跟老师解释为什么不交学案。"

沈南洲万万没想到，自己离家出走到了姜晏汐家里，还得继续学习。

而姜晏汐万万没想到的是，沈南洲当天晚上进了急诊。

沈南洲上吐下泻，俨然一副食物中毒的模样。送去医院一看，是他对虾仁轻微过敏，不过这不是主要问题，主要问题是他吃多了，引起急性肠胃炎。换句话说，就是他吃撑了。他觉得自己属实有点丢人。

沈南洲睁开眼的时候，看见的是姜晏汐，那时候大约是后半夜吧。他听见姜晏汐轻轻地对他说："下次吃不下，或者不想吃的时候可以直接说出来，拒绝别人也没有关系的。"

沈南洲本来想嘴硬说一句他没有勉强，那时候却鬼使神差地说了一句："好的。"

那时候他还不懂，他向来不在乎别人的看法，却为何偏偏拒绝不了姜晏汐。所有的少年悸动，后来想想都是有迹可循的。

姜晏汐本来是想让沈南洲休息半天，她去替他请假，但沈南洲说不用。

姜晏汐说："真的？但你昨天晚上吐得那么厉害……"

沈南洲十分坚决："没事的，那只是个意外。今天上午有数学课和物理课，我要是不去的话，就更听不懂了。"

这真是一个蹩脚的理由，姜晏汐从来不知道沈南洲有这么热爱学习。

不过沈南洲自此之后确实变了，虽然他还是搞不懂那些复杂的公式，但他努力记住它们。

沈南洲的成绩有了很大进步，只是这个时候年级开始也有了流言蜚语，有人说看见姜晏汐和沈南洲一起上学，倒是没人敢揣测姜晏汐，大多都是说沈南洲不怀好意。

当然了，大家不敢当着姜晏汐的面说，最多也就拿沈南洲开玩笑。

但没有不透风的墙，有一回姜晏汐还是听到了，她看见几个男生和几个女生堵住沈南洲。

"你和班长到底什么关系？"

"你是不是故意缠着姜神，别有用心？"

"你不会是……"

姜晏汐快步走上去，阻止了这场闹剧，而沈南洲在她出现的那一刻，脸上的神情迅速转变成了委屈。

姜晏汐说："是老师安排我辅导沈南洲的，那天一起上学只是正好顺路，我和其他同学也顺路过。学生的主要任务是学习，不要过多揣测。"

姜晏汐确实坦荡，她对这些言论很无语，好像一个男生和一个女生走在一起，必然是有什么见不得人的关系。

姜晏汐澄清了谣言，而沈南洲看着她坦荡的神色，心里却并没有想象中开心。虽然那次姜晏汐义正词严地澄清了，但大家八卦的时候只是更加小心了，小心不让姜晏汐听见而已。姜晏汐也没空再关注这些了。即将升初三了，她要迎来人生中第一个重要的考试：中考。

之前的小升初和中考比起来，不过是毛毛雨而已。

而与此同时，姜晏汐和沈南洲组成的学习互助小组也不得已终止了。

姜晏汐作为年级重点对象，被安排进放学后的"小黑屋"，由学校的高级老师给他们进行辅导。

时间开始紧张起来了，虽然他们还是同桌，但姜晏汐和沈南洲说话的时间也减少了，几乎和普通同学没什么两样。

不过姜晏汐从"小黑屋"放学之后，倒是撞见过几回沈南洲，他手里拿着篮球，像是刚从操场上打球回去。

在撞见过那么几次后，姜晏汐开口问他："最近学习还顺利吗？"

他好像没想到姜晏汐会问他，愣了几秒才慌慌张张地回答："还可以。"

姜晏汐说："如果有什么困难的地方，可以来问我。"

沈南洲低低应了一声，然后就没声了。

只是后来沈南洲也没怎么问她，不过月考的时候姜晏汐稍微注意了一下他的成绩，发现他进步很大。这样下去，虽然 A 中高中本部进不去，但是分部还是有很大希望冲一把的。

最后的结果也如她所料。中考出分的时候，班主任打电话给姜晏汐，告诉她，她考了第一名，是今年的中考状元。

姜晏汐很平静地谢过班主任，对于这个结果并不意外。不过在得知沈南洲上了 A 中高中分部的时候，她的心里升起了一股淡淡的喜悦。

真好，如同她所说，不要为了任何人、任何事而赌气不学习。沈南洲听进去了，她很高兴。

暑假的时候，不知谁提议来一场同学聚会，组织同学的任务自然而然落到班长姜晏汐的头上。

姜晏汐在同学群里发起了群投票，由大家选择去还是不去。

最后统计人数的时候，姜晏汐发现沈南洲没有投票，她去小窗他。

沈南洲这个时候正难过，就差三分他就可以上本部了。

事实上这个分数对他而言已经算是超常发挥了,但他并没有很高兴,他有一个说不清道不明的隐秘心事。

当姜晏汐来问他的时候,他尤为慌乱。

姜晏汐很礼貌,公事公办地问:同学聚会你去吗?

沈南洲点开同学群,这才发现群投票。

他这段日子沉浸在没有考上本部的悲伤中,并没有注意群消息。

他打了一大段话,想要解释,却又一个字一个字删掉了。

而在姜晏汐那里看来,沈南洲的对话框页面上出现了"对方正在输入中"的字眼,持续了一段时间,对方只发来了一个字:去。

姜晏汐没有多想,她火速统计好去同学聚会的人数,确定了具体地点。

是一家普普通通的饭店,也没有唱 K 等其他活动,就是简简单单吃了一顿饭,然后各自回家。

有的人是骑自行车或者小电驴过来的,还有的人是父母接送……姜晏汐由于要结账,留到了最后,当她走出饭店的时候,发现沈南洲孤零零站在十字路口。

姜晏汐走过去,问他:"还没有打到车吗?"

沈南洲"嗯"了一声,说:"不太好打车。"话音刚落,不远处就缓缓开来一辆出租车。

姜晏汐赶紧伸手,拦住了这辆出租车。

姜晏汐记得他们两家离得不远,对沈南洲说:"一起走吧。"

沈南洲犹豫了一下,坐了进去。

他们是一道下车的,出租车把他们在路口放下来。

姜晏汐跟他挥手告别,说:"注意安全。"但是她没走几步,就被沈南洲叫住。

沈南洲从后面追上来:"姜晏汐!"

姜晏汐不明所以地看他。

沈南洲说:"祝你前程似锦,未来可期。"

姜晏汐笑了,轻声说:"你也是,加油。"

/ 3 /

高中的日子是和初中截然不同,更热烈,也更加分秒必争。

尤其越到逼近高考的时候，大家都铆足了劲儿冲刺，对于学生而言，这像是一个美妙的终点，因为自他们开始读书起，就有老师和家长不断向他们灌输：等你考上大学就好了。

然而这群青春洋溢的高中生并不知道，其实高考结束是另一个开始。

但不管怎么说，这群高中生还做着"高考结束，苦难就结束"的美梦。

这实在是一场持久战，一轮又一轮淘汰。或许在初中的时候，还是班级里的前几名，到了高中只能在班级末尾苦苦挣扎。

太难了，一切都太难了。

似乎只有姜晏汐没有变化。她依旧是那样优秀，无论从应试成绩上来讲，还是从竞赛上来讲。

伤仲永的故事在她的身上并没有应验，那些爱说闲话的亲戚也一并改了口径，转而吹捧起姜爸爸姜妈妈来，有的是因为料定姜晏汐日后必有大成就，想早早攀个关系，还有的是想替自家孩子蹭个免费家教。

当然了，这些人都被姜爸爸和姜妈妈挡了回去。

姜晏汐对此似乎一无所知，她唯一需要做的事情就是学习。

她的身上承载了太多人的希望。在所有人眼里，姜晏汐的优秀是理所应当的，学校的老师也对姜晏汐寄予厚望。毕竟，A市已经很多年没有出过一个省状元了。

姜晏汐当时只是一个十七岁的少女，面对这么多人的期待，正常人都会忐忑，但她自己倒没什么压力，可能是从小到大习惯了，习惯考第一名，习惯了成为"别人家的孩子"。

只是有的时候，她偶尔也会思考，如果不学习的话，她会干什么呢？思来想去，没有结果。

对于大部分孩子而言，在成年以前，读书是他们唯一会的技能。

后来姜晏汐也没有时间思考了。

她从高一就忙着参加竞赛，不过她并没有把重心全部都放在竞赛上，只是顺带参加。

当时竞赛班的同学们分为两拨人。一拨人是有些偏科的，专攻竞赛，最后通过竞赛加分进入自己理想的学校，这样做有一个很大的缺点：竞赛的题目和高考的题目是完全不同的，如果把很大精力都放在竞赛上，最后又没有做出成绩，高考也没有考好，很容易竹篮打水一场空。另一拨人比较均衡，主要走高考的路子，竞赛只是顺带参加。他们作为学校里竞赛班同学，许多竞赛都是全员参与，老师上课的时候也会涉及一部分竞赛内容。所以他们会在不影响高考的情况下去搞竞赛。

姜晏汐是一个例外，她成绩已经好到足够裸分进国内的那两所著名高校，除非高考她没来参加。

在姜晏汐高二的时候，她同当时的高三一起参加了高考，是当年的全市第三名，全省第四十六名。在旁人看来，这么好的成绩可以了，要是明年再考，万一没有这次好呢？

现在想想，姜晏汐的倔强从那个时候就初露端倪了。

她向来在人前温柔，从不生气，一看就是个乖学生，但只有姜爸爸和姜妈妈知道，女儿若是决定了，谁也改不了。

后来种种事迹表明，在这个世界上，第三个真正了解姜晏汐的人，是沈南洲。

自从中考结束后，姜晏汐就没再见过沈南洲了，她也很少想起他。

毕竟对姜晏汐而言，沈南洲只是她帮助过的一个同学，如果非要说有什么印象，那大概是沈南洲迷途知返，认真学习，她为此而感到开心。

不过最近姜晏汐又从同学口中听到了沈南洲的名字。

那时候，她刚从竞赛集训回来，要补上之前落下的课程，也没仔细听同桌和后面的同学聊天，直到她听到了一个熟悉的名字。

"那个分部的沈南洲长得还挺帅的，声音也好听。不过说起来，学校为什么要让分部的人上台发言？我本来以为会是姜神。"

"因为今年的主题不同吧，今年的主题是进步之星。再说了，姜神那段时间不是出去参加集训了。"

"也对，既然是进步之星，肯定是分部的人进步空间更大了。"

本来两个人在聊天，忽然注意到姜晏汐停下了笔，在看她们，立刻也把姜晏汐拉入了聊天的队列中。

"姜神，你知不知道分部有个贼帅的男生来咱们这里演讲？我敢说，咱们学校建校以来就没有过这么好看的人。"

女孩子有些激动，她自己也意识到了，说："姜神，你不关注这些吧？"

谁知姜晏汐竟问她："真有那么好看？"

女孩子兴奋起来了："是的！我之前也不关注这些，若不是真的好看，除了学习，谁也别想吸引我的注意力！"

于是姜晏汐想起一些久远的记忆，很奇怪，突然回想的时候，那些记忆还是很鲜活。

大约是因为沈南洲跟姜晏汐是完全不同的两类人。

姜晏汐温柔守礼，但骨子里又有那么一点倔强；沈南洲桀骜不驯，内心却脆弱，像一只无人收留的野猫，只敢虚张声势伸爪子。

姜晏汐一直觉得沈南洲很自由，他这个人想得也不多，相处起来也很舒服。不得不说，当年的姜晏汐还是在沈南洲身上找到了两分做老师的成就感。

姜晏汐问："他既然是进步之星，说明在分部的成绩也很不错。"

另一个女孩子点点头："听说是不错，过个一本线是没有问题的。可是他高二转了艺术生，不知怎么想的，明明文化课的分够上不错的学校了。"

姜晏汐微微吃了一惊，但那一刻，她说出来的话竟与沈南洲的想法相符合了。

姜晏汐说："既然他文化课的分数不错，说不定加上艺术分能上更好的学校。"

当年姜晏汐只知道第一层，并不知沈南洲第二层想法。

姜晏汐想起他在初中物理课上画小猫咪，想来是有几分艺术天赋的。

不管怎么样，姜晏汐还是很欣慰，他上了高中之后一直在继续努力，而他的努力也没有辜负他，挺好的。

后面的谈话姜晏汐就没有继续听下去，只隐约听其中一个女孩子说："那天沈南洲出现在我们班和隔壁竞赛班之间，像是在找人的样子，后来被年级主任给逮着了，也不知是怎么回事。"

姜晏汐没有放心上。

再后来，时间过得很快，一眨眼就高考了。

姜晏汐没有辜负所有人的期待，她是那一年的市状元，也是那一年的省状元。

消息出来的那一刻，各媒体几乎要把她家的门槛给踩断，更别说两所名校连夜打电话抢人，第二天还有负责招生的老师飞到她家里来。

但事实上，姜晏汐已经签订保送协议了，B大的招生办怕她反悔，Q大的招生办想抢人。

姜爸爸和姜妈妈本不是个讲究排场的人，但人情世故在此，又不得不摆了三天的酒席。

姜晏汐的老师要请，姜晏汐的同学要请，还有那些八竿子都打不着的亲戚，若是你不请他们，这些人又觉得你瞧不起他们。

　　A市是个小城市，大家低头不见抬头见，如今大家都知道姜晏汐成了省状元，请客是免不了的。

　　姜晏汐也请了一些同学，大多是高中同学，初中同学基本也不联系了。

　　姜晏汐没有请沈南洲，但他从好友的QQ空间里看到有人发了状元宴的照片，当时失落地想，她可能已经不记得自己这个老同学了。

　　他把网上所有关于姜晏汐的新闻报道都认认真真看了一遍，媒体夸她是天才少女，把她夸得天花乱坠，称赞她的天赋绝无仅有，是文曲星下凡。

　　只有沈南洲知道，不全是如此。

　　姜晏汐天赋卓绝，但她同样努力。姜晏汐现在所取得的一切成绩，都是因为她值得。

　　正因为她这样美好，沈南洲又生出了退却之心。

　　他转艺术生，考到北城市，都是为了姜晏汐。如果只靠文化课成绩，沈南洲撑死也就上个一本。

　　好在上帝听到了他的祈求，给他关上了一扇门，又给他开了一扇窗，最终他去了国内唯一的一所985艺术高校。

　　暗恋的心事总是如此苦涩，想要与你并肩，通过这样的方式也算是成功了。

　　但暗恋终究是一个人的兵荒马乱，姜晏汐终究对此一概不知。

　　巧合的是，两个学校的开学时间差不多，姜晏汐订机票去报到的那一天，刚好和沈南洲是同一天。

　　但他们一个坐在头，一个坐在尾。

　　姜晏汐看到沈南洲，一眼就认出了他。

　　沈南洲已经脱去了少年时的稚气，显出几分棱角来，他闭眼在前排休息，因为过于出色的相貌，频频引来路人关注。

　　而他似乎也习惯这些注视了，合目休息，岿然不动。

　　姜晏汐从他身边轻轻走过，并没有和他打招呼，只是心里有"原来时间过得这么快"的感慨。

　　姜晏汐要离家上大学，姜妈妈舍不得女儿，临行前一天晚上，姜晏汐陪妈妈说了一夜的话，导致一上飞机就感到了困意。

　　姜晏汐睡着了，再醒来的时候发现身上有一张小毯子。

　　她想，是空姐拿的吧？

/ 4 /

飞机场,各大高校派志愿者来迎新,举着大字招牌,接到人之后,还有专门的校车把新生带回去。

姜晏汐走之前下意识地回头看了一眼,机场的人密密麻麻,她没有看见沈南洲,猜测他已经被他学校的人接走了吧。

大学的生活并不如想象中轻松。

在高中只需要操心学习的事情,在大学需要操心许多学习以外的事情,在B大这样的高等学府里,人人都很拼,学习也不比在高中的时候轻松。

更何况这里汇集了全国最优秀的学子,人人都不服输,人人都不想在这个新环境里垫底。

如第一名只有一个,也总要有人垫底。在这种环境里,心态失衡的人并不少。

姜晏汐的三个室友里,有一个选择了休学,另一个转去了其他专业,姜晏汐却犹如一台高速运转的机器,有条不紊地安排自己的学习时间。

姜晏汐确实优秀,在这样人才济济的国内顶尖学府,她也没有输给任何人,很快成了B大新的校园传说。

她聪明且长得美,最重要的是,没有人能抵抗一个温柔的人。

姜晏汐的名字长久飘在校园内部论坛表白区的首页,她时常能收到一些花束和奶茶,但是光明正大追她的却没有几个。

因为她实在像神坛上的高岭之花,人还没接近已经生出怯意。

不过也有那么几个大着胆子的,其中有一个是经济学的大二学长,据说在迎新晚会上对姜晏汐一见钟情,千方百计制造与她偶遇的机会。

姜晏汐的室友说:"这位学长风评还不错,长得也不错,不惹桃花,该拒绝的果断拒绝,也没听说他有过女朋友。其实你不妨试一试,谈恋爱嘛,多谈几个才有比较,抓紧在学校的机会谈……"

姜晏汐说:"我觉得我暂时不需要男朋友,我在物质和情感上都能自给自足,谈恋爱这件事暂时不在我的人生规划里。"

姜晏汐的室友点点头:"也是,你那么忙,哪儿有时间谈恋爱。"

后来姜晏汐很明确拒绝了那位学长,同时也让学校里那些暗中观望的人默默心碎了。

姜晏汐确实很拼，她习惯了保持优秀，这也没什么不好，如果不是后来那件事的话，她会按部就班，保研或者出国，然后在很多年后作为优秀校友被邀请回来，进行经验交流与分享。

姜晏汐没有什么特别热爱的爱好，也没有特别执着想要得到的东西，虽然总有自以为是的人觉得她过得不开心，是应试教育下的机器人。

但事实上，姜晏汐从来不觉得勉强，她有支持她的父母，她的家庭关系也很和谐。

她习惯性保持优秀，只因为这对于她而言并不是什么难事。

姜晏汐并不觉得自己这种无欲无求的状态有什么不好，生活本来就是平淡的。对于现在的专业，她不喜欢也不讨厌，但是她确保自己有足够的责任心在这一行一直走下去。

姜晏汐拒绝了那位经济系的学长，大家也明白她的意思了，从此之后，倒是没有人明面上表示什么，暗地里对她念念不忘的人还是不少。

大家形成了一个共识：既然姜晏汐是水中月、镜中花，那么大家就干脆一起做看月亮的人。要是有谁不讲诚信，偷偷靠近，那就是有违君子道义，大家必得一起来讨伐他。

谁知道，内鬼不是出在内部，而是从外面攻进来的。

姜晏汐接连撞见了两位故人，一位是林甜甜，她是来做交换生的。

还有一位就是沈南洲。

那天姜晏汐如往常一般去图书馆，看见他站在图书馆门口。

她从他的背影就认出了他，不过他看到自己好像很惊讶。

沈南洲说他想来借一本书，于是姜晏汐把自己的图书卡借给了他。

后来沈南洲说要谢她，请她吃饭，两个人就逐渐熟悉起来了。

沈南洲的那些心思，姜晏汐当时是一概不知的。

沈南洲对其他人都不掩饰，唯独在姜晏汐面前藏得极好，因为他知道，姜晏汐很聪明，一旦他哪里露了馅，被她知道，她必然会迅速地和自己拉开距离，然后毫不犹豫地拒绝他。

不过这一点，沈南洲想多了，那时候姜晏汐对感情一窍不通，于她而言，沈南洲只是一个久别重逢的故人。

姜晏汐对沈南洲，跟她对她的室友或林甜甜，都没有任何不同。

不过沈南洲实在是一个相处起来让人很舒服的人，他尺寸拿捏得刚刚好，有时候聊起一些话题来，两人的三观意外契合。

后来想想，姜晏汐不懂感情，她虽温柔，却习惯和人保持距离，但在那时候，允许沈南洲靠近，是否在潜意识里已经预示了沈南洲的不同？

如果不是因为姜晏汐的爷爷突然去世，或许他们也会顺其自然，水到渠成吧。

姜晏汐爷爷去世那一天，姜晏汐正在学校上课，她突然觉得喘不过气，同学把她送到医务室，她打开手机看到了爸妈给她发的消息。

三魂丢了六魄，这句话不是假的。

姜晏汐在人前还能勉强支撑，等回到寝室之后，浑浑噩噩坐了半天，猛然发现自己已泪流满面，迅速请假回家。

辅导员了解了她的情况后，很快就给她批假了。

姜爷爷得的是肿瘤，前几年已经做过一次手术，今年又做了一次，本来以为没事了，可突然之间人就没了。

当天把请假手续办完之后，已是晚上八九点，姜晏汐打了一个顺风车往回赶。胃里就像翻江倒海一样，想吐吐不出来，就像她明明已经难过到极点，眼眶却干得发涩。

等她赶回老家，灵堂已经办起来了，姜妈妈和姜爸爸已经披上白衣，叔叔婶婶也跪在灵堂前守夜。

她这才有了实感，心里那点侥幸彻底消失。

自从得知这个消息后，她几乎没吃东西了，又坐了几个小时的车，回来是三更半夜，只觉得头晕目眩，止不住干呕。

那大约是姜晏汐人生中最灰暗的一段时光。

这世上没有什么数学难题能够难得住姜晏汐，她也从来不畏惧困难，如果有不会的东西她就去学，她从来不害怕付出努力。

但是姜晏汐第一次如此深刻认识到，人在面对生老病死是如此无能为力。这种痛苦差一点就要把她击垮。

但是姜晏汐还是那个无坚不摧的姜晏汐，她很快依靠自己的能量修复了情绪，撑着去面对这一切。

姜爸爸和姜妈妈年纪也大了，他们也需要女儿作为依靠。

大约是在姜爷爷下葬后一个多月吧，姜晏汐已经学会在父母面前隐藏悲痛的情绪了，她像个合格的成年人一样处理一切事物。

那天，她在去家里的面包店拿东西的时候遇到了沈南洲。

他看着她欲言又止，只会笨拙地说抱歉。

姜晏汐说："没关系。"

大约是风沙迷了眼睛，她感觉有什么东西好像要从自己的眼睛里坠落，她眨了眨眼睛，眼泪还是没有掉下来。

若是以她平时的聪明，必然能猜出沈南洲为何会出现在这里，可当时她心绪烦乱，根本没有心思去思考这些问题。

沈南洲问："要不然我陪你一起去医院吧。"

姜晏汐下意识地拒绝了他，但他坚持要送自己到公交站。

公交车缓缓驶离公交站台，她坐在后排，通过窗户往后看，沈南洲的人影逐渐缩成一个小黑点，看上去好像很落寞的样子。

关心则乱。沈南洲因为太过关心，到底还是泄露了一点蛛丝马迹。

再后来，姜晏汐处理完爷爷的丧事，如期回到学校。

她是悄悄回来的，沈南洲没来找她，她也没去找沈南洲。

沈南洲在她困难的时候帮助了她，按照她的性格，一般会请对方吃个饭表达谢意，但是这次她没有。

这对于她而言，已经是一种反常，又或者说，她那时候已经下了决定，刻意与他保持距离。

事实上，当姜晏汐做出那个决定的时候，所有人都觉得她疯了。

那可是B大光华管理学院，而且姜晏汐是A市多少年才出一个的省状元，多少人期盼着她做出不一般的成绩来。

但姜晏汐说，她要退学，要去国外学医，从头开始。

就连和她关系一向不错的研究生学姐兼辅导员也劝她："你这样做风险太大了，和你平时的性格一点儿也不一样。你是悲伤过了头，所以才做出这样不理智的决定。这张申请表我就当没看见，你回去再好好想想吧。"

就连姜爸爸和姜妈妈也打来了电话，后来又不远万里从A市赶过来，希望她能再好好考虑清楚。

这些还算是好的，更有那些冷嘲热讽的亲戚等着看她的笑话。

姜晏汐知道自己在干什么，她从前觉得做什么都行，反正她既不讨厌，也不喜欢，但是现在不一样了，姜晏汐想去找一个答案。

虽然后来姜晏汐用将近十年时间证明她的选择没有错，她也找到了自己的答案：虽然人类的努力在生死面前显得很微弱，但她还是能够尽自己所能，做生与死之间的守门人。

但是在当时，在别人眼里，姜晏汐简直是得了失心疯。

姜晏汐也是有过自我怀疑的时候。

那时候她收到了沈南洲邀约。他小心翼翼地来问她近况如何，看得出来他的用词很是斟酌，每次都要等待很长一段时间的"对方正在输入中"，最后，沈南洲提出请她吃饭。

其实那段时间，姜晏汐虽然已经决定要退学，但中间重重手续以及遇到的阻拦不计其数，以至于她的计划有了搁置。

正是心绪烦乱的时候，她却鬼使神差地答应了沈南洲吃饭的邀约。

那是一家名叫 Flipped 的餐厅，里面的装修很有情调，也很浪漫，在北城市盛传是表白地点的不二之选。

姜晏汐那段时间也没空去关注这个，因为怀有心事，她甚至也没有注意到餐厅里大多都是甜甜蜜蜜的小情侣。

当然了，她也不知道沈南洲原计划是要在这里向她表白的。

姜晏汐以为沈南洲把她约出来，也是和其他人一样劝她不要冲动。但是没想到沈南洲问她："我可以问你为什么会做出这个决定吗？"

沈南洲认真倾听了她的理由，然后祝福她前程似锦。

当时他们坐在窗边，窗外的夕阳落在沈南洲的脸上，他的眼睛在太阳光底下显出些许的琥珀色来，异常美丽，却让人感到一种难以言喻的悲伤。

沈南洲说："姜晏汐，你一定会成为最好的姜医生的。"

在那一瞬间，姜晏汐的心就好像被人按下的钢琴琴键，突然颤了一下。

她不知该怎样去形容这种感觉，也没有办法去细想这种感觉，因为她决定要离开了，即使想明白也毫无意义。

离开祖国的那一天，姜晏汐是一个人悄悄走的，她没有让父母来送，也拒绝了朋友的相送。

她一个人拎着巨大的行李箱，顺着拥挤的人流往前走，只是她突然心下有所察觉，回头往某个方向看了一眼。那里空无一人。

/ 5 /

十年后。姜晏汐回国，已是不同光景，她是特聘回国的专家教授，是医学界冉冉升起的一颗新星。

医院的人并没有因为她年纪轻就轻看她，毕竟海都大学附属医院卧虎藏龙，越是年轻就能进入到这儿的人越是惹不得。

当大家了解到姜晏汐那一串丰富的人生履历后，更是佩服得五体投地。年纪轻轻就有了这么多成就，人长得又美，脾气又温柔。

不过大家很快发现这位新来的副主任很好相处，不像那些年纪大的主任总是充满压迫感，科室里几个年轻医生很快就和她熟悉起来。

其中有个叫顾月仙的，性子比较活泼，和姜晏汐熟了之后，什么话题都聊。姜晏汐的性格实在太好了，顾月仙时常会忘记姜晏汐是她的上级。

说起来，顾月仙的年龄比姜晏汐大，至于为什么她还是个小住院（医师）……顾月仙悲伤地想，人和人之间的差距，有时候比人和猪之间的差距还要大。

顾月仙胆子越发大了，开始八卦姜晏汐的情史，问她之前谈过几段恋爱，在得知姜晏汐和自己一样是"母胎单身"后，狠狠地吃了一惊："啊？"

姜晏汐倒是习以为常，说："我不曾考虑过这个问题。"

顾月仙想想她那一长串的荣誉奖项，又觉得很合理。

她问："那如今回国了，应当是比从前要好些了，有没有考虑在空闲之余谈谈恋爱？"

顾月仙和姜晏汐说话的时候，总忍不住盯着她的脸看。

姜晏汐的脸算不上天仙大美人，但是让人感觉异常舒服，加上她绝好的气质，站在人群中，大家第一个瞧见的保准是她。

顾月仙想，姜晏汐这么温柔的人，必然不会在感情上辜负别人。但她的温柔里藏着一股韧劲，若是对方辜负了她，她必然二话不说转身就走。温柔的人狠起来，往往更致命。

不过很可惜，她这辈子遇到的人并没有给她这个机会，因为她遇到的那个人永远也不会利用她的温柔伤害她。

姜晏汐说："我刚回国，暂时不考虑这些个人问题，目前还是以工作为主。"

这是姜晏汐的真实想法。对于姜晏汐而言，十岁的国外求学生活已经让她习惯了一个人，她很难想象让另外一个人进入自己生活会是什么样子。

她觉得现在这样就很好了。

顾月仙开她玩笑："只怕姜主任也清静不了多久了，大主任爱给人做媒，姜主任少不了要去见几个！"

果真应了顾月仙那句话，医院里想给姜晏汐做媒的人可不止大主任一个人，因为一些人情世故，姜晏汐也无法拒绝，偶尔会答应见上一面，不过姜晏汐会跟对方直言坦白，告知对方自己目前并不想谈恋爱。

各大主任介绍的人自然也都是青年才俊，他们无一例外，都很喜欢姜晏汐，不过姜晏汐这样说了，有的人也不再纠缠，但难免不死心地问一句为什么不考虑谈恋爱。

姜晏汐说出了那个用了很多次的理由："抱歉，由于我刚回国，工作上的事情比较忙，所以目前不考虑个人问题。"

但……真的是这样吗？

顾月仙听说这些人一个都没成，问姜晏汐："姜主任，你是不是从前也没喜欢过什么人？"

姜晏汐问："喜欢一个人具体是什么表现呢？"

她确实没有什么实际的经验。这个问题可一下子把顾月仙给难倒了，毕竟她也没有谈过恋爱。

顾月仙只能根据纸上谈兵的经验，说："大约就是那个人和其他人都是不同的，你不允许除了他以外的人进入你的生活，只有他是例外……和他在一起的时候你会很开心，不用去考虑一些烦心事，然后做什么都觉得很有趣。"

很久以前，姜晏汐的生命里出现过这样一个人。但是时间太久了，姜晏汐甚至不确定他们最后一次见面的时候，她为什么会害怕看他的眼睛？

那是姜晏汐第一次逃避，她回避这个问题的答案。

在当时的情况下，答案已经没意义。但是已经过去十年了，大约是物是人非了吧，而且她的心境也和从前不同了。

姜晏汐在手机上看到过关于沈南洲的报道，知道他是一个很有才华的歌星，家喻户晓。

她也曾在路边看到过他的 LED 大屏。少年彻底长开了，大屏上的沈南洲画着舞台妆，像一朵艳丽的芍药花，有一种震撼人心的美丽。

姜晏汐很欣慰，数年未见，他们都成了更好的自己。

不过姜晏汐没想到，因为《生命之门》这档综艺，她还能和沈南洲重逢，毕竟他们两个所在的行业八竿子也打不着。

姜晏汐年轻且学历高，外貌形象也不错，自然而然就被领导安排配合综艺做实习生导师。

姜晏汐从护士的口中得知沈南洲是这档节目的艺人嘉宾。

多么奇妙的缘分。

更奇妙的是，本来他们两个不会有接触，医院领导和节目组想让沈南洲拍一个"一日实习医生"的先导片，借明星的流量，引导观众关注青年医生的工作。

观众爱看什么？那自然是俊男美女。

于是在一个工作日的早上，姜晏汐见到了沈南洲。

当时沈南洲伪装成工作人员混在人群里，顾月仙抱怨道："这都几点了，怎么还不来？"

姜晏汐说："他已经来了。"

她看着他的背影，个子修长，身材比例也极好，即使混进人群里，气质也极为突出。

大约是察觉到她的视线，沈南洲转过头来，他的眼睛明亮灿烂，宛若天上的星辰，姜晏汐不自觉地上扬起唇角。

沈南洲朝她走来，说："你好，姜主任，幸会。"

他朝她伸出手。

姜晏汐说："幸会。"

最好的久别重逢，就是我们都成了更优秀的自己。

而十年前那个没有琢磨清楚的问题，似乎现在也可以好好思考一下了。

DI ER CI
XINDONG

## 番外三 我们重新谈个恋爱吧

/ 1 /

娱乐圈的花期短暂，一个明星一旦从公众的视野消失，很快就会销声匿迹，但总有人是例外，比如沈南洲。

沈南洲还在娱乐圈的时候，虽说人气高，爱他的人多，黑他的人也多。可淡圈之后，大众反而开始怀念他了。

沈南洲的口碑反而比他在娱乐圈的时候更好了，往常黑他的几家媒体也开始发通稿怀念他，赞誉他是音乐鬼才，俨然忘了从前把他批评得一无是处，说他是靠脸上位的"花瓶"。

近一年来，沈南洲正向报道突然多了起来，就好像是媒体约好了一样。

不免有人揣测：这个风向，不会是媒体在给沈南洲复出造势吧？

可沈南洲的微博仍是岁月静好，不是给老婆写情书就是带女儿。

粉丝早就看淡了：原以为自己偶像是个事业党，没想到是个因为白月光出国了才"水泥封心"搞事业的"恋爱脑"。

但是又有什么不好呢？得知姜晏汐身份的那一刻，粉丝竟然不知道自己该羡慕姜晏汐还是该羡慕沈南洲，就连 Leo 都始料未及，当初恋情曝光后，沈南洲不仅没有掉粉，反而还涨了很多粉。

如今沈南洲和姜晏汐已经结婚七年，粉丝也从唯粉变成 CP 粉，现在又变成了他们的女儿粉。

沈南洲和姜晏汐的女儿呦呦今年六岁了，完美继承了爸爸的美貌和妈

273

妈的头脑，在和爸爸上过一次综艺后，很多观众变成了她的粉丝。

不过也正是因为这次综艺，引出"沈南洲复出"这个热议话题。

后来综艺结束了，人家继续在家带娃，大众才发现沈南洲根本没复出这个打算，就是带娃出来玩一圈。

其实当初沈南洲也没打算接这档综艺，还是老婆说带呦呦出去认识新朋友也好，他这才答应下来。

呦呦是个智商极高但不爱说话的小朋友，上了节目后，和她空有脸蛋的老父亲形成了鲜明的对比。

"沈老父亲"勉强挽尊："真不是我蠢，是我女儿太聪明。"

这档综艺因为沈南洲和呦呦的加入，一经播出就大爆了，其中最吸引人的话题是"天才呦呦和她令人操心的老父亲"。

有一条热评被点赞到十万次：沈南洲不会是他们家的智商盆地吧？

网友想了想已评上"杰青"的姜晏汐，又看了看电视中连算数都算不过女儿的沈南洲，陷入了可疑的沉默。

晚上，沈南洲很是委屈地抱着老婆，虽然一言不发，但那双眼睛直勾勾地盯着老婆，委屈又哀怨。

姜晏汐屈着腿坐在床上，架了一个床上电脑桌看文献。

她想了想，转头亲了沈南洲一口："网友开玩笑，别放在心上。"

亲完之后就继续转头看文献了，并没有把这件事情放心上，毕竟在姜晏汐眼里，虚拟的网络永远不会比身边的人重要。

姜晏汐今年三十五岁，可她看上去和十多年前没什么两样，只是气质更沉稳些。

姜晏汐的情感也如她这个人一般，是清冷淡漠的，有时候沈南洲觉得姜晏汐对他好，是因为他占了她配偶的名头，无论姜晏汐和谁在一起，姜晏汐都会对他很好。

/ 2 /

"等等，你什么意思？你觉得姜晏汐不爱你？爱上别人了？"简言之觉得沈南洲的想法匪夷所思。

"怎么可能？你不要污蔑我老婆！"沈南洲想也不想地出口反驳。

他从未怀疑过姜晏汐对他的爱，她毫不犹豫地在同事面前承认他的身份，也曾在舆论风口公开他们的关系，她的手上永远戴着婚戒，向外昭示自己的已婚关系。

只是……沈南洲叹了口气："她爱我，是因为我是她的丈夫，还是因为我是沈南洲呢？"

简言之："不是，老沈，你是日子过得太幸福，自己钻牛角尖吗？"

简言之想到自己坎坷的情路，他到现在都还没追到林甜甜，严重怀疑沈南洲是来秀恩爱的，很不解："有什么区别吗？你既是沈南洲，也是姜晏汐的丈夫，这两个身份不都是你吗？"

简言之略一思索，突然明白过来："你纠结的点是，即使姜晏汐的丈夫是另一个人，她也仍然会爱他。"他抓了抓脑袋，"不是，你为什么非得纠结这个问题？现在姜晏汐的丈夫就是你，也不会是其他人。"

沈南洲垂眼，看向手中的茶盏，茶水中随着水波纹而旋转的茶叶正如同他此刻的心情，忧虑而不安。

他紧紧抿着唇，眼角眉梢敛了笑意，很难想象沈南洲会顶着那张高傲的脸说出如此卑微的话："在很久之前，我想的是，只要和她在一起，哪怕她不爱我都没关系，我愿意单方面地爱她。可后来我得到了回应，现在却想要更多，也许是我贪心吧。"

沈南洲不懂医学，更不懂科研，有时候他也想和姜晏汐找一些共同话题，可那些英文文献他一个字也看不懂。

简言之朝他抱拳："大哥，你俩都结婚七年了，姜晏汐已经选了你，就不会再选其他人了，你在这儿瞎担心什么呢？"

沈南洲幽幽地说："如果也有很多人跑到你老婆微博下喊'老婆'，你能忍住不吃醋吗？反正我忍不住。"

简言之也沉默了，因为他没老婆。他完全是看在兄弟情谊上安慰他两句："姜主任的优秀摆在这里，而且前阵子她被评'杰青'，网友也就是开开玩笑。"

网友是在开玩笑，可其他人就未必了。

沈南洲也怕姜晏汐会厌倦他，有朝一日要和他和平分手。

网友的评论他还历历在目。

**便宜沈南洲了。**

**姜晏汐和沈南洲平时在家里怎么交流得起来？**

其实网友或许只是说说而已，但沈南洲看进眼里，听在心里，久而久之变成了心里的刺。

如果他一直做看月亮的人,他就不会变得贪心,可他现在靠近了他的月亮,他就不想再回去当看月亮的人。

就连女儿呦呦也看出来爸爸这段时间好像不开心。

呦呦把手上的小红花贴到爸爸手上,试图哄他:"爸爸,给你。"

呦呦的五官大部分像爸爸,但一双眼睛像极了妈妈。

当呦呦注视着爸爸的时候,沈南洲既看到了自己的影子,又看到了老婆的影子。

呦呦的性格也像妈妈,这是经过外婆和外公认定的,说是和姜晏汐小时候一个模子里刻出来的脾气。

呦呦不爱说话,小小年纪就有一种沉稳气质,但姜晏汐和沈南洲怕慧极必伤,所以一直有意无意让呦呦和同龄人多相处。

之前沈南洲带呦呦上综艺,也是这个原因。

目前看来效果还不错,呦呦的性格比之前活泼了不少,在节目上也认识了几个好朋友。

沈南洲今天就是把呦呦送过去和新认识的小朋友聚会的。

呦呦给爸爸贴了小红花,问:"爸爸心情不好吗?"

沈南洲把女儿从地上抱起来:"是有一点,不过看到呦呦,爸爸的坏心情就消失了。"

小孩子对于情绪的感知能力是敏感的,所以姜晏汐和沈南洲从来不会对呦呦隐瞒自己的情绪。既然已经被孩子察觉到,那就应该换一种更合适的方式来处理。

沈南洲带着呦呦,在门口遇到了康凯和他的小儿子。

康凯撞见这一幕,感叹道:"果然还是女儿可爱。"

康凯的小儿子比呦呦小两岁,和他爸一样是个心大的孩子。

听见老父亲嫌弃自己,他也不难过,屁颠屁颠地跑到呦呦旁边:"呦呦姐姐。"

说来也奇怪,呦呦不爱说话,却是这个节目里人缘最好的,所有小孩子都喜欢黏着她。

网友表示很能理解,毕竟小孩子才是最诚实的,大人才会掩饰。

两个小孩子走到一起,就剩下两个老父亲。

康凯和沈南洲开玩笑说:"你不在江湖,但江湖里总有你的传说。前几天那个谁,打个什么'小沈南洲'的名号想踩着你上位,结果自讨苦吃。"

沈南洲的脸是能随便复刻的吗?更何况沈南洲也是有真本事在身上,否则怎能在娱乐圈长盛不衰那么多年。

康凯摇着头说:"我看现在的新人是越来越不行了,前几天粉丝还让我劝你多出来呢。"

沈南洲在外人面前都是不显山不露水,此刻也是颔首微笑,并不对此发表言论。

他虽然和康凯说着话,视线却一直落在不远处的女儿身上。

在他和老婆的有意引导下,呦呦比以前外向不少,也会主动回应别人和她的交谈。

想当年,呦呦可是比其他小孩子晚了好几个月才开口说话。

沈南洲严重怀疑呦呦早就会说话了,只不过是不想开口。

结束聚餐已经是晚上八点,到了呦呦的睡觉时间。

呦呦开始哈气连天,沈南洲把她抱在怀里,一直把她抱到停车场。

他把呦呦放进后排的儿童座椅上,这时候呦呦已经睡着了,沈南洲给她盖了毯子,又这样看了她好一会儿。

这是他和姜晏汐的女儿,沈南洲的心突然变得更加柔软,他看着呦呦从一个小婴儿长到现在这么大,以后呦呦也会变成和她妈妈一样优秀的人。

生命是这样神奇的事情,沈南洲突然就想开了,姜晏汐本就不是情感外露之人,呦呦的存在已经说明了她的选择。

他又何必纠结于如果没有他,老婆是否会有其他更好的选择?比如一个有共同话题的科研天才。

沈南洲啊沈南洲,你竟也会陷入自我怀疑的怪圈。

想明白后,沈南洲一下子就释然了,甚至觉得之前的念头十分愚蠢,他哼着编给女儿听的摇篮曲坐上驾驶座,准备开车回家。

在准备上高架的时候,他发现后面有车跟着他,这种事情对于沈南洲来说也不陌生。

他当机立断踩下油门,准备甩开娱记。

可这次的娱记异常胆大,竟企图在他上高架之前逼停他。

简直是亡命之徒!

前方的车不要命地向自己撞过来,可他却不能不顾及女儿。

沈南洲被迫踩了刹车。

一场碰撞已经无法避免,他只能在情急之下反打方向盘,避免年幼的女儿受到更多伤害。

"砰——"一场剧烈响声之后,沈南洲用仅有的意识,打了一个电话给110,用尽最后力气报出事故发生地点。

好在呦呦只是受到一些皮肉擦伤,沈南洲看了一眼女儿,温柔地哄她:"别怕。"

呦呦啊,别害怕,爸爸在呢。

在确保女儿无事后,沈南洲终于撑不住了,沉沉地闭上了眼睛。

## /3/

沈南洲听见一个小女孩在哭,他撑着困倦,在一片白色的光芒中睁开了眼睛。

这是一个病房。

沈南洲低头看了一眼自己身上的病号服,确定自己应该是在医院。

怎么回事?他不应该在筹备演唱会吗?

正当他疑惑的时候,他抬头看见Leo从门外走进来。

"Leo,你怎么变成这样了?"沈南洲吓了一跳。

Leo原本是他的大学室友,因为他突然成名,身边没有信任的人,所以他请Leo来当他的经纪人。

车祸是怎么发生的?沈南洲仔细回忆——

他不久后会开自己的第一场演唱会,对家想要扒他的黑料,所以找娱记跟踪他,导致了这场车祸的发生。

但是Leo怎么变得这么憔悴了?好像一夜之间老了十岁。

Leo不解:"什么叫我怎么变成这样了?"

Leo没有和一个刚出了车祸的人计较,说:"也算你命大,车子报废成那样,人倒没什么大事,只是轻微脑震荡,就是把呦呦吓坏了,我还是第一次看到呦呦哭成这样。"

"呦呦?"沈南洲觉得耳熟,却想不起来在哪儿听到过这个名字。

Leo皱着眉头说:"你女儿啊,你老婆现在正在哄你女儿呢。"

"我老婆?"沈南洲不可置信地睁大眼睛,"我什么时候结婚了?"

"你结婚七年了,大哥!"Leo瞧出他不对劲儿,打量了他好一会儿,说，"不是吧？你不会失忆了吧？我去叫护士！"

"等等。"沈南洲赶紧叫住Leo，"我老婆是谁？"

还没等Leo回答，沈南洲就揉了揉眉头道："不行，我要离婚。"

这实在太离谱了，他怎么会结婚了呢？

等等，刚才Leo说他已经结婚七年了？

一时间，沈南洲的脑子有点混乱。

就在这个时候，姜晏汐从门外走进来，恰好听到了这句话，微微挑眉："你要离婚？"

从门外走进来的女人眉眼清冷如霜月，虽不是令人第一眼就惊艳的长相，但身上那股出尘的气质叫人挪不开眼睛。

这样一张脸，曾在沈南洲的梦里出现过无数次，沈南洲怎么会忘记呢？

沈南洲直接傻了："你、你回国了？"

沈南洲极少在外人面前露出这样的神情，毕竟他长了一张高冷矜贵的脸，墨镜一戴，谁也不爱。

姜晏汐微微皱眉，看向一旁的Leo，Leo也是一头雾水。

这时候呦呦从姜晏汐的办公室跑出来，直接扑到了爸爸怀里："呜呜，爸爸——"

怀里的小女孩柔软得就像一颗棉花糖，让沈南洲的心柔软得不成样子。

他小心翼翼地看着这个和自己长得很像的小女孩，发觉她的眼睛更像姜晏汐，心中升起了一个大胆的猜测。

沈南洲抬起头，看向不远处静静站立的女人，问："是我和……你的女儿？"

姜晏汐反问他："不然呢？"

沈南洲虽然还没弄清楚这是怎么回事。

幸福来得太快，他有点蒙。

在做过了全套检查之后，姜晏汐确认沈南洲确实没什么事，就把他带回家了。

说起来，姜晏汐还是从自己科室的床上把人给领走的。

回家的路上是姜晏汐开车，呦呦和沈南洲坐在后排，呦呦小声地问妈妈："妈妈，爸爸的脑袋是不是撞傻了？"

沈南洲还在消化他今年已经三十五岁而不是二十岁的事情，突然听见女儿和老婆窃窃私语，不免试图挽回尊严。

可是姜晏汐比他开口更早："爸爸只是忘了一些事情，很快就会想起来的。"

沈南洲的心情一言难尽。

如果这一切都是做梦的话，麻烦做久一点吧。

/ 4 /

回到家后，沈南洲看着充满生活气息的一切，才有了一些真实感。

他看着浴室镜子里的脸，觉得熟悉又陌生，他是真的失忆了吗？

沈南洲想起一些零碎的片段，可片段里的人和事都是模糊不清的，直到姜晏汐走进来，从身后抱住他："南洲？"吓得沈南洲像受惊的兔子。

毕竟对于失忆的沈南洲而言，姜晏汐现在还是可望而不可即的白月光。

"别想了，好好休息，让一切顺其自然。"

姜晏汐踮起脚尖，在他的脸上落下一吻。

沈南洲的耳朵瞬间红了。

姜晏汐不着急，沈南洲却很着急，他想知道他记忆里缺失的那十几年究竟是怎样的？姜晏汐是如何变成他老婆的？

他甚至有些嫉妒没失忆的那个自己，因为对于他而言，和姜晏汐一起拥有美好记忆的人不是现在的这个自己，而是那个没有失忆的沈南洲。

沈南洲再次陷入了失忆前曾陷入过的怪圈中，那就是——姜晏汐现在对他的态度，到底是因为那个没失忆的沈南洲，还是仅仅因为是他？

沈南洲规规矩矩地躺在床上，甚至还用被子把自己裹起来，在床中央划出了一道泾渭分明的线。

姜晏汐擦着头发从浴室出来，倒是觉得这场面很新奇，她和沈南洲结婚七年，何曾见过他如此纯情的模样？大约也只有在谈恋爱前了。

不过姜晏汐将心比心，想到失忆的沈南洲还是二十岁的心理，善解人意地提出："要不分房睡？"

"不用！"她的建议遭到了沈南洲激烈反对。

他轻咳一声，说："让孩子看到不好。"

姜晏汐假装没看出来他那些小心思，却又忍不住笑了一下。

趁沈南洲没反应过来的时候，她亲了他一口，说："既然不记得了，那我们就重新谈个恋爱吧。"

姜晏汐反思自己，这段时间确实因为忙工作忽略了沈南洲，她这个人一向不知道如何表达情感，或许在外人看来，都是沈南洲主动。

　　她不知道沈南洲在担心什么，但是夫妻多年，她能猜出一二。

　　姜晏汐轻声说："南洲，如果不是你的话，我的丈夫也不会是其他人。"

　　从来没有"她是喜欢她丈夫位置上的人还是喜欢他"这种问题，答案只有一个。

　　"沈南洲，因为我喜欢你，所以才会和你结婚。"

　　沈南洲怔怔地看着她，那颗因为失去十几年记忆而慌乱的心突然就落了下来。

　　过了一会儿，他低声回应："我想记起所有关于你的事情。"

　　"不着急，我会陪你。"姜晏汐温柔地对他说。

（全文完）

DI ER CI
XINDONG

## 后记

/ 1 /

感谢虎芽女生文学编辑部老师的邀请，才诞生了这篇后记。

这个故事的雏形来源于我与友人的一段谈话。

那是 2015 年前后，但那个时候我并没有生出提笔写故事的想法。

当时我们谈论一些影视作品，其实我和她平时都不看电视，但当时不知怎么就聊到了。我们谈到一个现象：一些作品总喜欢把美貌与无能这样的词语赋予女性，而把类似于科学家与天才等标签赋予男性。女主角存在的意义，她所有的美好品质似乎都是为了成全男主角。我说我不太明白，一个优秀美丽的女主角为什么要自卑？不太明白原本天之骄子的男主角为什么要突逢变故？不太明白为什么一个人要去拯救另一个人的人生？

我知道这是文学作品的冲突性：要想让两个身份不对等的人相遇，那么只能让其中一个人坠入泥潭。

故事情节是合理的，只是我不喜欢。

所以我开玩笑地和友人说道："如果我写，我要写一个天才女科学家和花瓶男明星的故事。"

友人说，这听上去不符合主流，但是她喜欢，并催促我快写。

后来，就没有后来了。

后来我的时间越来越紧张，根本就没有把当初的玩笑话放心上。

直到有一段时间，我必须承认那是我人生中压力最大的时期，我必须找点事情来发泄我的精神压力。

虽然那段时间我并不清闲,但是过度劳累和过度压力让我睡不着觉。

于是,在一个终于得以喘息的晚上,我打开电脑,一边看文献,一边拿手机看今日新闻的时候,写下了《第二次心动》的开头。

其实在写《第二次心动》之前,我也陆陆续续写过随笔,在我的电脑里有一个文件夹,里面放了我写的很多想法。

我工作的城市是一个特别容易让我产生精神内耗的地方,在这里当医生既要搞临床又要搞科研,虽然说现在全国大部分医院都是以临科研为导向,但有时候有些本末倒置了。

体力还是其次,毕竟能干这一行的,熬不动的早就跑了。

所以,最难的,是精神压力。

对我来说,写文是一种放松方式。

《第二次心动》是我随心所欲写出来的文章,一气呵成,没想到得到了很多读者的喜爱。

在故事里,我设置了一个很优秀的女主角,她二十八岁就做到了神经外科的副主任,还是在一个超三甲医院的强势科室,是很了不起的女性。

小说有超脱现实的部分,但也是一种美好的愿望,希望大家都能敢于争取,不要被自己想象中的困难打倒,也无需被一些"刻板印象"束缚。

## / 2 /

我本人是一名医生,在创作这个故事的过程中,我意识到向行业以外的人去介绍行业以内的事情是很困难的。

真正的医院可能和大家想的不太一样,甚至说大不一样。

我写真实的医院,不少人会觉得为什么和想象中的医院不一样?

不过让我很意外的是,在这个过程中,这个故事吸引来了很多同行在评论区"抱头痛哭",说我写的关于医院的部分真实得让人落泪。

其实最初我只是想找个没人认识的地方"放飞自我",哈哈。

绕回这个故事本身来说,我想写一个少年爱上了天上的"明月",但他从来没有想过要把"明月"拉到泥潭,只是被月光照耀的无数人之一,当然,他也不受控制地被这轮皎洁的"明月"吸引。

成年以后,沈南洲与姜晏汐有各自的事业,而且他们的事业是完全独立的,也就是说即使拿走爱情线,也不影响他们原本的事业轨迹。

如果他们不重逢,那么姜晏汐仍然会是一个优秀的外科医生,沈南洲也会是一个优秀的大明星。

所以,这也许就是我想写的故事主旨:成为更好的自己,再重逢。

当然,他们对于彼此也是特殊的。

## / 3 /

姜晏汐对于沈南洲而言,是照亮年少迷途时的月光,他因她成为更好的自己,但是没有她,沈南洲也不会"堕落"。

沈南洲对于姜晏汐而言,是爷爷去世后,唯一支持和理解她"疯狂"决定的人,但是没有他,姜晏汐仍然会选择出国学医。

不过姜晏汐当时可能也不知道,这个在她看来和她并不是特别熟的初中男同学为什么那么相信自己。

人生的重要节点永远不会因为一件事、一个人而改变,做出决定的人,始终应该是自己。

如果他们不曾重逢,不曾在二十八岁的时候重逢,也许会在很多年后再遇。

那个时候沈南洲会想:姜晏汐还是和他记忆中一般闪闪发光。

姜晏汐也会想:当初那个叛逆的少年现在是做出一番事业的大明星。

他们在恰到好处的时机、地点重逢,并且相爱了,他们在各自的领域闪闪发光。

少年十七岁的暗恋也在二十八岁时得到了回应。

这是我对于故事的理解。

一千个读者心中有一千个哈姆雷特,我想每个看到这个故事的人都会有不同的理解,所以也期待大家收到实体书后一起分享自己的感受。

舒月清
写于 2023 年夏